MYST II

J'AI LU

RAND MILLER
DAVID WINGROVE

Myst	*J'ai lu* 4110/**5**
Myst II	*J'ai lu* 4455/**6**

RAND MILLER
et DAVID WINGROVE

MYST II

LE LIVRE DE TI'ANA

TRADUIT DE L'AMÉRICAIN
PAR FRANÇOIS THIBAUX

ÉDITIONS J'AI LU

Collection créée et dirigée
par Jacques Sadoul

Pour Deb et les filles

Titre original :

MYST : THE BOOK OF TI'ANA
Published by arrangement with Hyperion

REMERCIEMENTS

Il est surprenant de constater que nous en savons si peu, au bout de toutes ces années, sur la culture D'ni et les légendes entourant l'île de Myst. Se révélant bribe par bribe, comme un puzzle attendant d'être assemblé, cette histoire ne doit sa progression qu'aux efforts d'un groupe restreint qui a fini par rendre ce livre possible.

Tandis que je me plongeais dans le passé de la culture D'ni, Robyn, lui, se consacrait aux événements marquant la fin de l'île de Myst. Ne pouvant donc disposer de son aide pour la traduction des documents aboutissant au récit qu'on va lire, je m'en suis remis à Chris Brandkamp, Richard Watson et à Rayan Miller, qui a travaillé en collaboration étroite avec David Wingrove. Notre tâche fut rude mais profitable. Car, pour la première fois, le public aura un aperçu de la richesse et de la complexité de la civilisation D'ni.

C'est donc à ces quatre amis (et tout particulièrement à David et Chris pour leurs longues heures de labeur) que vont mes remerciements et l'expression de mon admiration. Si ce livre est aujourd'hui entre vos mains, vous ne le devez qu'à leur dévouement et à leur talent.

Rand MILLER

PREMIÈRE PARTIE

ÉCHOS DANS LA ROCHE

La capsule de sondage s'encastrait dans la roche comme un cristal géant, ses occupants serrés à l'intérieur du cône translucide et insonorisé.

Assis face à la pointe effilée du cône, sa main droite reposant délicatement sur le long manche métallique du sondeur, ses pupilles d'aveugle braquées sur le rocher, le maître de guilde prêtait l'oreille.

Derrière lui, penchés en avant sur leur étroit siège de métal et de tissu à mailles, ses jeunes assistants se concentraient, les yeux fermés, guettant les infimes variations du signal de retour.

– *Na'grenis,* dit le vieil homme, les mots D'ni roulant dans sa bouche tandis que sa main gauche se déplaçait sur le haut de la carte aux strates multiples posée sur la table, entre ses genoux. « Friable ».

C'était la dixième fois qu'ils envoyaient le signal sur cette couche, chaque fois un peu plus fort, l'écho se modifiant de façon subtile en pénétrant plus profondément dans la masse.

– *Kenen voohee shushteejoo,* déclara prudemment le plus jeune assistant. Ce pourrait être du sel gemme.

– Ou de la craie, ajouta l'autre d'une voix mal assurée.

– Pas à cette profondeur, répondit le vieillard avec autorité, tout en tournant négligemment les feuilles transparentes, jusqu'à atteindre le fond de la pile de cartes.

Etalant celle qu'il cherchait, il tendit le bras, saisit

un marqueur rouge vif posé près de lui dans un casier métallique.

– Ah ! s'exclamèrent les deux assistants, comme si la couleur du marqueur se passait de toute explication.

– Nous allons sonder de l'autre côté, dit le vieil homme après un moment. Ce pourrait n'être qu'une poche...

Il reposa le marqueur dans le casier, saisit de nouveau le manche ajouré du sondeur et le fit osciller délicatement vers la droite, avec un geste dont la sûreté dénotait une longue expérience.

– Même force, dit-il. Une impulsion, puis cinquante battements suivis d'une seconde impulsion.

Aussitôt, les deux assistants se penchèrent, réglant le cadran placé devant eux.

Il y eut un instant de silence, puis une vibration courut le long du manche, jusqu'à l'extrémité effilée du cône. Une note solitaire se répandit dans la minuscule cabine, semblable au bruit d'une pointe de fer invisible se plantant dans le roc.

– Que fait-il ?

Le maître de guilde Télanis délaissa la fenêtre d'observation pour faire face à son hôte. Maître Kedri était un homme de haute taille, dégingandé. Membre de la guilde des Législateurs, il était là pour observer la progression de l'excavation.

– Maître Géran examine la roche. Avant de forer, il nous faut savoir ce que nous avons au-dessus de nos têtes.

– Je comprends bien, répliqua Kedri d'un ton impatient. Mais qu'est-ce que ça change ?

Télanis réprima l'irritation que provoquaient chez lui les mauvaises manières de son interlocuteur. Après tout, Kedri était, techniquement, son supérieur, même si, à bord de son propre vaisseau, ses propres ordres avaient force de loi.

– Je ne suis pas encore sûr de ce que j'avance, mais d'après les relevés qu'il vient de faire, il a localisé une parcelle de matière ignée : du basalte issu du magma, venu d'une faille, peut-être, ou d'une intrusion secondaire.

– Cela pose un problème ?

Télanis sourit poliment.

– Cela se pourrait. S'il était mineur, nous pourrions forer tout droit, bien sûr, et consolider le tunnel, mais nous sommes encore à une grande profondeur et nous avons une lourde masse au-dessus de nous. La pression est énorme. Même si elle ne nous écrase pas, elle risque de nous gêner et de nous retarder pendant des semaines, sinon des mois. Mieux vaut donc découvrir à quoi nous avons affaire.

Kedri ne cacha pas sa mauvaise humeur.

– Cela me semble une perte de temps inutile. La roche de soutènement est solide, non ?

– Oh oui, très ; mais la question n'est pas là. Si notre but consistait simplement à rejoindre la surface, cela ne nous prendrait que quelques semaines. Or, nos instructions sont tout autres. Nous avons pour mission de transformer ces tunnels en voies permanentes – ou, du moins, aussi durables que possible, compte tenu des imprévisibles mouvements de la roche.

Cette explication ne parut pas satisfaire Kedri.

– Tous ces retards ! N'importe qui deviendrait fou !

N'importe qui, oui, pensa Télanis. Certains, d'ailleurs, qui n'étaient pas faits pour cette tâche, sombraient. Mais lui savait que les D'ni résisteraient. C'était dans leur nature.

– Nous sommes une race patiente, maître Kedri, dit-il au risque de provoquer la colère de son vis-à-vis. Patiente et obstinée depuis mille générations. Voudriez-vous nous voir renoncer à ces qualités immémoriales ?

Kedri s'apprêtait à répondre sèchement. Il remarqua

alors le changement dans le regard de Télanis et hocha la tête.

– Nullement. Vous avez raison, maître. Pardonnez-moi. Peut-être n'a-t-on pas choisi la personne appropriée pour représenter notre guilde.

Peut-être, songea Télanis. Pourtant, il se contenta de déclarer :

– Pas le moins du monde, maître Kedri. Je vous promets que vous vous habituerez à ces désagréments. Et nous ferons notre possible pour vous occuper tant que vous vous trouverez parmi nous. Je vais vous affecter mon assistant, Atrus.

Kedri, dès lors, se détendit, comme s'il souhaitait cela depuis longtemps.

– C'est très aimable à vous, maître Télanis. Très aimable, vraiment.

Tout, dans l'excavateur, dont on avait atténué l'éclairage, était calme. D'ordinaire, le bavardage futile des jeunes membres de l'équipage aurait rempli l'étroit corridor, mais depuis l'arrivée des inspecteurs, l'étrange silence qui l'enveloppait donnait l'impression que le vaisseau avait été déserté.

L'arpentant dans le sens de la longueur, le jeune aspirant de la guilde des géologues jetait çà et là des coups d'œil circonspects. En temps normal, le décor lui aurait paru familier. Mais il avait, ce soir-là, une curieuse impression de nouveauté. Dans la partie avant, juste sous la grande perforatrice, se trouvait la cabine de maître Télanis puis, tout près d'elle, derrière une cloison qui, automatiquement, se fermerait de façon hermétique à la moindre alerte, la salle des cartes. Au-delà, s'ouvrant à droite et à gauche du couloir, s'étendait l'entrepôt du matériel.

L'excavateur se suffisait à lui-même, comme l'aurait fait n'importe quel vaisseau maritime. Tout y était rangé avec soin, chaque placard et chaque tiroir abrité des chocs imprévus. Mais rien, ici, ne laissait ignorer le but de l'expédition : vrilles bien serrées dans leurs casiers, billes explosives, casques de protection, sans compter les tubes d'analyse alignés comme du matériel de guerre.

L'aspirant s'arrêta, se retourna pour contempler le vaisseau dans sa longueur. Grand, athlétique, le jeune homme dégageait, en dépit de son âge, une gravité et une ardeur surprenantes. Sa combinaison rouge foncé l'enrobait de façon confortable, sans coller à son corps. La large ceinture ajourée de cuir noir qui entourait sa taille, ses longues bottes, elles aussi de cuir sombre, ne se distinguaient en rien de l'uniforme porté par tous les membres de l'expédition.

Coupés court et ras, ses beaux cheveux couleur d'encre accentuaient la minceur de ses traits et l'éclat de ses yeux, pâles mais vifs. Des yeux intelligents, observateurs.

Il poursuivit sa route, traversa les quartiers de l'équipage, avec ses couchettes vides disposées trois par trois le long de la paroi incurvée du vaisseau – dix-huit couchettes en tout – puis, franchissant une autre cloison, se retrouva dans le réfectoire.

Se détournant du repas du soir qu'il était en train de préparer, maître Jerahl, le cuisinier du vaisseau, leva la tête et lui sourit.

– Ah, Atrus. Tu vas encore travailler tard ?

– Oui, maître.

Paternel, le sourire de Jerahl s'accentua.

– Te connaissant, je sais que tu seras absorbé par tes expériences au point d'oublier ton dîner. Veux-tu que je t'amène quelque chose à grignoter ?

– Merci, maître. J'en serai ravi.

– Tout le plaisir sera pour moi, Atrus. Il est agréable de voir un tel zèle chez un aspirant. Je ne leur dirai jamais en face, mais certains de tes camarades croient qu'il leur suffit de se conformer à leurs instructions pour être quittes. Leur paresse, mon petit, n'échappe à personne. Pas à moi, en tout cas. Oh, je sais qu'on me prend pour un vieux grigou, Atrus. Il est difficile, dans un petit vaisseau comme celui-là, de rester sourd aux rumeurs. Pourtant, je n'ai pas toujours été cuisinier. Ou, pour me montrer plus précis, je n'ai pas été *seulement* cuisinier. J'ai beaucoup étudié, comme toi aujourd'hui, pour devenir sondeur. Et tout ce que j'ai appris reste gravé dans ma mémoire. Mais je n'étais pas fait pour cela. Ou bien dirai-je que mon occupation actuelle me convenait davantage ?

– Vous avez *étudié,* maître Jerahl ?

– Bien sûr, Atrus. Crois-tu qu'on m'aurait intégré dans une expédition comme celle-ci si je n'avais pas été un géologue émérite ?

Il ajouta :

– Je me suis spécialisé, pendant vingt ans, dans la mécanique des forces.

– Je l'ignorais.

– Et tu n'es pas censé être au courant. Tant que ma cuisine te plaira, je m'estimerai heureux.

– Oh, je n'ai pas à me plaindre.

– Alors, tant mieux. Poursuis ton chemin. Je t'apporterai bientôt quelque chose à manger.

Atrus s'en alla, dépassa les sanitaires et la pièce où l'on entassait les prélèvements, avant d'atteindre la queue du vaisseau. Là, le couloir débouchait sur une épaisse porte métallique qu'on maintenait fermée en permanence. Il tendit le bras, tira vers le bas la poignée de déblocage. Aussitôt, la porte se souleva avec un chuintement. Le jeune aspirant pénétra à l'intérieur de la pièce, entendit la porte s'abaisser derrière lui.

Une seule lampe éclairait le mur qui lui faisait face. Il aperçut, dans la pénombre, le plan de travail qui, courant à hauteur de sa taille le long de la paroi incurvée, formait comme une pointe de flèche. Au-dessus et au-dessous, d'innombrables petits placards renfermaient le matériel et les produits chimiques nécessaires aux analyses.

Il traversa la pièce et, posant son carnet de notes sur le plan de travail, choisit rapidement, dans différents placards, ce dont il avait besoin. Il préférait cet endroit à tout autre. Là, il oubliait tout, s'immergeant dans la joie pure, sans mélange, de la découverte.

Il tendit le bras, tapota d'un coup d'ongle le foyer de marbre de la lampe. Puis, dans la lumière montante, il ouvrit son carnet à la page qu'il avait laissée inachevée.

– Atrus ?

Le jeune aspirant se détourna des lentilles, surpris de ne pas avoir entendu le sifflement de la porte. Jerahl était là, lui tendant une assiette. Le fumet du *chor bahkh* et des *ikhah nijuhets* tout juste cuits au four se répandit dans la pièce, le faisant saliver.

– Quelque chose d'intéressant ? demanda Jerahl.

Atrus saisit l'assiette.

– Vous voulez voir ?

– Puis-je ?

Jerahl s'avança, posa ses yeux sur les lentilles, étudia l'échantillon un long moment avant de se redresser, perplexe.

– Pourquoi un jeune homme comme toi s'intéresse-t-il au basalte vitrifié ?

– Je m'intéresse à tout ce qui concerne la lave en fusion, répondit Atrus, une lueur passionnée dans le regard. Je veux devenir spécialiste de vulcanologie.

– Chaleur et pression, hein ? Je ne te savais pas si romantique, Atrus.

Le jeune homme, qui avait entamé le rouleau de viande, s'interrompit et fixa Jerahl d'un air surpris. Ses camarades avaient employé, pour décrire sa passion, tous les qualificatifs possibles, mais jamais celui de « romantique ».

– Oh oui, poursuivit Jerhal, une fois qu'on a compris la formation du basalte, on ne cesse d'être fasciné. Ce mélange de roche incandescente et de glace en gestation, je ne connais rien de plus puissant. Et *ceci* – cette étrange matière translucide – en est le résultat. Le contrôle de cette puissance, tel fut le début de l'aventure des D'ni. C'est à cette occasion que notre soif de recherche s'est manifestée pour la première fois. Continue donc, Atrus, en digne fils de tes pères.

– Je regrette que nous n'ayons pas eu cette conversation plus tôt. Je ne vous savais pas si savant.

– Oh, je ne sais pas grand-chose, Atrus. Du moins si je me compare à notre maître Télanis. A propos, il t'a réclamé il n'y a pas longtemps. Je lui ai promis de te nourrir avant de t'expédier dans sa cabine.

Atrus, qui venait de porter de nouveau le rouleau de viande à ses lèvres, le laissa en suspens.

– Maître Télanis me demande ?

– Restaure-toi d'abord. Sinon, je me sentirai vexé.

– A vos ordres, maître.

Hilare, le jeune aspirant mordit joyeusement dans le rouleau de viande.

Atrus s'arrêta devant la cabine du maître de guilde. Après s'être préparé un instant, il tendit le bras et frappa doucement à la porte.

La voix qui lui parvint de l'intérieur était calme et assurée.

– Entrez !

Il fit glisser le lourd verrou et se faufila dans la pièce, fermant la porte derrière lui. C'était plus qu'une habitude. Chaque porte, à l'intérieur du vaisseau, formait une barrière contre le feu ou les émanations de gaz. Se retournant, Atrus constata que maître Télanis était à son bureau, étudiant les derniers relevés. De l'autre côté de la table, maître Géran lui faisait face. Se trouvaient là, également, les quatre inspecteurs qui les avaient rejoints trois jours plus tôt. Atrus avança d'un pas et s'inclina.

– Vous m'avez demandé, maître ?

– Oui. Mais si tu veux bien patienter un instant, Atrus... Je dois d'abord prendre connaissance des nouvelles que nous a apportées maître Géran.

Atrus baissa la tête, conscient que le législateur – l'homme de haute taille, Kedri – l'observait avec attention.

– Donc, Géran, poursuivit Télanis en montrant la ligne rouge vif qui barrait la carte étalée devant lui, vous nous conseillez de contourner ce secteur ?

L'aveugle acquiesça.

– La faille en elle-même est étroite, sans aucun doute, mais la roche qui l'entoure est d'une faible densité et risque de s'effondrer. Nous pourrions la traverser, bien sûr, et étançonner de l'autre côté, mais nous nous heurterions sans doute à des difficultés plus grandes encore.

– Vous savez cela ? demanda Kedri, interrompant les deux hommes.

Géran tourna ses yeux vitreux vers le législateur.

– Je ne le sais pas, maître Kedri, mais mon instinct me dit qu'il s'agit d'une racine de matière ignée, liéple à une intrusion plus vaste de cette même matière en provenance d'un système volcanique. Pensez aux racines d'un arbre. La comparaison parle d'elle-même. En tant qu'excavateurs, nous essayons à tout prix d'éviter de telles instabilités. Nous recherchons de la roche dure, intacte. De la roche que nous n'aurons pas besoin de soutenir.

Kedri eut l'air sidéré.

– Mais je croyais que vous souteniez tout de façon systématique ?

Télanis lui répondit.

– Nous le faisons, maître. Comme je vous l'ai déjà dit, nous sommes obstinés et consciencieux. Mais si ce qu'affirme maître Géran est vrai – et sa longue expérience tend à me le faire penser –, nous ferions mieux de forer à côté avant de poursuivre notre ascension.

Après tout, pourquoi courir au-devant d'ennuis supplémentaires ?

– Et combien de temps prendra ce... détour ?

Télanis eut une expression affable.

– Une semaine. Peut-être deux.

Kedri n'eut pas l'air affable du tout. Pourtant, il ne répliqua rien. Soulagé, Télanis regarda de nouveau Géran.

– Dans les circonstances présentes, j'approuve votre recommandation, maître Géran. Nous allons donc modifier notre trajectoire. Faites tout de suite procéder aux nouveaux relevés.

Géran sourit.

– Je les effectuerai moi-même.

Après qu'il fut parti, Télanis regarda Atrus.

– Atrus, approche.

Le jeune homme traversa l'étroite cabine, s'installa à la place que Géran venait de quitter.

– Oui, maître ?

– Je veux que tu te mettes à la disposition du maître de guilde Kedri pendant les onze prochains jours. Je veux que tu lui montres notre façon de travailler et que tu lui expliques ce que nous faisons. Et si tu tombes sur quelque chose dont tu n'es pas certain, demande à quelqu'un qui *sait*. Compris ?

Surpris, Atrus hocha la tête.

– Oui, maître.

Puis, d'une voix hésitante :

– Et mes expériences ?

– Cela dépendra de maître Kedri. S'il le permet, je ne vois aucune raison pour que tu ne les poursuives pas.

Pour la première fois, Kedri s'adressa à Atrus.

– Des expériences, aspirant ?

Atrus se rendit soudainement compte qu'il n'aurait pas dû les mentionner.

– Cela n'a pas d'importance, maître.

– Non, Atrus. Cela m'intéresse. De quelles expériences s'agit-il ?

L'aspirant leva vers lui des yeux timides.

– J'étudie les roches volcaniques. Je souhaite en comprendre le plus possible sur leur nature et leur formation.

Kedri parut impressionné.

– Un travail plus qu'utile, mon garçon. Peut-être auras-tu la gentillesse de me le montrer ?

Atrus jeta un coup d'œil à Télanis, espérant que son maître le sortirait de ce mauvais pas. Mais Télanis étudiait les cartes surchargées que Géran lui avait confiées, tournant les pages et fronçant les sourcils.

Atrus rencontra de nouveau le regard de Kedri, notant l'acuité avec laquelle l'autre le dévisageait.

– Comme il vous plaira, maître.

La caverne où ils vivaient formait une sphère parfaite. Du moins l'aurait-elle été sans les plates-formes sur lesquelles reposaient les deux excavateurs. Les vaisseaux étaient longs et sinueux, comme de gros vers de terre segmentés, leurs solides parois extérieures nettoyées et polies après chaque emploi.

Des échelles de métal descendaient sous la plateforme grillagée vers une seconde plate-forme, plus petite, où l'on avait provisoirement transféré les quartiers des plus jeunes membres de l'expédition pour faire de la place à leurs hôtes. Ce fut vers ces quartiers qu'Atrus se dirigea après une épuisante journée d'explications, longtemps après le retour de la plupart de ses camarades.

Ils étaient trente-six en tout, aucun n'ayant dépassé la trentaine, tous diplômés de l'Académie ; de jeunes aspirants volontaires pour cette expédition. Certains avaient renoncé et avaient été remplacés en cours de trajet, mais plus des deux tiers de l'équipe initiale demeuraient fidèles au poste.

Deux ans et deux mois, songea Atrus en s'asseyant sur le rebord de sa couchette et en commençant à enlever ses bottes. Une longue période sans retourner chez soi. Bien sûr, il aurait pu le faire – maître Télanis lui aurait accordé une permission s'il l'avait demandée – mais, d'une certaine façon, cela aurait équivalu à tricher. Non, une expédition comme celle-là n'en aurait pas vraiment été une si chacun avait eu le droit de regagner son foyer chaque fois qu'il le souhaitait.

Il s'apprêtait à ôter sa seconde botte lorsqu'il sentit une vibration soudaine sur la plate-forme, suivi, un instant plus tard, d'un grondement ténu, presque inaudible. Une navette arrivait !

L'expédition avait déjà tracé sa route sur plusieurs kilomètres à travers la roche, partant de la plus petite et la plus excentrée des cavernes de D'ni. Bien sûr, elle aurait pu progresser à la verticale, comme le long d'un puits de mine, mais un accès aussi direct à D'ni aurait été à la fois déconseillé et dangereux. La solution retenue – que le Conseil avait fini par approuver – consistait en un tracé beaucoup moins direct, s'élevant au maximum de 33 825 *torans* – 22,032 degrés – par rapport à l'horizontale. Un chemin facilement praticable par la suite.

Un chemin qu'on pourrait obstruer par des portes et défendre.

Le grondement augmentait, lentement mais régulièrement. On entendait à présent les turbines des moteurs.

Sans hâte mais en prenant toutes les précautions, ils avaient creusé à travers la roche, consolidant avec soin chaque tronçon de vingt mètres et recouvrant les parois, sur une épaisseur de dix centimètres, d'une roche spéciale originaire de D'ni, plus résistante que le marbre, avant de poursuivre leur progression. Enfin, pour couronner le tout, ils avaient fixé dans la voûte de chaque section de lourdes consoles de pierre soutenant les conduits d'aération reliés aux stations de pompage de D'ni.

On trouvait, entre chaque tronçon rectiligne, un de ces *nodes* sphériques – ces aires de repos où les membres de l'expédition pouvaient poursuivre leurs expériences tandis que maître Géran et ses assistants établissaient, après relevés, les graphiques de la prochaine étape de leur voyage à travers la terre. On avait équipé chaque node d'une porte hermétique qui pouvait être bloquée à tout moment.

Le grondement se mua en mugissement. Pendant un moment, le vacarme emplit le node, avant de s'achever en une plainte qui diminua tandis que les turbines se mettaient à tourner au ralenti, prélude à l'immobilisation de la navette.

Atrus se retourna et se redressa, regardant le museau de métal de la machine émerger du tunnel d'accès et traverser l'épais collier de la porte du node, son pilote clairement visible à travers le bouclier transparent destiné à le protéger des débris de roche.

C'était un grand véhicule à chenilles qui, avec ses trois longs segments, paraissait pataud à côté des lisses excavateurs, mais, comme toujours, Atrus fut heureux de le voir ; car non content d'apporter les vivres dont l'expédition avait le plus grand besoin – il était impossible d'en acheminer directement depuis D'ni à travers le tunnel – il amenait aussi le courrier.

– Atrus, quelle heure est-il ?

Le jeune homme se retourna. Son ami Jenir venait de se réveiller et s'était assis sur sa couchette.

– La neuvième heure, répondit-il, se penchant pour récupérer ses bottes et les enfiler de nouveau.

Les autres avaient été, eux aussi, tirés de leur sommeil par l'arrivée de la navette. Ils se redressaient ou sautaient à bas de leurs couchettes, sachant qu'il y avait du déchargement en perspective.

Atrus, lui, avait été temporairement dispensé de telles tâches. Il suivit quand même ses camarades, qui se dirigèrent vers les échelles et commencèrent à descendre, impatient de savoir s'il n'y avait pas quelque chose pour lui.

La navette précédente, arrivée trois jours plus tôt, n'avait rien apporté, sinon les inspecteurs – ces « hôtes » inattendus envoyés par le Conseil. Avant cela, trois semaines s'étaient écoulées sans le moindre contact avec D'ni. Trois longues semaines sans nouvelles.

La navette s'était garée entre les deux excavateurs. Ses quatre membres d'équipage s'affairaient déjà, posant des sas entre le segment central de leur vaisseau et les deux autres véhicules plus grands, prêts à transborder vers les excavateurs leur cargaison de pièces mécaniques, d'équipements, de mèches de forage, de carburant et de liquide de refroidissement.

Atrus bâilla, puis se mit en marche vers la navette. Les jeunes aspirants de la guilde des messagers étaient d'une nature avenante, amicale. L'apercevant, l'un d'eux le héla.

– Hé, Atrus ! Il y a un paquet pour toi !

– Un paquet ?

Le messager fit un geste en direction d'un de ses collègues qui s'apprêtait à transporter un grand panier de tissu à mailles jusqu'à la cabine avant de l'excavateur de gauche.

Atrus se précipita à sa rencontre, se jetant presque contre maître Télanis, qui venait de sortir.

– Atrus ! Pourquoi une telle hâte ?

– Pardonnez-moi, maître. On m'a dit qu'il y avait un paquet pour moi.

– Ah, répondit Télanis.

Il fit mine de poursuivre son chemin puis s'arrêta et, baissant la voix :

– A propos, et notre hôte ?

Epuisant, eut envie de répondre le jeune homme.

– Curieux, se contenta-t-il de dire après un moment, parlant lui aussi à voix basse. Oh, et imaginatif.

– Dans quel sens ?
– Il semblerait que nous soyons trop timorés pour lui, maître. Il trouve nos méthodes, comment dire... *inefficaces.*
Télanis hocha pensivement la tête.
– Nous devons parler, Atrus. Demain. Tôt, peut-être, avant que maître Kedri ait besoin de toi. Il y a certaines choses que tu dois savoir.
Atrus s'inclina.
– Je frapperai à votre porte à la troisième heure, maître.
– Bien. Maintenant, va voir ce que la navette t'a apporté.
Le maître messager Tejara avait réquisitionné la table de la salle des cartes pour y étaler le courrier. Entouré d'étagères pleines de rouleaux de relevés, il délaissa son travail au moment où Atrus pénétrait dans la pièce.
– Ah, Atrus. Comment vas-tu, aujourd'hui ?
– Bien, maître.
Tejara le gratifia d'un sourire.
– Alors, tu es au courant ?
– De quoi, maître ?
Mais le regard du jeune homme s'était déjà posé sur le grand paquet carré enveloppé dans du tissu cousu, bien en évidence sur un coin de la table.
– Voilà, lui dit maître Tejara en le lui tendant.
Atrus prit le paquet, surpris par son poids. Incapable de se contenir, il le porta à son oreille et le secoua délicatement. Son geste provoqua un léger tintement.
– Eh bien ? demanda Tejara, dont la bonne humeur s'accentua. Vas-tu l'ouvrir, oui ou non ?
Le jeune homme hésita un moment avant de reposer le paquet sur la table. Extirpant de sa ceinture une mince paire de ciseaux, il trancha vivement la couture. L'emballage s'affaissa, laissant apparaître une boîte de bois au couvercle coulissant. Il fit glisser le panneau, regarda à l'intérieur.

– Par le Créateur !

Il plongea les doigts, saisit une petite règle d'échelle portable en or, au délicat mécanisme à ressort, agrémentée de tout petits chiffres D'ni en argent. Ce n'était pas tout. Explorant de nouveau le contenu de la boîte, il en découvrit une autre à l'intérieur, en bois de rose, carrée et de la taille de sa paume. En l'ouvrant, il resta bouche bée devant le compas géologique qu'elle révéla. Avec d'infinies précautions, il fit jouer du bout des ongles le minuscule grossisseur de cristal qui permettait de lire les graduations presque indéchiffrables. Puis il resta immobile, se contentant d'admirer le cadran transparent des minutes et les délicates branches réglables qui recouvraient le front de taille, avant de secouer la tête d'un air perplexe.

– C'est ton anniversaire, Atrus ? demanda Tejara.

– Non, répondit-il d'une voix distraite en explorant la boîte pour la troisième fois, tombant sur une enveloppe avec cette simple mention : « Aspirant Atrus », tracée par une écriture qu'il ne reconnaissait pas.

Il regarda Tejara, qui haussa les épaules. Il ouvrit l'enveloppe, en sortit une feuille qu'il déplia et lut :

Atrus,

Peut-être te souviendras-tu de moi. Nous nous sommes connus sur les bancs de l'école. Je reconnais que nous n'étions pas les meilleurs amis du monde, mais nous étions jeunes et le temps efface bien des malentendus. Quoi qu'il en soit, je suis récemment tombé par hasard, parmi les papiers de mon père, sur un rapport signé de ta main qui m'a rappelé nos difficiles relations de jeunesse. Cela m'a donné l'idée d'essayer de corriger la piètre opinion que tu pouvais avoir de moi. Si les présents que je t'envoie ne t'agréent pas, pardonne-moi. J'espère quand même que tu les accepteras avec l'émotion qui m'a poussé à te les faire parvenir. Bonne chance pour tes explorations ! A toi, avec toute mon amitié.

Véovis.

Atrus leva les yeux, ahuri par le nom qui figurait au bas de la missive.

– C'est de Véovis, dit-il d'une voix neutre. Le fils du seigneur Rakeri.

Tejara eut l'air surpris.

– Véovis est un de tes amis, Atrus ?

– Non. Du moins, il ne l'était pas lorsque nous nous regardions en chiens de faïence sur les bancs de l'école.

– Ces cadeaux te surprennent donc ?

– Pour être honnête, maître, ils me stupéfient. Mais il faut croire que les gens changent.

– Tu peux en être certain, Atrus. Le temps nous enseigne bien des choses. Tout comme la roche que nous creusons.

Cette image fit sourire le jeune homme.

– Oh, avant d'oublier, ajouta Tejara en lui tendant son courrier, il y a aussi trois lettres pour toi.

Allongé sur sa couchette, fixant les ombres indécises qui se mouvaient au-dessus de lui, Atrus mit des heures à s'endormir, obsédé par ces cadeaux. Que signifiaient-ils ?

Il avait rapidement parcouru les lettres qu'il venait de recevoir. Elles comprenaient les nouvelles habituelles, les propos chaleureux de sa mère sur de vieux amis, les commentaires de son père sur les activités de leur guilde. Bien sûr, il en avait pris connaissance avec plaisir. Mais il n'arrivait pas à détourner son attention de la missive de Véovis.

Qu'il lui ait écrit était déjà ahurissant. Mais qu'il lui ait offert ces présents était plus sidérant encore !

Et il ne s'agissait pas de cadeaux ordinaires, mais d'objets indispensables à son travail.

Oh, il pouvait emprunter des dizaines de compas et de règles. Mais ces outils, propriété de la guilde, ne lui appartenaient pas. Et pas un seul n'était aussi beau que ceux que lui avait envoyés Véovis. Ceux-là avaient la perfection des instruments que maître Télanis gardait accrochés à sa ceinture !

Le sommeil dans lequel il sombra enfin le plongea dans des rêves agités, le ramenant tous vers son enfance et spécialement vers ce jour de sa treizième année où, las des sarcasmes continuels de Véovis, il s'était résolu à se battre contre lui.

Il se réveilla en sursaut. Maître Télanis le secouait.

– La troisième heure a sonné, Atrus. Viens. Nous avons à parler.

La porte de la cabine était close. Maître Télanis s'assit derrière son bureau, dévisagea le jeune aspirant.

– Bien, Atrus. Comment te débrouilles-tu avec maître Kedri ?

Le jeune homme hésita, incertain de ce qu'il devait répondre. A la vérité, il n'appréciait pas la tâche qu'on lui avait confiée. Elle le mettait mal à l'aise.

Gentiment, Télanis lui tendit la perche.

– Tu m'as dit qu'il trouvait nos méthodes inefficaces.

– Oui, tout à fait, maître. Il ne cesse de se plaindre de leur lenteur, de notre prudence.

– Es-tu d'accord avec lui, Atrus ? Nous trouves-tu, toi aussi, d'une certaine façon, trop perfectionnistes ?

– Pas le moins du monde, maître. Après tout, il n'y a pas urgence. Que nous atteignions la surface cette année ou l'année prochaine n'a aucune importance. Notre premier souci doit rester la sécurité.

– Bien. Maintenant, laisse-moi te dire deux ou trois choses. En premier lieu, je me rends compte que ta mission ne te satisfait guère.

Le jeune homme s'apprêtait à protester, mais Télanis l'arrêta d'un geste de la main.

– Ne te méprends pas, Atrus. Même si j'ai deviné ton malaise, je t'ai choisi pour une raison bien précise. Ce bon maître cherche à nous sonder sur certains sujets – à *décortiquer* notre attitude, si tu préfères.

Atrus eut l'air horrifié.

– Dois-je en conclure qu'il me faut surveiller mes propos, maître ?

– Pas du tout, Atrus. Je n'ai aucune raison de craindre de ta part des paroles qui pourraient choquer maître Kedri. Voilà pourquoi je t'ai choisi. Tu es aussi solide que le basalte. Mais il me serait utile que tu notes, chaque soir, les sujets qui ont paru intéresser maître Kedri au cours de la journée.

Atrus parut hésitant.

– Puis-je demander pourquoi, maître ?

– Tu peux. Mais tu dois garder ma réponse strictement pour toi.

Télanis se tut un instant, se tapotant le menton du bout des doigts.

– Dans un mois, le Conseil doit se réunir. Il semble que certains de ses membres, parmi les plus âgés, aient changé d'opinion. Après s'être longtemps demandé si nous devions ou non entrer en contact avec ceux qui vivent à la surface, certains, qui avaient trouvé tout d'abord cette idée excellente, ont modéré leur enthousiasme. En fait, ils pourraient même nous demander de renoncer à notre expédition.

Incapable de se contenir, Atrus donna un grand coup de poing sur la table.

– Mais c'est impossible !

Maître Télanis eut un sourire résigné.

– S'ils arrivent à cette conclusion, qu'il en soit ainsi. Nous devrons nous soumettre. Nous ne pouvons discuter les décisions du Conseil.

Atrus baissa la tête, résigné lui aussi. A D'ni, le Conseil régnait en maître. Ses décisions étaient sans appel. L'opinion d'un simple aspirant n'avait aucun poids. Seul compterait ce qu'auraient décidé les cinq princes et les grands maîtres des dix-huit guildes.

– Voilà pourquoi, poursuivit Télanis, il est capital

que nous impressionnions nos hôtes. Ils représentent les dix-huit et les cinq. De leur rapport dépendra l'ultime décision... Pour nous ou contre nous.

– Je vois.

Pour le jeune aspirant, l'enjeu, tout d'un coup, devenait parfaitement clair. Maître Kedri n'était pas seulement un importun se mêlant de tout. On devait désormais voir en lui un ennemi potentiel – ou un allié – de l'expédition. Le labeur, la patience de ses membres, leur combat contre la roche, tout cela se révélerait vain si Kedri parlait en leur défaveur.

– Je ne suis pas sûr de pouvoir faire cela, maître.

– Je comprends. Veux-tu que je te relève de ta charge, Atrus ?

Le jeune homme regarda maître Télanis. Ainsi, c'était aussi simple que ça ? Et tout d'un coup, il comprit. C'était comme rentrer chez soi. Il en avait le droit, n'importe quand, mais c'était sa décision de ne pas le faire qui donnait, à ses yeux, tout son sens à ce voyage. Même chose pour sa mission présente. Il pouvait très bien y renoncer, mais...

Il baissa respectueusement la tête.

– Je ferai ce que vous souhaiterez, maître.

Télanis eut un large sourire.

– Bien. Maintenant, va te restaurer. Tu as une longue journée devant toi.

Suivirent quatre longues journées d'interrogatoires incessants. Atrus, harassé, s'apprêtait à retourner voir maître Télanis pour lui demander de le relever de sa tâche lorsqu'il apprit qu'on allait commencer à creuser le prochain tronçon.

Maître Kedri se trouvait alors au réfectoire. Ravi de pouvoir enfin montrer au législateur quelque chose de tangible, Atrus vint le déranger au beau milieu du repas.

– Oui, aspirant ? dit maître Kedri.

La conversation, à table, s'était interrompue dès l'entrée du jeune homme dans la petite pièce. Les quatre inspecteurs assis autour de la table étroite se tournèrent vers lui.

– Pardonnez-moi, maîtres, dit-il en s'inclinant devant eux. Mais j'ai pensé que vous aimeriez savoir tout de suite que nous nous apprêtons à entamer la prochaine étape de l'excavation.

Cette annonce provoqua des murmures tout autour de la table. Certains se levèrent d'un bond et se dirigèrent vers la sortie. D'autres s'empressèrent de finir leur plat. Seul Kedri parut indifférent à la nouvelle.

– Merci, Atrus, dit-il au bout d'un moment. Je te rejoindrai dès que j'aurai terminé mon repas. Va m'attendre sur le site.

Dix minutes plus tard, il sortit de l'excavateur et se dirigea vers l'endroit où l'on avait installé les mèches de forage. Les autres inspecteurs s'étaient déjà regroupés, attendant le début des opérations.

– Voyons si j'ai bien compris, déclara Kedri avant qu'Atrus ait pu prononcer un mot. Les sondages opérés par maître Géran constituent un moyen rudimentaire mais relativement fiable de savoir si la roche qui se trouve au-dessus de nous est solide ou non. Juste ? L'étape suivante – *celle-ci* – consiste à effectuer une série de forages profonds pour avoir une idée précise des différentes catégories de roches que nous nous apprêtons à creuser.

Atrus acquiesça, souriant pour la première fois au législateur.

– Oh, je suis capable d'assimiler un minimum d'informations, aspirant, ajouta ce dernier avec une expression amusée. Je peux lire autre chose que des contrats. Mais il y a une chose que je voudrais savoir, Atrus : que deviennent toutes ces roches ?

– Ces roches ? répliqua le jeune homme en riant. Mais je pensais que vous le saviez, maître. Je croyais que *tout le monde* le savait ! On les reconstitue.

– Reconstitue ?

– Dans la chambre de fusion. Cette machine reconstitue la matière primitive de la roche, recréant le chaînon initial de ses atomes et réduisant ainsi de deux cents fois sa masse. Le résultat, c'est le *nara*.

– Ainsi, c'est cela, le *nara* ? murmura pensivement Kedri. Pourrais-je voir de mes yeux cette chambre de fusion ?

Atrus changea de ton, plein de sympathie, tout d'un coup, pour son interlocuteur.

– La voir, maître ? Mais vous pouvez même la faire fonctionner, si vous le souhaitez.

Atrus prit une feuille de papier et, pour éclairer la lanterne de maître Kedri, dessina une coupe transversale du tunnel.

– Ceci, dit-il, montrant le petit cercle hachuré en son centre, est le trou fait par l'excavateur. Comme vous pouvez le constater, c'est un trou relativement petit, représentant moins du tiers de la circonférence du tunnel. Ceci, ajouta-t-il, pointant sa mine sur les deux cercles parallèles situés sur la partie extérieure du tunnel, est la surface que le cercleur enlève.

– Le cercleur ? interrogea Kedri, stupéfait.

– C'est ainsi que nous le nommons. Parce qu'il découpe un anneau géant dans la roche entourant le forage central.

– Ah, il s'agit donc de cette machine qui ressemble à une araignée. Exact ?

Atrus approuva d'un signe de tête. Deux jours auparavant, à peine, lui et son interlocuteur avaient inspecté jusqu'à épuisement les différents instruments d'excavation.

– Pour être précis, le cercleur crée autour de l'extrémité extérieure une voie circulaire d'une profondeur de cinquante centimètres. Nous comblons alors cet espace avec un joint formé d'une pierre originaire de

D'ni, nous le laissons se consolider, puis nous retirons le « collier » – c'est-à-dire la roche comprise entre le tunnel interne et le joint.

– Pourquoi cinquante centimètres ?

Atrus dessina quelque chose sur son bloc, le tendit au questionneur.

– Ainsi que vous pouvez le voir, nous insérons profondément dans l'entaille un bracelet de métal spécial large de cinq centimètres avant d'introduire la pierre qui la rendra étanche. Ensuite, lorsque le collier a été retiré, nous enlevons l'armature et installons de nouveau le cercleur pour une nouvelle opération.

Kedri plissa le front.

– Pardonne-moi, aspirant, mais, une fois encore, cette méthode me paraît laborieuse.

– Peut-être, maître Kedri, mais sûre. Lorsque nous construisons un tunnel, nous le faisons pour qu'il dure.

– Oui... murmura Kedri d'un air songeur. Tous ces efforts me paraissent quand même disproportionnés par rapport à leur but : aller dire deux mots à d'hypothétiques habitants de la surface. Tu n'es pas de mon avis ?

C'était la première fois que Kedri posait au jeune aspirant une question aussi directe. Atrus se demanda s'il devait l'ignorer, y voir une simple remarque de routine. Mais Kedri, semblait-il, attendait une réponse.

– Eh bien, aspirant. Tu n'as aucune idée sur le sujet ?

Maître Télanis vint à sa rescousse.

– Pardonnez-moi, maître Kedri. L'aspirant Atrus a tout à fait le droit d'avoir une opinion. Mais il admettra lui-même, j'en suis sûr, qu'à vingt-cinq ans, il est bien trop jeune et bien trop inexpérimenté pour l'exprimer haut et fort. Mais peut-être accueillerez-vous favorablement celle d'un homme beaucoup plus âgé ?

Kedri éclata de rire.

– Oh, je connais la vôtre, maître Télanis. Je pensais

simplement qu'il serait rafraîchissant d'avoir un point de vue différent, jeune, pour tout dire.

– Allons, Kedri, vous imaginez-vous vraiment que nos maîtres du Conseil prendraient la peine de prêter l'oreille à ce qu'un simple aspirant, même aussi brillant qu'Atrus, aurait à dire ? Prenez le prince Tulla. Il a au moins onze fois l'âge de notre ami. Croyez-vous qu'il serait vraiment intéressé ?

Kedri lui concéda ce point.

– Parlons donc de choses plus importantes, ajouta rapidement Télanis, sans laisser à son vis-à-vis le loisir de s'engager sur un terrain plus glissant. D'ordinaire, nous nous contenterions, en de semblables circonstances, d'effectuer des forages de prélèvements. Mais, tenant compte de votre hâte de nous voir en action, maître Kedri, j'ai décidé de passer outre et de procéder directement à l'excavation.

Cette nouvelle sembla ravir le législateur.

– Excellent, dit-il en joignant les mains. Aurons-nous à porter des vêtements de protection ?

– Non. Mais vous devrez prendre place dans le second vaisseau. Lorsque nous creusons, nous creusons.

La porte du node était fermée derrière eux, son dispositif d'étanchéité empêchant la moindre particule de roche de s'échapper du tunnel. On avait déplacé le campement provisoire, fixé la capsule de sondage à l'arrière du second excavateur, qui reposait à présent contre la paroi la plus éloignée du node, légèrement à gauche du site de forage. On avait fixé deux grandes lentilles d'observation sur la voûte, de chaque côté du site, assez haut pour que des débris de roche projetés en tous sens ne les atteignent pas.

Tout était prêt. Maître Télanis n'avait plus qu'à donner l'ordre de commencer.

Atrus se trouvait dans le second véhicule, au fond de

la salle des cartes, derrière les inspecteurs qui, à travers le grand écran de protection, observaient les manœuvres de déplacement de l'excavateur jusqu'au point de forage.

En mouvement, il ressemblait encore plus à un être vivant qu'à une machine, avec ses mouvements placides, sinueux, qui évoquaient ceux d'un serpent géant.

Atrus observait tout cela avec une satisfaction paisible. Il avait vu pour la première fois un excavateur en action à l'âge de quatre ans, le jour où son père, aspirant avant lui, l'avait emmené assister au creusement d'un tunnel entre deux cavernes excentrées de D'ni.

Kedri paraissait particulièrement impressionné. Il se penchait en avant, fixant, fasciné, l'écran de protection.

– En place ! cria maître Télanis, dont la voix se répercuta dans la salle des cartes.

Quelques instants plus tard, on entendit le mugissement d'une sirène qui, après avoir atteint son apogée, diminua. Le museau de l'excavateur apparut, paraissant presque, tant son approche fut douce, caresser l'emplacement désigné sur la face de la roche. Mais la grande hampe de forage la heurta brutalement et tous virent le liquide de refroidissement couler dans les épais conduits de la perforatrice.

Lentement, cette dernière commença à tourner sur elle-même, mordant aveuglément la roche, fouillant ses entrailles d'un mouvement circulaire avec un vrombissement qui doubla d'intensité jusqu'à devenir un cri aigu au moment où de grands nuages de poussière se mirent à tournoyer autour d'elle.

Le bruit, devenu assourdissant, fit vibrer le second excavateur. Lentement, la grande sphère du node se remplit de poussière, obscurcissant en partie la vue des observateurs. Ils réussirent pourtant à voir l'excavateur s'enfoncer de plus en plus profondément dans la roche, semblable à un prédateur féroce déchiquetant les fragiles entrailles de sa victime.

De temps en temps, un gros fragment de roche tombait sur leur vaisseau avec un bruit sourd. Mais il n'y avait aucun danger. Les excavateurs étaient prévus pour supporter des pressions inimaginables. A tel point qu'un effondrement gravissime aurait simplement immobilisé celui où ils se trouvaient, sans l'écraser.

Au bout d'un moment, Kedri se tourna vers Atrus et lui dit, s'efforçant de dominer le vacarme :

– C'est un spectacle terrifiant.

Le jeune homme approuva. Lui aussi, la première fois qu'il y avait assisté, avait ressenti une frayeur incontrôlée que seuls les propos de son père lui inculquant, après l'événement, l'émerveillement et la fierté qu'éprouvaient chaque fois les membres de sa guilde, avaient pu dissiper.

Peut-être était-ce même ce jour-là qu'il avait décidé de suivre les traces de son père et d'aspirer, lui aussi, à devenir membre de la guilde des géologues.

– Regardez la queue ! cria-t-il en désignant l'écran.

Pour un bref instant, l'excavateur était de nouveau visible. Pourtant, il s'enfonçait presque entièrement dans la roche. Mais sa queue remuait de droite à gauche, comme celle d'un animal, creusant, dans les parties friables des parois du tunnel, des entailles semblables à des morsures.

– Pourquoi fait-elle ça ? cria Kedri.

– Pour que nos hommes aient prise sur la paroi. C'est à partir de ces entailles que nous commencerons à retirer le collier. Elles nous facilitent grandement la tâche.

– Intelligent. Vous ne négligez rien.

Oui, pensa Atrus. *Mais nous avons eu mille générations pour tout prévoir.*

Dans le silence soudain, l'excavateur s'extirpa du trou, ses parois segmentées maculées de poussière, sa pointe foreuse devenue d'un rouge incandescent en dépit des flots constants de liquide de refroidissement.

La poussière se répandit lentement à l'intérieur du node.

– Pouvons-nous sortir, à présent, et aller voir par nous-mêmes ? interrogea un des inspecteurs, Ja'ir, maître de la guilde des scribes.

– J'ai bien peur que non, lui répondit Atrus. Il fait beaucoup trop chaud. La poussière vous étoufferait. Nos hommes eux-mêmes seront obligés de porter des combinaisons de protection. Ils devront d'abord asperger le node d'eau pour fixer la poussière. Ensuite, lorsque la perforatrice se sera un peu refroidie, nous le ventilerons avec de l'air frais venu de l'extérieur. Alors, seulement, se mettra en place le processus d'épuration.

– Et la prochaine étape d'excavation ? demanda Kedri, se retournant sur son siège et s'appuyant contre son dossier pour fixer Atrus.

– Elle aura lieu sans tarder, maître. Regardez.

Une porte s'ouvrit sur le côté de l'excavateur. Deux jeunes aspirants en sortirent, harnachés de pied en cap, des tuyaux d'aération alimentant leur casque. Ils brandissaient ce qui ressemblait à des lances, mais incurvées et pourvues, en leur extrémité, d'une pointe de diamant.

– Ils vont tout de suite installer le cercleur. Nous entamerons la deuxième étape de l'excavation dès qu'ils auront terminé. Pendant ce temps, le reste des hommes procédera au processus d'épuration.

Tandis que les aspirants installaient les deux cerceaux de découpe du cercleur, deux autres jeunes gens apparurent, tirant derrière eux de flexibles tuyaux d'arrosage. Se plaçant au centre de la plate-forme, le premier se retourna et fit un signe de la main. Presque aussitôt, les tuyaux projetèrent un jet d'eau qui, en arche, aspergea la voûte de la grande sphère. Les deux hommes ajustèrent l'embout de leur tuyau. Le jet se transforma alors en une bruine qui, un court instant, envahit le node.

Cela ne dura qu'une minute ou deux, mais lorsqu'on

coupa l'eau, le node était débarrassé de toute poussière, bien qu'une pâte épaisse recouvrît l'ensemble de ses parois.

Atrus sourit.

– Vous vous demandiez ce que nous autres géologues faisons la plupart du temps ? Eh bien, vous avez la réponse. Le ménage !

Il y eut des rires.

– Tu parles comme si tu n'aimais pas ton travail, déclara Kedri sur le même ton.

– Pas du tout. Il me donne le temps de réfléchir.

Kedri le fixa un instant d'un air pensif avant de se détourner, laissant le jeune homme s'interroger sur ce qui pouvait bien se passer dans la tête du législateur.

Les quatre inspecteurs quittèrent l'excavateur, leurs mouvements rendus légèrement patauds par les vêtements de protection que maître Télanis les avait forcés à revêtir. Comme toujours, Kedri ouvrait la marche, Atrus à ses côtés. Ils s'engagèrent dans la bouche du tunnel.

Le cercleur avait déjà opéré plusieurs fois. Les cadets venaient de raboter un tronçon de quatre mètres de long qu'ils avaient recouvert d'une couche de pierre de D'ni. Plus bas à l'intérieur du tunnel, les inspecteurs aperçurent le O du trou de forage central s'enfonçant droit dans la roche et, l'entourant comme un étrange insecte squelettique, le cercleur, enfermé dans son revêtement translucide.

Deux lampes de la taille de deux poings serrés étaient suspendues à la voûte. Elles projetaient une lumière bleu pâle sur les cadets entassant des morceaux de roche dans un chariot mobile.

– Tout se passe exactement comme je l'imaginais, dit Kedri d'un air satisfait.

Ses collègues et lui marchèrent lentement en direction des lampes. Le tronçon terminé qu'elles éclairaient donnait une impression de solidité, de résistance à toute épreuve. Dépassant les jeunes aspirants, les inspecteurs s'approchèrent de la paroi, s'arrêtèrent sous les pieds ancrés du cercleur.

Ils examinèrent son moteur luisant, le grand cerceau de découpe qui, au repos, s'alanguissait contre la façade, puis fixèrent leur attention sur le revêtement transparent plaqué contre la roche. Il était destiné à recevoir les débris arrachés au cours de l'excavation et à les diriger vers un toboggan menant directement au trou de forage central. Là, les cadets les collectaient à l'aide de grands tuyaux d'aspiration et en remplissaient le pulvérisateur.

Kedri regarda Atrus.

– Tu te souviens de ta promesse, aspirant ?

– Je ne l'ai pas oubliée.

Le jeune homme fit signe à son ami Efanis qui travaillait non loin de là. Aussitôt, Efanis se précipita, se mit aux commandes du cercleur et fit retentir deux fois, longuement, la sirène de la machine.

Kedri grimaça.

– Je n'ai jamais rencontré d'aspirants aussi bruyants, jeune Atrus. On dirait que vous n'accomplissez rien sans faire beugler une sirène.

Atrus sourit. C'était vrai. S'il y avait vraiment des habitants là-haut, ils les entendraient sûrement bien avant de les voir apparaître à la surface.

– Assurez-vous que vos masques sont bien ajustés, maîtres, dit-il. Et ne vous inquiétez pas. Vous êtes en sécurité. Si le revêtement du cercleur se perfore, vos casques vous protégeront.

– Cette prudence, murmura Kedri. Toujours cette prudence !

Le grand cerceau du cercleur se mit à tournoyer, lentement tout d'abord, se contentant, en sifflant, de raser la surface. Puis, avec une accélération foudroyante, le sommet de l'engin parut s'enfoncer dans la paroi, broyant la roche avec un bourdonnement insoutenable, comme si on venait tout d'un coup de lâcher mille essaims d'abeilles.

Des morceaux de roc s'abattirent comme des grêlons contre la surface épaisse et claire du revêtement. Lentement, le bras du cercleur se leva, se déplaçant à l'horizontale tandis le cerceau de découpe, en tournoyant, mordait de plus en plus profondément la roche, creusant le grand O comme s'il avait dessiné d'un seul trait la bordure extérieure d'une cible d'archer.

En moins de trois minutes, ce fut fait. Lentement, la machine recula et le cerceau fumant s'arracha de la paroi. Tandis que les inspecteurs se détournaient, quatre des jeunes géologues le déplacèrent sur sa hampe, l'attirant vers le tunnel avant de le démonter. Les inspecteurs, qui avaient déjà assisté à son montage, ne s'étonnèrent de rien. Tout cela avait l'air si simple. Pourtant chaque étape recelait des dangers sans nombre, mille difficultés insoupçonnées.

Les aspirants poursuivirent leur travail, ôtant le revêtement du cercleur et repliant la hampe. Kedri et ses collègues s'écartèrent pour les laisser faire. Ce ne fut qu'une fois l'opération terminée qu'Atrus entraîna ses hôtes, leur faisant longer la base du cercleur, vers le trou de forage central. Là régnait une demi-pénombre, due aux rochers entassés qui faisaient barrage à la lumière de l'extérieur.

Atrus désigna les deux machines alignées du même côté du trou. Ils reconnurent la première, qu'on utilisait pour regrouper tous les fragments de roche grâce à un grand tuyau d'aspiration issu de sa sphère centrale. La seconde était petite et basse avec, en son sommet, un plateau métallique.

Négligeant la première machine, Atrus se baissa et, ramassant le plus gros morceau de roche, le tendit à Kedri.

– Eh bien, maître ? Ne vouliez-vous pas faire fonctionner la chambre de fusion ?

Avec un large sourire, Kedri s'empara du fragment, le posa sur le plateau.

– Et maintenant ?

Pour toute réponse, le jeune homme pressa un bouton placé sur la paroi de la chambre. Aussitôt, un couvercle de métal glissa en travers du plateau. On entendit un bruit de broiement, puis le couvercle se retira. Le plateau, à présent, était vide.

– Et le nara ?

Atrus se pencha et montra, sous la machine, un gros cylindre rouge enfermé dans un filet de mailles métalliques.

– Le nara, dit-il, est recueilli là-dedans sous une forme primitive, hautement compacte, jusqu'à ce que nous ayons besoin de l'utiliser.

– Mais il va sûrement se solidifier ?

– Oui. Mais ce cylindre n'est qu'un réceptacle temporaire, une sorte de chambre de refroidissement transformant le nara en une matière facilement emmagasinable. Lorsque nous en avons suffisamment, nous transférons le cylindre dans une autre machine, un grand four opérant à une pression fantastique où il se désintègre tandis que le nara est amené à un stade plus volatil, donc plus utilisable.

– Le pulvérisateur, tu veux dire ?

Le jeune aspirant acquiesça. Kedri s'accroupit et regarda le cylindre rouge vif avec une sorte de crainte, conscient des immenses pouvoirs de ces machines d'apparence si simple. Puis, comme un petit garçon à qui on vient d'offrir le jouet qu'il convoitait depuis longtemps, il regarda prudemment autour de lui avant de ramasser des fragments de roche et de les poser, un à un, sur le plateau de la chambre de fusion.

Cette nuit-là, maître Télanis prit une nouvelle fois Atrus à part.

– Nos amis ont passé une bonne journée. Ton idée

de les laisser s'amuser avec les machines les moins dangereuses était excellente. Ces ronds-de-cuir raffolent d'une technique à laquelle ils ne comprennent rien. Et qui sait ? ton attention pourrait bien les amener à partager nos vues.

– Vous pensez donc que nous avons raison ?

– De vouloir entrer en contact avec les habitants de la surface ? Oui. Tant que nous agissons avec discrétion.

– Que voulez-vous dire ?

– Je veux dire que nous ne devrons pas mêler notre peuple au leur, ni avoir avec eux des relations approfondies. Il est fort probable après tout, qu'ils constituent une race primitive ; et les races primitives, comme nous l'avons appris à notre détriment, ont tendance à se montrer agressives. Nous devrons les empêcher d'envahir notre tunnel et de déferler sur D'ni.

– Quel genre de contacts cela nous laisse-t-il ?

Télanis haussa les épaules. Puis :

– Nous nous mêlerons à eux en tant qu'observateurs, à condition qu'ils ne soient pas trop différents de nous.

– Mais pourquoi ? Quels avantages en retirerons-nous ?

– Ils ont peut-être certaines particularités culturelles, des formes d'artisanat, par exemple, que nous pourrions utiliser. Ils peuvent même avoir perfectionné certains outils ou certaines machines, bien que, personnellement, j'en doute fort.

– Il est possible, alors, que maître Kedri ait raison et que ce projet soit absurde.

Télanis se pencha sur son siège, tout d'un coup en alerte.

– Ce sont ses mots ?

– A peu de chose près. Il en parlait à un autre inspecteur – Ja'ir, je crois – à la fin du forage. Ja'ir se demandait même si les habitants de la surface existaient vraiment.

– Et ?

Atrus se tut un instant, cherchant à se remémorer la conversation.

– Maître Kedri pensait que oui. Selon lui, les conditions climatiques, là-haut, sont idéales pour le développement d'une espèce indigène.

– Et sur quoi s'appuie-t-il pour l'affirmer ?

– Il semblerait que tous les quatre aient eu en main des exemplaires du Livre.

– Le Livre de la Terre, déclara Télanis d'un air songeur. Il a été écrit par le grand maître Ri'Neref en personne. Il s'agit sans doute, Atrus, du plus grand des anciens scribes. Et pourtant, on prétend qu'il a rédigé ce livre à une époque où il n'était encore qu'apprenti.

– C'est également ce qu'affirmait maître Kedri. Mais le plus troublant est peut-être ce que maître Ja'ir a dit ensuite.

Les yeux de Télanis semblèrent transpercer Atrus.

– Continue.

– Il a déclaré : « Qu'il y ait ou non des humanoïdes à la surface, pourquoi gaspiller autant de temps et d'énergie pour mener à bien une entreprise hasardeuse basée uniquement sur des hypothèses ? »

– Hypothèses... Il a parlé d'hypothèses ?

Atrus hocha la tête.

Télanis se renversa dans son siège, regardant devant lui d'un air pensif. Il se tut un long moment. Puis :

– Et toi, qu'en penses-tu ? Est-ce que cela en vaut la peine ?

– Oui, maître. Etre certains que nous partageons notre monde avec d'autres espèces intelligentes justifie, sans l'ombre d'un doute, tous nos efforts.

Pendant la durée de l'excavation, les jeunes aspirants avaient été autorisés à regagner leurs quartiers à l'intérieur de leur vaisseau. Les inspecteurs, eux, avaient été regroupés, à bord du second excavateur, dans la cabine du maître de guilde.

Atrus retrouva sa couchette. Il sourit en se remémorant les commentaires de Kedri, mais son sourire s'estompa vite. Les interminables préparatifs précédant l'excavation lui donnaient, d'ordinaire, le temps de penser à ses expériences, temps dont il n'avait pas beaucoup joui au cours des derniers jours. Et, en fait, il en vint à se demander comment des gens pouvaient supporter de vivre ainsi que Kedri le faisait avec une telle ostentation, toujours sur les talons de quelqu'un.

Lui avait besoin d'espace, et de tranquillité. *Oui, et d'une provision suffisante de produits chimiques et de carnets de notes !* pensa-t-il, se souvenant de la façon dont sa mère raillait son obsession des roches et de l'évolution géologique.

Ce n'était pas naturel, disait-elle. Mais le vieux cuisinier, maître Jerahl, avait raison. Rien n'était plus *naturel* pour un D'ni. La pierre était l'élément de ce peuple, sa raison d'exister.

Assis sur le rebord de sa couchette, il entendait le miaulement des machines qui creusaient sans relâche, le bruit sourd des fragments tombant sur le sol. Les autres étaient tout à fait libres de trouver naturels les chants d'oiseaux et les remous des rivières. Pour lui, ce son-là était le plus naturel de tous.

« *Petit ver de terre.* » Ainsi son père le surnommait-il lorsqu'il était enfant, comme s'il avait eu l'intuition de sa vocation future. Et c'était ce qu'il était devenu. Une créature des profondeurs. Un découvreur de passages. Un explorateur des ténèbres.

Il se redressa, se préparant à se déshabiller avant de dormir, lorsqu'il perçut, venu du dehors, un choc brutal. Il se précipita le long du couloir et passa la tête hors du vaisseau, regardant autour de lui. Le bruit venait de l'intérieur du tunnel. Un cri d'homme souffrant.

Il entendit un pas précipité derrière lui. Un moment plus tard, maître Télanis le rejoignit à la porte de l'excavateur.

– Que se passe-t-il, Atrus ?

– Quelqu'un s'est blessé.

Les deux hommes se mirent à courir. Ils tombèrent, à l'entrée du tunnel, sur un jeune ingénieur au visage décomposé.

– Qui est-ce, Ta'nerin ? demanda Télanis en lui serrant le bras.

– C'est Efanis. La pointe de découpe s'est brisée. Il est sérieusement blessé. Nous avons essayé sans succès d'arrêter le sang.

– Va tout de suite chercher maître Avonis. Je vais voir ce que je peux faire !

Laissant Ta'nerin s'en aller, maître Télanis reprit sa course, suivi de près par Atrus. Le tronçon, à présent, était presque terminé. Il ne restait plus qu'un mètre à creuser. Là, tout au bout, sous l'arc des lampes, les deux hommes aperçurent un petit groupe de cadets, certains à genoux, d'autres debout, entourant un de leurs camarades.

Le gémissement s'amplifia, pitoyable, horrible.

Arrivant à la hauteur du groupe, Télanis et Atrus virent à quel point Efanis était gravement touché. Sa blessure était affreuse. La pointe de découpe avait dû bondir brutalement en arrière, heurtant sa poitrine et le sommet de son bras. Il lui avait été impossible de l'éviter. Il émit un râle, du sang plein la bouche.

Ecartant les cadets, maître Télanis arracha sa chemise, la fourra dans la plaie. Puis, regardant autour de lui, il s'exprima d'une voix ferme, essayant de briser l'hébétude des jeunes gens.

– Aidez-moi, les garçons ! Vite !

Il se pencha, saisit délicatement la tête d'Efanis. Les autres glissèrent leurs mains sous ses épaules, son dos et ses cuisses.

– Là, dit doucement Télanis, les encourageant de la

voix tandis qu'ils soulevaient doucement le blessé. Nous allons le transporter jusqu'à l'excavateur. Plus tôt maître Avonis pourra l'examiner, mieux cela vaudra.

Il y avait déjà eu des accidents. Mais rien de bien sérieux : os cassés, contusions dues à des éclats de roche. Maître Télanis était fier des conditions de sécurité dans lesquelles travaillaient les membres de son expédition. L'accident d'Efanis fut donc ressenti comme un grand choc.

Lorsque Atrus se présenta devant Kedri le matin suivant, il trouva le législateur écrivant, penché sur un bureau de la salle des cartes. Le maître posa sa plume.

– Je suis navré, Atrus. J'ai cru comprendre qu'Efanis était ton ami. Une sale affaire, hein ?

Atrus approuva de la tête, mais fut incapable de parler. Efanis n'était pas encore sorti d'affaire.

– Je n'aurai pas besoin de toi aujourd'hui. Dispose donc de ta journée. Fais tes expériences, si tu le souhaites. Nous reprendrons demain matin.

– Bien, maître.

Laissant Kedri à son travail, Atrus partit à la recherche de maître Télanis. Il le trouva dans le tunnel, accroupi près de l'excavation provisoirement abandonnée, fixant une tache noire dans la roche. Au centre du petit ovoïde irrégulier se trouvait un cercle minuscule et légèrement aplati, qui semblait avoir la consistance du verre.

On aurait dit un œil broyé les fixant depuis la roche.

– Qu'est-ce que c'est ? demanda Atrus.

– Un dépôt pyroclastique – une « bombe volcanique » déposée dans cette strate il y a des centaines de millions d'années.

Il montra du doigt la surface externe, plus sombre.

– L'extérieur est une simple obsidienne – un basalte vitrifié – mais ce noyau y était déjà encastré lorsque le volcan l'a craché. Il a la dureté du diamant. Ma conclusion est que la pointe de découpe a glissé sur la surface vitrifiée, puis a heurté ce noyau bien plus dur avant de voler en éclats.

Il poussa un profond soupir.

– J'aurais dû faire procéder à des forages de prélèvements. Je me suis trop hâté pour impressionner nos hôtes. Et voilà le résultat.

– Vous n'avez rien à vous reprocher, maître, dit Atrus. De toute façon, la pointe de découpe devait être défectueuse. On ne peut pas tout prévoir.

– *On ne peut pas ?*

Télanis se releva. Il jeta un coup d'œil circulaire sur les outils abandonnés, avec une expression désespérée que le jeune aspirant ne lui avait encore jamais vue.

– Si je ne prévois pas tout moi-même, qui le fera, Atrus ? Je suis le seul responsable de la sécurité des membres de l'expédition. Le seul. Si Efanis s'est blessé, je dois ne m'en prendre qu'à moi. Si j'avais fait correctement mon travail...

Atrus tendit la main pour la poser sur le bras de Télanis, puis se ravisa. En un sens, le maître avait raison. Toutes leurs vérifications, toutes leurs précautions étaient censées éviter des accidents de ce genre.

Il s'éclaircit la gorge.

– Maître Kedri m'a dit qu'il n'avait pas besoin de moi aujourd'hui, maître. Je suis venu me mettre à votre disposition.

Télanis esquissa un geste vague de la main.

– Pas maintenant, Atrus. Nous ne travaillerons pas aujourd'hui.

– Mais, maître...

– Pas maintenant.

Après avoir rempli un sac à dos pour le voyage, Atrus partit en direction du node que les membres de l'expédition avaient relié, presque deux mois plus tôt, à un petit réseau de cavernes.

Il lui fallut une petite heure pour atteindre l'endroit où il désirait se rendre. Car si la première partie du trajet était assez facile, en dépit de son aspect sinueux propre à toutes les voies D'ni, le tunnel bifurquait ensuite sur la gauche, les excavateurs ayant été forcés de faire un détour pour contourner une zone de plissements et de failles.

La voie était pauvrement éclairée. Les éléments chimiques du revêtement vert sombre en pierre de D'ni émettaient une maigre luminescence qui permettait tout juste de voir devant soi. Mais Atrus avait emporté avec lui deux lampes et une petite boîte d'algues fluorescentes, en prévision du moment où il s'écarterait du chemin tracé.

Arrivé à destination, il se reposa brièvement et, assis sur la plate-forme rocheuse située à l'extérieur de la porte circulaire donnant sur le réseau de cavernes, prit une légère collation.

On avait criblé la sphère de ce node de nombreuses ouvertures – certaines minuscules, où l'on avait du mal à glisser la main, d'autres assez grandes pour qu'un homme debout y pénètre sans peine. La taille de celle devant laquelle il s'était assis avait permis à l'excavateur de s'y enfoncer. En effet, avec l'autorisation de maître Télanis, les membres de l'expédition en avaient étayé l'entrée avant de creuser la roche sur au moins dix mètres, élargissant le passage pour faciliter l'accès à une vaste grotte toute proche. Mais le temps leur était compté et ils n'avaient disposé que d'un jour ou deux pour explorer le réseau avant de reprendre leur progression. Ils avaient donc isolé le tunnel avec une petite porte, abandonnant les cavernes à de futurs explorateurs. Ensuite, ils avaient revêtu le node d'une fine couche de nara.

Atrus, à l'époque, avait pris toute une série de notes sur ce réseau. Il avait enfin l'occasion d'y retourner et de reprendre ses explorations. Cette pensée le réjouissait. Son repas terminé, il se leva, sortit de son sac à dos son casque de protection, l'enfila et, mettant son sac sur son épaule, se dirigea vers la porte hermétique.

Le mécanisme d'ouverture fonctionnait par simple pression. Faisant tourner la vannelle, le jeune homme entendit l'air s'échapper en sifflant de l'évent situé un peu plus haut. Un instant plus tard, une fente apparut au centre de la porte, dont les deux moitiés glissèrent sans bruit à l'intérieur du collier qui la cernait.

Au-delà, tout était sombre.

Dans le petit sac de tissu accroché à sa ceinture, Atrus avait entreposé plusieurs billes éclairantes. Il en prit une, ouvrit l'arrière de la lampe fixée sur son casque et la glissa dans l'étroit réceptacle, qu'il referma. Il attendit que la bille devienne incandescente. En moins d'une minute, une forte lueur se dégagea de la lampe, faisant jaillir des ténèbres les parois lisses et non protégées de la roche.

Atrus sourit, puis s'enfonça à l'intérieur.

Il s'arrêta pour vaporiser sur la paroi une flèche minuscule, balisant ainsi son chemin de retour. Ensuite, laissant la boîte derrière lui, il poursuivit lentement sa marche, comptant chaque pas, tournant sans cesse la tête d'un côté et de l'autre, mesurant les parois et le sol devant lui.

Au bout d'un moment, il s'arrêta une nouvelle fois et sortit son carnet de sa poche, notant rapidement le nombre de pas qu'il avait accomplis, avant de consulter à nouveau son compas pour voir si le tunnel avait modifié sa pente régulière.

C'était un passage étroit, un de ceux que les membres de l'expédition n'avaient pas explorés la première fois qu'Atrus s'était, avec eux, trouvé là. Plus loin, il s'effilait, formant une faille qui s'amincissait progressivement en plongeant dans les entrailles de la roche, et paraissait à peine assez large pour qu'on puisse s'y aventurer. Un peu plus haut, toutefois, il semblait déboucher sur un espace plus vaste – une petite grotte, peut-être. Atrus persévéra donc, espérant se frayer un chemin.

Tout était silencieux. Pas de bruit d'eau, ici, pas de gouttes tombant régulièrement d'une voûte invisible. Simplement l'absence de bruits. Atrus avait l'impression d'être un intrus. Seul son souffle résonnait à ses oreilles. Il faisait bon. Le jeune homme n'éprouvait aucune frayeur. Depuis que, tout enfant, il avait, pour la première fois, accompagné son père dans une de ses explorations, il n'avait plus peur. Il ne ressentait qu'un léger frisson, impatient de s'émerveiller devant les splendeurs cachées que la roche allait lui révéler. Car il existait, enfouies dans le tréfonds de la terre, des cavernes d'une beauté si délicate, si chatoyante, qu'y pénétrer provoquait une joie sans mélange.

Ôtant son sac de son épaule, il le posa délicatement sur le sol, puis commença à se faufiler avec difficulté dans l'étroit passage.

Prenant appui contre la paroi, il s'aperçut que, juste en dessous de lui, la roche s'enfonçait dans une brèche étroite. A sa gauche, elle formait un mur solide. Mais à sa droite...

Il eut un large sourire. A sa droite, juste au-delà de la brèche, s'ouvrait la caverne. Des points de cristal semblaient clignoter dans sa direction. La voûte était basse, mais la caverne elle-même se déployait sur un vaste espace, dessinant une énorme cavité qui, soutenue par des piliers, masquait ce qui s'étendait plus loin.

Atrus se retourna et, se faufilant en sens inverse, alla chercher son sac. D'après le compte-minutes qu'il portait au poignet, il y avait presque trois heures qu'il avait quitté sa base ; mais il avait encore tout son temps. Assurant la lanière de son sac autour de son poignet, il se glissa de nouveau dans la brèche, jusqu'à la lèvre du trou d'entrée.

La crevasse, en dessous, paraissait profonde ; pourtant, il aurait pu sauter. Mais le retour poserait un problème, car le sol de la caverne était bien plus bas que l'endroit où il se trouvait. Il ne serait pas facile d'atteindre de nouveau, d'un bond, le rebord de la crevasse.

Prenant un bout de corde dans son sac, Atrus, à coups de marteau, planta un piton dans la pierre, y noua solidement la corde qu'il laissa pendre sur une soixantaine de centimètres. Puis il sauta.

Il regarda autour de lui, surpris par la consistance singulière de la roche, fondue et vitrifiée. Pendant un moment, il resta parfaitement immobile, le rayon de sa lampe braqué sur le pilier dressé tout au bout de la caverne. Puis il s'accroupit, sortit de nouveau son carnet de sa poche, le posa sur ses genoux et se mit à dessiner ce qu'il voyait.

Cela fait, il commença à avancer. Le sol était si lisse qu'il se demanda s'il ne se trouvait pas dans une chambre volcanique. Puis, avec un rire, il s'arrêta et s'accroupit.

– Des agates ! murmura-t-il dans le silence. Des agates dans le roc !

Extirpant son marteau et un burin de sa ceinture, il ébrécha, à sa gauche, la paroi polie. Ensuite, après avoir rangé ses outils dans leur étui de cuir, il tendit le bras et, doucement, arracha sa trouvaille de l'entaille.

L'agate était un tout petit morceau de calcédoine, de la taille d'un œuf de pigeon. Il la leva et l'étudia puis, tendant le bras derrière lui, la glissa dans son sac. Des agates, il y en avait d'autres, qu'il détacha rapidement. Les unes étaient turquoise, les autres d'un beau bleu sombre. L'une d'elles, pourtant, avait des reflets presque violets, et il pensa spontanément à une améthyste.

Il sourit de nouveau. Ces agates, il les connaissait bien. Il s'agissait de petits corps intrus qui, venus du fond de la croûte terrestre, avaient été projetés lors d'une éruption avant de se refroidir à ces profondeurs superficielles. En un sens, elles n'étaient rien d'autre que des bulles dans la coulée de lave ; des bulles remplies ensuite par de l'eau souterraine chaude. Un temps infini avait passé, leur donnant leur forme actuelle. Une fois polies, elles seraient magnifiques.

Atrus marcha vers le pilier le plus éloigné. Il n'avait pas fait deux pas lorsque le sol, sous lui, se mit à vibrer. Il pensa tout d'abord que ses camarades, là-bas, avaient recommencé à creuser, car la source des vibrations paraissait lointaine. Il se souvint alors des paroles de maître Télanis.

Nous ne travaillerons pas aujourd'hui.

Comme pour lui donner raison, le sol trembla sous ses pieds. Il y eut, dans la roche, un grondement profond. Atrus entendit des blocs s'écrouler dans le passage derrière lui.

Il rebroussa chemin. Si le passage s'effondrait, il resterait piégé ; et des jours s'écouleraient avant que quiconque ne découvre l'endroit où il se trouvait. Il n'avait révélé à personne son projet d'exploration.

La corde, au moins, était toujours là où il l'avait laissée. Il la saisit et, rapidement, se hissa jusqu'à la corniche.

La roche trembla une nouvelle fois, beaucoup plus faiblement. Juste au-dessus de la brèche, un craquement déversa sur lui un nuage de poussière. Il leva les yeux. S'il s'agissait d'un véritable séisme, la roche se détacherait.

Tout en s'efforçant de ne pas perdre son calme, Atrus se faufila à travers la brèche et commença à se diriger le long de l'étroit passage. Il était parvenu à mi-parcours lorsqu'une secousse violente fit bouger la roche. Un fracas retentit au-dessus de lui, de la poussière envahit tout d'un coup sa bouche. Mais le passage demeurait libre.

Il poursuivit sa marche, retrouvant ses pas de l'aller.

Les flèches lumineuses qu'il avait tracées pour baliser sa route brillaient dans le noir. Il les suivit. Dans une des plus petites cavernes entourant le node, il trouva son chemin barré pour la première fois. Un éboulis bouchait l'extrémité de la caverne. Il se souvint qu'un étroit trou de forage offrait une autre sortie. Il rebroussa chemin le long du tunnel qu'il venait de suivre jusqu'à ce qu'il trouve cette issue, puis rampa sur les mains et les genoux, tête basse, poussant son sac devant lui. Une crevasse l'arrêta net. Il se contorsionna comme un ver, laissa pendre ses pieds au-dessus du vide. S'accrochant solidement, il tourna la tête, à la recherche d'une autre échappatoire. Il n'y en avait pas. Il lui faudrait descendre le long de la paroi, utilisant des pitons pour ses pieds.

Cela lui prit beaucoup de temps, mais il y parvint. A présent, il devait remonter, retrouver le tunnel dont il apercevait le rebord. Il s'agissait d'une ascension difficile le long d'une paroi presque à la verticale, qui l'obligerait à planter à coups de marteau, en guise de prises, d'autres pitons dans la pierre.

L'ascension fut lente. Deux fois, la terre trembla, le faisant retomber au niveau du piton qu'il venait de dépasser, mais, chaque fois, il tint bon, attendant l'accalmie. Enfin, il se hissa jusque dans le tunnel.

Selon ses calculs, il se trouvait encore à plus de dix mètres de la sortie.

Courant à moitié, il dévala le tunnel jusqu'à la toute petite grotte que ses camarades avaient appelée le Placard, proche de celle qu'ils avaient nommée l'Escalier. Avec un intense sentiment de soulagement, il se dandina comme un canard sous la grande dalle qui délimitait le début du réseau et, enfin, jusqu'au trou de forage creusé par les D'ni.

Jetant un coup d'œil le long du tunnel, le jeune homme se rendit compte immédiatement qu'il avait été sérieusement endommagé. Les parois, tout à l'heure encore lisses et parfaitement symétriques, étaient à présent striées de longues fêlures. Tombés de la voûte, de gros blocs jonchaient le sol.

Sans tenir compte de l'angoisse qu'il sentait sourdre

au fond de lui, Atrus avança lentement. Il constata que la porte était close. Elle était prévue pour se fermer dès le premier tremblement enregistré par ses détecteurs. Le long de la voie, les portes de tous les nodes se bloqueraient de la même façon. S'il n'arrivait pas à ouvrir celle-là, il se retrouverait prisonnier, aussi irrémédiablement que s'il était resté dans la caverne aux agates.

La grande porte comportait en son centre une valve de secours qu'on utilisait rarement. Se plaquant contre la paroi de métal, Atrus la libéra, en priant pour qu'il ne se produise pas de nouvelle secousse.

Rien tout d'abord. Puis, lui faisant pousser un soupir de soulagement, il y eut un sifflement d'air et la porte s'ouvrit, ses deux moitiés se glissant dans son collier.

Le jeune homme se précipita, sachant qu'à tout moment, une autre secousse pourrait survenir et actionner brutalement la fermeture des portes.

Par rapport au tunnel, le node était brillamment éclairé. Atrus cligna douloureusement des paupières, puis se retourna, fixant l'intérieur du trou de forage. Alors, l'ensemble de la voûte de la partie la plus éloignée s'effondra. Des parcelles de roc tourbillonnèrent dans sa direction. Ce vacarme soudain activa les détecteurs et les portes claquèrent, arrêtant net le bruit et les débris.

Atrus siffla pour se donner du courage, regarda autour de lui. Les parois de la grande sphère où il avait enfin abouti étaient intactes – il aurait fallu un séisme majeur pour entamer ses parois consolidées –, mais les deux portes du node étaient fermées.

Il devrait attendre que les tremblements diminuent.

Il s'assit, sortit son carnet de sa poche et nota tout ce qui s'était passé. Il était capital de ne rien oublier, de ne négliger aucun détail, si infime fût-il. Car tout avait son importance.

Les tremblements de faible amplitude étaient monnaie courante. Ils se produisaient au moins une fois par mois. Mais ceux-là étaient puissants ; les plus puissants qu'il eût jamais rencontrés.

Il se souvint des agates, les sortit de son sac. Il les étudia un instant, éperdu d'admiration. Puis, avec une lucidité soudaine et froide, il se rendit compte qu'elles détenaient la clé de tout.

L'ensemble de cette zone était volcanique. Son histoire l'était. Ces agates prouvaient l'existence d'une activité éruptive vieille d'innombrables millénaires et qui durait encore. Les membres de l'expédition avaient creusé leurs tunnels droit au cœur d'une immense faille volcanique.

Remettant les agates dans son sac, le jeune homme acheva de noter ses observations, puis ferma son carnet.

Il s'était écoulé au moins une heure depuis la dernière secousse.

Comme pour confirmer ce fait, les portes du node s'ouvrirent en sifflant.

Atrus se leva, ramassa son sac et le rabattit sur son épaule. Il était temps de rentrer.

En franchissant la porte du node, Atrus se figea, surpris par l'étrange silence. Depuis son départ, les deux excavateurs n'avaient pas changé de place ; et il ne discerna aucun signe de l'activité frénétique qu'il s'était attendu à rencontrer après le séisme. Le site avait l'air abandonné.

Il s'avança, l'anxiété au creux du ventre, s'arrêta de nouveau en entendant un bruit singulier venu du tunnel : un murmure de voix entonnant ce qui ressemblait à un chant rituel.

Il se dirigea vers l'entrée du tunnel. Alors, il les vit : les deux équipages des excavateurs en rang, séparés des quatre inspecteurs qui formaient un petit groupe à part. Tous se tenaient au bout du tunnel, tête basse, là où avait eu lieu l'accident.

Le jeune homme comprit tout de suite. Il s'agissait de la cérémonie du passage d'Efani. L'écho lui renvoya les paroles prononcées d'une voix claire et solennelle par maître Télanis.

– Dans la roche il a vécu, dans la roche il reposera.

Les mots s'estompèrent. Télanis posa la main de l'aspirant mort sur le livre-relais ouvert, recula au moment où le corps brilla d'un éclat soudain avant de disparaître, gagnant le monde de l'au-delà des mondes, l'Age du grand repos, le royaume de Te'Negamaris.

A son tour, Atrus baissa la tête, immobile à l'entrée du tunnel, récitant, comme le reste de l'assistance, les paroles sacrées.

– Que Yavo, le Créateur, reçoive son âme.

Les assistants observèrent ensuite un instant de silence avant, un à un, de relever la tête. Télanis, alors, aperçut Atrus. Il s'avança vers lui et, posant une main sur son bras, lui parla doucement.

– Je suis navré, Atrus. Tout est arrivé très vite. Un rejet du traitement. Il était très faible.

Le jeune hocha la tête sans prendre vraiment conscience, encore, de l'événement. Pendant ses heures d'exploration, il avait complètement oublié son ami.

– Tu vas bien ?

– Oui, maître. Je suis retourné dans le réseau de cavernes. Il y a eu de gros dégâts, là-bas. Le séisme...

Télanis acquiesça.

– Maître Géran a l'air de croire qu'il ne s'agit que d'un affaissement localisé, mais je pense que nous devrons quand même procéder à de nouveaux sondages. Il pourrait y avoir du retard.

– Cela ne va pas plaire à maître Kedri.

– Non, pas plus qu'à ses collègues. Mais nous n'y pouvons rien. Nous devons être sûrs qu'il ne s'agit pas de quelque chose de plus grave.

Télanis ajouta après une pause :

– En conséquence, maître Kedri pourrait avoir

besoin de tes services plus longtemps que prévu. Est-ce que cela te contrarie ?

Télanis n'avait fait aucune allusion au fait que son subordonné était parti sans révéler à quiconque le lieu de son escapade. C'était – le jeune homme le savait – bien dans sa manière. Pourtant, Atrus se sentait coupable. Ce fut sans doute cette culpabilité qui le poussa à répondre :

– Non, maître.

Avant de s'engouffrer dans la navette, maître Kedri se retourna, regarda une nouvelle fois celui qu'il avait, pendant des jours, accablé de questions et lui sourit.

– Merci, Atrus. Je n'oublierai pas ta gentillesse.

Le jeune homme lui rendit son sourire.

– Je ne manquerai pas non plus de transmettre ta lettre, ajouta Kedri, tapotant la poche de sa tunique.

– Merci, maître.

Le législateur se faufila à l'intérieur du véhicule dont, sans tarder, les turbines se mirent à siffler. Le jeune aspirant recula, rejoignant les autres, qui s'étaient groupés un peu plus loin pour assister au départ des inspecteurs.

– Tu as accompli du bon travail, Atrus, déclara posément maître Télanis en se plaçant à sa hauteur tandis que la navette, tournant lentement sur elle-même, reprenait le chemin de D'ni.

– J'ai quand même peur de ne pas en avoir fait assez, répondit le jeune homme.

Télanis acquiesça avec une expression dubitative, sans chercher à cacher que, lui non plus, n'espérait pas grand-chose du rapport des inspecteurs.

De façon inattendue, maître Kedri et ses collègues avaient décidé de ne pas attendre la reprise de l'excavation et de rentrer le plus rapidement possible. Leur attitude indiquait clairement que les quatre hommes s'étaient déjà fait une opinion sur l'expédition.

La mort d'Efanis et le séisme, qui avaient précipité leur départ, avaient sans doute eu sur eux une influence décisive. L'attente, donc, serait angoissante.

– Qu'allons-nous faire, maître ? demanda Atrus, impressionné par le désarroi qu'il devinait chez Télanis.

Télanis haussa les épaules.

– Je pense que nous allons continuer à creuser, jusqu'à ce qu'on nous ordonne d'arrêter.

Au cours des cinq jours qui suivirent, les travaux avancèrent lentement. Maître Géran procéda à de multiples sondages de la roche environnante, étudiant avec soin leurs résultats avant d'effectuer des forages dans les couches plus profondes.

Ce ne fut qu'au bout de dix jours que Télanis donna l'ordre d'achever le tunnel et de creuser le nouveau node. Chacun connaissant l'imminence de la prochaine réunion du Conseil, les membres de l'expédition redoutaient le pire.

On pouvait à tout moment ordonner leur rapatriement et le comblement du tunnel, réduisant leurs efforts à néant. Pourtant, ils s'activaient plus que jamais, convaincus, en dépit de tout, de l'utilité de leur travail.

L'équipe de tête acheva l'excavation et le revêtement de la sphère en une seule journée, au cours de laquelle une seconde équipe installa les conduits d'aération. Le soir même, ils démontèrent les plates-formes et les transférèrent dans la nouvelle base d'opérations.

La mort d'Efani avait provoqué un choc, mais nul n'avait imaginé à quel point elle affecterait l'ensemble des membres de l'expédition. A présent, tous le sentaient. Lorsque l'équipe d'Atrus prit place dans le réfectoire, personne ne parla. Les mots étaient inutiles. Chacun savait ce que les autres éprouvaient et pensaient.

Ce fut Jerahl, le vieux cuisinier, qui, finalement, l'exprima en leur nom.

– Il serait profondément injuste que nous ayons pris conscience de l'importance de notre entreprise uniquement pour qu'on nous ordonne d'y mettre fin.

Il y eut un long murmure d'approbation. Depuis la mort d'Efanis, ce qui avait été jusque-là, pour beaucoup, une grande aventure, avait pris les dimensions d'une croisade. Ils ne pensaient plus qu'à une chose : terminer ce tunnel, mener à son terme la mission que leur avait confiée le Conseil. Qu'il y eût ou non des habitants à la surface n'avait plus d'importance ; ce qui comptait avant tout, c'était le percement de cette voie vers l'air libre.

D'ordinaire peu disert en public, Atrus prit la parole pour répondre à Jerahl.

– Je ne supporterai pas l'idée qu'Efanis soit mort pour rien.

Les murmures s'amplifièrent. Ils duraient encore lorsque maître Télanis apparut dans l'encadrement de la porte.

– Il est donc heureux que le Conseil partage ton avis, Atrus.

Il y eut un silence incrédule, suivi d'une immense ovation. Tenant dans une main une lettre au sceau brisé, Télanis, radieux, sourit à Atrus.

– Un courrier spécial vient d'arriver. Notre mission est prolongée d'un an.

Les acclamations redoublèrent. La joie, le triomphe transfiguraient les visages.

– Plus important encore, poursuivit maître Télanis en élevant la voix pour couvrir le chahut, on nous autorise à construire un grand puits.

– Un puits, maître ?

Télanis, les yeux brillants, hocha la tête.

– Le Conseil semble aussi impatient que nous de savoir ce que allons trouver à la surface. Nous ne nous enfoncerons plus dans la roche de façon progressive.

On nous demande désormais de creuser un grand puits vertical jusqu'à la surface. Nous commencerons les nouveaux sondages dès demain.

La lune formait un cercle pâle dans le ciel sombre du désert. Sous la voûte constellée d'étoiles, dans une cavité creusée entre deux longues crêtes rocheuses, deux voyageurs avaient établi leur campement pour la nuit, leurs chameaux entravés tout près d'eux.

Après la canicule de la journée, l'air s'était rafraîchi et les deux hommes s'étaient assis côte à côte sur un étroit promontoire, les épaules enveloppées dans les épaisses peaux de mouton provenant des grandes selles de cuir qui, juste derrière eux, reposaient sur le sol.

C'étaient des marchands qui, originaires de Tadjinar, faisaient route vers le sud, vers le marché de Jeramanir.

Tout d'abord, le silence, ce silence absolu qu'on ne rencontre que dans le désert, avait régné en maître. Mais, à présent, comme venu du tréfonds de ce silence, s'élevait un bruit ténu, si faible que les deux marchands retinrent leur souffle, pensant l'avoir imaginé. Mais le son s'amplifia petit à petit, jusqu'à devenir une présence presque tangible.

Le sol, doucement, se mit à vibrer. Les deux hommes bondirent sur leurs pieds, regardant alentour avec étonnement. Le bruit s'intensifia, se mua en une sorte de bourdonnement. Tout d'un coup, les marchands entendirent une note très pure, très claire, identique au souffle d'une trompette s'élevant des profondeurs.

Gagnant en hâte le rebord de la corniche, ils se penchèrent au-dessus du vide. A moins de dix mètres en contrebas, sur une vaste circonférence, le sable tremblait violemment, comme secoué par un tamis géant. Lentement, une gerbe de sable et de pierres se souleva, aspirée, aurait-on dit, vers le ciel. En même temps, la note unique, singulière, qui semblait prendre naissance dans un autre monde, augmenta d'intensité, emplissant le désert, avant de s'éteindre brusquement.

Aussitôt, le sable retomba, formant, en son point de chute, un monticule rond.

Les deux hommes restèrent immobiles un moment, abasourdis par ce qu'ils venaient de voir. Tout d'un coup, avec un ensemble parfait, ils s'agenouillèrent. Puis, les mains et le front plaqués contre le sol, ils s'écrièrent :

– Qu'Allah nous protège ! Qu'Il nous vienne en aide !

Derrière eux, effrayés par leurs cris déchirant la nuit, leurs chameaux se mirent à blatérer.

Maître Géran se renversa gaiement dans son siège. Même ses yeux morts semblaient rire.

– Parfait, dit-il en se tournant vers l'endroit où se tenait maître Télanis. J'ai intensifié les sondages. A un rythme échevelé, cette fois ! Et les résultats sont là ! Nous avons de la roche pure jusqu'à la surface !

Télanis, qui attendait ces conclusions avec anxiété, poussa un grand soupir de soulagement.

– Voulez-vous dire qu'il n'y a plus de problèmes, maître Géran ?

Le vieil homme acquiesça.

– Bien sûr, nous devrons faire des forages. Mais je crois ne pas me tromper en affirmant que cette zone est idéale pour le percement du puits.

– Excellent ! s'écria Télanis avec enthousiasme.

Il y avait trois mois qu'ils creusaient patiemment la roche, à la recherche d'une telle zone. A présent, ils l'avaient.

– Je vous préviens quand même, ajouta maître Géran, dont la prudence congénitale reprenait le dessus : il y a une grande caverne à côté du site retenu pour l'excavation. Mais sa présence ne devrait pas nous affecter. Elle est assez loin. De toute façon, nous percerons notre puits parallèlement à elle, et non sous elle.

– Bien, dit Télanis. Je vais immédiatement informer le Conseil. Nous pouvons déjà nous attaquer aux préparatifs. Cela nous prendra au moins un mois.

– Oh, au moins !

Les deux vieux amis éclatèrent de rire. Posant sa main sur l'épaule de l'aveugle et la secouant affectueusement, le chef de l'expédition ajouta :

– Enfin ! Je commençais à croire que je ne verrais jamais la lumière du jour.

– Moi non plus, répliqua Géran, ses yeux morts braqués sur lui. Moi non plus.

Les équipes ne chômèrent pas. Elles durent d'abord creuser une salle gigantesque sous le site du puits à venir. Les excavateurs, trop faibles pour mener à bien un chantier aussi titanesque, se contentèrent de percer sur le pourtour de l'emplacement deux longs tunnels incurvés destinés à acheminer depuis D'ni le matériel lourd nécessaire à la poursuite des travaux.

Pendant l'organisation de cette livraison, maître Géran, assisté de membres éminents de la guilde des cartographes, supervisa le dessin des plans du puits principal. Travail plus complexe qu'il n'y paraissait au premier abord, dans la mesure où le puits devait constituer le pivot de tout un réseau de galeries partant, comme des branches, de ce tronc initial. Il s'agissait, pour la plupart, de galeries de ravitaillement conduisant jusqu'à D'ni, mais certaines avaient pour but d'étendre vers le nord l'excavation première.

A mesure que les opérations se déroulaient, maître Télanis voyait sa position s'amoindrir : au départ unique dirigeant de l'expédition, il ne fut plus considéré que comme un des six maîtres agissant sous l'autorité du grand maître Iradun lui-même, chef de la guilde des géomètres. D'autres guildes se retrouvèrent également impliquées dans les travaux.

Cette activité frénétique enthousiasmait Atrus. Il

avait l'impression d'être plongé, avec ses camarades, au centre de toutes choses, au cœur même de la vaste entreprise de D'ni.

Vers la fin de la troisième semaine, le gros de la grande salle était achevé. La roche avait été soit taillée, soit fondue grâce à un monstrueux brûleur – machine dont tous avaient entendu parler mais que peu avaient vue en action – qui provoquait, le long des parois, un égouttement de la roche semblable à celui de la glace sous l'effet d'un chalumeau.

La salle, bien sûr, avait besoin de support. Vingt énormes piliers de granit soutenaient sa voûte, mais en ce qui concernait les murs, la méthode habituelle de revêtement ne suffisait pas. On fit donc venir des blocs colossaux de nara, la pierre la plus dure de D'ni – matière minérale vert sombre trente fois plus dense que l'acier. D'énormes engins plaquaient contre les murs ces morceaux prémoulés tandis que d'autres clouaient les rivets de sécurité.

Un seul de ces rivets avait une taille supérieure à celle d'un homme ; il fallut en placer huit mille le long des murs indestructibles de la salle : travail de géant, dont on finit par venir à bout.

Ce soir-là, marchant entre les piliers, sous la lumière crue de l'éclairage provisoire, Atrus, une fois encore, se sentit immensément fier de son peuple.

Les travaux se poursuivaient de jour comme de nuit – de tels termes, communément admis, ne désignant que la succession des équipes selon leur temps de sommeil ou de veille. De nombreux aspirants avaient été expédiés de D'ni pour prêter main-forte aux travailleurs déjà sur place. Les premières galeries de ravitaillement avaient été creusées, d'autres étaient en cours d'excavation. Le vacarme, dans la roche, ne cessait jamais.

Pour un jeune aspirant, tout cela était fascinant. Ce qui n'avait été si longtemps qu'une simple expédition posait à présent d'innombrables problèmes de logistique. Le camp provisoire, à l'extrémité ouest de la salle, grossissait de jour en jour. Il y avait là non seulement des aspirants de la guilde des géomètres, mais aussi des membres de nombreuses autres guildes – guilde des mineurs, des messagers, des intendants, des mécaniciens, des chimistes, des tailleurs de pierre. On croisait même quatre membres de la guilde des artistes, chargés de tracer les esquisses du grand tableau qui glorifierait l'entreprise.

Avec autant de monde, les vivres auraient pu manquer ; mais les membres de la guilde des intendants apportèrent avec eux deux de leurs livres, reliés aux deux mondes de toutes les moissons d'Er'Duna et d'Er'Jerah, et tous furent nourris.

Une fois la salle consolidée, les choses vraiment sérieuses commencèrent, avec la livraison des gigantesques machines de découpe. Durant quatre jours, les galeries restèrent fermées à tout autre trafic que le transport de ces engins millénaires, acheminés un à un depuis D'ni. Démontés au départ dans les cavernes inférieures, à D'ni même, ils voyageaient sur d'impressionnants wagons à chenilles avant d'être remontés dans la grande salle sous les yeux des jeunes aspirants stupéfaits.

Ces machines étaient au nombre de quatre et leur arrivée donna à tous ceux qui y assistèrent l'impression de vivre un moment historique. La plupart du temps, on n'en utilisait qu'une seule à la fois. Réunir les quatre sur un seul site était pratiquement sans précédent. On ne les avait pas vues ensemble depuis le creusement des cavernes inférieures et l'ouverture des mines de Tijali, dix-huit siècles plus tôt.

Trois d'entre elles étaient plus anciennes encore. Vieille Mâchoire, comme on l'appelait, avait près de quatre mille ans, tandis que Croqueuse et Dévoreuse, toutes deux du même âge, en avaient trois mille. On les avait construites pour l'élargissement du passage de Rudenna. La plus récente, plus monstrueuse encore que les autres, avait été conçue spécialement pour l'ouverture des nouvelles mines. Elle se nommait Belle Broyeuse. C'est à elle qu'Atrus et ses camarades de l'expédition initiale furent affectés.

Elle se présenta, comme les autres, en pièces détachées. Arriva d'abord la cabine d'opérations – le « cerveau » de la bête –, elle-même seize fois de la taille des excavateurs. Il s'agissait pourtant, on s'en rendit compte très vite, de sa partie la plus modeste. Au cours des jours suivants apparurent deux énormes jambes articulées puis, dans un convoi à qui il fallut plusieurs heures pour pénétrer dans la grande salle, les vingt-huit tronçons qui composaient son corps.

Sidéré, Atrus regarda le convoi envahir, remorque après remorque, toute l'extrémité nord de la salle. Puis, alors qu'il pensait que rien d'autre ne pouvait décemment se produire, les bras de broyage firent une entrée remarquée, portés par six autochenilles.

Le travail d'assemblage pouvait commencer.

Au cours des semaines suivantes, les jeunes aspirants se transformèrent en estafettes pour les milliers de membres d'autres guildes qui avaient soudainement investi le site, courant en tous sens, portant croquis, cartes et notes d'une guilde à l'autre. Le reste du temps, ils se contentaient de se comporter en spectateurs passifs tandis que, lentement, l'énorme machine prenait forme.

Le remontage de Belle Broyeuse s'acheva vers la fin de la troisième semaine. Elle était là, accroupie sous la voûte, noire, ses bras repliés contre ses flancs ; sa silhouette luisante, silencieuse et paisible, évoquait un croisement bizarre de crapaud et de crabe. Comme toutes ces grandes machines, on l'avait sans cesse améliorée et modernisée, mais son aspect extérieur restait le même.

Debout devant elle, le jeune homme, pour la première fois de son existence, prit conscience de sa propre insignifiance face aux ambitions de sa race. Bien sûr, les D'ni vivaient longtemps et leur civilisation avait bien des siècles derrière elle. Mais la roche qui leur avait servi de berceau était d'un âge presque impossible à appréhender. Pourtant, grâce à de telles machines, les ancêtres d'Atrus avaient défié cette éternité froide, faisant, par leur seul acharnement, naître la vie dans un univers hostile et nu.

Belle Broyeuse n'était pas seulement une machine. Elle était un symbole, un grand cri dans la roche. Ainsi étaient les D'ni ! Le défi lancé à l'éternité par ces créatures minuscules, éphémères et mortelles, en faisait des dieux.

Se détournant de Belle Broyeuse, Atrus arpenta le sol pavé entre les lourds piliers qui se dressaient jusqu'à la voûte obscure ; puis il s'arrêta, regardant autour de lui.

Il tournait le dos à Belle Broyeuse. Dévoreuse et Croqueuse reposaient à sa droite, comme de grands scarabées noirs. Il discerna devant lui, plus loin, la forme lugubre et rouge de Vieille Mâchoire, tapie telle une mante religieuse entre les piliers et la voûte. Enfant, il avait lu un livre sur elle ; il se souvenait très bien des images de la vénérable machine dévorant la pierre, de la poudre de roche qu'elle faisait naître et qui, jaillissant du grand aspirail placé sous elle, se répandait dans une succession de remorques.

A présent, devenu adulte, il l'avait en face de lui. C'était seulement lorsqu'on se trouvait devant elles, se dit-il, qu'on pouvait se rendre compte de la vraie taille, de la véritable puissance de ces machines. Un seul adjectif lui vint à l'esprit : grandiose.

Cette nuit-là, il eut du mal à s'endormir. Cela commencerait bientôt et il voulait en être. Cette histoire, il la raconterait à ses enfants et aux enfants de ses enfants. Il ne se lasserait pas de leur expliquer comment, jadis, son peuple avait frayé son chemin depuis les profondeurs et creusé un grand puits qui les avait projetés, lui et les siens, des ténèbres à la lumière.

Le matin suivant, il se leva tôt, brûlant d'impatience. Mais ses maîtres, comme d'habitude, n'étaient pas pressés. Il fallait forer encore, prélever, analyser. Les spécialistes de la guilde des analystes prirent le contrôle des opérations, entassés dans leurs laboratoires provisoires qui occupaient le centre de la salle, tandis qu'au-dessus de leurs têtes, leurs mèches de forage, petites machines indépendantes en forme d'obus, creusaient leur chemin dans le roc.

Pour Atrus, ces jours furent insupportablement frustrants. En dépit de cette activité frénétique, rien n'indiquait que l'excavation allait bientôt commencer. Les lettres qu'il recevait de chez lui évoquaient l'excitation qui s'était emparée de D'ni, mais la sienne s'évanouissait peu à peu. Et il n'était pas le seul dans son cas.

De retour à l'excavateur après avoir passé une journée entière à porter des messages, il remarqua, jetant un coup d'œil machinal vers sa cabine dont la porte était entrebâillée, maître Télanis assis à son bureau, tête basse, le visage entre les mains, une simple feuille de papier étalée devant lui, sur la table.

– Maître, vous n'êtes pas bien ?

Télanis se redressa lentement. Il avait l'air fatigué ; ses yeux n'exprimaient qu'une morne tristesse.

– Entre et ferme la porte, Atrus.

Le jeune homme obéit.

– A présent, prends un siège.

Atrus s'assit, de plus en plus soucieux. Télanis le dévisagea.

– Je me sens bien, du moins physiquement. Mais pour répondre franchement à ta question, oui, j'éprouve une fatigue intérieure, un sentiment de...

– Déception ?

Télanis eut un sourire résigné.

– Je pensais que cela ne m'affecterait pas, Atrus. Je savais qu'à un moment donné, on me retirerait la direction de cette aventure. Après tout, nous ne sommes que des serviteurs du Conseil. Pourtant, je ne m'étais pas attendu à me sentir aussi *inutile,* aussi à l'écart des événements. De grandes choses sont en cours, Atrus. Et j'avais espéré... eh bien, que, peut-être, il nous reviendrait, à nous tous, à notre petit groupe, d'effectuer le passage.

Le jeune homme le fixa avec étonnement. Jamais il n'aurait soupçonné, chez Télanis, de telles pensées.

– J'ai l'impression que nous n'avons été que des éclaireurs, Atrus. J'avais pourtant une vision plus glorieuse de moi-même. Et de nous. Je nous considérais comme des explorateurs.

– Ce que nous fûmes, maître.

– Oui, et maintenant, on nous remercie. Nôtre rôle est terminé.

– Alors pourquoi ne nous renvoie-t-on pas à D'ni ?

Pour toute réponse, Télanis lui tendit la feuille de papier qu'Atrus lut rapidement.

– Ainsi, c'est terminé.

– Oui. Mais pas avant la cérémonie d'inauguration. Ils veulent que nous soyons là. Après tout, nous aurions tort de ne pas y être.

La légère amertume que le jeune homme perçut dans la voix de son maître le surprit encore. Il avait toujours vu en Télanis un homme sans désir, un serviteur loyal, heureux de faire tout ce qu'on attendait de lui. Cette pointe de sarcasme était inhabituelle. Et pourtant, Télanis, sans l'ombre d'un doute, était blessé d'être ainsi mis à l'écart.

– Ils reconnaîtront sûrement votre contribution, maître.

– Peut-être... Mais ni toi ni moi, Atrus, ne poserons le pied à la surface. Cet honneur reviendra à d'autres.

Il se tut un instant, fixant la lettre qu'il avait replacée sur le bureau. Puis il regarda de nouveau le jeune aspirant.

– Pardonne-moi. Je n'avais pas l'intention de me décharger sur toi. Oublie ce que je t'ai dit.

– Comme vous voudrez.

Tout en se levant, Atrus ajouta ce qui lui tenait à cœur :

– Vous n'avez failli en rien, maître. Vous nous avez remarquablement dirigés. Pas un seul d'entre nous ne l'oubliera.

Une grande ombre voila le regard de Télanis. Sans nul doute, il pensait à Efanis.

– L'excavation commence demain, conclut-il. La cérémonie d'inauguration aura lieu d'ici une semaine. Utilise bien tes journées, Atrus. Observe ce que tu peux. Il s'écoulera sûrement un certain temps avant que tu ne reviennes ici.

L'excavation principale débuta, le lendemain, par la mise en service de Vieille Mâchoire. Le livre d'images d'autrefois s'anima sous les yeux émerveillés d'Atrus qui admira, bouche bée, les mâchoires du monstre s'enfonçant dans la roche, mordant goulûment la voûte sombre qui s'effritait sous ses dents, se transformait en débris qu'absorbaient les trois aspiraux disposés le long de son ventre avant d'en remplir sa hotte géante qui, même si elle se vidait au fur et à mesure, ne désemplissait jamais.

Le vacarme était assourdissant.

La machine travailla trois heures d'affilée, ses longues jambes se dépliant petit à petit, ses épaules disparaissant progressivement dans le grand trou qu'elle creusait dans la voûte de la salle. Enfin, avec un insupportable sifflement, ses jambes hydrauliques commencèrent à se replier. Le tour de Belle Broyeuse était venu.

Elle s'avança, tandis que Vieille Mâchoire regagnait lentement la pénombre de l'extrémité nord-ouest de la salle, fumant encore.

Avant même que l'effrayante machine n'ait pris place en sifflant sous le trou, l'équipe chargée de son entretien, dont Atrus faisait partie, assura sa stabilité sur le sol de la salle en la calant avec d'énormes potences de pierre.

Une heure plus tard, tout était prêt. L'équipe d'entretien se retira derrière les barrières, laissant les cinq hommes de l'équipe spéciale d'excavation, dont les épais vêtements de protection noirs alourdissaient la silhouette, escalader l'échelle qui courait le long du dos incurvé de Belle Broyeuse.

Cinq minutes encore et les moteurs de l'engin rugirent avec furie. Belle Broyeuse se dressa sur ses pattes puissantes, comme un crapaud s'apprêtant à bondir, ses quatre broyeurs se soulevant comme les bras multiples d'une déesse. Puis, subitement, elle plongea dans la roche.

Le vacarme qui s'ensuivit était plus insupportable encore que celui de Vieille Mâchoire. L'épaisseur de son casque et de ses protège-oreilles n'empêcha pas Atrus de reculer d'instinct en grimaçant, essayant de fuir ce son aigu qui le transperçait comme une épée.

Lentement, les broyeurs s'écartaient en détruisant la roche, jusqu'à former une immense croix qui semblait soutenir la voûte tout en rognant ses rebords. Alors, ils s'immobilisèrent, avant de se replier.

Il y eut un moment d'accalmie, délicieux mais bref. Moins d'une minute plus tard, le vacarme reprit, tandis que Belle Broyeuse s'étirait un peu plus avant de creuser une autre « marche », juste au-dessus de celle qu'elle venait d'achever.

Ainsi poursuivit-elle son travail, jusqu'à ce que le grand trou creusé par Vieille Mâchoire prenne la forme d'une gigantesque voûte. Ce n'était pas fini. Il faudrait encore élaguer la paroi, placer les traverses de soutènement. Et avant de faire entrer Croqueuse et Dévoreuse en action, on devrait construire une plate-forme aux deux tiers de la hauteur du puits encore inachevé. Deux énormes treuils y hisseraient ensuite les deux machines.

Et cela recommencerait, les deux grandes excavatrices perçant, à tour de rôle, le puits principal pendant que les deux engins de taille un peu plus réduite achèveraient de polir les parois et de creuser les marches qui monteraient en spirale le long de ce puits géant.

Les aspirants de la guilde des ingénieurs se mirent en place, prêts à construire la plate-forme. Les jeunes géologues se retirèrent : leur contribution à l'opération, du moins pour l'instant, s'achevait.

Atrus fut le dernier à s'en aller. Il marcha lentement vers son campement qui se trouvait très loin de là, regardant autour de lui. Il passa d'un node à l'autre, tous encombrés de tentes où l'on entreposait le matériel et où logeaient les membres de différentes guildes, croisa d'interminables files d'aspirants arrivant de D'ni, des unités de la Garde chargées d'assurer la fluidité de la circulation le long des tunnels. Tout cela l'étourdissait et faisait naître en lui un désappointement semblable à celui de Télanis. Cette agitation ramenait son rôle et celui de son maître à leur juste mesure : secondaires.

Oui, secondaires. Et, dans six jours, ils seraient partis.

Le jeune homme soupira, aperçut, un peu plus loin dans le tunnel, ses camarades géologues dont lui parvenaient les murmures et les rires. Eux étaient heureux de rentrer chez eux. Que ce soit eux ou d'autres qui parviennent à la surface leur importait guère, du moins ils n'y attachaient pas autant d'importance que lui et Télanis.

Oui, son maître avait raison. Tout travail commencé *devait* être mené à bien. C'était une règle impérieuse. Et tout en sachant que l'organisation sociale des D'ni était basée sur une stricte spécialisation des tâches, chacune revenant à une guilde bien précise, il devait bien y avoir de la place, se dit-il, pour des efforts individuels, désintéressés. Et où trouverait-on des gens capables d'un tel désintéressement, sinon au sein de la guilde des géologues ?

En franchissant, vers la plate-forme où se trouvaient ses quartiers, la porte du node, Atrus jeta un coup d'œil en direction des excavateurs parqués le long du mur nord et leur sourit avec affection. Il eut presque envie de demander à servir de nouveau dans un équipage d'excavation. Mais il faudrait, pour cela, que l'on organise d'autres missions d'exploration. Et rien n'était moins sûr.

Télanis aperçut le jeune aspirant, le rejoignit et l'entraîna rapidement dans sa cabine. Il avait l'air étrangement fébrile.

– Atrus, dit-il, sans lui laisser le temps de prendre un siège, j'ai des nouvelles qui vont t'enchanter. Le Conseil a reconsidéré sa décision. Ils ont autorisé un petit contingent de l'équipe d'exploration à accompagner les protecteurs jusqu'au bout.

– Alors nous allons vraiment finir le travail !

Télanis acquiesça.

– J'ai choisi six aspirants. Bien entendu, tu es du nombre.

– Je ne sais comment vous remercier, maître.

– Oh, ne me remercie pas, Atrus. Remercie plutôt ton ami Véovis. On murmure que le Conseil a changé d'avis sur son intervention.

– Véovis ?

Atrus n'en croyait pas ses oreilles. Des semaines plus tôt, il avait écrit à son ancien ennemi de jeunesse pour le remercier de ses présents, mais sans faire la moindre allusion à la décision du Conseil.

– Je ne comprends pas.

Télanis s'assit, saisit une lettre étalée sur son bureau et la lui tendit.

– Il ressort de tout cela que ton ami et protecteur Véovis est devenu il y a deux mois, époque où son père est tombé malade, une personnalité influente du Conseil. Il semble avoir l'oreille de plusieurs membres âgés. Sa proposition d'adjoindre à l'expédition finale quelques éléments de la guilde des géologues n'a apparemment rencontré aucune opposition. J'ai bien l'impression, conclut Télanis en souriant, que nous lui devons beaucoup.

– Je vais lui envoyer un mot de remerciement.

– Ce ne sera pas la peine, répondit Télanis en reprenant la lettre. Véovis sera ici en personne d'ici six jours. Car l'ensemble du Conseil nous honorera de sa présence lors de la cérémonie d'inauguration. Je me suis laissé dire que tous les cuisiniers de D'ni, jusqu'au plus modeste marmiton, ont été mis à contribution pour cette fête. Ce sera l'apothéose. Un triomphe dont notre petite expédition aura été le levain !

Les cinq jours suivants passèrent très vite. Et le soir du sixième, à l'heure prévue par la guilde des géologues, le grand tunnel était terminé, le dernier revêtement de nara appliqué, les huit grands aérateurs rotatifs, dont chaque pale avait la taille d'un homme, installés.

C'était une vision inoubliable. Debout dans la grande salle, Atrus sentit tout son corps frémir. L'immense sol s'étendait de tous côtés, son socle de granit orné en son milieu d'une mosaïque de marbre représentant le centre de la cité de D'ni et, sur le pourtour, d'une autre mosaïque de pierre bleue symbolisant le monde extérieur au havre souterrain qui l'abritait depuis des millénaires. Pourtant, en dépit de leur stupéfiante beauté, l'œil ne s'y attardait pas, irrésistiblement attiré par le puits lui-même, ses parois qui grimpaient de façon vertigineuse et la spirale des marches qui formaient comme une maille noire s'enfonçant vers les hauteurs invisibles.

Bouche bée, Atrus fit un tour complet sur lui-même. On racontait que vingt-cinq mille billes incandescentes avaient été fichées dans les parois. On avait enfermé chacune d'elles dans une lampe délicatement forgée qu'agitait le mouvement des pales, dont la rotation faisait naître, à l'intérieur du puits, une lumière éclatante.

Le jeune aspirant baissa les yeux et regarda autour de lui. La guilde des restaurateurs était déjà à l'œuvre. Des hommes en uniforme apportaient dans la salle de longues tables de bois où quarante convives pourraient prendre place. D'autres surveillaient les fours alignés contre le mur sud, préparant la grande fête du lendemain.

On avait démonté Vieille Mâchoire deux jours plus tôt, avant de lui faire reprendre le chemin de D'ni. Belle Broyeuse avait suivi le lendemain. Pendant que les ouvriers installaient les tables et entamaient la construction des tribunes qui entoureraient le lieu de la cérémonie, des employés de la guilde des mineurs démantelaient, tout au fond de la salle, Croqueuse et Dévoreuse. Le matin même, elles auraient disparu.

Libre de tout devoir professionnel, Atrus passa son temps à déambuler au milieu de cette agitation, notant dans son carnet tout ce qu'il voyait. Il était en train d'observer une autochenille qui transportait du linge fin et des chaises, lorsque deux inconnus s'approchèrent de lui.

– Atrus ?

Il se retourna. Un homme de haute taille, enveloppé dans un manteau, lui souriait. Près de lui se tenait un individu plus petit, légèrement voûté, au visage dissimulé par sa capuche.

– Pardonne-moi, déclara le plus grand des deux. Tu es Atrus, non ? Je suis Véovis. Je suis heureux de te revoir après toutes ces années.

Large d'épaules, Véovis avait une taille de plus que dans le souvenir d'Atrus. Il était beau à sa façon, massive et raide – et en cela il était bien le fils de son père. Atrus serra la main du jeune seigneur, surpris par le sourire qui errait sur ses lèvres et l'expression confiante de son regard. Il avait l'impression de se trouver devant un être totalement différent de celui qu'il avait fréquenté à l'école des années auparavant.

– Seigneur Véovis, dit-il en refermant son carnet, j'ai l'impression que je vous dois beaucoup.

– C'est D'ni qui devrait te remercier, répliqua gaiement Véovis. Toi et tes camarades, bien entendu.

Il se tourna légèrement, présentant son compagnon, qui venait de rabattre sa capuche.

– Voici mon ami et conseiller Lianis. C'est lui qui m'a signalé tes articles sur les dépôts pyroclastiques.

Atrus le salua, surpris de voir Véovis flanqué d'un adjoint aussi âgé.

– Lianis était déjà le conseiller de mon père, et de son père avant lui. Lorsque mon père est tombé malade, il a été décidé que je le garderais auprès de moi pour profiter de son expérience et de sa sagesse. Ce fut une bonne idée. Il m'a épargné bien des erreurs que ma jeunesse m'aurait sûrement fait commettre.

Atrus eut un petit mouvement du menton.

– Mon article n'était qu'une communication parmi toutes celles rédigées au cours de l'expédition, maître Lianis. Les idées que j'y développe n'ont rien d'original. Je suis surpris que vous y ayez prêté intérêt.

Le visage de Lianis, semblait-il, ne riait jamais. Il dévisagea le jeune homme avec un sérieux qui s'accordait tout à fait à ses traits de pierre.

– Les travaux de valeur brillent comme des feux, aspirant. L'originalité, chez un chercheur novice, compte moins que la clarté d'esprit. J'ai discerné dans ton article un sérieux de bon augure et j'en ai parlé au père du jeune seigneur. Je n'ai fait que mon travail.

– Merci quand même, répondit Atrus d'une voix enjouée. Merci aussi à vous, seigneur Véovis. Les outils que vous m'avez si aimablement envoyés m'ont été fort utiles.

– J'en suis heureux ; même si je n'ai jamais douté du plaisir qu'ils te procureraient.

Les deux hommes échangèrent un sourire.

– A présent, j'ai bien peur de devoir te laisser. Les aspirants de mon père m'attendent. Mais je suis heureux d'avoir eu l'occasion de te parler, Atrus. Je crains que nous n'ayons très peu de temps à nous demain. Quoi qu'il en soit, dès ton retour à D'ni, viens me rendre visite.

Atrus inclina la tête.

– Seigneur...

Véovis le gratifia d'un bref salut puis s'en alla, suivi par Lianis. Atrus regarda leurs deux silhouettes engoncées dans leurs manteaux diminuer petit à petit tandis qu'ils s'éloignaient sur le sol pavé de la grande salle. Il les observa un moment puis, avec l'impression étrange de vivre le début de quelque chose, sortit son carnet de sa poche et, l'ouvrant à la page du jour, écrivit simplement :

Retrouvé Véovis. Il a changé. Il m'a demandé de lui rendre visite à D'ni.

Il s'interrompit avant d'ajouter :

J'irai.

Il ferma son calepin, le remit dans sa poche, tourna les talons et marcha d'un pas vif vers le cercle brillant du tunnel de sortie.

La grande fête donnée en l'honneur de l'inauguration du puits était presque terminée. Seuls les aspirants de la guilde des artistes s'activaient encore, cherchant à croquer à la hâte les scènes d'adieux entre les personnalités les plus en vue.

L'emphase, à cette occasion, s'était donné libre cours. Discours et poèmes avaient célébré cette grande entreprise du peuple D'ni. D'ici un an au plus tard, de nouvelles tapisseries orneraient les couloirs du Palais des guildes, figeant pour la postérité cet événement historique. Pour l'heure, les grands maîtres avaient des conversations beaucoup plus prosaïques : les affaires de l'Etat ne se souciaient ni des hommes ni des célébrations.

Il était rare de voir réunis les grands maîtres des

dix-huit guildes, tous vêtus de leur chatoyant costume d'apparat, d'une couleur différente pour chaque confrérie, chaque uniforme décoré des symboles distinctifs du rang et du statut de ces vénérables personnages, flanqués de plusieurs centaines de maîtres de toutes sortes, eux aussi magnifiquement vêtus. Ce spectacle procura à Atrus, qui pouvait enfin admirer ce qu'il n'avait contemplé jusque-là que dans les livres, un plaisir presque enfantin.

Son propre manteau, comme celui de tous les aspirants, s'ornait de huit symboles, quatre de chaque côté, sous les revers, alors que l'habit des princes n'en exhibait qu'un.

Observant, depuis sa place, ce qui se passait à l'autre bout du cercle où s'était déroulée la fête, Atrus vit Véovis se lever de son siège pour accueillir l'un d'eux, que sa déférence affectueuse fit sourire. Quatre des cinq princes se trouvaient là. La maladie avait empêché le cinquième – le père de Véovis – de venir.

Pour un jeune aspirant, ce spectacle était impressionnant. Le prince Tulla, disait-on, avait 287 ans, et ses trois compagnons – les princes R'hira, Nehir et Eneah, avaient déjà entamé leur troisième siècle. Véovis, comparé à eux, n'était qu'un bébé. Sa jeunesse brillait comme un rayon de soleil dans un ciel sombre. Le prince Tulla, en particulier, avait un air caverneux, comme s'il était devenu, au soir de sa vie, partie intégrante de cette roche où s'était déroulée toute son existence.

Un jour, pourquoi pas, Atrus deviendrait grand maître, peut-être même un des Cinq. Le chemin était long, ardu, et il se demandait parfois s'il avait le tempérament nécessaire pour cela. L'expédition à laquelle il venait de participer lui avait prouvé au moins une chose : il était, par essence, un solitaire. Il avait cru, tout d'abord, que le contact avec ses camarades le ferait sortir de sa coquille, entamerait sa carapace ; il n'en avait rien été. Il s'était pourtant mêlé à ses congénères, pour qui il éprouvait de la sympathie et qui lui rendaient son estime. Mais il ne partageait pas leur insouciance, leur besoin constant de distractions futiles.

Tu es né vieux, Atrus, lui disait sa mère. *Trop vieux et trop sérieux.* Tout d'abord, cela l'avait perturbé. Mais il savait, à présent, qu'il ne pouvait rien changer à sa nature. D'autant que les autres, parmi lesquels maître Télanis, appréciaient ce sérieux ; ils y voyaient non une faiblesse, mais une force.

Il se demandait, néanmoins, comment il supporterait son retour à une existence normale, à la routine. Ce n'était pas le travail en lui-même – la recherche et ses applications – qui l'inquiétait, mais l'élément personnel. La présence de ces grands hommes à la cérémonie d'inauguration lui avait rappelé tous les petits sacrifices auxquels on devait consentir pour devenir membre éminent d'une des guildes.

Si on lui avait laissé le choix, il aurait passé sa vie à étudier, creuser, explorer la roche. Mais il se rendait compte qu'il s'agissait d'un travail de jeune homme ; et il ne resterait pas jeune toute sa vie. Un jour, on lui confierait des responsabilités, la direction, d'abord, de projets d'importance secondaire, puis, petit à petit, d'entreprises plus ambitieuses. Dès lors, ce ne serait plus avec la dynamique des roches qu'il se mesurerait, mais avec l'imprévu et l'inconstance de la nature humaine.

Il chercha Télanis des yeux. Le maître, à son intention, leva son gobelet d'argent. Atrus porta le sien à ses lèvres, mais ne but pas. La plupart de ses camarades étaient déjà ivres ; lui, par contre, n'avait pas ingurgité une seule goutte du vin corsé qu'on leur avait servi.

Là encore, si on lui avait laissé le choix, il aurait quitté les lieux une heure plus tôt, après le dernier discours, mais il eût été impoli de se retirer avant les grands maîtres. Il était donc resté en compagnie des autres aspirants, regardant les vieillards vaciller de table en table.

– Regarde, murmura à Atrus un de ses camarades assis à sa droite. Le jeune seigneur se dirige par ici.

Atrus aperçut Véovis qui, se frayant un chemin, sourit en le voyant, puis se tourna vers Télanis.

– Maître, puis-je avoir un entretien privé avec le jeune aspirant Atrus ?

– Bien sûr, répondit Télanis avec une petite inclination respectueuse.

Gêné de se retrouver tout d'un coup au centre de l'attention, Atrus se leva et marcha vers la table devant laquelle se tenait Véovis.

– Pardonne-moi, déclara ce dernier en baissant la voix. Il faut que je file, une fois encore. Mais le prince Tulla m'a autorisé à rester un jour de plus. J'ai pensé que nous pourrions parler, demain, après la brèche.

La « brèche » était la petite cérémonie marquant l'entrée en service du tunnel principal.

– J'en serai heureux.

– Bien.

Véovis leva brièvement le bras puis, conscient de l'embarras du jeune homme, laissa retomber sa main.

– A demain, donc.

Ce soir-là, ils hissèrent l'excavateur sur la plateforme installée tout au sommet du grand puits. Debout près de maître Télanis, Atrus assista à l'opération, ressentant, à la vue du vaisseau, un immense sentiment de fierté. Pourtant, on l'utilisait moins, à présent. Des machines plus puissantes avaient été mises en place, prêtes à creuser le tunnel final ; mais il servirait, en cette phase terminale de leur voyage, de cantonnement à toute l'équipe dont le jeune homme faisait partie.

Un peu plus tôt, maître Télanis avait, dans une allocution émouvante, dit adieu aux cadets qui reprendraient, le matin suivant, le chemin de D'ni. Seuls maître Géran, Atrus et cinq autres équipiers resteraient sur place, avec pour seule mission de représenter leur guilde au moment où on atteindrait enfin la surface.

– Combien de temps cela prendra-t-il ? demanda le jeune aspirant.

Le maître concentrait son attention sur l'excavateur, qu'on venait de libérer des chaînes qui l'avaient déposé sur le grand berceau formé par la plate-forme. Tout en observant cette manœuvre délicate, il répondit posément :

– Une semaine, peut-être moins. Es-tu impatient ?

– Non, maître.

– Bien. Je n'aimerais pas te savoir déçu.

– Je ne comprends pas, maître.

– Le tunnel sera percé. Mais quant à savoir si nous poserons le pied là-haut, c'est une autre histoire. Le Conseil en décidera au cours d'une ultime réunion.

Atrus ressentit, à l'idée d'être arrivé si près du but pour se voir interdire de fouler la surface du monde, un étrange malaise.

– Je croyais que la décision était déjà prise.

– Moi aussi. Mais il s'agit d'une question importante, la plus importante, peut-être, dont les Cinq aient eu à débattre depuis des siècles. S'ils se trompent, D'ni pourra en souffrir. Le Conseil délibérera donc jusqu'à la dernière minute. Ils n'ont cessé d'en parler pendant la fête.

– Et s'ils prennent une décision négative ?

Télanis se retourna, planta ses yeux dans les siens.

– Alors nous rentrerons chez nous, Atrus.

– Et le tunnel ?

– Il sera bouché. Du moins dans sa partie supérieure. Il est peu probable que les habitants de la surface possèdent une technologie assez élaborée pour le déblayer, même s'ils le localisent.

– Je vois.

– Non, Atrus. Tu ne vois rien, pas plus que moi ou que les princes eux-mêmes. Pourtant, lorsqu'ils donneront leurs ordres, nous nous y conformerons, quels qu'ils soient.

– Et vous, maître, personnellement, qu'en pensez-vous ? Croyez-vous qu'ils nous laisseront établir le contact avec ceux d'en haut ?

Télanis eut un petit rire.

– Si je savais cela, Atrus, je serais moi-même un des Cinq.

Cette nuit-là, Atrus fut réveillé par un tremblement de la plate-forme, comme si un gong géant venait de retentir dans les profondeurs. Tout autour de lui, ses camarades dormaient d'un sommeil d'ivrogne. Pas un seul d'entre eux ne prit conscience de ce tremblement qui diminua d'intensité avant de cesser tout à fait. La plate-forme retrouva son calme. Atrus se demanda s'il n'avait pas rêvé. Alors, le tremblement reprit, plus violent, cette fois, presque audible.

Atrus repoussa sa couverture, se leva et se dirigea à la hâte vers le bord du grand gouffre. Le puits tout entier vibrait, avec un bruit ressemblant à une note profonde et basse.

Il y avait bientôt trois mois que la terre était restée silencieuse. Et maintenant, alors qu'ils s'apprêtaient à la quitter, elle se réveillait.

Atrus se retourna, regarda le campement des aspirants, à côté de l'excavateur. Ils dormaient toujours, assommés par les excès de la fête. Il était le seul à être éveillé.

Il revint précipitamment sur ses pas, se pencha vers maître Géran et le secoua doucement. Enfin, les yeux aveugles s'ouvrirent.

– Atrus ?

Il n'avait jamais su comment le vieil homme le reconnaissait d'emblée ; mais ses sens étaient infaillibles.

– Il y a du mouvement, dit-il calmement. Le puits s'est mis à vibrer.

Maître Géran se redressa, se tourna vers le centre du tunnel.

– Aide-moi, mon garçon.

Le jeune aspirant se pencha encore, aida l'aveugle à se lever.

– Combien de fois ? demanda Géran en se dirigeant d'un pas menu vers l'extrémité du puits.

– Au moins trois, si le tremblement qui m'a réveillé était le premier.

Géran s'accroupit, grattant délicatement, du bout des ongles, la surface de la plate-forme.

Ils attendirent deux ou trois minutes. Et le tremblement revint, fort, cette fois-ci, de plus en plus violent. Il se prolongea avant de s'estomper. Géran se redressa.

– Il est difficile de déterminer d'où il vient. Le puits canalise son énergie. Mais c'était puissant, Atrus. Je me demande pourquoi il ne m'a pas réveillé.

Atrus ne put s'empêcher de sourire. Mais il ne fit aucun commentaire. Il avait vu maître Géran ingurgiter des quantités phénoménales de vin. Il était même surprenant qu'il ait réussi à l'extirper de son sommeil.

– Allons-nous réveiller les autres, maître ?

– Non. Laissons tout cela pour l'instant. Les derniers sondages nous diront s'il existe vraiment des risques. Personnellement, j'en doute. S'il y a une activité volcanique, elle est loin d'ici. Nous n'en avons entendu que les échos. Impressionnants, bien sûr, mais inoffensifs.

Géran sourit, lui tapota le bras.

– Retourne te coucher, mon garçon. La journée de demain sera longue.

Rassuré par maître Géran, Atrus se glissa de nouveau sous sa couverture et s'endormit aussitôt. Si le sol trembla, il ne s'en rendit pas compte. Il fut même le dernier à se réveiller, secoué par maître Télanis qui le tira subitement de l'inconscience profonde où il avait plongé.

– Allons, Atrus. Fais ta toilette et habille-toi. La cérémonie commence dans une demi-heure.

Les membres de l'équipe s'alignèrent devant le grand excavateur, en compagnie des hommes de la guilde des Protecteurs, dont la tâche consisterait à superviser l'ultime étape du voyage vers la surface.

Cette guilde était l'une des plus anciennes et des plus importantes de D'ni. Dès son intronisation, son grand maître – tout comme ceux des guildes des scribes, des livres et des fabricants d'encre – devenait automatiquement prince de D'ni, c'est-à-dire membre des Cinq. Pourtant, la tâche qu'on lui avait confiée était pour le moins inhabituelle. D'ordinaire, elle s'occupait de la préservation des Livres de D'ni, de la bonne marche des « Ages », ou mondes créés, du respect à la lettre des lois édictées d'innombrables générations plus tôt. Elle n'avait que peu de chose à voir avec l'excavation et le percement de tunnels. Ses activités provoquaient, entre les murs des Maisons des autres guildes, confrontées en permanence, elles, à la terre, à la roche et à la pierre, des commentaires peu amènes. On appelait ses membres « les mains blanches ». C'était pourtant eux qui auraient le privilège d'achever la grande entreprise. On leur avait même adjoint pour cela des hommes de la guilde des mineurs et de celle des géologues.

S'il existait réellement des habitants à la surface, l'honneur de prendre contact avec eux leur reviendrait. Il s'agissait, en effet, d'une tâche délicate et seuls ces « intellectuels », semblait-on croire, seraient capables de la mener à bien.

Nombre de maîtres de guilde qui avaient participé à la fête de la veille étaient repartis sans attendre cette petite cérémonie finale. Il n'y avait là que deux princes : Tulla et Eneah. Juste derrière eux, mêlé à un groupe de grands maîtres, se tenait Véovis.

Le prince Tulla prononça quelques mots, puis s'avança avant de baisser le levier qui mettrait le grand excavateur en marche. Véovis, à ce moment-là, regarda Atrus et inclina imperceptiblement la tête.

S'agissait-il, songea Atrus en observant l'assistance, du clan favorable à une prise de contact avec les habitants de la surface ? Ou bien interprétait-il mal l'absence des autres, trop occupés, tout bonnement, pour être là ?

Le prince Tulla fit un pas en arrière. Aussitôt, les moteurs de l'engin se mirent à rugir et la pale circulaire commença à tournoyer, lentement tout d'abord, puis, alors qu'elle attaquait la roche, à une vitesse foudroyante.

La cérémonie était terminée. Les personnalités se détournèrent, prêtes à partir. Obéissant à un signe de maître Télanis, les géologues se retirèrent.

Atrus nota que Véovis parlait au grand maître de la guilde des messagers. Attendant qu'il ait fini, il observa la machine, se souvenant des bruits de la nuit.

On lui avait dit que maître Géran s'était levé tôt, pour effectuer un dernier sondage dans la roche où l'on allait creuser l'ultime tunnel. Il n'avait rien relevé d'anormal, et les vibrations au sein de la terre avaient cessé. Télanis et lui pensaient que ces tremblements, provenant de vieilles failles, n'avaient rien de menaçant. Atrus n'en était pas si sûr, mais s'en remettait à leur expérience.

– Atrus ?

Il se retourna, faisant face à Véovis. Le jeune seigneur le gratifia d'un sourire d'excuses.

– Pardonne-moi, Atrus. Une fois encore, je dois m'en aller. Mais je reviendrai ce soir, après avoir assisté au départ du prince Tulla. Je pensais qu'il ne serait pas présent à la cérémonie, mais il a insisté pour être là.

– Je comprends.

– Bien.

Sans prononcer une parole de plus, Véovis tourna

les talons et se précipita vers l'endroit où l'attendait le prince Tulla.

Atrus vit les personnalités prendre place dans le chariot spécial accroché à deux rails temporaires fixés le long du puits. Il s'avança ensuite jusqu'au rebord, regarda le chariot glisser le long de la paroi et disparaître.

C'était étrange. Plus Véovis différait leur entretien, plus Atrus se sentait mal à l'aise. Apparemment, Véovis souhaitait devenir son ami. Mais pourquoi ? N'avait-il pas ses propres amis ? Et s'il n'en avait pas, pourquoi l'avoir choisi, lui ? Pourquoi ne pas avoir sélectionné quelqu'un plus en rapport avec sa position sociale ?

Tout cela finirait peut-être par s'éclaircir. Le jeune homme, pourtant, en doutait. Les réactions de la roche étaient prévisibles. Elle avait ses humeurs, qu'on pouvait anticiper. Mais qui savait ce qui se passait dans la tête d'un homme ?

Il pivota, observa de nouveau la plate-forme. Le grand excavateur s'était enfoncé profondément dans la roche, comme un charançon dans une souche. Le jeune homme s'accroupit, sortit son carnet, l'ouvrit sur son genou, examina avec attention tous les détails de la scène.

Demain, pensa-t-il. Puis, chassant cette idée de sa pensée, il se mit à dessiner.

A l'intérieur du petit excavateur, Atrus tendait la main, cherchant à tâtons les barreaux de l'échelle de sa couchette lorsque se produisit l'onde de choc. Il fut précipité en avant. Son front heurta la paroi au moment où le vaisseau parut se soulever avant de rouler sur le côté.

L'excavateur trembla pendant cinq longues secondes, empli par un bruit sinistre de déchirure. Puis le silence retomba.

Se redressant avec peine, Atrus porta la main à son

front et sentit la moiteur du sang. Dehors, sur la plate-forme, une sirène retentissait. Les lumières du vaisseau clignèrent faiblement. Un bref instant plus tard, l'éclairage de secours envahit l'habitacle. Atrus se rendit compte, alors, que l'excavateur s'était complètement retourné et gisait à présent sur le dos.

Ses mains prenant appui contre la paroi du couloir incliné, il s'extirpa du vaisseau et regarda dehors.

Des aspirants couraient en tous sens, s'interpellant d'une voix angoissée. Tout au bout de la plate-forme, un gros morceau de sa grille de métal s'était tordu et avait glissé hors de ses supports, pendant dangereusement au-dessus du puits. Une ligne sombre serpentait le long de la paroi.

Atrus ouvrit grande la bouche. *Le puits était ébréché ! Plaque par plaque, le nara se déchirait !*

Le séisme avait dû se produire juste au-dessous d'eux.

Regardant autour de lui, Atrus vit que la bouche du nouveau tunnel s'était lézardée. Un gros morceau de roche s'était détaché de l'arche de soutènement et bloquait en partie l'orifice. Le grand excavateur, tout au fond, était prisonnier.

Le jeune homme se figea et ne bougea plus. Télanis le rejoignit, le saisit par le bras.

– Atrus ! Va chercher immédiatement des équipements de protection et reviens prendre mes ordres. Nous devons assurer la sécurité de la zone le plus rapidement possible. A la prochaine secousse, la plate-forme pourrait bien s'effondrer.

Trop choqué pour répondre, Atrus se contenta de hocher la tête. Il se glissa à l'intérieur du vaisseau, se fraya un chemin jusqu'à la chambre du matériel. Il réapparut une minute plus tard, traînant derrière lui un casque d'aération et deux caissons d'air. Si la ventilation du puits avait été perturbée, il deviendrait vite difficile de respirer, surtout si un des deux grands ventilateurs avait été endommagé.

Télanis se précipita vers lui, suivi de plusieurs aspirants qui s'étaient groupés autour de leur maître. Mais Géran restait invisible.

Calmcment, le son de sa voix rassurant les jeunes gens, Télanis distribua les tâches, envoyant certains chercher des instruments de forage, ordonnant à d'autres d'aller récupérer des vêtements de protection. Puis il se tourna vers Atrus.

– Maître Géran s'en est allé, murmura-t-il sans émotion apparente. Il se trouvait près du bord. Je l'ai vu basculer.

Atrus reçut la nouvelle comme un coup de poing. Il poussa un petit cri d'horreur.

– Je sais, dit Télanis en posant la main sur son épaule. Mais nous devons à présent nous occuper des vivants. Nous ne savons pas encore ce qu'est devenu l'équipage du grand excavateur. Il y avait des membres de la guilde des Protecteurs parmi eux. Si le tunnel s'est effondré sur eux, il nous faudra creuser pour les sortir de là.

Atrus avait l'air hébété. Géran mort ! Cela paraissait impossible.

– Que puis-je faire ? demanda-t-il, s'efforçant de ne pas chanceler.

– J'ai une tâche spéciale pour toi. Une tâche qui exige une dose inouïe de courage. Je veux que tu descendes et entres en contact avec ceux qui se trouvent dans la salle basse, quels qu'ils soient. Je veux que tu leur révèles la situation ici. Dis-leur que la paroi du puits est fissurée, que l'équipe d'excavateurs est coincée. Et s'ils sont en mesure d'envoyer du secours, j'exige qu'ils le fassent dès que possible. Compris ?

– Maître...

Mais il resta là, glacé jusqu'aux os.

– Eh bien, Atrus ? demanda Télanis d'une voix douce.

Cette sollicitude lui fit retrouver ses esprits. Fixant un des caissons d'air sur son dos, il enfila son casque et se précipita vers le haut des marches. Elles étaient bloquées par une grande feuille de nara. Il lui faudrait trouver une autre issue pour descendre.

Il rebroussa chemin en direction des rails temporaires, le long desquels il devrait se laisser glisser, à mains nues, jusqu'au fond. Il hésita un moment, puis, se faufilant par la brèche, saisit un barreau de l'échelle de service qui courait entre les rails. Il jeta un bref coup d'œil à l'attache de métal fixée sur le col de son uniforme. Si une nouvelle secousse d'importance se produisait, il devrait s'amarrer à l'échelle tout en priant pour qu'elle ne s'arrache pas de la paroi, l'entraînant avec elle.

Chassant cette pensée de son esprit, il entama sa descente.

Il était presque à mi-pente lorsque se produisit la seconde secousse.

S'arrimant à la structure de métal, il bloqua ses bras contre l'échelle, puis coinça ses pieds entre le barreau et la paroi. La roche tremblait de toutes parts, des objets de toutes sortes tombaient de la plate-forme, l'évitant de justesse. Il crut un instant que l'échelle et le rail allaient se détacher. De toute façon, l'échelle tremblait si violemment qu'il pourrait très bien, sa fixation brisée, se retrouver projeté dans le vide !

Un temps infini s'écoula ainsi, avant que la secousse, dont un écho s'éloigna progressivement, ne cesse tout à fait. Le silence qui suivit lui sembla irréel. Enfin, quelque chose résonna sur le marbre, tout en dessous.

Atrus ouvrit les yeux. Et il vit ce qu'il n'aurait jamais voulu voir. Les parois du puits étaient éventrées en maints endroits. Les grands tronçons modelés restaient intacts, mais de larges crevasses s'allongeaient entre eux, comme si les parois, derrière ce qui les consolidait, s'étaient affaissées. Les escaliers en spirale s'étaient brisés et plusieurs des énormes rivets de sécurité avaient jailli hors du roc.

Atrus sentit son estomac se nouer. Tout semblait au départ si solide, presque éternel... Pourtant, une seule secousse supplémentaire suffirait à provoquer sur lui l'effondrement du puits.

Il se libéra et reprit sa descente, ignorant la douleur qui tétanisait ses mollets et ses épaules. Il savait que le temps jouait contre lui. Tout d'un coup, il s'immobilisa.

Juste en dessous, un cri venait de retentir.

Il se pencha, cherchant à savoir d'où cela provenait. Immédiatement, il aperçut le chariot, dont le poids, à quatre ou cinq mètres de lui, faisait plier les rails.

Le cri retentit de nouveau. Un appel à l'aide.

– Tenez bon ! cria Atrus. Tenez bon, j'arrive !

Le fond du puits était encore cent mètres plus bas. Atrus, pour secourir le blessé, devrait donc se glisser, le long des rails, jusqu'au toit du chariot. Une corde aurait été la bienvenue. Mais il n'en avait pas. Il n'avait qu'un caisson d'air.

S'agrippant d'une main à l'échelle, il tendit le bras vers un des rails, dont les boulons, à cet endroit, s'étaient déchaussés. Supporterait-il un poids supplémentaire, ou se détacherait-il complètement, envoyant le chariot s'écraser tout en bas ? Il fallait prendre le risque.

Il y eut un faible grondement, loin dans la terre. D'autres objets tombèrent, se brisant sur le sol de marbre. Le chariot gémit.

Maintenant, se dit Atrus. *Tout de suite, avant la prochaine secousse.*

Il compta jusqu'à cinq et se lança le long du rail, les doigts rivés aux échancrures creusées dans le métal, les pieds dans le vide.

Le rail grinça, gémit, mais ne céda pas. Atrus descendit lentement, une main après l'autre, les yeux fixés sur la paroi juste au-dessus de lui, priant pour que les rivets ne cèdent pas. Enfin, ses orteils touchèrent le toit du chariot. Alors, de nouveau, il entendit sa propre voix.

– Tout va bien ?

Il y eut un instant de silence. Puis la réponse lui parvint, comme un murmure :

– Je suis sérieusement blessé. J'ai arrêté le sang, mais...

Atrus sursauta. Cette voix...

– Véovis ?

Un gémissement lui répondit.

C'était Véovis. Il était prêt à le jurer.

– Tenez bon, répéta Atrus. Je ne serai pas long.

Il y avait une écoutille sous le chariot. Il pourrait se faufiler par là, pénétrer dans l'habitacle. Ainsi, il risquerait moins de le déséquilibrer, de l'arracher complètement aux rails. Oui, mais comment ? Et que ferait-il s'il trouvait l'ouverture bloquée ?

Non. Il fallait agir de façon plus directe, se glisser dans le chariot par le toit, en priant pour que les rails ne cèdent pas sous ce poids supplémentaire.

Il se laissa doucement déposer sur le toit, redoutant à chaque moment que l'ensemble ne se détache et sombre.

Le souffle court, le sang battant dans ses oreilles, il sentait dans son dos la brûlure des lanières de son caisson d'aération. Il pensa un instant s'en débarrasser, ainsi que de son casque, laisser le tout chuter ; mais cela lui aurait demandé un trop grand effort. S'il devait mourir, quelle différence cela ferait-il ? D'autant qu'il était presque arrivé au but. Il ne lui restait qu'à se faufiler par l'ouverture du toit et à se laisser glisser à l'intérieur.

Plus facile à dire qu'à faire. Il pouvait très bien rater l'ouverture, perdre l'équilibre et disparaître dans les profondeurs du puits. Tout d'un coup, il lâcha prise, glissa en poussant un cri. Il se rattrapa à la barre métallique qui surmontait la porte du chariot, heurta violemment le côté du véhicule. La douleur, un instant, lui coupa le souffle. Il se retrouva les pieds dans le vide, les bras tendus. Enfin, grognant sous l'effort, il se faufila à l'intérieur.

Sous son poids, le chariot se balança avec un bruit sinistre. D'autres écrous, l'un après l'autre, se détachèrent de la paroi. Le chariot s'affaissa brutalement, puis s'immobilisa.

Atrus se retrouva sur le dos, son caisson d'aération sous lui. Il se sentait meurtri de toutes parts, mais il était vivant. Il tourna la tête, examina l'étroit plancher du chariot.

Véovis gisait là, à moins d'un mètre de lui, les yeux clos, respirant faiblement, livide, comme si la vie s'était retirée de son visage.

Avec d'infinies précautions, Atrus se redressa. Une fois assis, il s'approcha de Véovis.

Ce dernier paraissait mal en point. Il avait un gros bleu à la tempe et du sang maculait le bandage qu'il avait lui-même enroulé autour de son bras. Tout cela devrait attendre. Car, alors qu'Atrus se penchait, collant l'oreille contre la poitrine de Véovis, sa respiration cessa.

Atrus hésita un instant, le croyant mort. Puis, décidant de forcer le destin et sachant que chaque seconde comptait, il fit passer son caisson d'air par-dessus sa tête, le posa près de Véovis, ôta son casque.

Il perdit de précieuses secondes à vérifier le bon fonctionnement de l'arrivée d'air. Enfin, rassuré, il souleva la tête du blessé, la coiffa du casque avant de rouler Véovis sur le dos.

Le chariot chancela de nouveau avant de s'immobiliser.

Tout allait bien, pour le moment.

Atrus cligna des yeux, prit le pouls du blessé. Son cœur s'était arrêté.

Penché au-dessus de lui, Atrus pesa sur sa poitrine,

se redressa, pesa encore. Véovis gémit, aspira une goulée d'air.

Atrus se redressa une nouvelle fois. Il avait fait tout ce qui était en son pouvoir. Véovis était incapable de se mouvoir par lui-même. Quant à Atrus, il savait bien qu'il ne pourrait pas, par ses propres moyens, hisser ce corps à l'extérieur du chariot et le descendre jusqu'au fond du puits.

Il y eut un faible tremblement. Le chariot vibra de nouveau.

Lentement, le tremblement s'accentua, devint de plus en plus violent. Le chariot, Atrus en était sûr, allait sombrer avec les rails. La lumière faiblit, laissant une grande ombre les recouvrir. Puis, avec un affreux bruit de métal, le chariot commença à basculer.

Atrus retint son souffle, guettant la chute irrémédiable.

– Non, cria-t-il. Non !

Mais le véhicule, soudainement, s'immobilisa. Atrus perçut le sifflement d'une machine hydraulique. Et le chariot se mit à descendre lentement, se balançant de façon bizarre.

Atrus eut un rire nerveux. C'était une excavatrice. Une excavatrice qui, grimpant le long des parois, les avait séparés des rails ; et qui, les enserrant entre ses bras, les faisait descendre doucement jusqu'en bas.

Atrus se pencha, s'assurant que Véovis respirait de façon régulière. Ensuite, il se redressa, fermant les yeux, la tête contre la paroi du chariot.

Ils étaient sauvés.

Le Conseil décréta que le puits serait remis en état, qu'on achèverait le tunnel menant directement à la surface avant de le boucher. Il n'y aurait pas de sortie à l'air libre, aucun contact, là-haut, avec les habitants. Cette décision fut prise en dix minutes. S'il n'y avait pas eu de séisme, elle aurait été la même. Mais il y avait l'honneur des D'ni, leur fierté.

Il ne serait pas dit qu'ils avaient échoué. Lorsqu'ils avaient mis en route une expédition, ils la menaient jusqu'au bout. Ainsi se comportaient-ils depuis mille générations.

Plus tard, peut-être, en d'autres circonstances et lorsque l'humeur du Conseil aurait changé, une forme de contact serait établie, mais, pour l'instant, c'était hors de question.

Ainsi s'acheva l'aventure. Et la vie reprit son cours.

La scène se passait deux semaines après la décision du Conseil. Atrus était assis dans le jardin de K'veer, l'île que possédait le prince Rakeri au sud de la grande caverne de D'ni.

Le fils de Rakeri, le jeune seigneur Véovis, s'alanguissait sur une chaise longue. Un bandage enserrait ses épaules et le bleu, sur sa tête, était encore visible. Les deux jeunes gens, après une conversation animée, se taisaient, pensifs. Enfin, Atrus prit la parole.

– L'offre de ton père est généreuse, Véovis, mais je ne puis l'accepter. Il affirme éprouver à mon égard un sentiment de gratitude parce que je t'ai sauvé la vie. En fait, j'ai agi comme n'importe quel homme l'aurait fait à ma place. D'un autre côté, je souhaite tracer ma route seul, accéder aux honneurs grâce à mon seul mérite.

– Je te comprends tout à fait, Atrus. Si cela peut te conforter, j'aurais, moi aussi, décliné l'offre de mon père. Mais ne le lui dis jamais.

Atrus s'apprêtait à répondre, mais Véovis leva la main.

– Quoi qu'il en soit, poursuivit-il, je te dois tout, même si, ainsi que tu l'affirmes, *n'importe qui* serait venu à mon secours. Mais ce *n'importe qui*, c'était toi. Et ma reconnaissance t'est acquise jusqu'à la fin de mes jours. Oh, je ne vais pas te faire rougir avec des présents ou des recommandations, mon cher ami. Mais que les choses soient claires. S'il y a quelque chose, *n'importe quoi* dont tu as besoin et que je puisse faire pour toi, frappe à ma porte. Maintenant, n'en parlons plus. Plus de gêne entre nous. Qu'en dis-tu ?

Atrus sourit.

– Tu l'as sentie, toi aussi ?

– Oui. Et je ne sais ce qui est le plus difficile : devoir la vie à quelqu'un ou la lui avoir sauvée.

– Alors, tenons-nous-en à notre résolution. Soyons amis, sans obligations.

– Oui, répliqua Véovis, se redressant sur sa chaise et saisissant, selon la coutume D'ni, les deux mains du jeune homme. Amis, hein ?

– Amis. Jusqu'à ce que la dernière roche se transforme en poussière.

DEUXIÈME PARTIE

DE PIERRE, DE POUSSIÈRE ET DE CENDRE

Debout au centre de l'étrange cercle de roche et de poussière, Anna, les yeux mi-clos, regardait autour d'elle.

C'était une jeune fille de dix-huit ans, grande, plutôt mince. Sa longue chevelure auburn, que le soleil avait rendue presque blonde, se terminait, dans son dos, par une tresse. A l'image de son père, elle portait un long manteau noir du désert, bordé de rouge, et, autour de la taille, une ceinture à outils en cuir. Sur son dos était fixé un sac, lui aussi de cuir, tout comme ses bottes épaisses.

A sa gauche, son père faisait lentement le tour du cercle, son grand chapeau à large bord rejeté en arrière, une expression de stupéfaction sur le visage.

Ils avaient découvert ce cercle la veille, en rentrant d'une tournée d'inspection d'une portion de désert située à l'ouest du volcan en repos.

– Eh bien, demanda-t-elle en se tournant vers lui. De quoi s'agit-il ?

– Je n'en sais rien, répondit-il de sa voix rauque. Ou bien quelqu'un a passé un temps infini à construire ceci, extirpant les pierres et les classant par ordre de taille avant de les disposer en une circonférence parfaite, ou...

– Ou quoi ?

– Ou alors quelqu'un a secoué la terre avec un tamis géant.

Il rit.

– Je veux dire par en dessous.

– Alors quelle est la cause de tout ceci ?

– Je n'en sais rien. Vraiment, je n'en sais rien. En cinquante ans d'exploration, je n'ai jamais rien vu de semblable. J'ai pourtant vu des choses étranges.

Elle marcha vers lui, comptant chacun de ses pas.

– Quatre-vingts mètres de diamètre, dit-elle. A mon avis, c'est trop grand pour avoir été construit.

– A moins que toute une tribu n'y ait travaillé.

– Oui, mais cela a l'air naturel, comme si... Enfin, j'imagine que vu d'en haut, on pourrait croire à une gigantesque goutte d'eau tombée du ciel.

– Ou du tamis géant dont je parlais.

Les yeux plissés, il s'accroupit un instant.

– Vibrations, annonça-t-il calmement. Des vibrations profondes dans la terre.

– Volcaniques ?

– Non. Il ne s'agit pas d'un séisme. Les séismes lézardent la roche, ou la font s'effondrer. Mais pas en bon ordre et par rang de taille, comme ici.

– Tu as l'air fatigué, dit-elle après un moment. Veux-tu te reposer un instant ?

Elle n'avait pas pour habitude de commenter son état de santé. Mais il y avait dans sa voix une lueur d'inquiétude. Depuis peu, il se fatiguait facilement. Il semblait avoir perdu une part de cette vigueur qui l'avait animé pendant tant d'années.

Il ne lui répondit pas. D'ailleurs, elle ne s'attendait pas à une réponse de sa part. Il n'avait jamais été très loquace. Une fois encore, elle regarda autour d'elle.

– Depuis combien de temps crois-tu que cela se trouve là ?

– Le cercle est abrité, dit-il après un moment, ayant enregistré chaque détail alentour. Mais d'après le sable qui s'y est déposé, je dirais : à coup sûr un bon bout de temps. Cinquante ans, peut-être ?

Anna hocha la tête. D'ordinaire, elle collectait des

échantillons. Or là, ce n'étaient pas les pierres, qui importaient, mais leur disposition. Elle rejoignit son père.

– Je crois que nous devrions rentrer. Nous pourrions revenir ici tôt demain matin.

– Bien, dit-il. Je prendrais volontiers un bon bain frais.

– En dégustant des fraises à la crème, je suppose ?

– Oui, et un grand verre de cognac.

Ils rirent tous les deux.

– Je vais voir ce que je peux faire, dit Anna.

Le « pavillon ». Ainsi son père, dans ses moments de bonne humeur, surnommait-il la faille, non en souvenir du pavillon de chasse où il avait passé son enfance, au fin fond de l'Europe, mais parce qu'elle se nichait, contre la paroi rocheuse, entre deux saillies, formant une sorte de niche. Un étroit pont de pierre, qu'il avait taillé à la main quinze ans plus tôt, alors qu'Anna n'avait que trois ans, la reliait aux autres affleurements, enjambant un gouffre qui, par endroits, atteignait presque vingt mètres de profondeur.

Ses murs extérieurs se composaient de pierres polies et également taillées à la main. Une merveilleuse petite porte de bois sculpté, encastrée dans la pierre blanche à l'extrémité du pont, s'ouvrait sur une pièce longue et basse de plafond, creusée dans la roche.

Quatre autres salles partaient de cette pièce principale : trois à droite, qui leur servaient de lieu d'habitation, et une autre, à la fois laboratoire et cabinet de travail, à gauche.

Suivant son père à l'intérieur, Anna l'aida à s'allonger sur le grand canapé, au bout de la pièce, puis se faufila sous l'étroit linteau de pierre jusqu'au coin-cuisine, aussi réduit qu'une coquerie. Elle revint quelques instants plus tard, tendant à son père un gobelet de pierre rempli d'eau froide.

– Non, Anna ! Ce n'est pas raisonnable !

– Bois, répliqua-t-elle d'une voix insistante. Cette nuit, j'irai jusqu'au bassin.

Il hésita, puis, fronçant les sourcils, comme s'il se le reprochait, but lentement.

Anna prit soudainement conscience de sa souffrance, de son épuisement et se demanda depuis combien de temps il luttait ainsi, sans lui en souffler mot.

– Demain, tu te reposeras, annonça-t-elle d'un ton sans réplique. Je peux poursuivre les relevés moi-même.

Elle vit bien que cette idée lui déplaisait. Néanmoins, il s'inclina.

– Et le rapport ?

– S'il prend du retard, tant pis.

– J'ai donné ma parole.

– Tu es malade. Il comprendra. Tout le monde peut tomber malade.

– Oui, et certains crèvent de faim. Ce monde est dur, Anna.

– Peut-être. Mais nous survivrons. Et tu *es* malade. Regarde-toi. Tu as besoin de repos.

Il soupira.

– Entendu. Mais un jour. Pas davantage.

– Bien. Maintenant, laisse-moi t'aider à gagner ton lit. Je te réveillerai pour le dîner.

Lorsqu'elle l'entendit s'éveiller, il était tard. Elle était restée assise près de la fenêtre minuscule, contemplant le lent, l'inexorable mouvement des étoiles. Elle se retourna vers l'endroit où il était allongé, ombre parmi les ombres de la chambre.

– Comment te sens-tu, à présent ?

– Un petit peu mieux. Moins fatigué, en tout cas.

Elle se leva, marcha vers la niche, près de la plaque de marbre sur laquelle elle préparait tous leurs repas, remplit un second gobelet d'eau fraîche. Tandis qu'il dormait, elle était descendue jusqu'au bassin, au fond du gouffre. Elle en avait ramené, fixées sur son dos et bouchées pour les empêcher de couler pendant sa difficile ascension le long de la paroi, deux jarres pleines. S'ils faisaient attention, cette réserve d'eau leur durerait plusieurs jours.

Il but avec peine, à petites gorgées, le contenu du gobelet qu'elle portait à ses lèvres, puis retomba sur sa paillasse.

– Je rêvais, dit-il.

– Vraiment ?

– De ta mère. Je constatais à quel point tu en es venue à lui ressembler.

Elle ne répondit pas. Six ans avaient passé, mais le sujet était encore trop douloureux pour elle. Elle refusait d'en parler.

– Je me suis dit que je pourrais peut-être rester ici demain, murmura-t-elle après un moment de silence, finir les expériences que tu as commencées la semaine dernière.

– Oui ?

– Enfin... Je pourrais te donner un coup de main, si tu en as besoin...

– Entendu. Mais uniquement parce que je ne suis pas très dispos.

– Je sais, mais...

– Si tu veux rester, reste.

– Et les expériences ?

– Tu sais ce que tu fais, Anna. Tu le sais presque aussi bien que moi.

– Ça, jamais, dit-elle en souriant.

Le silence s'installa. Elle entendit bientôt, dans la chambre sombre, la respiration régulière de son père. Il s'était de nouveau endormi.

Elle retourna à la cuisine. La lune s'était levée, basse dans le ciel. Anna reposa le gobelet, alla s'asseoir sur le rebord de pierre de la fenêtre. « Et si ce n'était pas uniquement de la fatigue, se demanda-t-elle en regardant le désert. S'il était vraiment malade ? »

Tadjinar était à plus de cent kilomètres. Si son père était réellement malade, ils ne pourraient traverser le désert, même si elle le couchait dans le chariot. Pas dans la canicule de l'été.

Elle devrait le soigner sur place, avec ce dont ils disposaient.

Tandis qu'elle songeait, sa tête s'était affaissée. Elle la redressa vivement. Il ne fallait pas broyer du noir.

Des fleurs. Elle allait peindre des fleurs à son intention et placer le chevalet dans l'encadrement de la porte pour qu'il le voie le lendemain matin.

Cette idée la galvanisa. Elle se leva et se dirigea vers le cabinet de travail. Elle alluma la lampe avec le briquet à amadou de son père, la posa sur la table de pierre, tout au fond de la pièce. Puis, chantonnant pour elle-même, elle prit sur l'étagère la boîte à peinture de sa mère et, repoussant, pour se faire de la place, les objets qui encombraient la table, commença.

Anna ?

– Oui, père ?

Que vois-tu ?

« Je vois... » Elle s'interrompit. Aussitôt, la litanie habituelle cessa momentanément alors que, protégeant ses yeux, elle contemplait la plaine poussiéreuse depuis la saillie de granit où elle se tenait. Elle était debout depuis l'aurore, poursuivant, pour le compte de son père, les relevés de cette terre aride ; mais la matinée était avancée, à présent, et la chaleur qui la brûlait à travers sa capuche devenait oppressante.

Elle regarda en bas, murmurant la réponse : « Je vois des pierres, de la poussière et des cendres. »

C'était ainsi qu'il avait fait son éducation. Questions et réponses, tout au long de la journée, et jour après jour, la forçant à observer intensément ce qui l'entourait. Oui, et à prendre conscience des différences infimes entre les choses, base de toute connaissance. Ce jour-là, pourtant, le cœur n'y était pas.

Elle ferma son carnet, glissa son crayon dans son étui, s'accroupit, remit le calepin et la boussole de son père dans son sac.

Une semaine entière s'était écoulée. Il n'avait pas quitté son lit. Il avait passé plusieurs nuits à délirer. Elle était restée à son chevet à la lueur vacillante de la lampe, lui humectant le front, un bol de cette eau si précieuse près d'elle en permanence.

Finalement, la fièvre était tombée, mais elle les avait laissés tous les deux épuisés. Elle avait dormi une journée entière pour se réveiller pleine d'espoir. Mais son père allait à peine mieux. La fièvre était revenue, puis partie de nouveau. Les joues creuses, le visage émacié, il haletait.

Elle avait essayé de le nourrir, de le remettre sur pied. En vérité, elle ne pouvait pas grand-chose, sinon attendre. Et l'attente elle-même était devenue trop éprouvante. Alors elle était sortie, avait essayé de faire quelque chose d'utile. Mais elle ne mettait aucun cœur à l'ouvrage.

La faille n'était pas loin, à moins de deux kilomètres, en fait, raison qui l'avait poussée à choisir cet endroit. Mais le chemin du retour, sous le soleil brûlant, était pénible. En atteignant la corniche qui surplombait la faille, elle se sentit tout d'un coup anxieuse. Elle n'avait pas eu l'intention de s'absenter si longtemps. Et s'il avait eu besoin d'elle ? S'il l'avait appelée, sans obtenir de réponse ?

A la hâte, elle dévala la pente. Son appréhension grandissait, devenait certitude. Elle traversa le petit pont en courant, retrouva la fraîcheur de la pénombre.

– Père ?

La paillasse était vide. Elle s'immobilisa dans l'encadrement de la porte basse, respirant bruyamment, sentant la sueur couler dans sa nuque et le long de son dos. Elle se retourna et fixa, à travers la fenêtre, l'étendue du désert.

Et s'il était parti à sa recherche ?

Au comble de l'angoisse, elle se précipita. Puis elle s'arrêta, entendant un bruit à sa droite.

– *Père ?*

Elle pénétra dans le laboratoire et il lui sourit. Il était là, assis devant le long plan de travail qui occupait toute la longueur de la pièce, un de ses gros carnets à reliure de cuir ouvert devant lui.

– Tout va bien, dit-il. Amanjira sera content. La récolte est bonne.

Elle ne répondit pas. Le fait, après avoir redouté le pire, de le voir en pleine forme la laissait sans voix.

Elle nota le léger sourire qui errait sur sa bouche, comme s'il devinait ce qu'elle ressentait. Elle eut envie de se jeter dans ses bras. Elle s'abstint, sachant que ce n'était pas dans sa manière. Son amour pour elle était distant, austère, comme celui qu'un aigle porte à ses petits. Ainsi avaient-ils vécu depuis la disparition de sa mère.

– Anna ?

– Oui ?

– Merci pour le tableau. Comment as-tu su ?

– Su quoi ?

– Que ces fleurs étaient mes préférées ?

Elle sourit, mais préféra ne pas prononcer les mots qui lui brûlaient les lèvres. *Parce que ma mère me l'a dit.*

Son état continua à s'améliorer au cours des jours suivants. Une semaine plus tard, il sortit du cabinet de travail et tendit à Anna le rapport terminé.

– Tiens, dit-il. Porte cela à Amanjira. Ce n'est pas tout à fait ce qu'il m'a demandé, mais il sera quand même comblé.

Elle examina le document, regarda de nouveau son père.

– Je ne peux pas.

– Pourquoi ?

– Tu n'es pas encore assez valide.

– C'est pour cela que je ne viens pas. Tu connais le chemin. Tu peux tirer toi-même le chariot, n'est-ce pas ?

Evidemment. Mais ce n'était pas ce qu'elle voulait dire.

– Je ne peux pas te laisser seul. Pas encore.

– Bien sûr que si, dit-il en souriant. Je sais faire la cuisine. Et je n'ai pas besoin de beaucoup d'eau. Deux jarres me suffiront jusqu'à ton retour.

– Mais...

– Il n'y a pas de mais, Anna. Si ce rapport ne parvient pas à Amanjira, nous ne serons pas réglés. Dès lors, comment paierons-nous les marchands ? En outre, nous avons besoin de nous procurer certaines choses à Tadjinar. Je t'ai fait une liste.

La jeune fille le fixa un moment, consciente de sa détermination.

– Quand veux-tu que je m'en aille ?

– Ce soir, tout de suite après le coucher du soleil. Tu atteindras le vieux volcan avant l'aube. Tu pourras t'abriter dans une crevasse. Dors jusqu'à la nuit.

C'était toujours ainsi qu'ils agissaient. Pourtant, en le lui répétant, c'était comme s'il se projetait dans ce voyage, s'il partait avec elle.

– Tu n'es pas inquiet ?

– Bien sûr que je le suis. Mais tu es robuste, Anna. Je l'ai toujours dit. Simplement, évite de te laisser courtiser par les marchands de Jaarnindu.

Cette recommandation la fit sourire. Les marchands de Jaarnindu essayaient toujours de l'aborder.

– Je vais aller remplir les jarres.

Il hocha la tête et, sans un mot de plus, regagna le cabinet de travail.

– A Tadjinar, donc, dit-elle calmement en regardant le rapport qu'elle tenait entre les mains. Espérons que le seigneur Amanjira se montrera aussi accueillant que le pense mon père.

Amanjira était de bonne humeur. Il gratifia Anna d'un large sourire, lui indiqua une chaise basse adossée à un des murs de la grande pièce et retourna s'asseoir à son bureau, avant d'ouvrir le rapport du père de la jeune fille.

Le laissant se plonger dans la série de cartes et de croquis, elle en profita pour examiner la pièce. C'était la première fois qu'elle pénétrait dans la maison du grand homme. D'ordinaire, son père s'y rendait seul, la cantonnant à l'auberge, dans la vieille ville.

La pièce était luxueusement décorée d'une floraison de blancs, de crèmes, de rouges, de roses. Le soleil l'inondait, passant à travers une grande porte aux battants de verre qui donnait sur un balcon. Un épais tapis recouvrait le sol, des tapisseries de soie masquaient les murs. Celui auquel la jeune fille tournait le dos s'ornait d'un portrait de l'empereur, offert à Amanjira par le souverain lui-même.

Tout ici, respirait l'abondance, le faste.

Anna reporta son regard sur l'homme lui-même, dont les yeux sombres l'avaient frappée. Comme elle, il était étranger au pays. Marchand venu de l'Est, il s'était installé ici de nombreuses années auparavant. Il était aujourd'hui l'un des personnages les plus importants de l'empire.

Il avait la peau plus noire que la nuit, presque bleue. Ses traits, curieusement, évoquaient pourtant ceux d'un Occidental. Leur rondeur douce contrastait avec le visage anguleux et farouche des habitants du désert.

Comme si une colombe avait vu le jour au milieu d'une nichée de faucons.

Mais les apparences sont parfois trompeuses. Cette

colombe-là avait des serres d'oiseau de proie. Et ses ailes étendaient leur ombre d'un rivage à l'autre de ce pays de sable et de roc.

Amanjira émit un vilain bruit, une sorte de grognement de satisfaction.

– C'est excellent. Ton père s'est surpassé, Anna.

Elle attendit la suite. Elle voulait surtout savoir ce qu'elle recevrait en échange de l'information qu'elle venait de lui transmettre.

– Je vais demander à mon intendant de te remettre tout ce que je te dois. Et dis à ton père que si sa découverte se confirme, je le récompenserai par une prime.

Surprise, elle redressa la tête. Jamais, auparavant, Amanjira ne leur avait offert le moindre supplément.

– C'est trop aimable à vous, seigneur Amanjira.

Il se leva, s'avança vers elle.

– Si tu le souhaites, lui dit-il doucement, tu peux rester ici cette nuit. Partager mon repas, peut-être, avant de repartir chez toi.

Elle se força à soutenir son regard. Ses yeux sombres la fixaient avec une douceur surprenante.

– Pardonnez-moi, dit-elle, mais je dois rentrer. Mon père n'est pas bien.

Elle dissimulait une partie de la vérité. En fait, elle avait très envie de rester et de découvrir les ruelles de la vieille ville ; mais le devoir passait avant tout.

– Je comprends, répondit-il en reculant d'un pas, comme s'il percevait chez elle une réticence soudaine. Y a-t-il quelque chose que je puisse lui fournir ? Des potions, peut-être ? Ou une nourriture spéciale ? On dit que la cervelle de mouton est particulièrement nourrissante.

Anna eut un petit rire en imaginant son père dégustant de la cervelle de mouton. Elle reprit très vite son sérieux, soucieuse de ne pas froisser la susceptibilité d'Amanjira.

– Je vous remercie de votre sollicitude, seigneur, et

de votre offre si généreuse, mais nous avons tout ce dont nous avons besoin.

Il sourit, s'inclina légèrement.

– Qu'il en soit donc ainsi. Mais si tu changes d'avis, n'hésite pas à venir me trouver. Le seigneur Amanjira sait reconnaître ses amis.

De nouveau, la chaleur de ses sentiments la surprit. Elle lui rendit son sourire.

– Je lui ferai part des paroles du seigneur Amanjira.

– Parfait. Maintenant, dépêche-toi, Anna. Je suis sûr que je t'ai retenue trop longtemps.

Le voyage de retour se passa sans incident. Marchant vite, Anna atteignit la faille juste après l'aube. Elle était, en tout, restée absente sept jours.

Laissant le chariot à l'ombre de la corniche, elle franchit le pont sur la pointe des pieds, pour faire une surprise à son père. Mais la maison était vide.

Anna regagna la porte d'entrée et resta là, contemplant le désert silencieux.

Où pouvait-il être ? Où ?

Elle le devina tout de suite. Là-bas, au milieu du cercle de pierre.

Laissant le chariot où elle l'avait mis, elle prit, à travers la vallée étroite, la direction de l'est, escalada la roche nue et se retrouva à l'extérieur, dans la faible lumière de l'aube. Il était évident qu'il profitait de la fraîcheur, avant que la chaleur ne devienne intolérable, pour fouiller l'endroit, retourner les pierres, les scruter sans relâche.

La maladie de son père avait, un temps, quitté le cercle de son esprit. Mais elle y avait songé en rentrant de Tadjinar, intriguée par le problème.

Tout ceci avait presque l'air surnaturel. Mais ni son père ni elle ne croyaient aux énigmes non résolues. Tout phénomène, sans exception, avait une explication rationnelle.

Du sommet de la crête, elle le vit tout de suite, accroupi sous le soleil à l'extrémité du cercle, observant quelque chose. Sa simple présence physique la rassura. Jusque-là, elle n'avait pas été absolument certaine qu'il allait bien.

Elle resta un instant immobile, notant son attitude précautionneuse, méthodique, s'en délectant comme s'il s'agissait d'un don. Puis, sentant le soleil croître, elle descendit le rejoindre.

– As-tu trouvé quelque chose ? lui demanda-t-elle une fois près de lui, attentive à ne pas projeter son ombre sur la portion de terrain qu'il étudiait.

Il lui jeta un coup d'œil, un sourire furtif sur les lèvres.

– Peut-être. Mais pas une réponse.

Cette réplique lui ressemblait tellement qu'elle se mit à rire.

– Eh bien, comment était Amanjira ? dit-il en se redressant et en se tournant vers elle. Nous a-t-il payés ?

Elle extirpa la lourde bourse de cuir de l'intérieur de son manteau et la lui tendit.

– Il était plus que satisfait. Il a dit qu'il y aurait peut-être une prime.

Il eut un sourire entendu.

– Cela ne me surprend pas. J'ai trouvé de l'argent pour lui.

– *De l'argent !*

Il ne lui en avait pas parlé. Quant à elle, comme elle n'avait pas imaginé autre chose que les relevés habituels, elle n'avait même pas jeté un coup d'œil au rapport qu'elle avait remis à Amanjira.

– Pourquoi ne m'as-tu rien dit ?

– Ce n'est pas notre affaire. Nous sommes là pour explorer et dessiner la roche, pas pour l'exploiter.

Elle désigna la bourse.

– La roche nous fait vivre.

– Une rétribution honnête pour un travail quotidien honnête, répondit-il.

Elle savait qu'il le pensait. Il ne voyait pas l'intérêt de gagner plus que ce dont il avait besoin. « Assez pour vivre et rien d'autre », disait-il toujours.

– Alors, comment te sens-tu ? demanda-t-elle, remarquant que son visage avait retrouvé des couleurs.

– Bien. Je suis venu ici tous les jours depuis ton départ. Viens, ajouta-t-il alors qu'elle gardait le silence. J'ai quelque chose à te montrer.

Ils s'enfoncèrent dans une brèche entre deux corniches qui se rejoignaient, escaladèrent un contrefort rocheux jusqu'à une sorte de plateau qui descendait en pente douce vers le sol sableux, comme un mur écroulé à demi enterré par une tempête.

Au-delà, une grande falaise émergeait du sable, ses contours dentelés par l'érosion se détachant nettement sous le soleil. Le contraste entre la blancheur de la roche et les ombres projetées par ses crénelures lui donnait l'apparence de l'ivoire sculpté.

– Là, dit-il en désignant une des plus grandes taches d'ombre au pied de la falaise.

– Une grotte ? demanda-t-elle, intriguée.

– Un tunnel.

– Où mène-t-il ?

– Viens voir.

Ils descendirent, traversèrent l'étendue de sable chaud, se glissèrent dans la bouche sombre du tunnel. Ils s'arrêtèrent un instant, laissant leurs yeux éblouis par l'éclat du soleil s'habituer à l'obscurité. Anna attendit que son père eût allumé la lampe, puis la leva.

– Oh !

Le tunnel s'enfonçait en pente douce sur quinze à vingt pas. Mais c'était tout. Au bout, un éboulis l'obstruait.

Sans crainte, le père d'Anna s'avança, la lueur de sa lampe dansant devant lui. Elle le suivit, tout en examinant la roche.

– On dirait de la lave.

– Exact, répondit-il en s'arrêtant devant le grand mur formé par l'éboulis. Et je jurerais que cette galerie s'enfonce profondément dans la terre. Du moins le ferait-elle s'il n'y avait pas cet éboulis.

Anna s'accroupit pour examiner un petit morceau de roche de la même consistance que les parois. Un de ses côtés était lisse et vitreux.

– De quand date cet éboulement ? interrogea-t-elle.

– Je ne peux émettre qu'une conjecture.

– Je ne te suis pas.

– Puisque je ne trouvais pas de réponse ici, je suis allé explorer un peu plus loin. Et devine ce que j'ai trouvé ? Les traces d'un séisme, du moins d'un tassement massif, à quelques kilomètres au nord. Récent, dirais-je d'après les bouleversements de la roche. Et cela m'a fait réfléchir. Un séisme majeur s'est produit dans la région il y a trente ans. Même Tadjinar en a subi les effets, quoique amoindris. Cela pourrait expliquer notre cercle.

– Tu crois ?

– Je dirais même que ce tremblement de terre, l'éboulis devant lequel nous nous trouvons et le cercle sont liés. De quelle façon, je ne le sais pas encore. Comme je te l'ai toujours dit, nous ne savons jamais tout. Mais nous pourrions approfondir notre connaissance de la terre si nous parvenions au bout de ceci.

Anna sourit.

– Et les relevés ?

Il eut un geste négligent de la main.

– Nous les ferons. Il n'y a pas de problème. Mais ceci... C'est une occasion qu'on ne rencontre qu'une fois dans une vie, Anna ! Si nous réussissons à découvrir la cause de ce phénomène, qui sait ce qui en découlera ?

– Que suggères-tu donc ?

Il montra l'éboulis.

– Je propose que nous découvrions ce qui se trouve de l'autre côté.

Après leur repas, Anna déchargea le chariot. Elle avait, au marché de Jaarnindu, acheté un cadeau pour son père. Elle songea, en le regardant défaire le paquet, à tous les présents qu'il lui avait offerts au cours des années écoulées, certains utiles, comme son premier petit marteau qu'elle avait reçu pour son sixième anniversaire, d'autres plus futiles, comme ce châle de soie bleue orné de papillons jaunes et rouges qui ne datait que de l'année précédente.

Il contempla un moment la boîte de cuir avant d'actionner la serrure et de repousser le couvercle.

– Un jeu d'échecs ! s'exclama-t-il d'un air radieux. Les échecs m'ont tellement manqué ! Comment l'as-tu su ?

Elle répondit, abasourdie :

– Tu me l'as dit ; dans ton sommeil.

– Tu veux dire pendant que j'étais malade ?

Cette révélation ne parut pas le troubler. Il était bien trop occupé à admirer l'échiquier, sans compter les pièces de bois sculptées à la main, noires et blanches et nichées dans leurs deux petites boîtes.

Tout cela n'avait rien de luxueux. Le bois était taillé de façon grossière, les couleurs rudimentaires. Mais cela importait peu. Ce qu'il avait devant lui possédait plus de valeur, à ses yeux, que n'importe quel objet d'argent.

– Je vais commencer à t'apprendre, dit-il à sa fille. Dès ce soir. Tu y consacreras une heure chaque jour. Tu seras bientôt imbattable !

Elle sourit. Les paroles de son père lui revinrent en mémoire. *Loin d'être frivoles, les cadeaux sont nécessaires. Ils constituent une preuve d'amour, d'affection. Voilà pourquoi ils doivent rester rares et précieux. Ainsi, ils illuminent l'existence. On peut se passer de bien des choses, Anna, mais pas de cadeaux, si modestes soient-ils.*

Il avait raison. Jamais elle ne l'avait mieux compris que ce soir-là.

– Eh bien, dit-elle. Comment allons-nous procéder ?

Il saisit immédiatement le sens de sa phrase. Il posa la main sur un des marteaux glissés dans sa ceinture et répondit :

– Nous utiliserons ceci.

– Cela prendra un temps fou !

– Nous avons tout notre temps.

– Mais...

– Pas de mais, Anna. Maîtrise ton impatience. Nous en ferons un peu chaque fois. Ainsi, il n'y aura pas d'accident, d'accord ?

– Entendu, dit-elle en souriant.

– Bien. Maintenant, je vais aller me reposer. Je dois être frais et dispos pour jouer aux échecs avec toi ce soir.

Les jours qui suivirent virent s'installer entre eux une nouvelle routine. Ils se levaient une heure avant l'aube, allaient jusqu'au tunnel et passaient une heure ou deux à déblayer le sommet de l'éboulis. Soucieuse de ménager son père, Anna accomplissait la majeure partie du travail, le laissant explorer et relever les alentours. Ensuite, dès que le soleil commençait à monter dans le ciel, ils regagnaient la faille et, après un repas frugal, travaillaient dans leur laboratoire.

Les étagères croulaient sous une accumulation d'échantillons vieux de plusieurs années et qu'ils n'avaient pas eu le temps d'étudier. Le père d'Anna décida qu'au lieu de prévoir d'autres explorations, ils termineraient ces analyses, dont ils enverraient les résultats à Amanjira.

En milieu d'après-midi, ils s'arrêtaient, faisaient une sieste qui durait jusqu'au crépuscule. Ensuite, à la fraîche, ils dînaient, avant de s'installer dans la pièce principale, au centre de l'abri, pour lire ou faire une partie d'échecs.

Anna, tout d'abord, n'avait pas été sûre d'aimer ce jeu. Pourtant, elle partagea bientôt l'enthousiasme de son père, au point qu'elle dut se raisonner pour ne pas prolonger les parties trop tard dans la nuit. Quand il se retirait, elle gagnait le cabinet de travail, où elle préparait leurs explorations futures.

En dépit de ce qu'affirmait son père, elle savait qu'Amanjira ne se satisferait pas longtemps de simples analyses. Il les payait pour explorer et cartographier le désert. Seules ces explorations l'intéressaient. Quant aux analyses de la roche, il n'y prêterait attention que si elles débouchaient sur des possibilités d'exploitation juteuse et lucrative.

L'année précédente, ils avaient ainsi passé au crible un vaste territoire au sud-ouest de la faille, en plein cœur du désert, à trois jours de marche. Pour survivre, ils ne devaient rien négliger, savoir de façon précise où ils s'abriteraient et ce dont ils auraient besoin. Vivres, eau, équipement devaient être entassés dans le chariot, et comme ils s'absentaient souvent huit ou dix jours, il leur fallait prévoir des provisions pour au moins deux semaines.

Ce n'était pas simple. Pourtant, Anna n'imaginait pas d'autre existence. Même si Amanjira ne payait pas leur travail à sa juste valeur, ni elle ni son père n'auraient souhaité en changer.

Le désert la fascinait. Mais, plus encore, elle aimait la roche. Certains n'y voyaient qu'un élément mort, inerte. Elle savait, elle, qu'il n'en était rien. La roche était aussi vivante que n'importe quelle autre matière, à un détail près : sa lenteur à percevoir le temps.

Très tôt au début du huitième jour, ils ouvrirent la brèche qu'ils espéraient. Ce n'était, dans l'épaisseur de l'éboulis, qu'une lucarne dérisoire, à peine assez large pour laisser passer un bras ; elle leur permit quand même d'y jeter un œil et de constater, à la lueur d'une lampe, que le tunnel, de l'autre côté, continuait.

Rassérénés, ils travaillèrent une heure de plus avant de rentrer, côte à côte, dégageant patiemment des parcelles de roc, les yeux protégés des éclats par des masques.

– A ton avis, lui demanda-t-il sur le chemin du retour, avons-nous fait un trou assez grand pour nous y faufiler et explorer l'autre côté ?

Elle eut un large sourire.

– Maintenant, qui perd patience ?

– Tu penses qu'il nous faudrait d'abord agrandir l'ouverture ?

– Je ne sais pas, répondit-elle tout en marchant. Je crois que nous devrions y réfléchir.

Cet après-midi-là, dans le cabinet de travail, il ne cessa d'en parler. Le soir venu, lasse d'en débattre davantage, elle capitula.

– D'accord, dit-elle, levant les yeux de l'échiquier. Mais un seul de nous deux ira à la fois. Et nous nous munirons d'une corde. Ce qu'il y a de l'autre côté, nous n'en savons rien. Si nous tombons sur d'autres dégâts liés au séisme, cela pourrait être dangereux.

– Topons là, dit-il en avançant sa reine. Echec.

Puis, incapable de réfréner son sourire :

– Echec et mat, en fait.

Il leur fallut deux jours pour élargir la brèche de façon suffisante. Elle était encore étroite, mais la rendre vraiment praticable leur aurait demandé au moins une semaine supplémentaire.

– Nous préparerons nos affaires ce soir, dit-il en dressant sa lampe et en fixant cette bouche d'ombre. Tu n'auras pas besoin de grand-chose.

Ce « tu » fit sourire Anna. Elle avait cru qu'elle aurait eu à se battre pour avoir le privilège de passer la première.

– Et que devrai-je chercher ?

Il ramena la lampe vers eux, lui fit face.

– Comme d'habitude. Des traces d'activité volcanique, peut-être ; des cheminées, des dépôts pyroclastiques.

– Tu crois toujours qu'il s'agit du résidu d'un réseau volcanique plus vaste ?

– Sans aucun doute. Cheminées et ouvertures n'en forment qu'une infime partie. Il a dû y avoir une grande mare de lave – ou de magma – dans le tréfonds de la terre. Plus elle était profonde, plus l'éventail de ses projections à la surface s'est élargi. La lave en fusion s'est déversée à travers toutes les failles de la roche, y compris les plus infimes. Voilà à quoi cela ressemble, en fait.

– Aux racines d'un arbre ?

Il eut un sourire mélancolique. Anna n'avait jamais vu d'arbre. Du moins de *vrai* arbre, en dehors des palmiers décharnés et aux racines tronquées de Tadjinar. Elle ne connaissait du monde que ce qu'elle en avait lu dans les livres ou ce qu'on lui en avait raconté. C'était le seul point noir de son existence en cet endroit perdu : son étroitesse.

Son père ne put s'empêcher d'aborder le sujet alors qu'ils marchaient côte à côte, tête basse comme à l'accoutumée, sans un regard l'un pour l'autre.

– Anna ?

– Oui ?

– Regrettes-tu de vivre ici ?

– Et toi ?

– Mon existence, je l'ai choisie.

– Et tu penses que si j'avais le choix, je m'en irais ?

– Parfois.

– Alors, tu te trompes. J'aime le désert.

– Mais tu ne connais rien d'autre.

– Même si le monde m'apparaissait subitement dans toute sa splendeur, je resterais là.

– Tu en es sûre ?

– J'en suis sûre.

– Attention à la corde, Anna. Elle s'est coincée.

Couchée sur le flanc, la jeune fille s'arrêta et tapota doucement la corde, qui se libéra. Parvenue à mi-chemin du trou creusé au sommet de l'éboulis, elle le trouvait beaucoup plus exigu qu'elle ne l'avait imaginé. Elle avait réussi à y glisser ses épaules, mais ses hanches résistaient. En plus, elle n'y voyait quasiment pas. Les infimes rayons de lumière filtrant à travers les interstices de cet amas de rochers ne l'aidaient en rien, sauf à lui montrer à quel point elle était coincée.

Bien sûr, elle aurait pu tenter de se propulser d'un seul coup ; mais elle aurait alors plongé tête la première de l'autre côté, où elle aurait atterri sans ménagement, risquant de se rompre les os. De toute façon, elle n'avait dégagé que son bras gauche. L'autre restait prisonnier entre le roc et son flanc.

– Retourne-toi, Anna. Jusqu'à te trouver face à la voûte. Le passage est plus large que haut.

– Tu aurais dû attendre une semaine de plus, dit-elle en essayant de faire ce qu'il lui demandait.

– Peut-être. Mais nous y sommes presque. Essaie de te mettre sur le dos. Voilà. C'est ça.

Lentement, très lentement, elle se contorsionna et progressa, jusqu'à sentir ses épaules et sa tête au-dessus du vide. Il ne lui restait plus qu'à tenter de libérer son bras. Elle essaya de le ramener vers elle. Sans succès. Il n'y avait pas assez d'espace. Il lui faudrait se retourner encore.

– Prends mes pieds, dit-elle.

Elle sentit les mains de son père agripper fermement ses chevilles et ses bottes.

– Bien. Je vais essayer de me remettre sur le ventre et, en même temps, de dégager mon bras droit.

– Très bien.

Ce fut difficile. Elle avait l'impression que la roche cherchait à l'écraser, à broyer ses os. Peu à peu, elle parvint pourtant à se retourner. A présent, elle était face au sol. Mais que pouvait-elle faire ? Elle se heurtait à une obscurité totale qui, en soi, ne lui faisait pas peur. Mais elle ne tenait pas à s'affaler sur quelque chose de pointu. Enfin, elle réussit à libérer son bras.

– Bien, dit-elle. Maintenant, laisse-moi filer doucement.

Elle commença à glisser, entraînée par son propre poids. Le sol semblait monter vers ses paumes.

– Voilà. Tu peux me lâcher. J'y suis.

Les doigts de son père relâchèrent leur pression, ses mains libérèrent ses chevilles. Il poussa une sorte de grognement.

Elle se retrouva de l'autre côté, à quatre pattes. Elle se redressa, se brossa.

– Tout va bien, là-haut ?

– Un peu essoufflé, c'est tout.

Elle se plaqua contre l'éboulis, le front à la hauteur de la brèche. De l'autre côté, la lampe à ses pieds, son père s'y appuyait lui aussi, les jambes légèrement fléchies, une main sur la poitrine.

– Tu es sûr que tout va bien ?

– Ça ira, dit-il en levant la tête vers elle. Je ne m'étais pas rendu compte à quel point tu es lourde, c'est tout.

– Tu es sûr ?

– Oui. Maintenant, au travail. Occupe-toi de la corde. Je vais te passer la lampe.

Elle se dressa sur la pointe des pieds, attrapa la corde, la fixa solidement autour de sa taille. C'était une corde mince et robuste. Ils en avaient pris une quinzaine de mètres, longueur largement suffisante pour une exploration préliminaire. Anna saisit ensuite la lampe des mains de son père.

– Prends ça aussi, dit-il en lui tendant son chapeau.

Elle posa la lampe à ses pieds et essaya le chapeau, s'attendant à ce qu'il soit trop grand pour elle. Mais il lui allait à la perfection. Elle resserra la lanière de cuir sous son menton, leva la lampe pour que son père puisse la voir.

– Parfait, dit-il, le regard brillant. Je te donne une heure. Ensuite, je te rappellerai. Mais garde bien les yeux ouverts, Anna. Et ne prends aucun risque.

– Je ferai attention.

– Tu as ton carnet ?

Elle tapota une de ses poches.

– Bien. Alors ne reste pas plantée là. Tu vas attraper froid.

Elle sourit avant de tourner les talons et de se retrouver face aux ténèbres, sa lampe devant elle.

La bibliothèque donnait sur le lac assombri. Ses longues fenêtres aux vitres serties de plomb offraient une vue d'ensemble de la cité de D'ni, dont les différents quartiers, éclairés par des lampes, grimpaient le long de la grande paroi de la caverne.

On avait allumé un feu dans la vaste cheminée. Sa lueur faisait sortir de l'ombre les quatre hommes assis devant l'âtre, dans d'imposants fauteuils. Son reflet tailladait leur visage en un brusque jeu de contrastes entre l'obscurité et le rouge doré des flammes. Ils avaient pris leur repas une heure plus tôt. A présent, ils parlaient.

– Je ne vois pas ce qui te fait dire cela, Véovis. Du moins avec une telle certitude. Où sont tes preuves ?

Véovis se tourna vers son ami, serrant entre ses paumes son verre de vin aux scintillements pourpres.

– Pourquoi aurais-je besoin de preuves, Fihar ? Tout n'est qu'une affaire de déduction. Tu avances que les races que nous connaissons parce qu'elles peuplent les Ages auxquels nous sommes reliés, se réfèrent à une morale. Je suis d'accord avec toi. Mais elles se comportent de cette façon parce que nous nous sommes assigné pour tâche de les pousser dans cette voie. Leur morale n'est pas innée, mais apprise. Et c'est nous, les

D'ni, qui la leur avons enseignée. Car cette morale, nous la connaissons depuis des *milliers* d'années.

Véovis remua légèrement, s'adressant à un autre participant.

– Toi, Suahrnir. Tu es un des Protecteurs, n'est-ce pas ? Ton devoir primordial ne consiste-t-il pas à encourager chez les habitants des mondes avec lesquels nous sommes reliés des relations sociales stables et, précisément, morales ?

Suahrnir était un homme d'âge mûr, membre éminent de sa guilde. Il avait déjà servi comme gardien dans les Ages carcéraux et avait pour mission essentielle l'amélioration des Ages défectueux ou instables. Il médita un instant les propos de Véovis, puis haussa les épaules.

– Bien sûr. Mais je partage quand même l'opinion de Fihar. Nous ne pouvons nous prononcer de façon catégorique avant d'avoir vu par nous-mêmes. Ne s'agit-il pas de se conformer à la méthode scientifique ?

– Absurde ! s'écria Véovis, son visage s'animant tout d'un coup. Sans l'influence et la tutelle de D'ni, ces Ages ne seraient que des cloaques peuplés de sauvages ! N'as-tu pas constaté toi-même, Suahrnir, de multiples régressions ? Ne devons-nous pas faire constamment preuve de vigilance ?

– Assurément, dit Suahrnir.

– Alors, imagine ce qui peut se passer à la surface. S'il y a vraiment des habitants là-haut, ils se sont développés depuis des millénaires sans le moindre enseignement moral. Nul doute qu'ils en sont restés au stade primitif et ne se préoccupent, tout comme des animaux sauvages, que de leurs besoins les plus vils. Et nous avons tous pu observer, dans de nombreux Ages, le comportement des bêtes.

Atrus qui, jusque-là, avait écouté en silence, se décida à prendre la parole.

– A moins qu'ils n'aient, à l'image des D'ni, une morale innée.

Véovis sourit à son ami.

– Je dirai que les chances pour que cela se vérifie sont minces. Me contrediras-tu là-dessus, Atrus ?

– Je... Elles sont faibles, en effet.

– Bien ! conclut Véovis. Cette pensée me donne la chair de poule : une société mue uniquement par le stupre et la violence !

– Et la menace de la violence, ajouta Fihar, à présent presque convaincu.

– Parfaitement ! Et y aurait-il, dans une telle société, de la place pour le développement d'une intelligence authentique ? Non. Tout ce que nous pouvons espérer trouver là-haut, c'est une espèce au langage informe, une bande de chacals à qui leurs hurlements sous la lune tiennent lieu de conversation.

Tout le monde éclata de rire.

– Tu estimes donc que le Conseil devrait entériner sa décision ? demanda Atrus, ramenant le débat là où il avait commencé. Tu penses que nous n'avons rien à faire avec les habitants de la surface ?

– Rien ! Et pour être honnête avec toi, je ne me serais pas contenté d'obstruer le tunnel. J'aurais tout détruit !

– Je vois.

– Oh, Atrus, dit Véovis en rapprochant son visage du sien, je conçois tout ce que cette expédition avait pour toi de sentimental, et je t'admire pour cela, mais cette aventure fut une erreur. Le Conseil a même eu tort de l'envisager !

Atrus ne répondit rien. Il se contenta de boire son vin à petites gorgées en fixant le feu.

– Voilà que je viens de te froisser, déclara Véovis en se levant. Ecoute, je te demande pardon. Peut-être ai-je fait preuve d'insensibilité.

Atrus lui sourit tristement.

– Non, Véovis. Tu as exprimé le fond de ta pensée, comme toujours, et c'est pour cette raison que je t'admire. D'autant que tu m'as ébranlé. Tu as peut-être raison. Il se peut, après tout, que cette aventure ait vraiment été une erreur.

Véovis lui rendit son sourire.

– Cette fois, tu voteras donc dans mon sens au Conseil ?

Atrus haussa les épaules.

– Qui sait ?

A moins de cent pas en contrebas, un second éboulis bloquait le tunnel. Pourtant, sur la gauche, assez large pour qu'Anna puisse s'y glisser, une brèche s'ouvrait dans le roc, comme une bouche grimaçante.

Une main contre la paroi, la jeune fille se pencha, la lampe levée. La brèche était profonde. Elle s'enfonçait dans l'obscurité d'où émanait une brise ténue et fraîche. On entendait dans le lointain un léger bruit d'eau et un autre son, un tapotement irrégulier semblable à de faibles coups de burin sur la pierre.

Anna fixa la lampe au sommet de son chapeau et se glissa à l'intérieur. La brèche n'était pas aussi grande qu'elle l'avait imaginé. Elle semblait s'interrompre au bout d'une quinzaine de mètres. La jeune fille crut à un cul-de-sac, d'autant que, devant elle, un amas de roches paraissait obstruer le passage. Pourtant, juste avant ce mur, il s'incurvait brutalement, presque à quatre-vingt-dix degrés. Ce fut par là qu'elle s'aventura. Et elle poussa un cri de surprise.

– Une caverne ! s'exclama-t-elle, sans savoir si son père pouvait encore l'entendre. Une immense caverne !

Le tapotement était tout près, à présent, et le bruit de l'eau s'amplifiait.

Debout sur le sol de la caverne, Anna regarda autour d'elle. Sa lampe n'éclairait qu'une petite partie des lieux, sur une assez longue distance, pourtant, pour faire miroiter dans l'ombre, au bout de son faisceau, ce qui ressemblait à un tout petit ruisseau.

De l'eau. L'élément le plus prisé, le plus rare dans

le désert. Mille fois plus précieux que l'argent que son père avait découvert pour le compte d'Amanjira.

Traînant la corde derrière elle, Anna s'avança vers cette eau miraculeuse, claire comme du cristal. Elle s'agenouilla, y trempa ses doigts, humecta ses lèvres.

L'eau était glaciale, et pure. Bien meilleure que celle du bassin.

Le visage de la jeune fille s'illumina. Elle avait hâte d'aller rejoindre son père, de lui révéler sa découverte. Elle se redressa, leva les yeux vers la voûte, vingt mètres au-dessus de sa tête.

Là ! Voilà ce qui provoquait le tapotement. Une chose bizarre, rouge vif, qui ressemblait à du marbre, mais en plus fin, et dont le bout se gonflait comme une goutte de sang. Elle se balançait dans la brise qui la projetait contre la voûte. D'où le bruit : tap, tap.

A son extrémité la plus proche, la caverne se rétrécissait, se transformait en une sorte de tunnel. La brise semblait venir de là. Anna huma cet air, surprise par sa fraîcheur, par l'absence de cette humide odeur de moisi, de pierre et de renfermé qu'on respirait d'ordinaire dans les cavernes.

Elle détacha sa lampe de son chapeau, la leva très haut, intriguée par cette chose rouge qui se balançait, comme prisonnière de la roche, ou comme si elle en avait jailli avant de se congeler. Elle sortit son carnet, le posa sur ses genoux et commença à noter, non seulement ce qu'elle voyait, mais les premières impressions que lui avait causées la caverne. Elle savait par expérience qu'il ne fallait rien négliger. On pouvait très bien, au premier abord, remarquer un détail important sans avoir conscience de sa valeur ou, tout simplement, l'oublier très vite. Il fallait donc *tout* noter, même si certaines observations, par la suite, se révélaient infondées.

Son travail terminé, elle posa son carnet par terre et ramena la corde vers elle pour s'assurer qu'elle ne s'était pas coincée dans la brèche. Il n'y eut aucune résistance. Rassurée, la jeune fille poursuivit son exploration de la caverne en direction de « l'entonnoir » du fond, regardant attentivement d'un côté et de l'autre, soucieuse de ne rien laisser échapper.

Parvenue à trente pas de l'entonnoir, elle s'immobilisa. Elle avait eu, tout au long de son avancée, une impression bizarre, comme si cette grotte différait des autres. Cette impression, tout d'un coup, se mua en certitude. Elle aperçut soudain devant elle, couvrant toute une extrémité de l'entonnoir, une énorme feuille composée de la matière étrange qui pendait de la voûte. Cette feuille ressemblait à un rideau épais et rigide, à cela près qu'il émanait de la roche elle-même, comme un flot de lave.

Or, ce n'était pas de la lave. En tout cas, elle n'en avait jamais vu de semblable.

Elle se sentait incapable d'attendre d'en parler à son père. Il fallait qu'elle se rende compte par elle-même. Elle marcha jusqu'à la paroi, la lampe levée. Le rideau était rouge sang ; mais, à l'intérieur de ce rouge couraient de minuscules veines noires, semblables à de petits filaments de soie.

Peut-être, après tout, était-ce une lave inconnue d'elle.

Elle fixa de nouveau la lampe sur son chapeau, sortit un marteau de sa ceinture, s'agenouilla devant la paroi et essaya d'en détacher une parcelle de matière rouge.

Elle se releva quelques minutes plus tard, sidérée. Son marteau n'avait servi à rien. La matière avait l'air molle et l'était au toucher. Elle cédait même devant le marteau. Mais l'outil ne l'entamait pas, n'y laissait pas la moindre trace !

Donc, ce n'était pas de la lave. Mais de quoi s'agissait-il ? Impossible à dire avant d'avoir procédé à des analyses. Il fallait, pour cela, emporter un morceau de cette substance.

Or – Anna s'en rendit compte en reculant légèrement pour chercher une parcelle qui s'en serait détachée par accident – le rideau formait un ensemble parfaitement homogène. Elle poussa un soupir de découragement. Puis elle éclata de rire. Là, à ses pieds, s'étendait une rangée de minuscules perles rouges, comme si des gouttes de sang étaient tombées sur le sol. Anna leva les yeux. Au-dessus d'elle, une infime nervure, à peine visible, s'étirait le long de la paroi, comme si le revêtement avait été, sous très forte pression, cisaillé entre les lèvres de la roche.

Et s'était égoutté.

La jeune fille s'accroupit et, détachant cette fois une parcelle de roc sous la substance rouge, réussit à libérer quatre échantillons, dont l'un aussi gros que son poing.

Avant de glisser le dernier dans son sac, elle le plaça sous la lumière, puis le serra dans sa main. Il était presque spongieux et pourtant aussi compact que le marbre. En plus, il semblait, non refléter la lumière, mais la capter.

Il était temps de rentrer. Il fallait absolument, avant de poursuivre l'exploration, analyser ces échantillons.

Anna jeta son sac sur son épaule puis, la corde dans la main droite, l'enroula soigneusement à mesure qu'elle traversait la caverne en sens inverse, en direction de la brèche.

Les autres étaient partis. Seuls restaient Atrus et Véovis. Ils se tenaient dans le grand vestibule de la demeure, au pied des escaliers, face à la lourde porte d'entrée dont le verre permettait d'apercevoir les marches de pierre descendant jusqu'à la jetée du petit port.

– Passe la nuit ici, Atrus. Tu rentreras avec moi demain matin. La réunion ne commencera pas avant midi.

– Je le ferais volontiers, mais je dois d'abord voir certaines personnes.

– Décommande-les. Dis-leur que tu dois préparer la

réunion. Elles comprendront. J'ai vraiment envie de poursuivre la conversation avec toi.

– Moi aussi. Mais je ne peux pas me dédire.

Véovis sourit.

– Je comprends. Rien ne vaut, pour toi, la parole donnée et tu as raison. Essayons quand même de nous voir avant la réunion. Je serai dans mon bureau, au Palais. Nous pourrons toujours faire semblant de parler de ton vote.

Atrus sourit à son tour.

– Mon très cher ami, mon parti est pris. Je m'abstiendrai.

– T'abstenir ? Quelle idée !

– Je n'ai pas trouvé d'autre solution. Aucune des deux thèses en présence ne m'a convaincu. Accuse-moi, si tu veux, d'indécision et de sentimentalisme. Mais j'aurais l'impression de trahir mon vieux maître Telanis en me prononçant *contre* la motion.

– Alors, qu'il en soit ainsi. Prends soin de toi, mon ami.

Paume contre paume, les deux hommes firent claquer leur main droite.

– A demain.

– A demain, répliqua Atrus avec chaleur. Et merci encore. Cette soirée restera dans ma mémoire.

– Une de plus. Maintenant, va-t'en. Avant que je ne t'en veuille.

– Je n'arrive pas à y croire, dit-il en se détournant du microscope. Je n'ai jamais rien vu de tel. Cela a l'air... *artificiel.*

– Impossible, rétorqua Anna, debout à côté de lui et plaçant ses yeux sur les lentilles.

– Alors dis-moi à quoi nous avons affaire. As-tu déjà observé une roche de cette nature ? Elle ne contient pas de cristal ! Elle n'a pas été formée ; du moins pas par un processus *naturel.* Elle a été *fabriquée* !

– Il existe peut-être des processus que nous ignorons.

– Et moi, je ne connais rien à la roche !

– Qui sait ? murmura-t-elle en ayant du mal à garder son sérieux.

Il se ferma un instant avant de rire à son tour.

– Bon, dit-il. Tu n'es pas de mon avis ?

– Je ne vois pas comment on pourrait fabriquer une telle substance. Il faudrait pour cela des températures et une pression phénoménales. D'un autre côté, qu'est-ce qu'une matière de ce genre ferait dans cette caverne ? Tout cela n'a aucun sens.

– Tu l'as dit.

Le doute, elle le voyait bien, le minait. Il avait de nouveau l'air fatigué. Tous deux travaillaient sans relâche depuis bientôt dix heures.

– Tu devrais aller te reposer, suggéra-t-elle. Nous reprendrons demain matin.

– A ton aise, murmura-t-il sans la convaincre, car elle sentait bien que le problème l'obsédait. Cela doit nous crever les yeux, ajouta-t-il après un moment de silence. Nous sommes passés complètement à côté de quelque chose.

Bien sûr, mais de *quoi* ? Ils avaient fait toutes les analyses possibles et imaginables. Même s'ils avaient eu à leur disposition dix fois plus de temps et de matériel, ils seraient arrivés à la même conclusion.

A l'état naturel, cette matière n'existait pas.

Cette nuit-là, sa bonne humeur l'avait étonnée. Jamais il ne lui avait paru si gai, si enjoué. Il avait ri, plaisanté. Et le matin, il était mort.

Elle s'était réveillée, hantée par son rêve : partout des fleurs bleues, comme celles qu'elle avait peintes pour lui. Après s'être levée, elle était allée dans la petite cuisine préparer leurs bols tout en regardant par la fenêtre, émue par l'aspect unique que, dans la lumière de l'aube, prenait le paysage. Et puis elle l'avait trouvé, face contre terre, près du banc du cabinet de travail. Elle sut tout de suite qu'il était mort, même si elle ne le réalisa pleinement qu'en le touchant.

Sa chair était froide, plus glacée que la pierre.

Elle se sentit tout d'abord incapable de le retourner. Il y eut un vide dans son esprit, une absence totale. Enfin, elle trouva le courage de se pencher vers lui.

Il avait dû, sans faire de bruit, se traîner jusque-là au cours de la nuit. Et il était mort, en silence, sans un mot pour elle.

Elle ferma les yeux. Puis elle gémit, submergée par la colère.

L'antichambre principale du Palais des Guildes était en effervescence. Arrivé en retard, Atrus jeta un regard parmi la foule. Apercevant enfin Véovis au milieu d'un groupe compact de membres éminents de diverses guildes, il se précipita vers lui.

– Véovis. Que se passe-t-il ?

– Le prince Eneah. Il est tombé malade cette nuit.

Le prince Eneah avait succédé au prince Tulla à la tête du Conseil. Sans sa présence, ou la nomination d'un remplaçant, les délibérations du Conseil ne pouvaient se poursuivre.

– Il n'y aura donc pas de vote aujourd'hui.

– Pas avant une semaine ou deux, si l'on en croit la rumeur. Le prince, semble-t-il, est à l'article de la mort.

– Voilà une bien triste nouvelle, dit Atrus.

Alors que les anciens de D'ni paraissaient plutôt sévères à leurs cadets, Eneah avait, en dépit de ses trois siècles, gardé tout son sens de l'humour et donné aux séances du Conseil un ton que, s'il devait mourir, on ne retrouverait pas avant longtemps.

– Qu'allons-nous faire ? demanda Atrus en parcourant des yeux l'antichambre encombrée.

– Nous disperser, mais pas avant que notre tâche ici

ne soit accomplie. Excuse-moi, Atrus, mais je dois saisir cette opportunité pour parler à deux ou trois indécis.

Atrus laissa son ami s'en aller. A l'inverse de Véovis, il n'avait pas de grandes ambitions politiques. Il venait pourtant d'intégrer le Conseil, comme représentant de sa guilde ; mais il n'avait rien fait pour obtenir cette promotion.

Il avait grimpé discrètement les échelons, devenant, à trente-sept ans, un des plus jeunes maîtres depuis près de sept siècles. Puis, trois ans auparavant, ses pairs l'avaient élu au Conseil ; honneur inattendu, dans la mesure où des hommes deux fois plus âgés que lui – il avait 55 ans – avaient opposé leur candidature à la sienne.

Ainsi se retrouvait-il au centre des choses. Ses déclarations n'avaient pas encore un poids considérable. Quant à son vote, il ne modifiait en rien le fonctionnement de la lourde machine gouvernementale de D'ni. Pourtant, il n'était pas tout à fait dénué d'influence, en partie à cause de son amitié avec Véovis.

Il regarda son ami se frayer un chemin entre les piliers du vestibule. Admirant l'aisance avec laquelle le jeune seigneur se mouvait parmi ses pairs, le naturel avec lequel il s'adressait aux sommités de la société de D'ni, il trouva leur intimité, qui n'avait fait que se renforcer depuis trente ans, singulière. Si on lui avait demandé qui avait été, ces dernières années, son ami et confident le plus proche, il n'aurait peut-être pas osé nommer le fils du prince Rakeri. Pourtant, leurs liens n'échappaient à personne. Aux yeux de tous, ils étaient inséparables.

Inséparables, peut-être, mais si différents de nature. Peut-être était-ce la raison de leur entente : chacun connaissait parfaitement l'autre.

S'ils avaient été ennemis, il n'y aurait pas eu de débats nocturnes, de joutes animées aboutissant à des compromis et des concessions mutuelles accordées de mauvaise grâce pour déboucher à la longue sur une parfaite identité de vues, et cela, en fin de compte, aurait été une tragédie pour le Conseil ; car nombre de personnalités reconnaissaient en Véovis et Atrus les germes du destin futur de D'ni.

Leur amitié s'était révélée bénéfique, non seulement pour eux-mêmes, mais pour le grand Etat D'ni.

– Atrus ? Comment vas-tu ? Comment se porte ton père ?

Il se tourna vers son interlocuteur, surpris – comme toujours – de se retrouver en si brillante compagnie.

– Il va bien, grand maître Yena. Très bien, merci.

Tout était fini. Elle avait chargé le chariot, fait ses ultimes adieux. Elle se tenait tout au bout du pont, les yeux pleins de larmes maintenant que le moment était venu, regardant une dernière fois l'abri désormais vide.

Il avait été son foyer, son univers. Elle y avait vu le jour, avait étudié dans ses pièces. Là, elle avait été chérie par les meilleurs parents dont un enfant aurait pu rêver. A présent, ils étaient partis.

Il ne restait que de la pierre. De la pierre, de la poussière et des cendres.

Ces cendres – celles de son père – étaient enfermées dans une toute petite jarre scellée qu'elle avait rangée avec soin dans le chariot, près de l'urne contenant celles de sa mère.

Elle se détourna, sachant qu'elle ne pouvait rester là. Son avenir était ailleurs. A Tadjinar, peut-être, ou dans son pays d'origine, en Europe. Mais pas ici. Pas depuis qu'il était mort.

Elle avait le cœur lourd mais cela aussi, elle le savait, passerait. Pas entièrement, car il y aurait des moments où elle se souviendrait ; alors, la douleur reviendrait. Mais la colère qu'elle ressentait en cet instant s'estomperait. Avec le temps.

Elle se mit en route, tendue vers l'avant. Tadjinar

était loin, le chariot était lourd. Les lanières de cuir avec lesquelles elle le tirait lui sciaient les épaules. Oui, le trajet serait long. Mais les mots de son père l'accompagnaient.

Un voyage de mille kilomètres commence par un simple pas.

Voilà ce qui lui resterait de lui, en tout cas : son souvenir, ses paroles, sa grande sagesse.

Elle essuya les larmes qui coulaient sur ses joues et sourit. Il était en elle, dorénavant, dans son cœur, dans sa tête, jusqu'à ce qu'elle ne soit plus à son tour que poussière et cendres.

Que vois-tu, Anna ?

Tout en escaladant la pente étroite qui lui ferait quitter la vallée, elle lui répondit, sa voix claire résonnant dans le silence du désert.

– Je vois le désert sans fin et, devant moi, la lune désolée qui se lève dans la dernière lueur du couchant. Et je te vois, toi, où que porte mon regard. Je te vois.

La route de Tadjinar ne passait pas par le cercle. Elle eut quand même envie de le voir. Si son avenir la conduisait ailleurs, elle voulait au moins en emporter le souvenir.

Cachant le chariot dans une ravine, elle foula le sable dans sa direction, la pleine lune éclairant son chemin. Enrobé par sa lueur, le cercle avait l'air plus mystérieux encore. Quel phénomène terrestre l'avait provoqué ?

Ou bien quel phénomène *à l'intérieur* de la terre ?

Elle s'accroupit en son centre, pensant à ce que son père avait dit la première fois. Tout s'était passé, selon lui, non comme si on avait secoué la terre, mais comme si on l'avait fait *vibrer*. Quel cataclysme avait pu aboutir à cela ? Le son était une vibration pure, mais quel son – dont l'écho se serait prolongé dans la roche – aurait pu déclencher un tel bouleversement ?

La réponse se cachait peut-être au fond de la caverne. Anna était peut-être passée devant elle sans y prêter attention.

La perspective d'une nouvelle exploration, surtout seule, n'était que pure folie. Mais l'idée de s'en aller sans avoir essayé de trouver une réponse lui paraissait aberrante. Elle devait aller voir.

Son sac à dos contenait tout ce dont elle avait besoin : le chapeau résistant de son père, sa lampe, son briquet à amadou, la corde. Comme si elle avait su.

Elle sourit. Elle reconnaissait cette force qu'elle ne contrôlait pas, ce désir de comprendre qui, toute sa vie, l'avait habité, lui.

Et si tu ne trouves rien, Anna ?

Alors, elle saurait qu'elle n'avait rien trouvé. Elle irait à Tadjinar et ensuite n'importe où, abandonnant le mystère derrière elle.

Le tunnel était sombre – bouche noire sur la paroi argentée. Sa seule vue était terrifiante. Mais elle n'avait pas peur. Après tout, qu'avait-elle à craindre ?

Elle alluma sa lampe, s'engagea dans le tunnel. L'éboulis était là où ils l'avaient découvert, tout comme la brèche. Il lui faudrait éteindre sa lampe, puis pousser son sac devant elle. Dans le noir, ce ne serait pas facile, mais elle l'avait déjà fait une fois.

Sortant le dur chapeau du sac, elle s'en coiffa, noua solidement la lanière sous son menton, souffla la lampe. L'obscurité subite la surprit. Elle fixa la lampe au dos du sac qu'elle boucla solidement avant de le pousser dans la brèche. Elle l'entendit tomber de l'autre côté avec un bruit mat accompagné d'un cliquetis sourd.

Elle se souvint des difficultés qu'elle avait affrontées la première fois, de son bras coincé. Elle avait mal évalué la largeur de la brèche. Cette fois, elle tendit le bras devant elle, rampa sans difficulté jusqu'au bout. Le seul problème, à présent, consistait à passer de l'autre côté. Les mains agrippées au rebord, elle laissa ses jambes pendre dans le vide, prête à sauter. Rentrant la tête dans les épaules en prévision de la roulade qu'elle effectuerait en bas, elle se détacha, d'une poussée, du rebord.

Dans le noir, la chute lui parut plus longue qu'elle ne l'avait prévu. Elle eut un moment de panique, son estomac se révulsa. Puis elle heurta violemment le sol, où elle roula plusieurs fois.

Elle resta étendue un moment, son sac contre lequel elle avait atterri coincé sous les reins, les poignets, la nuque et le crâne douloureux. Elle se redressa, s'assit, tendit la main pour ramener son sac vers elle. Elle ressentit alors une violente douleur dans le bras gauche, du poignet au coude. Elle le replia, fit lentement tourner son poignet en recroquevillant plusieurs fois les doigts.

– Stupide, dit-elle, s'admonestant elle-même. C'était une chose stupide à faire.

Peut-être. Mais elle avait réussi.

De justesse, lui souffla une voix silencieuse.

Elle tâtonna à la recherche de son sac, saisit sa lampe, l'alluma. La lueur soudaine lui révéla la hauteur d'où elle avait sauté : près de trois mètres. Elle aurait très bien pu se briser les poignets.

Elle avait eu de la chance.

Elle fixa la lampe à son chapeau, jeta le sac sur son épaule et se leva.

Elle allait inspecter la caverne une bonne fois et puis ce serait tout.

Et si elle ne trouvait rien ?

Elle fit face à la bouche d'ombre, remarquant pour la première fois que la brise parvenait jusqu'au tunnel.

Si elle ne trouvait rien ? Elle déciderait à l'endroit et au moment voulu. D'abord, elle devait aller voir.

Dans un coin de la caverne, sur sa gauche, semblable à un gouffre menaçant s'ouvrant dans l'étrange matière rouge, s'ouvrait une brèche de deux mètres de large et de soixante centimètres de haut.

Anna l'avait découverte après avoir exploré la caverne centimètre par centimètre, à la recherche de quelque chose qui, de toute évidence, ne s'y trouvait pas. La grotte ressemblait à toutes celles qu'elle avait connues. A une différence près : cette matière *fabriquée,* cette roche volcanique qui n'en était pas une.

Elle détacha la lampe de son chapeau et, la tenant devant elle, se glissa dans la brèche. La lueur de la lampe lui révéla, à peine plus loin, un espace plus grand – une petite caverne à l'intérieur de la caverne – au sol entièrement fait de cette matière rouge et à la voûte de pierre polie noire. Elle comprit tout de suite : quelle que fût la nature de cette matière, elle avait d'abord existé à l'état liquide, tout comme la lave, avant d'être ensuite *coulée* dans cet espace, le rendant hermétique, ou presque.

Elle s'y glissa, rampant sur les mains et les genoux, puis se redressa. La voûte formait une cloche au-dessus d'elle. Elle se trouvait dans une poche à l'intérieur de la roche, une poche semblable à l'estomac d'un monstrueux animal.

Tout au bout, la voûte s'abaissait, sans toutefois rejoindre le sol. Et il y avait une autre brèche.

Anna s'avança, puis s'accroupit, levant sa lampe.

La brèche s'enfonçait dans le roc et aboutissait, une dizaine de mètres plus loin, contre un mur de matière rouge.

De cette brèche soufflait une brise qu'Anna respira : un air pur, sans la moindre odeur.

Cet air ne pouvait être relié à la surface. Car il aurait apporté avec lui la sécheresse du désert, laissant dans sa bouche cette senteur âcre qu'elle connaissait bien. Or cet air-là était humide, presque frais.

Il y avait autre chose, en rapport avec la lumière.

Quelque chose n'allait pas de ce côté-là. Anna baissa l'intensité de la lampe presque au maximum, la posa derrière elle et se retourna, face au mur. En dépit de l'obscurité soudaine, la paroi émettait une lueur ténue et presque terne, comme si la lumière elle-même était *sombre.*

Ce n'était pas une hallucination. Plus loin, quelque part, existait une source lumineuse.

Ramassant sa lampe, la jeune fille en augmenta l'intensité. Ensuite, la poussant devant elle, elle se coula dans la brèche, sur les mains et les genoux. Juste avant l'extrémité du tunnel bouché par ce mur de matière rouge, s'ouvrait, à gauche, une autre faille. Anna s'y faufila, progressa le long de cet entonnoir qui contournait la paroi, puis virait à quatre-vingt-dix degrés sur la gauche. La brise se fit tout d'un coup plus forte, charriant toujours cet air frais mais accompagnée à présent par un bruit semblable au sifflement d'échappement d'un gaz.

La faille s'ouvrit, comme la corolle d'une fleur. A la droite d'Anna, la paroi rouge parut s'éloigner. Au-delà se déployait une autre grotte.

Non, ce n'était pas une grotte ; le sol était plat, les parois lisses et régulières.

La jeune fille se redressa, tenant haut sa lampe. Et elle resta bouche bée devant le spectacle qui s'offrait à elle.

Une fois seul dans ses appartements, Atrus enleva ses bottes et s'assit lourdement dans son fauteuil. Il occupait un logement sobrement meublé, identique à ceux qu'on allouait à tous les maîtres célibataires. Des tapisseries qui, glorifiant sa guilde, représentaient des machines attaquant la roche, oscillaient le long des murs de pierre nue et non polie. De larges étagères en couvraient la majeure partie, pleines de traités de géologie et de volcanologie. On y trouvait aussi quelques livres de contes, dont un volume illustré retraçant les anciennes légendes Dn'i. Pour l'heure, il reposait sur la table de chevet où Atrus l'avait laissé la veille au soir. Il s'en empara, examina un instant sa reliure de cuir estampé, puis le reposa.

Il n'avait pas le cœur à lire des légendes. Il avait besoin d'autre chose : de compagnie, de quelqu'un qui aurait élevé son esprit. Il soupira et se leva, incapable de retrouver son calme.

Peut-être aurait-il dû aller passer quelque temps dans l'Age de sa famille. Il y avait longtemps qu'il ne s'y était pas rendu et il avait besoin d'une pause. Le Conseil ne se réunirait pas avant plusieurs jours et son travail était terminé. Personne ne lui reprocherait de prendre un peu de vacances.

Il sourit, remit ses bottes, se dirigea vers la porte et sonna un des intendants de la maison. Tandis que l'homme attendait sur le seuil, il écrivit quelques mots sur une feuille, la plia et la lui tendit.

– Portez ceci à maître Télanis.

L'intendant s'inclina, tourna les talons avant de disparaître dans le couloir.

Atrus se retourna, regarda la pièce comme s'il la voyait pour la première fois et referma la porte.

A première vue, la grotte avait paru à Anna de dimension réduite. En fait, elle était vaste. La jeune fille n'avait tout d'abord aperçu qu'une sorte de vestibule qui se prolongeait jusqu'à une seconde cavité, beaucoup plus étendue et dont les murs émettaient une faible lueur verte.

Et dans cette salle, dominant son centre où se répercutait l'écho de ses pas, reposaient deux énormes machines aux formes sombres rendues plus menaçantes encore par la demi-pénombre, figées comme deux sentinelles immobiles, leurs membres dressés, semblait-il, en position d'attaque.

Il avait fallu à la jeune fille un certain temps pour les identifier. Son premier mouvement avait été de les prendre, à cause de leur carapace luisante, pour de gigantesques insectes. Elle s'était vite ressaisie. Nul n'avait jamais vu d'insectes de cette taille, pas même sous le soleil implacable du désert. D'autant que ces insectes-là n'avaient pas d'yeux, mais des lucarnes.

Anna se dirigea vers ces monstres, ahurie non seulement par leur taille, mais par leur aspect. Elle avait déjà vu, dans les livres de son père, des machines à vapeur, sortes d'animaux de métal de forme rudimentaire, mais certes pas comme celles-là. Jamais elle n'avait pu admirer une telle pureté et une telle complexité de lignes, comme si ces engins avaient nécessité, avant d'être mis au point, d'innombrables erreurs et des tâtonnements de toutes sortes.

Les flancs du plus proche comportaient de longs bourrelets entrecoupés d'entailles ovales. Sur son ventre, d'autres entailles – des évents, peut-être – lui donnaient l'allure d'un dragon mythique.

En s'approchant des machines, Anna prit conscience de l'échelle ahurissante à laquelle avaient travaillé leurs constructeurs. Le flanc de la plus proche s'élevait à une hauteur d'au moins cinq fois sa taille. La seconde, légèrement affaissée, était plus grande encore.

Anna nota également les différences de conception entre les deux, comme si chacune avait été destinée à un emploi différent. La plus proche était aussi la plus élémentaire, avec ses quatre membres terminés par des évents en forme de cônes. Sa silhouette de crabe et sa carapace au lourd blindage rendaient la seconde beaucoup plus sinistre.

Se plaçant sous la première, Anna tendit le bras et toucha sa paroi polie et sombre, plus luisante qu'un miroir. Elle la trouva fraîche, plutôt que froide. De façon inattendue, ses doigts ne glissèrent pas à la surface, mais s'y accrochèrent, comme retenus par une matière beaucoup plus abrasive, beaucoup plus fruste.

Elle fronça les sourcils, approcha sa lampe. Au lieu de refléter la lumière, l'étrange matière vert sombre parut la capter, l'attirer au plus profond d'elle-même.

Du coin de l'œil, la jeune fille remarqua quelque chose, tout en bas de la machine de droite. Elle s'accroupit, frôla du bout des doigts le symbole gravé en relief sur la paroi.

Symbole, vraiment, ou lettre ? Ou n'était-ce qu'une simple décoration ?

En tout cas, cela ne ressemblait à aucune écriture connue d'elle.

Sortant son calepin de son sac, elle le dessina rapidement, avant de placer le dessin terminé contre l'original.

Oui. Parfait.

Elle rangea son carnet et leva de nouveau sa lampe, tournant lentement sur elle-même pour regarder autour d'elle. Elle essaya, en même temps, de rassembler les diverses pièces du puzzle.

De quels éléments disposait-elle ? Le cercle de poussière et de roche. L'étrange matière rouge ; et cette autre, cette roche d'un noir verdâtre qui dégageait une lueur ténue mais réelle. Et, à présent, ces machines.

Rien, en fait. Du moins rien qui eût un sens. S'agissait-il de vestiges d'une ancienne race qui avait jadis habité ces profondeurs ? Si c'était le cas, pourquoi n'existait-il pas d'autres traces de son existence ? Et pourquoi, s'il s'agissait vraiment d'anciens vestiges, ces machines avaient-elles l'air neuves ?

Elle leva les yeux vers le sommet de la plus proche, apercevant ce qui ressemblait à une cabine de contrôle, dont la longue fenêtre reliait la carlingue au nez de l'engin.

La corde était dans son sac. Si elle parvenait à la faire passer par-dessus le sommet de la machine avant de l'arrimer de l'autre côté, elle pourrait en escalader le flanc jusqu'en haut et jeter un coup d'œil à l'intérieur.

Elle ouvrit son sac, en sortit la corde. Elle s'accroupit devant la machine, levant sa lampe pour pouvoir étudier le châssis. Au fond, à trois ou quatre mètres, elle découvrit, sous ce qui ressemblait à un évent d'évacuation, quelques petites protubérances semblables à des mamelons. Ce serait à l'une d'elles qu'elle fixerait sa corde.

Elle revint sur ses pas, déroulant soigneusement la corde derrière elle. Il lui aurait fallu un poids pour en lester le bout, mais elle ne possédait que sa lampe et son briquet d'amadou, objets trop précieux pour risquer de les briser.

Elle lança donc sa corde telle quelle. Deux fois, l'extrémité retomba à ses pieds sans être passée de l'autre côté, ni même avoir atteint le sommet.

Elle fit alors plusieurs nœuds à son extrémité jusqu'à obtenir une sorte de poing palmé. Satisfaite, elle essaya de nouveau.

Cette fois, son lasso sauta par-dessus la machine et, en sifflant, retomba de l'autre côté.

Posant son sac sur la longueur de corde qui lui restait, Anna fit le tour de la machine, ramassa l'autre extrémité puis, rampant sous l'engin, la fixa solidement à l'une des petites protubérances. Elle recula, se redressa et, se penchant en arrière, tira plusieurs fois, de tout son poids. Les nœuds tenaient bon.

Bien. Restait le plus difficile. Car il fallait éviter à tout prix que, pendant l'ascension, la corde ne glisse le long de la machine, ce qui aurait mis la jeune fille en position délicate.

Elle la tendit au maximum puis, posant un de ses pieds bottés contre la carapace de l'engin, se laissa aller en arrière, sentant d'un coup, outre celle de la corde, la tension de ses mollets et de ses avant-bras.

Et elle commença à grimper, légèrement penchée vers la droite, restant à bonne distance de l'avant de la machine, gardant la corde tendue tout au long de sa progression. La corde ne bougea pas, comme si elle avait été collée à la paroi. Il était fort possible que la structure de la matière, cette rudesse qu'elle avait notée y fût pour quelque chose. En tout cas, elle poursuivit son ascension, de moins en moins anxieuse.

Une fois sur le large dos de la machine, elle se détendit. Le sommet de la grande fenêtre était juste devant elle, à environ trois mètres. Au-delà, le nez de l'engin s'inclinait légèrement puis plongeait vers le sol.

A quatre pattes, la jeune fille rampa lentement vers l'avant, jusqu'à la fenêtre. Elle se pencha ensuite avec précaution et, tête en bas, découvrit à travers le pare-brise épais et translucide, l'intérieur de la cabine qui, à la lueur vacillante de sa lampe, lui parut presque irréelle.

Elle remarqua d'abord deux sièges – ou, du moins, ce qui ressemblait à des sièges, sortes de tubes reliés par une espèce de filet – devant ce qui évoquait un panneau de contrôle.

Ce panneau était noir, avec des entailles et des symboles semblables à celui que la jeune fille avait dessiné. Mais elle ne vit ni leviers ni boutons.

Elle se pencha un peu plus, essayant d'apercevoir le fond de la cabine. Elle ne vit qu'une cloison, sans porte. Cela signifiait que l'on pénétrait dans la cabine de l'extérieur, par la fenêtre.

Tout d'un coup lui vint la pensée que les constructeurs de cette machine n'étaient peut-être pas des êtres humains, qu'il s'agissait peut-être de créatures inconnues issues de la roche. Sentant un frisson courir le long de son échine, elle imagina un être difforme et gélatineux aux commandes de l'engin, étalant ses tentacules et son torse boursouflé sur ce qu'elle avait pris pour un siège à deux places. La créature allait-elle surgir là, maintenant ?

Non, se dit-elle. *Quels que soient les êtres qui ont fabriqué ces engins, ils sont morts depuis longtemps. Les machines ont beau sembler neuves, elles remontent à des siècles. Et il n'y a personne.* Elle sourit. Pourtant, cet instant de frayeur avait laissé son ombre sur elle.

Lentement, elle recula. Ensuite, saisissant la corde, elle redescendit.

Une fois en bas, elle dénoua la corde, la ramena vers elle, l'enroula. Puis elle fit face à la seconde machine. Si la fonction de la première lui paraissait mystérieuse, le rôle de celle-là, avec les grandes mèches fixées au bout ses immenses bras articulés, ne faisait pas de doute. Il s'agissait d'une tronçonneuse.

Anna s'en approcha puis s'immobilisa.

Une question la taraudait. Pourquoi quelqu'un aurait-il pris tant de peine à percer des tunnels dans la terre pour finir par les boucher ? Ceux qui l'avaient fait avaient-ils trouvé quelque chose en cet endroit précis ?

Ou s'agissait-il d'un tombeau ?

Cette idée de tombeau – un tombeau royal, sûrement, car se serait-on donné tout ce mal pour un simple quidam ? – lui parut excitante. Peut-être était-elle tombée sur le mausolée d'un grand empereur. Si c'était le cas, qui pouvait dire ce qu'il y avait en bas ? Si ces êtres étaient capables de fabriquer de telles machines, quelles merveilles, quelles richesses n'avaient-ils pas enfouies avec le défunt ?

Elle se dirigea lentement vers la droite, dépassa les machines. Alors, elle se figea. Un peu plus loin, dans la paroi de la salle, elle aperçut un trou ; un cercle parfait d'obscurité dans la matière vert sombre. Elle fit quelques pas supplémentaires. Elle distingua alors un autre trou, puis un troisième. Des tunnels.

Mais où menaient-ils ?

Le cœur battant, elle s'approcha du premier. C'était un petit tunnel, à peine assez large pour qu'on y pénètre debout. Il n'était pas naturel. On l'avait creusé avant d'enduire ses parois de la même matière vert sombre. Il s'enfonçait tout droit, très loin dans le noir.

Le second était identique. Quant au troisième, à sa

grande surprise, il ne s'agissait pas d'un tunnel à proprement parler, mais d'une sorte d'entrepôt, aux parois agrémentées de grandes étagères vides.

Anna revint dans la caverne, regarda autour d'elle.

Que choisir ? Le premier tunnel, ou le second ?

Ni l'un ni l'autre, décida-t-elle. Du moins pas avant de préparer cette expédition. C'était ainsi qu'il fallait agir : en respectant ce que son père lui avait enseigné.

Cela l'obligerait à se glisser de nouveau dans la brèche étroite, à marcher dans le désert jusqu'à l'endroit où elle avait caché le chariot : au moins deux heures de trajet, agréables sous la lune, mais insupportables sous le soleil du désert.

Et pour quoi ? Elle n'allait pas s'aventurer bien loin. Elle voulait seulement savoir si ces tunnels aboutissaient quelque part.

Cinq cents pas. Elle ne s'en autoriserait pas davantage. Et si, au bout de ces cinq cents pas, le tunnel ne menait toujours nulle part, elle rebrousserait chemin.

Entendu. Mais lequel ?

Comme si elle n'avait pas pris la décision elle-même, ses pieds la conduisirent vers le tunnel situé à main droite.

Un, deux, trois, compta-t-elle, s'appuyant de la main gauche contre la paroi tout en entamant sa progression. *Sept, huit, neuf.*

Cinq cents. Ce n'était pas beaucoup.

L'obscurité reculait devant elle, s'enfonçant profondément dans le roc juste au-delà du faisceau de sa lampe.

Quatre-vingt-deux, quatre-vingt-trois, quatre-vingt-quatre...

Il y avait bien longtemps qu'elle avait dépassé les cinq cents pas. Elle se refusait à l'admettre, mais elle était bel et bien perdue. Elle avait rebroussé chemin après la dernière bifurcation vers la gauche, mais s'était retrouvée dans un endroit qu'elle ne reconnaissait pas : une sorte de grotte, de dimension réduite et parfaitement sphérique.

Depuis une heure, elle avait perdu le fil. Peut-être même deux heures. La carte qu'elle avait tracée dans sa tête s'était brouillée. Une seule mauvaise bifurcation et tout s'était effacé.

C'était un labyrinthe, un enchevêtrement de tunnels reliés les uns aux autres, identiques et paraissant ne mener... nulle part.

Un tombeau. Ce devait être un tombeau. Et ceci, ce dédale où elle s'était irrémédiablement perdue, en faisait partie.

Elle allait mourir là ; à présent, elle en était certaine.

A cette pensée, elle s'immobilisa. Son sang cognait contre ses tempes.

Réfléchis, Anna. Pense à ce que tu fais.

La voix était claire dans sa tête, comme s'il avait parlé.

– Je n'y arrive pas, répondit-elle. J'ai peur.

La peur est l'ennemi de la lucidité. Réfléchis, Anna. Réfléchis à ce que tu devrais faire.

Elle s'efforça de clarifier son esprit, de chasser son angoisse. Son pouls, lentement, se calma. Elle saisit un de ses marteaux, l'extirpa de sa ceinture.

– Je dois baliser ma route.

Mais elle remit le marteau en place, enleva son sac de son épaule et en sortit son carnet.

– Je vais dessiner une carte.

Elle aurait dû commencer par là. A présent, il était trop tard. Il ne lui restait qu'une solution : reconstituer, au fur et à mesure, sa route sur le papier jusqu'au tunnel rectiligne, avant que les différentes voies ne se dissocient. Elle ne savait pas combien de temps cela prendrait, mais si elle agissait avec méthode, si elle marquait chaque paroi, chaque bifurcation d'une lettre et d'un chiffre, peut-être pourrait-elle, au bout d'un certain temps, démêler l'écheveau qu'elle aurait tracé sur sa feuille.

C'était une chance infime. Mais c'était la seule.

Le tunnel s'inclinait légèrement avant de bifurquer. Anna marcha jusqu'au tournant puis, glissant son carnet dans la poche de sa tunique, sortit le marteau et un burin de sa ceinture.

Le premier coup fut rude ; le marteau heurta fermement le burin. Pourtant, la paroi ne fut pas entamée. Elle la regarda avec des yeux écarquillés, frappa une nouvelle fois. Rien. Pas même une éraflure sur la surface vert sombre.

Exactement comme le jour où elle avait tenté d'extraire un échantillon.

Elle poussa un gémissement. Son dernier espoir venait de s'envoler. Elle était vraiment perdue.

Le papier enveloppe la pierre. Utilise donc du papier. Des carrés de papier.

Bien sûr ! Elle allait déchirer des pages de son carnet et laisser de petits carrés de papier par terre, près de chaque entrée. Cela aurait exactement le même effet. Elle arracha immédiatement une page de son calepin, la déchira en deux, puis encore en deux. Quatre morceaux. Cela ne suffirait pas. Elle aurait vite épuisé sa provision. Il lui fallait déposer des morceaux plus petits. Elle déchira donc par deux fois ceux qu'elle avait déjà.

Voilà. Elle avait à peu près cinquante pages. Cela devrait suffire.

Elle s'accroupit et se mit à écrire lettres et chiffres sur ces confettis – de A1 à A16. Elle consacrerait deux pages à chaque lettre avant de passer à la suivante. Ainsi arriverait-elle peut-être à dresser une carte de chaque « zone » du labyrinthe. Et si elle retournait vers l'une d'elles, par exemple la zone C, elle saurait exactement où elle se trouverait sur la carte et pourrait s'en aller dans une autre direction, jusqu'à avoir une vue exacte de l'ensemble.

Elle se redressa en souriant. Elle n'était pas encore battue.

Le Palais des Guildes s'élevait dans la plus ancienne partie de la ville, entouré par les Maisons des guildes principales. Depuis ses marches, on avait une vue sur toute l'étendue de D'ni, jusqu'au port et jusqu'à la grande arche qui portait le nom du légendaire prince Kerath.

Débouchant d'une série de marches encadrées par deux rangées de piliers de marbre cannelés, on pénétrait dans un immense vestibule dont le sol s'ornait d'une vaste mosaïque qui dessinait une carte de la grande caverne de D'ni, tandis que le sol des salles plus petites, issues directement du vestibule, se colorait de motifs similaires représentant les autres cavernes, de moindre dimension.

Le plafond du vestibule n'était pas bien haut – à peine deux fois la taille d'un homme debout – mais il était agréable à regarder. De grandes traverses de pierre mauve jaillissaient des murs et formaient, en se rejoignant, de délicats entrelacs.

Sur le côté droit de la pièce principale s'ouvrait une grande porte en ogive dont les reliefs sculptés en forme d'arbres donnaient l'illusion d'une clairière creusée dans une forêt. Les mauvaises langues disaient que les D'ni ne perceraient jamais rien à l'est de la grande caverne, car il leur faudrait pour cela redessiner les plans du Palais. La vérité était plus prosaïque : la roche, à l'est, contenait un réservoir stable de magma, qui, à peine refroidi au fil des millénaires, leur fournissait une énergie inépuisable.

Passant à travers toute une série d'épaisses portes de pierre, on pénétrait enfin dans la salle la plus impressionnante de D'ni, dont le dôme, soutenu par dix-huit piliers gigantesques, semblait inaccessible. Des gradins, servant aussi de sièges, entouraient une fosse centrale où se dressaient cinq grands trônes de basalte.

Les écussons et les anciennes bannières de guildes tapissaient les murs.

Ce jour-là, les cinq trônes étaient occupés, tout comme les gradins. Le Conseil au complet s'apprêtait à débattre pour savoir si l'on devait lever l'interdiction d'établir des contacts avec les « étrangers », ou, comme on les appelait aussi, les « habitants de la surface ».

Ils étaient tous assis depuis six heures, écoutant les arguments contradictoires. Le débat, enfin, approchait de sa conclusion. Le jeune seigneur Véovis venait de prendre la parole. Depuis sa place, sur le second gradin, juste en face des trônes, il plaidait pour le maintien du statu quo avec une éloquence et une conviction qui faisaient sourire et séduisaient de nombreux vétérans du Conseil.

On entendit, lorsqu'il se rassit, des poings marteler la pierre. Il jeta un regard sur l'assistance, appréciant avec un sourire modeste ces signes d'approbation.

De l'autre côté des trônes, à droite et six gradins au-dessus de lui, Atrus, lui aussi, contemplait l'assistance. Le moment était venu. Véovis croyait encore qu'il allait s'abstenir. Et il comptait sur cette abstention, car le vote promettait d'être si serré que la moindre voix compterait. Mais Atrus ne pouvait pas se dérober, même si leur amitié risquait d'en souffrir. Il devait faire ce qu'il estimait juste ; et ce sentiment ne lui rendait pas pour autant la tâche plus aisée.

Un bref murmure remplit la salle. Le prince Eneah se leva de son trône, dressant sa frêle silhouette et, d'un geste, réclama le silence.

Il se remettait d'une longue maladie ; mais en dépit de la fatigue que révélait sa voix, il s'exprima avec force.

– Pairs de D'ni, nous venons d'écouter les arguments des uns et des autres et nombre d'entre vous ont déjà arrêté leur choix. Mais il s'agit d'une affaire grave. Avant d'en arriver à un vote irrévocable, je suggère un prolongement *informel* des débats. Le vote aura donc lieu dans une heure. Auparavant, nous lèverons la séance pour nous retirer dans le vestibule.

Certains dissimulèrent leur déception. D'autres approuvèrent en silence la sagesse de cette décision. Les D'ni étaient un peuple patient, après tout, et de nombreux problèmes qui auraient dû être résolus dans la fièvre d'une réunion du Conseil avaient, en fait, trouvé leur solution dans l'ambiance moins solennelle du vestibule.

Les autres princes se levèrent à leur tour et quittèrent la salle, suivis par les membres du grand Conseil. L'atmosphère, dans le vestibule, se détendit très vite. De petits groupes animés se formèrent presque aussitôt, des orateurs passant de l'un à l'autre pour essayer de convaincre leurs collègues. Rarement un débat avait suscité autant de véhémence et de passion.

Atrus se tenait à l'écart, sous la grande arche. Il aperçut Véovis près du prince Eneah, à qui on avait apporté un fauteuil. Le jeune seigneur s'adressait à un groupe d'anciens, dont certains avaient un siècle ou deux de plus que lui, ce qui ne l'intimidait guère. Une telle confiance en soi avait toujours impressionné Atrus. Il savait que son ami s'installerait un jour à la place du prince Eneah, sur le trône central.

Tout en sachant que ce n'était pas le moment de le déranger, Atrus avait envie de lui parler, de lui expliquer son revirement avant qu'ils ne retournent dans la salle du Conseil. Il se fraya un chemin à travers la foule, saluant d'un sourire les vénérables qu'il croisait. A mi-chemin, il perçut des éclats de voix venus du fond du vestibule. Il se dressa sur la pointe des pieds pour mieux voir. A la porte, les gardes cherchaient à empêcher quelqu'un d'entrer. Mais ils s'écartèrent brusquement devant le nouveau venu. C'était un membre éminent de la guilde des messagers, qui tenait dans sa main une lettre cachetée.

Dans le vestibule, le brouhaha cessa aussitôt. Des têtes se tournèrent vers l'intrus, qui, sans se soucier de la foule, se dirigeait droit vers le fauteuil du prince Eneah.

Le vestibule et la salle du Conseil étaient des lieux sacro-saints. Qu'on y eût laissé pénétrer un messager au cours d'une session, ce qu'on n'avait pratiquement jamais vu, prouvait qu'il s'agissait d'une urgence extrême.

Dans un silence absolu, l'homme s'agenouilla devant le prince. Il baissa la tête et tendit la lettre. Obéissant à un geste d'Eneah, Véovis s'en empara et en brisa le sceau avant de la remettre au vieillard. Le prince déplia lentement la missive, commença à la lire. Quelques instants plus tard, il leva les yeux et déclara d'une voix abasourdie :

– Pairs de D'ni, il semble que la décision ait été prise pour nous. Nous avons un visiteur. Un habitant de la surface.

Il y eut un silence de plomb, suivi d'un vacarme soudain.

TROISIÈME PARTIE

LIGNES DE FAILLES

Pour déterminer son attitude, le Grand Conseil, composé des cinq princes et des dix-huit grands maîtres, siégea le reste de la journée en session spéciale.

Pendant la réunion, les rumeurs les plus folles se répandirent dans la cité. Nombre d'entre elles concernaient la *nature* même de l'intrus capturé par les Protecteurs. Même si la plupart confirmaient son caractère humanoïde, d'autres faisaient état d'un croisement entre un singe et un ours. Certaines étaient plus effrayantes encore. On racontait que toute une tribu de sauvages armés jusqu'aux dents avait pénétré profondément dans le tunnel, cherchant à entrer de force dans la cité de D'ni et qu'il avait fallu, pour la contenir, la garnison entière des Protecteurs épaulée par les soldats de la Garde.

Atrus ne prêtait aucune foi à ces fables. Mais, en l'absence d'informations précises, il ne pouvait que se laisser aller aux spéculations les plus hasardeuses. Ce soir-là, pour en avoir le cœur net, alors que les eaux du lac s'assombrissaient, il quitta sa chambre et s'enfonça dans les ruelles étroites de la ville haute, en direction de la Maison de la guilde des scribes, où vivait son ami Véovis.

S'il existait quelqu'un, en dehors des Dix-Huit et des Cinq, susceptible de savoir exactement de quoi il retournait, ce ne pouvait être que lui.

Atrus franchit le portail et attendit dans la petite

cour, devant la porte d'entrée, qu'un intendant aille prévenir Véovis de son arrivée.

L'homme revint au bout de quelques minutes. Atrus le suivit entre de hauts piliers cannelés, le long d'un sentier de mosaïque coupant en deux la Maison de Ri'Neref qui, premier des cinq bâtiments de la guilde, portait le nom d'un des plus grands scribes de D'ni. Comme la plupart des vieilles Maisons de guildes, la Maison des scribes formait un réseau complexe de plusieurs bâtiments, dont certains creusés dans la paroi de la grande caverne. Suivant toujours l'intendant, Atrus se perdit dans ce dédale, montant et descendant d'étroits escaliers dont les marches, jadis rectilignes, semblaient avoir fondu comme de la cire, usées par les millions de pieds qui les foulaient depuis des millénaires.

Là, dans cet enchevêtrement de vieilles pierres où ils avaient reçu l'enseignement de leurs maîtres, deux mille scribes travaillaient et vivaient en permanence. Là s'écoulaient paisiblement les jours, rythmés par le labeur quotidien, les recherches dans les salles des Livres et les immenses bibliothèques qu'on ne trouvait nulle part ailleurs.

Atrus sentait peser sur lui, en traversant ces pièces vénérables, tout le poids de l'Histoire. Les scribes ne revendiquaient aucun privilège particulier. Mais leur guilde était la plus prestigieuse de toutes ; ses membres en avaient conscience. Ils savaient aussi que d'innombrables petits garçons rêvaient de suivre leurs traces et de réaliser ce rêve : devenir scribe à leur tour.

L'intendant ralentit le pas, s'arrêta devant une porte. Il se tourna vers Atrus, s'inclina une nouvelle fois.

– Nous y sommes, maître.

Il frappa à la porte.

– Entrez ! dit quelqu'un.

Atrus reconnut la voix de Véovis. L'intendant entrouvrit la porte, passa la tête à l'intérieur de la pièce.

– Pardonnez-moi, maître. Maître Atrus, de la guilde des géologues, est là.

– Introduisez-le.

L'intendant laissa passer Atrus. Véovis était assis dans son fauteuil, au fond de son étude au plafond bas et aux murs surchargés de livres. Un portrait de son père Rakeri pendait au-dessus d'un vaste bureau de chêne. Deux hommes avaient pris place près de lui dans des fauteuils au dossier droit, l'un âgé, l'autre jeune. Atrus reconnut Lianis, ancien précepteur et conseiller de Véovis, et Suahrnir, de la guilde des Protecteurs.

– Ah, Atrus, dit Véovis en se levant avec un sourire chaleureux. Sois le bienvenu, vieux frère.

Atrus entendit la porte se refermer doucement derrière lui.

– Pardonne mon intrusion, Véovis. Je me demandais si tu avais des nouvelles.

Son ami s'approcha de lui, prit ses mains dans les siennes puis, s'effaçant, lui indiqua le siège le plus proche du sien.

– Tu tombes à point. Suahrnir arrive juste du Palais. Le Conseil, semble-t-il, vient de clore ses délibérations. Une proclamation sera affichée dans toute la ville d'ici une heure.

– Alors, quelles sont vraiment les nouvelles ?

Véovis se rassit. Son sourire avait disparu.

– Plusieurs audiences doivent avoir lieu en présence du Conseil.

Atrus s'assit à son tour, regarda son ami.

– Quelles sortes d'audiences ?

Véovis haussa les épaules.

– Tout ce que je sais, c'est que la créature doit subir un interrogatoire et que nous aurons, en tant que membres du Conseil, le droit d'y assister. J'ai tout lieu de penser que les questions porteront sur la nature de la vie à la surface.

– L'étranger parle D'ni ?

– Pas un mot. Et il ne s'agit pas d'un étranger, Atrus, mais d'une étrangère.

Atrus sursauta.

– Une femme ?

– Une jeune fille, me suis-je laissé dire, à peine sortie de l'enfance.

Atrus hocha la tête. Il était déjà difficile d'imaginer un homme seul se frayant un chemin depuis la surface. Alors une jeune fille...

– Mais si elle ne parle pas notre langue, comment communiquerons-nous avec elle ?

– Qui peut le dire ? répliqua Véovis, une note d'ironie dans la voix. Je sais simplement qu'on l'a confiée à la guilde des linguistes. Ces éminents spécialistes vont tenter de comprendre ses borborygmes. Telle est l'idée, en tout cas. Pour ma part, je doute qu'elle s'exprime autrement qu'en grognant pour réclamer sa nourriture.

– Tu crois vraiment ?

– Oh, sans l'ombre d'une hésitation. On prétend qu'il s'agit d'un animal à l'ossature puissante et couvert de poils de la tête aux pieds.

– De *poils* ?

Véovis acquiesça.

– Nous devions nous y attendre, non ? Un animal vivant à ciel ouvert, à la merci des éléments, doit bien disposer d'une protection quelconque...

– C'est probable, en effet.

– D'autant que certaines bêtes trouvent cela très séduisant. C'est du moins ce qu'on m'a affirmé.

Il y eut des rires. Atrus, lui, garda le silence. Il songeait aux circonstances qui avaient pu pousser une jeune femelle – quelle que fût son espèce – à s'aventurer sous terre, le long des tunnels. Cela, nul n'aurait osé le prévoir.

– Y a-t-il moyen de la voir ?

– J'en doute, répondit Véovis. On raconte qu'on la maintient sous bonne garde dans une île de la caverne d'Irrat. Les linguistes vont l'y retenir pendant des mois. Tu connais leur perfectionnisme. Personne ne l'apercevra avant les interrogatoires qui, d'ailleurs, auraient très bien pu ne jamais avoir lieu. Selon Suahrnir, les membres du Grand Conseil étaient partisans pour moitié de l'expédier tout de suite dans un Age carcéral. Ni vu ni connu, l'affaire était réglée.

– Mais ce n'est qu'une jeune fille !

– Sentimentalisme, ricana Suahrnir. Pur sentimentalisme. Sa jeunesse et son sexe ne changent rien à l'essentiel : elle n'est pas D'ni. Nous ne pouvons lui attribuer ni notre intelligence ni notre sensibilité. Quant à ne voir en elle qu'une jeune personne inoffensive, c'est aller un peu vite en besogne. La révélation de son existence a eu l'effet d'un tremblement de terre. Le peuple est en ébullition. Personne, à D'ni, ne parle d'autre chose. Et le tumulte ne cessera qu'une fois le problème réglé. Crois-moi : sa venue parmi nous est une mauvaise chose et tournera la tête des gens simples.

La véhémence de Suahrnir stupéfia Atrus.

– Tu ne penses pas ce que tu dis.

– Si. Et il a raison, renchérit calmement Véovis. Même si nous en plaisantons, il s'agit d'une affaire sérieuse. Si on me demandait mon opinion, je serais, moi aussi, partisan de la reléguer dans un endroit d'où elle ne pourrait plus enflammer l'imagination du peuple.

Atrus soupira.

– J'entends bien. Il est possible que cette intrusion affole la population. Mais ne serait-il pas criminel de renoncer à découvrir les conditions de vie à la surface ?

– Nous savons qu'elle est habitée. Que demander de plus ?

Atrus baissa les yeux. Il ne tenait pas à être entraîné dans une controverse.

– Peu importe, conclut Véovis. Cette affaire ne dépend pas de nous, vieux frère. Le Grand Conseil a décidé de procéder à des interrogatoires. Ils auront donc lieu, que nous le voulions ou non. Prions simplement pour que les linguistes, en dépit de leur génie, ne parviennent pas à communiquer avec cette créature.

Atrus remarqua que son ami souriait d'un air espiègle. Mais ce sourire s'évanouit très vite.

– Cette histoire provoquera un désastre. Je te le dis, Atrus : un désastre.

Maître Haemis verrouilla derrière lui la porte de la cellule puis se retourna, faisant face à son élève assise, paisible et attentive, derrière un petit bureau. La légère robe bleue dont on l'avait revêtue la faisait ressembler davantage à une jeune aspirante qu'à une captive.

– Comment vas-tu, ce matin, Ah-na ?

– Bien, maître Haemis, répondit-elle avec cet accent heurté qui commençait, petit à petit, à se dissiper. *Thoe kenem, Nava,* ajouta-t-elle. Et vous, maître ?

Haemis sourit, ravi de ses progrès. Les linguistes avaient d'abord commencé par essayer de traduire de façon rudimentaire sa langue natale tout en lui en apprenant les équivalents D'ni pour les objets usuels et les actions simples, mais, à leur grande surprise, elle avait sauté les étapes, désignant directement les objets qui l'entouraient et leur demandant, par des mimiques, de les nommer pour elle. Sa vivacité d'esprit les avait tous sidérés. Il ne lui avait pas fallu huit semaines pour s'exprimer dans le langage D'ni de base. Bien sûr, elle parlait encore comme une enfant mais, sachant d'où elle venait, c'était déjà remarquable. Au bout de vingt semaines, elle soutenait sans effort une conversation courante. Elle enrichissait son vocabulaire chaque jour, les poussant à lui enseigner tout ce qu'ils savaient.

– Vous venez seul, aujourd'hui, maître Haemis.

Il s'assit en face d'elle.

– Le grand maître Gihran nous rejoindra bientôt, Ah-na. Mais au cours de la première heure, nous ne serons que toi et moi. Bien, poursuivit-il avec un sourire. Qu'allons-nous faire, aujourd'hui ?

Les yeux de la jeune fille, aux étranges pupilles sombres, encore si troublantes après tout ce temps, le fixèrent.

– Ce livre auquel vous avez fait allusion... le *Rehevkor...* Pourrais-je en voir un exemplaire ?

La question le désarçonna. Il n'avait pas eu, au départ, l'intention de lui parler du dictionnaire D'ni. Ils avaient décidé, en fait, de lui en révéler le moins possible sur leur culture. Mais elle était si bonne élève qu'il avait relâché sa garde.

– Ce ne sera pas facile, Ah-na. Il me faudra, pour franchir une telle étape, la permission du Conseil.

– La permission ?

Il baissa les yeux, embarrassé.

– Je ne devrais peut-être pas te le dire, mais... Je n'étais pas censé te révéler l'existence du *Rehevkor*. J'ai dérapé. Si les autres maîtres venaient à le savoir...

– Vous auriez des ennuis ?

Elle le dévisagea d'un air grave.

– Alors je ne dirai plus rien sur le sujet, maître Haemis.

– Merci, Ah-na.

– Il n'y a pas de quoi, murmura-t-elle avec douceur. Vous avez été très bon avec moi.

Il eut un petit signe de tête, gêné de nouveau, ne sachant trop quoi dire. Ce fut elle qui brisa le silence.

– Répondrez-vous à une question, maître Haemis ?

– Si je peux.

– Que pensez-vous de moi ? Que pensez vous *réellement* de moi ?

C'était une interrogation singulière, inattendue. Jamais il n'avait pensé qu'elle lui viendrait à l'esprit.

– Pour être honnête, nombre d'entre nous n'ont vu en toi, tout d'abord, qu'un animal primitif ne s'exprimant que par grognements.

Il fut frappé par son air songeur.

– Et vous, maître Haemis, que pensiez-vous ?

Il chercha à esquiver son regard. Mais se détourner n'aurait servi à rien. Il se sentait, en présence de cette adolescente, incapable de mentir.

– Je pensais la même chose que les autres.

Elle attendit un moment avant de répondre :

– Merci, maître Haemis.

Il avala sa salive puis, trouvant le courage de la regarder de nouveau, déclara :

– Je ne le pense plus.

– Je sais.

– Je... Je parlerai pour toi lors des interrogatoires, si tu le souhaites.

Anna sourit.

– Une fois de plus, votre bonté vous honore, maître Haemis. Mais lorsque le temps sera venu, je devrai m'exprimer en mon nom. Eux aussi me prendront tout d'abord pour un animal, n'est-ce pas ?

Il acquiesça, impressionné par sa lucidité, par la force qui semblait émaner d'elle.

– Je vais demander, dit-il.

– Demander ?

– A propos du *Rehevkor*.

– Mais vous m'avez dit...

– Cela ne fait rien, répondit-il, se rendant compte qu'effectivement cela importait peu au regard de la bonne opinion qu'elle avait de lui. Nous ne pouvons pas te présenter démunie devant le Conseil, n'est-ce pas, Ah-na ?

Debout devant la fenêtre de sa cellule, Anna contemplait la caverne dont on lui avait dit qu'elle se nommait Irrat ; triste vue bouchée par les barreaux, sans compter l'épaisseur du mur donnant sur le morne paysage de roc qui s'étendait devant elle et dont la tache rouille du bassin, dans le lointain, égayait à peine la grisaille.

En dépit de la bonté de maître Haemis, elle se sentait

seule entre les parois de sa prison, isolée dans ce monde étrange, sans cesse éclairé, où les jours duraient trente heures et où ne régnait qu'une seule et unique saison.

Elle soupira, le cœur lourd. Elle avait fait de son mieux pour apprendre la langue de ces êtres bizarres, partageant même leurs préoccupations intellectuelles. Pourtant, elle ne savait toujours pas où elle se trouvait ni qui étaient ces gens.

Sa cellule, son lit, la table, tout, autour d'elle, était fait de pierre. Sa mince couverture, le coussin qui lui servait d'oreiller, la jarre pleine d'eau posée sur la table, à côté du bol, chaque objet renforçait l'impression de nudité et de froideur qui l'oppressait.

Elle regagna sa couche et s'y assit, les mains entre les genoux. Elle resta immobile un long moment, fixant le sol sans le voir, puis sursauta.

La porte, sans bruit, venait de s'ouvrir. Sur le seuil se tenait un homme grand et digne, vêtu d'un manteau noir brodé de pourpre identique à celui que portaient ceux qui l'avaient capturée.

Tout comme les leurs, ses yeux étaient pâles. Tout comme eux, il avait la peau tendue et le visage à l'ossature fine, semblable à de la porcelaine. Comme les leurs, ses longs cheveux gris étaient tirés en arrière, découvrant un large front.

Il était vieux. Bien plus vieux que tous ceux qu'elle avait vus jusque-là. Les siècles avaient tracé leurs sillons au coin de ses yeux glacés et sur ses lèvres minces.

Elle attendit, guettant une parole. Mais il ne lui jeta pas un regard et se contenta d'examiner la cellule. Derrière lui, dans la demi-pénombre du couloir, elle reconnut maître Haemis, escorté par un garde. L'homme avança d'un pas. Alors, elle se leva et, retrouvant sa voix :

– Pardonnez-moi, seigneur. Puis-je vous dessiner ?

Il la dévisagea, un éclair de surprise animant ses ternes prunelles.

– Mon carnet à dessin, dit-elle. Il était dans mon sac à dos, avec mes fusains. Il m'aurait aidée à passer le temps.

Les paupières de l'homme se rétrécirent. Il tourna les talons et quitta la cellule. La porte, silencieusement, se referma.

Anna se rassit, plus abattue que jamais. Elle avait cru voir, dans les pupilles insensibles et polaires du vieil homme, ce qui l'attendait.

– Et maintenant ? dit-elle à haute voix.

Elle se tut, craignant d'avoir été entendue. Elle laissa sa tête retomber sur sa poitrine, sombra dans une sorte d'hébétude. Puis, l'image du vieil homme s'imposa à elle.

Elle se souvint de sa surprise, du rétrécissement de ses paupières et se demanda si, d'une manière ou d'une autre, il était brièvement entré en contact avec elle.

– Mademoiselle ?

Elle sursauta, surprise par cette voix qui s'adressait à elle après ce pesant silence. Comme le vieillard tout à l'heure, la femme était entrée dans la cellule sans qu'elle s'en rendît compte.

– Tenez, déclara la nouvelle venue en posant un plateau sur la table.

La jeune fille respira le parfum de la soupe et du pain chaud, qui la fit saliver. Elle se leva alors que la femme reculait vers la porte et découvrit avec surprise sur le plateau, au lieu de la fade ration habituelle, une nourriture variée accompagnée d'un gobelet de vin et d'un bol de lait.

Elle voulut remercier cette femme. Mais la cellule, de nouveau, était vide, hormis la présence d'un garde qui, posté devant la porte, impassible, lui tendait quelque chose : son carnet de croquis et ses fusains.

Sans dissimuler son étonnement, elle le remercia d'un signe de tête. Ce qu'il lui offrait le plus naturellement du monde, elle l'avait demandé des centaines de fois en vain : jusqu'à aujourd'hui.

Elle posa le tout sur sa couche, commença à manger.

Il m'a écoutée, bien sûr, mais qu'est-ce que cela signifie ?

Faisait-il simplement preuve de la courtoisie avec laquelle on traitait le moindre prisonnier ? Cela signifiait-il qu'elle finirait ses jours ici, dans cette cellule ?

Si c'était vrai, le supporterait-elle ?

Elle avait au moins son carnet de croquis. Elle pourrait peut-être écrire ses impressions au dos de chaque feuille, noter tout ce qui lui était arrivé ces derniers mois. Et il lui restait, en plus, ses cours avec maître Haemis, son combat contre cette langue étrange et si harmonieuse.

Elle se redressa sur le rebord de sa couche, la bouche pleine. Ce visage – le visage de ce vieil homme. Si elle arrivait à le dessiner, peut-être commencerait-elle à entrevoir qui il était, ce qu'il voulait d'elle. Car ainsi que le lui avait dit sa mère, le sourire et la voix d'un homme dissimulent son secret. Mais ses traits, eux, ne trompent pas.

Visage de pierre, en ce qui le concernait. Mais elle raboterait cette pierre, découvrirait ce qui se tapissait derrière.

Elle repoussa son plateau. Elle se sentit épuisée, tout d'un coup, submergée par une soudaine envie de dormir.

Elle dessinerait le vieillard le lendemain, une fois reposée.

Elle s'allongea, tira la couverture à elle. Cinq minutes plus tard, elle dormait.

Le capitaine étudia le dessin, impressionné par la façon dont elle avait capté l'âme du vieil homme. Il referma le carnet d'un coup sec et, d'un geste du bras, lui indiqua la porte.

– Venez. Il est temps d'y aller.

– Où me conduisez-vous ?

Il ne répondit pas. Anna quitta sa cellule, entourée de quatre gardes, deux lui emboîtant le pas, deux autres devant elle. Cette fois, on ne lui avait pas lié les mains. Lorsque le capitaine apparut à son tour sur le seuil, les soldats se mirent en marche, forçant la jeune fille à accélérer pour rester à leur hauteur.

Ils empruntèrent un long escalier qui, serpentant à l'intérieur de la roche, aboutissait au portail de la prison, porte de pierre massive encastrée dans le roc. Après l'avoir franchie, Anna se retourna et contempla brièvement l'architecture brutale du bâtiment.

Le portail s'ouvrait sur une caverne. Il surplombait un gouffre que franchissait un pont de chaînes reliant la forteresse à une arche creusée dans la paroi opposée. Une fois sur le pont, Anna regarda en bas. Elle aperçut, tout au fond, des machines identiques à celles qu'elle avait découvertes lors de son exploration. Même si, vues d'en haut, elles lui paraissaient petites, elles n'en ressemblaient pas moins à de monstrueux insectes creusant la roche ou soulevant des blocs, s'affairant sans cesse, assemblant ce qui lui fit penser à un jeu de construction.

Le pont oscillait sous ses pas et ceux des gardes. Insensible au vertige, elle n'avait pas peur de tomber. Mais même si elle avait manifesté une crainte quelconque, le capitaine et ses hommes ne s'en seraient pas souciés. Ils avançaient à leur rythme, la forçant toujours à accélérer l'allure, la bousculant chaque fois qu'elle ralentissait.

De l'autre côté, l'arche n'était qu'un ornement de marbre noir. Le groupe passa dessous puis tourna à droite, empruntant d'autres marches qui se fondaient dans l'obscurité, jusqu'à une porte que le capitaine déverrouilla. Anna eut la tentation de lui demander où ils l'emmenaient et ce qui l'attendait. Elle se ravisa aussitôt. Tout comme ses hommes, aussi impersonnels que lui, le capitaine se comportait en automate programmé pour une tâche bien précise et l'accomplissait sans le moindre état d'âme.

Elle comprit. Ils ne l'aimaient pas. Et ils ne voulaient en aucun cas prendre le risque de sympathiser avec elle.

Au-delà de la porte, l'escalier descendait toujours le long de la paroi éclairée par de petites lampes. Le groupe, enfin, « sortit » de nouveau, se retrouva dans une autre caverne. A la droite d'Anna se dressait un mur de roc qui, de ce côté, bouchait la vue. A sa gauche, au fond d'un gouffre à pic, coulait une rivière calme. Il ne faisait pas aussi sombre, ici, que dans la caverne précédente. La jeune fille, tout d'abord, ne comprit pas pourquoi. Elle remarqua enfin avec surprise que la lumière, assez forte pour éclairer l'ensemble de la caverne, émanait de la rivière elle-même.

Ils descendirent d'autres marches puis empruntèrent un chemin étroit qui menait à une jetée de pierre. Là, en bas d'une volée de marches de basalte noir, un navire à la coque élégante et sombre les attendait, servi par quatre rameurs vêtus de pourpre assis, rames bordées, sur leur banc. Pourpre elle aussi, une bannière pendait à la poupe de l'embarcation, près de la cabine ornée d'un symbole étrange gravé sur un blason doré. Anna l'observa tout en montant à bord, intriguée par sa complexité.

– Où sommes-nous ? demanda-t-elle.

Le capitaine la gratifia d'un regard à la fois dur et soupçonneux. Elle crut qu'il ne lui répondrait pas. Mais il lui dit abruptement :

– Nous sommes à D'ni. Dans la grande caverne.

– Ah...

Cela ne l'éclairait en rien. *Duh-nee.* Voilà ce qu'elle avait entendu. Mais où se trouvait ce *Duh-nee* ? Au centre de la terre ? C'était proprement impossible. Personne ne vivait au centre de la terre, dans la roche. Et pourtant... N'était-ce pas ce qu'elle avait vu au cours des six derniers mois ? De la roche, toujours de la roche ?

L'amarre larguée, les rameurs de gauche, du bout de leurs rames, éloignèrent le navire de la jetée. Les quatre hommes plongèrent ensuite leurs rames dans le chenal et le bateau glissa sur l'eau calme, entre les parois escarpées qui, Anna s'en rendit compte en levant la tête, disparaissaient, là-haut, dans l'obscurité, comme si elles n'avaient pas de fin.

Elle respira l'air ambiant. Il était frais, aussi pur que celui des montagnes du nord, à la surface.

Ils se trouvaient à l'air libre. Obligatoirement. Pourtant, le capitaine lui avait dit qu'il s'agissait d'une caverne.

Elle secoua la tête, incrédule. Jamais elle n'avait entendu parler d'une caverne de cette dimension. Elle devait se prolonger sur des kilomètres. Debout à la proue, le capitaine regardait droit devant lui. Le chenal bifurquait sur la droite avant de passer sous les trois arches d'un pont gigantesque mais dont le dessin délicat faisait penser à un éventail d'ivoire.

Ensuite, le chenal s'élargit. Et le paysage s'adoucit. Les parois verticales s'abaissèrent, s'effacèrent devant des collines de roche dont le gris et le noir viraient parfois au vert, leur donnant l'apparence de la mousse. Au-delà s'étendait un grand lac parsemé d'îles rendues plus sombres par la lumière qui émanait des eaux.

Anna, tout d'abord, n'identifia pas ce qu'elle voyait. Au bout d'un moment, elle se rendit compte que ce qu'elle avait pris pour des rochers curieusement dentelés était en fait des bâtiments. Des bâtiments sans toit.

Ils étaient donc vraiment au centre de la terre. Quant à l'eau... Bien sûr, elle devait contenir une substance qui dégageait cette lumière fantomatique.

Alors que le navire s'engageait sur le lac, la jeune fille prit véritablement conscience de l'immensité de la caverne.

– C'est magnifique ! dit-elle.

Le capitaine se retourna, surpris par ses paroles. Puis, consentant enfin à lui parler, il désigna un point sur sa droite.

– Là-bas. C'est là que nous allons. Vous voyez ? Au-delà de la falaise. Elle apparaîtra dans un instant.

Anna aperçut tout d'abord ce qui ressemblait à un pilier ou à un phare et lui parut tout près. Puis, lorsque le navire eut contourné la falaise, elle réalisa que cette colonne se trouvait au moins à trois kilomètres de là.

– Mais...

– Oui, elle a soixante-dix mètres de haut.

Soixante-dix mètres ! En plus, elle ne semblait pas naturelle. Elle paraissait avoir été façonnée par la main d'un géant. Anna se demanda si elle la trouvait belle ou hideuse. Ses yeux ne s'étaient pas encore habitués à des formes aussi étranges.

– Quel est son nom ?

– Les anciens la nommaient Ae'Gura, répondit le capitaine. Nous, nous l'appelons simplement l'île. La cité s'étend au-delà, sur sa droite.

– La cité ?

Il était clair qu'il n'avait pas l'intention d'en dire davantage. Il se détourna et le silence retomba, irréel, troublé seulement par le bruit des rames et les craquements de la coque.

Assis dans le couloir, devant le bureau du prince Eneah, Véovis attendait que les anciens, de l'autre côté de la porte, aient achevé leur discussion.

On l'avait envoyé chercher, mettant à sa disposition la propre chaise à porteurs du premier des Cinq. Il devait se passer quelque chose, un événement exceptionnel à propos duquel les anciens souhaitaient le consulter.

Véovis sourit. Il côtoyait ces hommes depuis son enfance. Il les avait souvent vus en compagnie de son père, au cours de réunions formelles ou moins officielles. Ils mangeaient peu et ne parlaient qu'à bon escient, uniquement s'il n'y avait pas moyen de faire autrement. La plupart du temps, un clignement de paupière, un regard, un geste ou un vague sourire leur suffisaient pour se comprendre. Car ils se connaissaient depuis plus de deux siècles et chacun savait d'instinct ce que pensaient les autres. Quant à Véovis, il représentait à leurs yeux le sang neuf, les forces vives de D'ni, cette culture vivante dont l'âge, peu à peu, les avait éloignés.

Il le savait et s'en accommodait fort bien. Il servait de lien entre les Cinq et les membres les plus jeunes du Conseil qu'il amenait à des compromis, à des arrangements acceptables pour tous. Comme la plupart des gens de sa caste, il détestait les conflits. Car les conflits provoquaient des changements et tout changement, pour lui, n'était qu'un blasphème, un sacrilège dangereux et néfaste. Cette sainte horreur du moindre bouleversement, les Cinq l'éprouvaient tout autant que lui. Voilà pourquoi ils le consultaient souvent pour qu'il les aide à démêler des situations qui, sans son habileté, auraient bousculé les traditions immuables de la vieille cité.

S'il en croyait son intuition, ce serait le cas ce jour-là.

Il bondit sur ses pieds lorsque la porte s'ouvrit. Le prince Eneah en personne se tenait sur le seuil, sa silhouette se découpant contre la vive lumière de la pièce.

– Viens, Véovis.

Il s'inclina avec un respect non dissimulé.

– Prince Eneah...

Une fois dans l'étude, il s'inclina de nouveau-devant chaque prince, gardant son dernier salut pour son père. Tout se passait exactement comme il l'avait imaginé : seuls les Cinq se trouvaient là. Tous les autres étaient exclus de la réunion.

Eneah prit place derrière son bureau, dans son

grand fauteuil. Véovis resta debout, un peu en retrait, attendant la suite.

– C'est au sujet de l'étrangère, déclara Eneah sans préambule.

– Il semble qu'elle soit prête, ajouta le prince Nehir, de la guilde des tailleurs de pierres, assis à la droite de Véovis.

– Prête, seigneurs ?

– Oui, dit Eneah, dévisageant rapidement chaque participant, comme s'il quémandait leur approbation. Bien plus prête, en fait, que nous ne l'escomptions.

– A quoi, prince ?

– Elle parle D'ni, répondit le prince R'hira, de la guilde des Protecteurs.

Véovis sentit une onde de choc le traverser.

– Je vous demande pardon, prince R'hira ?

– Rends-toi compte, Véovis. Réfléchis à tout ce que cela implique.

Mais Véovis se sentait incapable de réfléchir. Cette idée était absurde. Il devait certainement s'agir d'une plaisanterie. Peut-être le mettait-on à l'épreuve. Car si c'était vrai, son père lui en aurait parlé !

– Je...

– Le grand maître Gihran, de la guilde des linguistes, est venu nous voir tout à l'heure, précisa le prince Eneah en se penchant légèrement. Son rapport nous a tous stupéfiés. Bien sûr, nous nous attendions à de vagues progrès, mais pas à une telle facilité. La jeune personne semble à présent capable de subir un interrogatoire.

Véovis fronça les sourcils.

– Je ne comprends pas.

– C'est très simple, expliqua le prince Nehir de sa voix douce. Nous devons prendre une décision. Ou nous autorisons cette jeune fille à s'exprimer devant le Conseil au grand complet, ou nous choisissons de l'entendre à huis clos, uniquement en présence des vénérables que nous estimerons à même de garder le secret sur ses révélations.

– Le Grand Conseil ?

– Non, Véovis, répondit son père, le prince Rakeri, avec un rire jovial. Les Cinq.

– C'est exact, approuva le prince Eneah. Nous souhaitons que tu tâtes le terrain pour nous. Il s'agit, après tout, d'une question délicate. Bien sûr, laisser la jeune personne s'exprimer au grand jour pourrait ne présenter aucun risque. D'un autre côté, qui sait ce qu'elle dira ? Nous sommes les gardiens de D'ni. Il est de notre devoir de neutraliser tout danger.

– Puis-je faire une suggestion, messeigneurs ?

– Parle.

– Pourquoi ne pas accréditer l'idée de deux interrogatoires ? Le premier devant les Cinq et le second – éventuellement – une fois que vous aurez eu la possibilité de juger par vous-mêmes ?

– Tu veux dire faire une promesse que nous pourrions, en fin de compte, ne pas tenir ?

– Le second interrogatoire dépendrait du succès du premier. Ainsi, vous disposerez de garde-fous. Et si les choses tournent mal...

– Excellent, murmura Eneah avec un rictus glacial. Nous nous en remettons à toi, Véovis. Reviens nous faire ton rapport dans trois jours. S'il est positif, nous verrons cette jeune fille dans une semaine.

Véovis s'inclina.

– Comme il vous plaira, messeigneurs.

Il s'apprêtait à sortir lorsque son père, Rakeri, le rappela.

– Véovis ?

– Oui, père ?

– Ton ami Atrus...

– Eh bien ?

– Si tu peux, recrute-le. Sa popularité auprès des nouveaux membres te sera utile. L'avoir à tes côtés te facilitera la tâche.

En souriant, Véovis s'inclina une dernière fois.
– A tes ordres, père.
Puis, après un dernier salut en direction de chaque prince, il se retira.

Après le départ de ses quatre pairs, Eneah resta assis à son bureau, contemplant le portrait, cette image de lui-même qu'il avait sous les yeux. Il y avait longtemps qu'il ne s'était pas regardé avec autant d'attention, qu'il ne s'était pas trouvé en présence d'une représentation aussi fidèle, aussi nette de son visage, longtemps, aussi, que l'action des années sur ses traits ne l'avait à ce point frappé.

Il était, par nature, un homme réfléchi. Mais sa réflexion se portait sur le monde extérieur, du moins le petit univers social enclos dans la roche et dont il était le chef. Jamais il n'était vraiment entré en lui-même, à la recherche de son vaste monde intérieur. A présent, il réalisait, grâce au portrait, à quel point ce monde fait d'espérance, d'idéalisme, d'ambition, mais aussi d'échecs et de déceptions avait marqué sa chair. Il avait toujours considéré son visage comme un masque de pierre insensible à l'érosion du temps. C'était une erreur : le temps, insensiblement, avait fait son œuvre, creusant ses pommettes et ses os, lissant sa peau, dévoilant à la face de tous son être véritable.

Et tout cela à cause de cette jeune fille...

Il se sentait mal à l'aise. Lorsqu'il avait accepté l'idée des interrogatoires, il s'était dit, comme les quatre autres princes, que l'affaire ne traînerait pas. On amènerait cette sauvageonne devant eux ; ils la questionneraient avant de s'en débarrasser de façon humaine en l'expédiant dans un Age carcéral. L'incident serait vite oublié. Quant à la jeune fille, son souvenir s'effacerait également des mémoires et tout rentrerait dans l'ordre. Là encore, il se trompait : l'étrangère n'avait rien d'une vulgaire sauvage.

Il referma le carnet de croquis, poussa un profond soupir.

Cette jeune fille, cette jeune fille... Qui pouvait prévoir les conséquences de sa venue ?

– Véovis ?

Il leva la tête. La chaleur habituelle de son regard avait disparu. Il paraissait fatigué, comme s'il n'avait pas dormi.

– Ah, Atrus. Je suis heureux que tu sois venu.

Il indiqua à son ami un siège en face du sien. Ils se trouvaient dans la grande salle commune de la maison des scribes, meublée de fauteuils aux dossiers droits. C'était là que les membres de la guilde aimaient se réunir et converser. Mais, à cette heure matinale, la vaste pièce carrée était presque déserte.

Véovis eut un faible sourire.

– Le prince Eneah m'a convoqué la nuit dernière.

– Et ?

Il baissa la voix.

– Les Cinq ont besoin de mon aide.

– Dans quel sens ?

– Ils souhaitent annuler les interrogatoires.

– Mais le prince a lui-même annoncé qu'ils auraient lieu devant le Conseil au grand complet. Il ne peut pas, tout d'un coup, les annuler purement et simplement.

– Exact. Voilà pourquoi il espère que j'arriverai à persuader individuellement nos collègues de laisser tomber cette affaire.

– Suis-je ici pour cela ? Pour être persuadé ?

– Non, vieux frère. Ta décision t'appartiendra en propre. Mais mon père souhaite que je te parle, et nous voilà.

– Je ne te suis pas, Véovis.

– Il veut que tu m'aides. Il pense que tu pourrais me seconder.

– Et que lui as-tu dit ?

– Que je te parlerais. Rien de plus.

Atrus se mit à rire.

– Allons, ne finassons pas. Veux-tu que je t'aide, oui ou non ?

– Ton soutien serait le bienvenu, murmura Véovis en souriant.

– Alors, tu ferais mieux de tout me dire.

Ce soir-là, au lieu de regagner ses appartements, Atrus se rendit chez ses parents, à Jaren, quartier qui, situé au nord-ouest de la ville haute, dominait le parc des Ages. Sa mère se montra enchantée de le voir, mais, comme c'était son père Kahlis qu'il était venu trouver, il se dégagea rapidement de son étreinte et dirigea son regard vers l'escalier de pierre polie qui menait au premier étage.

– Père est dans son bureau ?

– Oui, mais il très occupé, Atrus. Il doit terminer un rapport pour demain matin.

Kahlis leva les yeux de son travail lorsque Atrus pénétra dans la grande pièce encombrée de livres et sourit chaleureusement à son fils.

– Ah, Atrus ! Comment vas-tu ?

– Puis-je te parler, père ?

Kahlis jeta un coup d'œil sur les feuilles étalées devant lui puis, après avoir reposé sa plume dans l'encrier, s'appuya contre le dossier de son siège.

– C'est important, je présume.

Atrus s'avança, prit un siège en face de lui.

– L'intrusion de cette étrangère me préoccupe.

– De quelle façon ?

– Je suis allé voir Véovis tôt ce matin. Il m'avait demandé de le rejoindre dans la maison des scribes. Il avait l'air... étrange. Il m'a révélé que les Cinq venaient de lui confier une tâche et qu'il avait besoin de mon aide.

– Et tu lui as promis de le seconder ?

– Oui.
– Quel est exactement le problème ?
– Je n'aime pas ce que je suis en train de faire, père. J'ai donné ma parole avant de comprendre dans quoi je m'engageais.
– Cela ne te ressemble pas, Atrus.
– Peut-être. D'un autre côté, Véovis est mon ami. Lui refuser mon concours m'aurait mis dans une position délicate.
– Je comprends. Mais que trouves-tu de si difficile dans cette « tâche » à laquelle tu dois contribuer ?
Atrus regarda son père droit dans les yeux.
– Tu n'es donc au courant de rien ?
– Que devrais-je savoir ?
– Que l'étrangère, à présent, parle D'ni couramment.
Kahlis éclata de rire.
– Tu blagues, Atrus. La rumeur ne lui prête que d'obscurs grognements.
– Alors, la rumeur est fausse.
L'expression de Kahlis redevint subitement sérieuse.
– Je vois. Si je comprends bien, les interrogatoires se dérouleront bientôt.
– Justement, dit Atrus. Les Cinq ne souhaitent plus les organiser, du moins devant le Conseil au complet. Ils veulent que l'audition ait lieu à huis clos, en leur seule présence. Ainsi nous ont-ils chargés, Véovis et moi, de convaincre nos pairs de la justesse de ce point de vue.
Kahlis, à son tour, le regarda droit dans les yeux.
– Je suis heureux que tu sois venu me trouver, Atrus, avant que tout cela n'ait des conséquences fâcheuses. Le prince a fait une promesse. Il doit la respecter.
Il se leva, contourna son bureau. Atrus se leva lui aussi, fit face à son père.
– Que vas-tu donc faire ?
– Je vais de ce pas aller voir le prince, avant que les choses n'aillent plus loin. Je lui dirai qu'une rumeur

est parvenue jusqu'à moi et lui demanderai de la démentir.

– Tu ne parleras pas de notre entrevue ?

– Bien sûr que non, répliqua Kahlis en serrant brièvement le bras de son fils. Ne t'inquiète pas. Je réalise la précarité de ta situation. Si Véovis apprend que tu es venu me trouver, il te reprochera les troubles futurs. Je ferai en sorte que le prince ne soupçonne rien.

– Il pourrait pourtant avoir une intuition...

Kahlis sourit.

– Entre une intuition et une certitude, il y a un gouffre. Quant à toi, ne souffle mot de notre entretien à ton ami.

Atrus s'inclina.

– Il vaut donc mieux que je m'en aille.

– Oui. Et merci, mon fils. Tu as fait ce qu'il fallait.

Le prince Eneah était déjà couché lorsque son domestique frappa à la porte.

– Oui, Jedur, qu'y a-t-il ?

Un visage à peine moins âgé que le sien se glissa dans la chambre.

– C'est le grand maître Kahlis, monseigneur. Tout en s'excusant de l'heure tardive, il sollicite une audience. Il dit qu'il s'agit d'une affaire de la plus haute importance.

Eneah soupira, s'assit lentement dans son lit.

– Demande-lui d'attendre un instant. Je vais me rafraîchir avant de le recevoir.

– Bien, monseigneur.

Le visage fripé disparut. Eneah rejeta son unique couverture de coton, posa ses pieds sur la pierre froide du sol. Il avait jadis raffolé des conditions de vie luxueuses que lui procurait sa charge ; à présent, il n'aspirait plus qu'à une austérité monacale.

Il se dirigea vers la table de toilette placée dans un coin de sa chambre meublée de façon spartiate, versa dans la bassine de l'eau contenue dans un broc, se lava la figure et les mains avant de se sécher avec une petite serviette.

Sa tunique pendait à un portemanteau, près de la porte. Il l'enfila, l'agrafa jusqu'au cou.

– Voilà ! dit-il en lissant d'une main ses rares cheveux couleur de cendres avant de se regarder furtivement dans le miroir qu'il n'avait fait accrocher au mur que deux jours plus tôt. Maintenant, voyons ce que nous veut maître Kahlis.

Le père d'Atrus patientait dans l'étude. Lorsque le prince fit son entrée, il se leva vivement, s'inclina très bas.

– Pardonnez-moi, prince Eneah...

Eneah l'interrompit d'un geste de la main.

– Quel bon vent vous amène, Kahlis ? Souhaitez-vous m'entretenir des plans de la nouvelle caverne ?

Il savait qu'il n'en était rien. Kahlis ne l'aurait jamais tiré du lit pour une affaire aussi secondaire. En fait, le vieil homme n'ignorait pas pourquoi il lui avait demandé cette entrevue. Il s'était attendu à une démarche de ce genre. Il s'étonnait simplement qu'elle eût lieu aussi tôt.

Il prit place dans son fauteuil. Kahlis se pencha vers lui, les deux mains sur le bureau.

– Non, monseigneur, cela n'a rien à voir avec les plans de la nouvelle caverne. Il s'agit, en fait, de certaines rumeurs qui se sont propagées tout au long de la journée.

– Des rumeurs ? murmura le prince d'un air faussement innocent où perça une irritation soudaine. Vous me réveillez pour me parler de *rumeurs*, maître Kahlis ?

– Je m'en serais bien gardé, monseigneur, si elles ne se rapportaient pas à une affaire de la plus extrême gravité.

– Quelle affaire, si je puis me permettre ?

– Les interrogatoires. Selon les bruits qui courent,

les Cinq auraient l'intention de les mener seuls, derrière des portes closes. Est-ce vrai, monseigneur ?

Pour la première fois, Eneah sourit.

– C'est exact, en effet.

Kahlis, qui s'était attendu à un démenti, pâlit.

– Puis-je vous demander pourquoi, monseigneur ?

Eneah lui proposa un siège.

– Asseyez-vous, maître Kahlis. Je vais essayer de tout vous expliquer. Cela vous aidera, je l'espère, à comprendre notre position.

Assis à son bureau, dans le coin de son étude, Atrus essayait de se concentrer sur son travail avant de partir pour le Palais lorsqu'on frappa violemment à la porte. Il se leva, alla ouvrir. Véovis s'engouffra dans la pièce, passa devant lui et alla s'affaler sur le banc matelassé. Son visage reflétait une angoisse incontrôlable.

– Tu as entendu ?

– Entendu ? Quoi ?

– Les interrogatoires. Les Cinq ont changé d'avis. Ils auront lieu dans une semaine.

– Devant le Conseil au grand complet ?

Véovis regarda droit devant lui, comme s'il revivait la réunion dont il sortait.

– C'est une erreur. Je l'ai dit au prince Eneah. Je lui ai affirmé que tous le regretteraient. Mais il est resté inflexible. Une promesse est une promesse, m'a-t-il répondu. Que pouvais-je répliquer à cela ?

– Tu crois donc qu'il est dangereux de laisser cette fille s'exprimer ?

– Plus j'y réfléchis, plus j'en suis sûr. Cette fille a une fourberie naturelle. En plus, elle est intelligente. C'est cette intelligence qui lui a permis de maîtriser notre langue en un rien de temps. Et j'ai bien peur qu'elle n'en use pour manipuler le Conseil. Elle a déjà embobiné les hommes chargés de l'étudier, leur soutirant des informations sans qu'ils s'en rendent compte. Et cette insolence !

Atrus s'assit en face de son ami.

– Continue, dit-il à Véovis qui, tête basse, contemplait ses mains croisées sur les genoux.

– Il semble qu'un linguiste, abusé par sa fausse innocence, lui ait révélé l'existence du *Rehevkor*. Elle lui aurait arraché la promesse de le lui montrer.

– Mais ce n'est pas permis !

– Justement. C'est pourquoi un certain maître Haemis a été exclu de l'équipe d'observation.

– Pourquoi ne m'as-tu pas appris cela plus tôt ?

– Je ne l'ai su que ce matin.

Atrus soupira.

– Tu dois te sentir... floué.

Son ami acquiesça.

– Que vas-tu faire ?

– Faire ? répondit Véovis d'une voix pleine d'amertume. Rien. Je suis ligoté. Je ne peux que jouer les fils soumis et me mordre la langue.

– Ce sont les ordres de ton père ?

– Il ne les a pas formulés de cette façon. Mais j'ai bien compris. Je te garantis qu'ils le regretteront, Atrus. Cette fille est plus forte qu'eux.

– Tu l'as vue ?

– Non. Mais ce qu'elle a fait me suffit. Ce n'est qu'une sauvage, après tout, et les sauvages n'ont aucune morale. Ruse, fourberie : voilà leur règle de vie. Ses paroles, je le crains, charmeront de multiples oreilles, poussant les membres du Conseil à prendre des décisions inconsidérées.

– Alors tu dois opposer ta voix à la sienne.

Véovis regarda son ami et sourit.

– Oui, bien sûr. C'est ce qui doit se passer. Ma voix contre la sienne. La vérité contre le mensonge. Comme toujours, ajouta-t-il d'un air radieux, tu es la sagesse même, Atrus. Et un antidote contre le découragement !

Il se leva, le serra contre lui.

– Laisse-moi te donner l'accolade, vieux frère. Je suis venu ici désespéré et tu m'as insufflé un espoir neuf. Je suivrai ton conseil. Je serai la voix de la raison, une lueur éclatante dans les ténèbres ! Et toi, mon ami, joindras-tu ta voix à la mienne ?

– Je dirai ce que je croirai être la vérité. Je ne peux rien te promettre de plus.

– Cela suffira. Car tes yeux s'ouvriront, je te le garantis. Ne te laisse pas attendrir par sa fausse innocence. Pense à la rouerie qui se cache derrière ce masque. Et ne te fie qu'à ce que tu auras vu.

– Je le ferai.

– Bien. Je te laisse à ton travail. Et, Atrus ?

– Oui ?

– Merci. Tu es le meilleur des amis.

La foule avait envahi les ruelles étroites de la ville basse pour voir passer le palanquin qui, entouré de gardes en armes et porté par huit aspirants de la guilde des messagers, emmenait l'étrangère jusqu'au Palais.

Tous, tandis que le cortège tanguait en escaladant, vers la ville haute, la pente de roche taillée, tentaient d'apercevoir cet être mythique que ses accompagnateurs protégeaient des regards, allant parfois jusqu'à repousser brutalement la foule. Par la fente des rideaux, Anna contemplait ces visages curieux, avides, parfois hostiles. Elle avait l'impression de n'être qu'une bête sauvage, un animal exotique ramené d'une expédition lointaine et qu'on s'apprêtait à exhiber devant le grand Conseil, pour le plus grand plaisir des vénérables.

La foule était dense, bruyante. Hommes, femmes, enfants se pressaient sur le passage du cortège. Il y en avait des milliers, tous caractérisés par cette étrange élongation des traits, cette ossature fine qui avait tant frappé la jeune fille six mois plus tôt. Petit à petit, elle s'y était habituée. Mais eux ? Ceux qui parvenaient à jeter un coup d'œil à l'intérieur du palanquin la voyaient pour la première fois. Quelle impression en retiraient-ils ? Trouvaient-ils ses narines et sa bouche trop épaisses, son ossature trop lourde, son visage simiesque ?

Au fur et à mesure de l'ascension, la foule se clairsema. On abordait à présent les quartiers de la ville haute, peuplés de notables qui, eux aussi, étaient sortis dans la rue et, devant leurs maisons opulentes aux portes richement ornées, la regardaient passer. Les ruelles s'élargirent, devinrent des rues aux pavés de marbre rabotés au cours des siècles par des millions de pas, bordées de maisons sans toit toutes différentes les unes des autres alors que celles de la ville basse se ressemblaient.

Cette discrimination n'échappa pas à Anna. Il en allait ainsi dans toutes les sociétés : pour les pauvres, l'uniformité – mêmes habitations, mêmes vêtements – et pour les riches... tout le reste. Son père, en lui décrivant l'empire, le lui avait appris. Sous terre, se dit-elle, régnaient la même inégalité, la même ségrégation. Elle s'était préparée à tout cela pendant ses interminables journées dans sa cellule. Le monde extérieur, même celui-là, n'était guère accueillant. Pourtant, qu'avait-elle à craindre ? Ces gens chercheraient peut-être à la briser, à lui faire payer sa différence. Et après ? Qu'avait-elle à se reprocher, sinon de s'être perdue dans un dédale de tunnels ? Elle avait pour elle son honnêteté et sa conscience. Elle se souvint des paroles de son père, de cette voix qui, tout au long de ces six mois, l'avait soutenue.

Sois courageuse, Anna, mais, avant toute chose, respecte-toi.

Quoi qu'il arrive, elle ne flancherait pas. Quoi qu'on pût lui dire, quelle que fût la décision qui suivrait l'interrogatoire, elle affronterait ses interlocuteurs tête haute, avec fierté.

Le cortège s'arrêta devant une grande porte cernée

par deux tours flanquées de gardes assurant la protection des membres éminents des différentes guildes qui, au pied des marches de pierre, attendaient l'étrangère.

A quelques exceptions près, Anna ne les avait jamais vus. Par contre, elle reconnut les trois personnages qui se détachaient du groupe.

– Descends, Ah-na, lui dit le prince Eneah en s'approchant du palanquin et en lui offrant courtoisement sa main.

Elle se laissa aider puis s'avança entre Jimel et le vieux Gihran. Maintenant qu'elle devait ne faire confiance qu'à ses jambes, elle se sentait moins sûre d'elle-même. Son pouls s'accéléra, son cœur battit dans sa poitrine. Elle se savait proche du but, du lieu de l'interrogatoire.

Les marches débouchaient sur une place au sol légèrement incliné, selon l'architecture d'ensemble de la ville. Au-delà se dressait le Palais des Guildes, avec son entrée aux six piliers de basalte et son toit touchant le sommet de la caverne. Des blasons aux armes des différentes guildes ornaient le vestibule où se pressaient les membres du Conseil, reconnaissables aux différentes couleurs de leur toge – pourpre, jaune, turquoise, écarlate, vert émeraude, noir, crème, bleu – caractéristiques des confréries auxquelles ils appartenaient.

Anna observa le prince Eneah qui s'avançait d'un pas majestueux, nota la dureté et l'absence d'expression de son visage. Elle le connaissait un peu. Il n'était pas bon, mais juste. Si un homme pouvait la sauver, ce serait lui. Elle savait que maître Gihran ne l'aimait pas. Quant à maître Jimel, il ne lui avait pas caché qu'il souhaitait la voir enfermée pour de bon. Seul maître Haemis lui avait témoigné un peu d'humanité, raison pour laquelle on l'avait écarté.

Sur un geste du prince Eneah, le cortège, entourant la jeune fille, se mit en mouvement en direction d'un imposant escalier.

Au moins, ils ne m'ont pas de nouveau lié les mains.

Pourquoi auraient-ils pris cette peine ? Qu'aurait-elle pu faire ? S'enfuir ? Pour aller où ? Tandis qu'ils gravissaient les marches, Gihran se pencha vers elle et murmura à son oreille :

– Tu dois absolument garder le silence jusqu'à ce qu'on t'interroge. Tu comprends, Ah-na ? Si tu parles sans y avoir été autorisée, le prince Eneah te fera bâillonner.

Elle le regarda d'un air incrédule. Il poursuivit d'une voix à peine audible :

– Nul ne peut déroger à nos règles. Tu dois faire ce qu'on te dit et répondre aux questions telles qu'on te les posera, sans commentaire. D'accord ?

Elle acquiesça. Sa confiance en elle avait disparu pour de bon. Elle sentait ses jambes se dérober sous elle, son corps se vider de son sang. Elle avait la gorge sèche, la bouche pâteuse. Elle serra les poings, s'efforçant de maîtriser le tremblement nerveux qui l'agitait. Après tout, il s'agissait d'un interrogatoire, pas d'un procès. Elle parlerait de façon claire et répondrait à toutes les questions, exactement comme maître Gihran le lui avait demandé. Peut-être admettraient-ils qu'elle ne disait que la vérité. Pourquoi aurait-elle menti ?

Elle se retrouva dans un immense amphithéâtre cerné de gradins qui entouraient une rangée de trônes où prirent place des membres éminents du Conseil, reliés par des chaînes d'or, symboles de leur position. Le prince Eneah s'installa dans un trône beaucoup plus grand que les autres, ordonna à Anna de se placer au centre de l'amphithéâtre.

La plupart des membres assis du Conseil paraissaient presque aussi âgés que le prince. Deux d'entre eux, pourtant, tranchaient sur les autres. Jeunes, du moins selon les critères de D'ni, ils se tenaient côte à côte, à gauche d'Eneah. Le premier portait une toge noire brodée de rouge, le second une toge bleu pâle.

Anna jeta un coup d'œil rapide sur leur visage, s'attendant à y trouver la même indifférence que sur les traits du prince. Mais, à sa grande surprise, elle remarqua que l'un et l'autre la fixaient intensément : l'un avec curiosité, l'autre de façon franchement hostile.

Le regard du second la glaça jusqu'aux os. Elle ne pouvait pas se tromper : cet homme la haïssait. Mais pourquoi ?

– Ah-na ! déclara le prince Eneah, dont la voix se répercuta entre les piliers.

– Oui, monseigneur.

– Sais-tu pourquoi tu es là ?

Elle répondit d'une voix ferme, s'efforçant de laisser transparaître dans ses propos une assurance qu'elle ne ressentait pas.

– Pour répondre à vos questions, prince Eneah.

– Bien. Mais tu t'en tiendras aux faits. Tu ne dévieras pas des questions que nous te poserons. Tu comprends ?

– Je comprends, monseigneur.

– Bien. Nous pouvons commencer. Nous avons d'innombrables points à éclaircir.

Après avoir grimpé de nouveau dans le palanquin, Anna ressentit, en tirant les rideaux, une fatigue soudaine. Elle était restée debout, à répondre aux questions, pendant plus de cinq heures.

Elle s'assit lourdement sur les coussins de la banquette, encore sous le coup de ce qui venait de se passer.

Qui était-elle ? Où était-elle née ? Qui étaient ses parents ? Que faisait son père ? A qui destinait-il ses rapports ? A quoi ressemblait Tadjinar ? Quelle était la forme de son gouvernement ? Possédaient-ils des machines ? Quelle source d'énergie utilisaient-ils ? Ceux de sa race étaient-ils honnêtes ?

Elle n'avait eu aucune difficulté à répondre à certaines questions. D'autres, en particulier la dernière, n'étaient pas aussi simples. Ceux de sa race étaient-ils honnêtes ? Quelques-uns, comme son père, l'étaient. Mais que dire des marchands de Jaarnindu ? Des inspecteurs et des courtiers du seigneur Amanjira ? Elle ne pouvait se porter garant de leur honnêteté. Mais ceux qui l'interrogeaient ne voulaient qu'une seule réponse.

Le jeune maître de guilde qui l'avait fixée avec insistance au début de la séance s'était montré le plus acharné sur cet aspect des choses.

– Eh bien, ma fille. Est-ce que *tous* les hommes, là-haut, sont honnêtes ?

– Non, seigneur. Pas tous.

– Les hommes de ta race sont donc malhonnêtes par nature ?

– Pas tous.

– Allons. Tu ne peux pas couper la poire en deux. Ou ils sont honnêtes par nature, ou ils ne le sont pas. Alors ?

– Tous les D'ni sont-ils honnêtes par nature, seigneur ?

On avait senti une tension soudaine dans l'assistance. Le prince Eneah s'était levé, majestueux, symbole de l'autorité suprême.

– Tu es ici pour répondre, non pour interroger.

Elle avait baissé humblement la tête. Le prince avait alors annoncé la clôture de la session. Mais elle reprendrait le lendemain, les jours suivants si nécessaire – jusqu'à ce qu'on eût épuisé toutes les questions.

Anna se renversa contre les coussins et, les yeux fermés, se laissa bercer par le doux balancement du palanquin. Elle revoyait nettement les traits de cet homme dont quelqu'un, au cours de la séance, avait prononcé le nom : Véovis. Beau, d'allure princière, il n'avait cessé de lui paraître hostile, soupçonneux. L'autre, assis à côté de lui, se penchait souvent pour écouter un mot que Véovis lui glissait à l'oreille et, parfois, hochait la tête. Pourtant, même s'il semblait son allié, il n'y avait aucune hargne dans son regard. Et il n'avait pas posé la moindre question.

Etrange, pensa-t-elle en se remémorant sa longue figure à l'expression sévère. Il n'était pas, d'ailleurs, d'un aspect déplaisant, quoique moins beau que Véovis. Du genre studieux, se dit-elle. Mais tous les habitants de D'ni n'étaient-ils pas studieux ?

Le balancement du palanquin l'engourdit peu à peu. Elle somnola un instant avant de revenir brusquement à elle, sans savoir, tout d'abord, où elle se trouvait.

Reprenant rapidement ses esprits, elle se demanda pour la première fois comment ils utiliseraient ses réponses. Elle avait vu les tunnels, elle savait qu'ils s'intéressaient à ce qui se passait à la surface. Une question était revenue plusieurs fois : son peuple était-il belliqueux ? Cela voulait-il dire qu'ils avaient l'intention d'envahir la surface ? Etait-ce pour cette raison qu'ils avaient creusé les galeries ?

En quoi cela la concernait-il ? Le seigneur Amanjira mis à part, elle ne se sentait proche de personne à Tadjinar – pas plus que dans l'empire tout entier. Les êtres qu'elle aimait étaient morts. Alors pourquoi se préoccuper du sort des gens de sa race ?

Tu dois t'en soucier, lui souffla la voix intérieure. *Tes paroles pourraient sceller le destin de l'empire. Toute guerre est mauvaise. Imagine les souffrances, Anna.*

Cette pensée la troubla. Devrait-elle refuser d'en dire davantage ? Ou avait-elle déjà trop parlé ? Elle en savait si peu sur ce peuple. Tout en lui posant d'innombrables questions, ses interlocuteurs s'étaient efforcés de lui en révéler le moins possible sur eux-mêmes. Comme s'ils avaient affaire à une espionne.

Elle respira profondément. Etait-ce vraiment ce qu'ils pensaient ? Croyaient-ils qu'elle était venue les espionner ? En d'autres circonstances, elle aurait éclaté de rire. Elle se souvint alors de l'hostilité du nommé Véovis. *Ils pensent que je représente une menace,* se dit-elle. Pour la première fois, tout d'un coup, elle se demanda si sa vie n'était pas en danger.

– Eh bien ? demanda le prince Eneah plus tard dans la soirée, lorsque les Cinq se retrouvèrent enfin seuls. La crois-tu toujours dangereuse, Nehir ?

Nehir, qui venait de prendre un siège à l'autre bout du bureau du prince, leva vers lui ses yeux pâles.

– Pas elle, Eneah, mais ce qu'elle dit. Personnellement, je pense que nous en avons assez entendu.

– Je suis d'accord, renchérit Rakeri en se penchant hors de son siège. Ce qu'elle est en elle-même ne nous concerne pas ici ; mais nous devons nous inquiéter de la menace que ferait courir sur nous tout contact avec son peuple.

– Tu penses qu'il s'agit d'un danger réel ?

Le regard de Rakeri rencontra celui du prince. Il ajouta, avec un petit geste du menton :

– Ainsi que tu le sais, je ne partageais pas, tout d'abord, les réticences de mon fils Véovis. J'en suis pourtant arrivé à la conclusion qu'il avait raison. Si ce que dit cette fille est vrai – et je le crois –, les habitants de la surface sont des êtres arriérés, belliqueux, immoraux et dont la cupidité guide toutes les actions.

– Tu as perçu tout cela derrière ses mots ?

– Effectivement. Ses propos insistaient sans le vouloir sur la corruption profonde de leur nature !

– Entièrement d'accord, déclara calmement R'hira, assis dans un coin de la pièce.

– Et toi, Sajka ?

Sajka, dernier en date à avoir rejoint les Cinq, approuva en silence.

– Bien, conclut Eneah en promenant son regard sur ses pairs. Je vais convoquer le Conseil au grand complet pour demain à la dixième heure. Il nous reste néanmoins un petit détail à régler. Que faire de la fille ?

– Renvoyons-la chez elle, suggéra Rakeri.

– Beaucoup trop risqué, objecta R'hira. Je sais bien que c'est peu probable, mais quelqu'un pourrait croire à son histoire et se mettre à nous chercher.

– Pourquoi ne pas la reléguer dans un Age carcéral ? dit Nehir. Un endroit pas trop inhospitalier ; agréable, même. Nous pourrions d'ailleurs en créer un nouveau à son intention.

– Agréable ou pas, crois-tu que cette solution rendrait justice à l'honnêteté dont elle fait preuve à notre égard, Nehir ?

Eneah se tut, dévisageant tour à tour les quatre princes. Puis :

– Affaire conclue : l'étrangère restera ici, à D'ni. Nous lui trouverons un foyer temporaire, jusqu'à ce que son sort soit définitivement réglé. Approuvé ?

– Approuvé.

– Approuvé.

– Approuvé.

Sajka qui, jusque-là, n'avait pas ouvert la bouche, les regarda l'un après l'autre, un sourire sans joie sur les lèvres.

– Approuvé, dit-il enfin.

Rien ne semblait pouvoir entamer la bonne humeur de Véovis. Il donna ce soir-là, pour fêter son triomphe, un banquet dans une auberge proche du port. Atrus, qui n'avait jamais trouvé le temps de fréquenter de tels endroits, chercha de bonnes excuses pour se décommander. Mais son ami demeura inflexible.

Il se retrouva donc serré dans un coin d'une immense salle à manger encombrée de tables chargées de victuailles, en compagnie d'une douzaine de jeunes aspirants dont il ne connaissait la plupart que de vue et qui remplissaient avec constance leurs gobelets dans le grand vase posé sur la table centrale, avant de boire au succès du jeune seigneur.

– C'est cette déclaration finale qui a tout fait basculer, déclara Suahrnir d'une voix suraiguë. La suite n'était plus qu'une formalité.

– Peut-être bien, répondit Véovis en se levant et en regardant Atrus par-dessus la table. Mais laissez-moi ajouter quelque chose que je n'ai pas avoué jusqu'à présent. Je me suis trompé à propos de la fille.

– Trompé ? entonnèrent plusieurs voix.

Véovis leva la main pour rétablir le calme.

– Ecoutez-moi bien, messieurs. Avant l'interrogatoire, j'avais une idée très arrêtée sur cette personne. Je ne me suis pas privé de vous en faire part. Quoi qu'il en soit, poursuivit-il, ravi des rires qu'avait déclenchés sa phrase, je reconnais à ma grande honte que j'avais tort. Quelles que soient les tares de son peuple, cette jeune fille a bien parlé. Oui, et de façon honnête. Je crois que nous l'avons tous senti.

Il y eut des murmures d'approbation.

– On prétend maintenant, ajouta-t-il, qu'elle doit rester à D'ni. Que cette décision serve ou non le bien public, cela reste à déterminer. Mais nos maîtres l'ont prise et nous ne pouvons que nous incliner. Néanmoins, restons vigilants.

– Que veux-tu dire ? demanda Lianis, l'éternel acolyte de Véovis, assis à la gauche du jeune seigneur.

– Je veux dire que nous ne devons pas laisser cette personne focaliser le désir qu'ont certains d'entrer en contact avec la surface. Pas de contact : tel doit être notre credo.

– Et si elle devient un symbole ? demanda Suahrnir.

Véovis répliqua, avec un sourire plein d'assurance :

– Dans ce cas, nous ferons en sorte qu'elle soit expulsée de D'ni vers un endroit plus approprié.

Atrus, qui avait écouté la conversation avec attention, fronça les sourcils. Un Age carcéral. Voilà à quoi Véovis faisait allusion. Pourtant, si on se référait à ses positions, il avait, jusque-là, été loyal.

Atrus saisit son gobelet, le porta à ses lèvres. Le bonheur de son ami lui faisait plaisir. Mais lui ne partageait pas la jubilation de ses hôtes. Peut-être se laissait-il aller, point sur lequel Véovis le taquinait toujours, à son sentimentalisme, mais il ne pouvait s'empêcher d'évoquer avec émotion l'aventure qu'il avait vécue dans la roche en compagnie de maître Télanis, de Jerahl, de tous les autres et qu'il n'arrivait pas, après trente ans, à oublier.

Les déclarations de l'étrangère n'avaient fait que raviver ce souvenir, ce désir lancinant d'établir un contact, de se retrouver un jour à la surface, clignant des yeux, pour la première fois de sa vie, sous le soleil terrestre.

Comment expliquer cela à Véovis tout en restant son ami, Véovis à qui cette idée faisait tout bonnement horreur ?

– Maître Atrus ?

La voix lui parvint à travers le brouhaha. Il se redressa, pensant avoir été interpellé par un des jeunes aspirants et vit, tout à côté de Lianis, un membre de la guilde des messagers, reconnaissable à son manteau.

Le silence retomba autour des tables. Atrus reposa son gobelet et se leva.

– De quoi s'agit-il ?

– Un message urgent, maître, répondit l'homme en enlevant un de ses gants avant d'extirper une lettre cachetée de sa poche. On m'a ordonné de m'assurer que vous vous plieriez immédiatement à ses instructions.

En souriant, Véovis allongea le bras.

– Ici. Je la donnerai à mon ami.

Le messager interrogea silencieusement Atrus, qui acquiesça. S'inclinant légèrement devant Véovis, il lui remit la lettre, puis recula d'un pas en enfilant son gant.

Véovis pivota, tendit la lettre par-dessus la table.

– Affaire urgente, hein, vieux frère ? Cela ressemble au sceau du prince Eneah.

Atrus contempla l'enveloppe un moment. Véovis avait raison. C'était le sceau du prince. Mais la lettre qu'il déplia ne venait pas de lui. Elle était de son père.

– Pardonne-moi, Véovis, mais je dois me retirer sur-le-champ.

– Des ennuis ? demanda ce dernier d'une voix sincère.

– La lettre n'en parle pas.

– Alors va, dit Véovis, ordonnant d'un geste aux convives de dégager le chemin. Vas-y de ce pas. Mais tiens-moi au courant, d'accord ? Si je peux faire quoi que ce soit...

Atrus, se faufilant entre les convives, hocha distraitement la tête.

Après son départ, Véovis se rassit, l'air soucieux. Il se reprit vite et, retrouvant son expression enjouée, leva son gobelet.

– A D'ni !

Une douzaine de voix reprirent en chœur :

– A D'ni !

Kahlis faisait les cent pas dans son grand vestibule, attendant son fils. Il était minuit. La cloche de la cité sonnait de l'autre côté du lac. Son écho mourut enfin. Kahlis entendit alors, dans le silence revenu, le grincement du portail et des pas précipités dans l'escalier extérieur. Une ombre se dessina contre les panneaux de verre coloré de l'entrée. Kahlis défit le verrou, tira la porte.

Atrus se tenait devant lui, hors d'haleine. On pouvait en déduire qu'il avait parcouru le dernier kilomètre en courant.

– Que se passe-t-il ? demanda-t-il à son père.

– Montons au premier, répliqua Kahlis.

Ils gagnèrent son étude, dont le père d'Atrus referma la porte avant de déclarer :

– On m'a proposé de prendre un certain temps soin de l'étrangère. Le prince Eneah m'a convoqué cet après-midi pour me demander d'héberger provisoirement cette fille, Ah-na. Jusqu'à ce qu'on ait arrêté une solution définitive. Il s'est adressé à moi, connaissant mon intérêt pour cette jeune personne.

– Et tu veux que je t'approuve ?

– Oui.

– Eh bien, j'approuve.

Kahlis allait dire autre chose lorsqu'il prit une conscience claire de la réponse de son fils.

– Tu es d'accord ?

– Je suppose que ma mère l'est aussi. Toi également. Sinon, tu ne me demanderais pas mon avis.

Pour toute réponse, Kahlis se dirigea vers la porte, l'ouvrit, puis appela du haut des escaliers.

– Tasera !

La tête et les épaules de la mère d'Atrus apparurent au pied des marches.

– Tasera, dit Kahlis, amène la jeune personne. J'aimerais la présenter à notre fils.

Anna pénétra dans l'étude surchargée de livres, regardant, fascinée, autour d'elle.

– Atrus, dit Kahlis, voici Ah-na. Elle sera notre hôte pendant quelque temps.

Atrus la salua avec respect.

– Je suis heureux que vous séjourniez parmi nous.

Tasera entra à son tour et, interrompant son fils, prit Anna par le bras.

– Vous êtes ici la bienvenue. Maintenant, si vous voulez bien nous excuser, je dois montrer sa chambre à notre invitée.

La brièveté de cet accueil surprit la jeune fille, qui suivit la maîtresse de maison le long du couloir.

– Voilà, dit Tasera en ouvrant une porte. Ce sera votre chambre.

Anna pénétra à l'intérieur de la pièce, qu'elle considéra avec étonnement. Comparée à la faille, là-haut, tout, dans cette chambre, respirait le luxe. La jeune fille se tourna vers la maîtresse de maison, inclina la tête.

– Vous êtes trop gentille, Tasera. Beaucoup trop.

Atrus traversait l'espace ouvert entre le bâtiment principal de la Maison de la guilde des scribes et la grande bibliothèque lorsque Véovis se détacha du groupe au milieu duquel il conversait et lui barra le chemin. Plus d'une semaine s'était écoulée depuis leur dernière rencontre, dans l'auberge proche du port.

– Atrus ! As-tu reçu mon message ?

Atrus s'arrêta.

– Ton message... Ah oui. Mais j'ai été très occupé.

Véovis sourit, tendit les mains à son ami, qui les serra fermement entre les siennes.

– Alors, comment est-elle ?

– Elle a l'air... polie. Bien élevée.

– Elle a l'air ?

Atrus, bizarrement, se sentait sur la défensive.

– C'est mon impression.

– Tu penses donc qu'elle est sincère ?

– Pas toi ? C'est pourtant ce que j'avais cru comprendre.

Véovis sourit de nouveau, tentant de faire baisser la tension.

– C'était mon impression, en effet. Mais je ne vis pas sous le même toit qu'elle, je ne la vois pas tous les jours. Si son masque se craquelait, tu t'en apercevrais, non ?

– S'il se craquelait, oui.

– Oh, je ne dis pas que ce sera le cas. C'est juste que...

– Que quoi ?

– Nous devrions en être absolument sûrs, tu ne crois pas ?

L'idée de surveiller la jeune fille déplaisait fortement

à Atrus. Il se tut un instant avant de déclarer, pour satisfaire Véovis d'une façon ou d'une autre :

– Elle semble... déstabilisée.

– Dans quel sens ?

– Peut-être à cause de l'étrangeté, pour elle, de tout ce qui l'entoure. Il doit être difficile de s'adapter à D'ni après avoir vécu à ciel ouvert.

– Son pays lui manque ?

– Je n'en sais rien. Pour être honnête, je ne le lui ai pas demandé.

Véovis se mit à rire.

– Comment cela ? Tu ne lui as pas parlé ?

– Je te l'ai dit : j'ai été très occupé. Surtout à assister mon père.

Véovis scruta le jeune maître un moment, puis lui prit le bras.

– Tu devrais faire une pause de temps en temps, vieux frère. Viens me voir à K'veer. Et amène la fille.

– Ce serait une bonne idée.

– Bientôt, alors, dit Véovis avant de tourner les talons et de s'éloigner.

Atrus le vit regagner le groupe qu'il avait quitté quelques minutes plus tôt, se mêler de nouveau à la conversation, parfaitement à l'aise, puis reprit sa route, souriant intérieurement. Il était forcé de reconnaître qu'il avait redouté, connaissant les sentiments de son ami à l'égard de « l'étrangère », de se retrouver nez à nez avec lui. Il pensait que Véovis désapprouverait avec vigueur l'installation d'Anna chez ses parents. Ses craintes, semblait-il, étaient infondées. Il hâta le pas, soulagé et ravi.

K'veer. Ce serait agréable d'emmener la jeune fille là-bas.

La pièce ressemblait à une salle de travail ou à un laboratoire. Anna hésita, jeta un regard dans le couloir désert, se glissa à l'intérieur et referma la porte.

Tu ne devrais pas être là, se dit-elle. Mais sa curiosité naturelle avait été la plus forte ; d'autant qu'elle ne resterait pas longtemps et ne dérangerait rien.

La pièce contenait un long banc au dessus de pierre adossé au mur de gauche plus, au milieu, une grande table basse pourvue d'éviers et de robinets de gaz. Au fond, de petites étagères croulaient sous les bocaux et les bouteilles. On découvrait au fond, à droite, un bureau, une chaise et, contre le mur, d'autres étagères pleines de livres.

Anna toucha la surface froide, polie et dure du banc. Elle renifla, en retirant sa main, une odeur singulière. Goudron de houille ? Teinture d'iode ? Elle n'aurait su le dire. Elle explora la pièce, déplaçant des objets pour les examiner avant de les remettre à leur place. La plupart du matériel lui était familier, mis à part deux ou trois particularités qui l'intriguèrent, notamment un petit récipient de bronze à huit lèvres ; chaque lèvre surmontait un bol minuscule ; au centre du récipient, une balle de bronze était posée en équilibre sur un petit support.

Anna s'accroupit pour se mettre à sa hauteur et l'observer à loisir, avant de se diriger vers l'extrémité de la pièce. Elle découvrit, sur le bureau, un grand encrier de jade bleu finement décoré et une paire de lunettes.

Elle se saisit des lunettes pour les étudier. Leurs verres épais semblaient faits de fines lamelles qui filtraient la lumière. Anna remarqua, à la naissance des branches, deux rabats étanches composés d'une matière extensible et qu'entourait une épaisse bande de cuir dotée de petits réglages métalliques. Elle s'aperçut, en les manipulant, qu'ils modifiaient l'opacité des verres. Elle sourit, régla de nouveau les lunettes, au hasard. Etrange. Les rabats se resserrèrent. Ils avaient sans doute été fabriqués sur mesure, pour protéger de toute intrusion d'air la personne qui portait habituellement ces verres. Anna chaussa les lunettes et tout devint sombre. Elle modula une nouvelle fois le réglage, changeant du même coup l'intensité de la lumière.

Elle enleva enfin les lunettes, les reposa sur la table en se demandant à quoi elles pouvaient bien servir. Les utilisait-on dans des galeries de mine, pour protéger les yeux contre des débris de roche ? Dans ce cas, pourquoi cette opacité variable ?

Anna se tourna à demi vers la porte, prêta l'oreille. Puis, n'entendant rien, elle se dirigea vers les étagères, en descendit un des livres, l'ouvrit sur la table et poussa un petit cri d'émerveillement. Les pages étaient couvertes de signes inconnus, sans rapport avec les formes d'écriture qu'elle connaissait. Elle feuilleta l'ouvrage, tomba en arrêt devant des dessins géométriques d'une extraordinaire complexité, dont les lignes et les ombres subtiles n'avaient pu être conçues que par une intelligence hors du commun.

Elle referma le livre, le remit à sa place, se dépêcha de sortir. Tout ce qu'elle venait de découvrir avait excité son esprit. Il fallait absolument qu'elle se consacre à une activité quelconque, sous peine de mourir d'ennui.

Toute à ses pensées, elle ne vit pas, dans le couloir, la silhouette d'Atrus, contre laquelle elle se cogna presque.

– Viens, lui dit-il posément. Nous avons à parler.

Elle le suivit, sans dissimuler son étonnement. En une semaine, il lui avait à peine adressé deux mots. Sa stupéfaction atteignit son paroxysme lorsqu'il l'introduisit dans la pièce qu'elle venait d'explorer. Savait-il ? L'avait-il surprise en train de fouiller les étagères ? Il ferma la porte, lui désigna la chaise près du bureau. Sa gaucherie la rassura un peu.

– Tiens, dit-il en attrapant un gros livre sur l'étagère la plus élevée. C'est une histoire de D'ni. Un livre pour enfants, bien sûr, mais...

Se rendant compte qu'elle fixait les pages d'un air hébété, il s'interrompit.

– Qu'est-ce qu'il y a ?

Elle ferma le livre, le lui rendit.

– Je n'arrive pas à déchiffrer cela.

– Mais je croyais... Tu veux dire que tu as appris à parler notre langue, mais que tu ne sais pas la lire ?

Elle acquiesça. Atrus reposa le volume, fouilla dans les étagères du bas, trouva enfin ce qu'il cherchait : un grand livre relié de cuir ambré.

– Voilà la clé de tout.

Anna admira les motifs de la reliure, puis l'intérieur. Les pages épaisses de papier vélin s'ornaient de superbes figures enchevêtrées, ressemblant davantage à des dessins qu'à des lettres. Elle leva la tête et sourit.

– S'agit-il de ce que je crois ? Le dictionnaire D'ni ?

– Oui, répondit-il. C'est le *Rehevkor.*

– Mais je ne connais pas la signification de ces lettres, murmura-t-elle tristement.

– Alors, je t'apprendrai, répliqua Atrus, ses yeux pâles posés sur elle.

– Es-tu sûr que ce soit permis ?

– Non. Mais je t'apprendrai quand même.

Assise à la proue du bateau, Atrus juste derrière elle, la main droite légèrement appuyée sur le bastingage, Anna regardait l'île se rapprocher.

– Ainsi, voilà K'veer, dit-elle sans émotion apparente. Je l'ai vue une fois, lorsqu'on m'a amenée d'Irrat.

– Elle appartient à leur famille depuis de nombreuses années, répondit Atrus.

– Elle m'avait fait une impression étrange, comme une grande mèche de forage jaillissant du fond du lac.

Cette métaphore prosaïque le fit sourire.

– Qui est donc ce Véovis ?

– Le fils du prince Rakeri, grand maître de la guilde des mineurs.

– Lui aussi est mineur ?

– Non. Véovis est maître de la guilde des scribes.

– Vous avez une guilde des scribes ? Joue-t-elle un grand rôle ?

– Capital. C'est sans doute la guilde la plus importante.

– *Scribes ?*

Il ne répondit pas. L'île grandissait lentement, leur bouchant la vue.

– Véovis a-t-il de nombreux frères et sœurs ?

– Aucun. Il est fils unique.

– Alors pourquoi une demeure aussi vaste ?

– Le prince Rakeri donne souvent de grandes réceptions. Du moins le faisait-il avant sa maladie.

Anna resta muette un instant, tandis que le navire glissait doucement vers la jetée de pierre du petit port.

– Ton ami Véovis me déteste-t-il ?

– Pourquoi me demandes-tu cela ? murmura Atrus, surpris par la brutalité de cette question.

– Parce qu'il n'a cessé de me fixer pendant toute la durée de l'interrogatoire.

– Où est le mal ? Moi aussi, je te regardais.

– Oui, mais pas de la même manière que lui. Il avait un air hostile. Et ses questions...

– Quoi, ses questions ?

Elle se contenta de hausser les épaules. Puis :

– Est-ce lui qui t'a demandé de m'amener ?

– Il a insisté pour que tu viennes.

– Je vois.

Elle paraissait distante, tout à coup, et Atrus se demanda ce qui pouvait bien lui passer par la tête. Il souhaitait qu'elle et Véovis deviennent amis. Son désir avait peut-être quelque chose d'un peu égoïste. Car la situation, telle qu'elle était, le mettait mal à l'aise.

– Les paroles de Véovis dépassent parfois sa pensée. Il peut se montrer un peu rude, insensible, même ; mais il a bon fond. Tu ne devrais pas avoir peur de lui.

Elle eut un petit rire.

– Je n'ai pas peur, Atrus. Pas de Véovis, en tout cas.

La visite parut durer des heures. Ils n'oublièrent aucune pièce de cette demeure bâtie dans la roche, Véovis mettant un point d'honneur à lui en faire découvrir le moindre recoin. Réservée tout d'abord, Anna sembla peu à peu succomber au charme naturel du jeune seigneur, ce qui rassura Atrus. Ils terminèrent ce tour du propriétaire par la terrasse, au sommet de l'île, à laquelle on accédait par une ultime volée de marches. A ce moment, l'appréhension d'Atrus disparut totalement.

– On dirait que les marches ont été modelées, déclara Anna en haut de l'escalier, se baissant pour passer sous l'arche avant de se retrouver à l'air libre. Comme si on les avait fondues avant de les mouler.

– C'est exactement ce qui s'est produit, répondit Véovis avec un enthousiasme non feint. C'est un procédé propre à D'ni et dont seules les guildes concernées connaissent le secret.

Un toit de tuiles recouvrait la terrasse, mais la vue s'ouvrait, des quatre côtés, sur le lac qui s'étendait tout autour. On apercevait, en face, le grand rocher d'Ae'Gura et, à sa droite, la ville.

Ils étaient haut. Pourtant, la paroi de la caverne s'élevait loin au-dessus d'eux, se perdant dans de légers nuages semblables à des cirrus cotonneux. Anna éclata de rire.

– Que se passe-t-il ? demanda Véovis.

– Rien. Mais j'ai parfois l'impression de toujours me trouver à la surface. Oh, la lumière est tout à fait différente, mais... Enfin, c'est si grand !

Véovis regarda Atrus en souriant, puis désigna des fauteuils à une extrémité de la terrasse.

– Pourquoi ne pas nous asseoir un instant ? Mes serviteurs nous apporteront des rafraîchissements.

– Cela me semble une bonne idée, dit Anna, souriant à son tour.

Véovis s'en alla réclamer les boissons. Atrus et Anna s'assirent.

– Il est très agréable, déclara paisiblement la jeune fille. Je comprends qu'il soit ton ami.

– Tu lui pardonnes donc ?

– Lui pardonner ?

– De t'avoir dévisagée méchamment.

– Ah... C'était il y a longtemps.

Son rire fit sourire Atrus.

– Je suis heureux, tu sais.

– Vraiment ?

– Oui. Je voulais vraiment que vous deveniez amis. Autrement, cela aurait été difficile pour moi.

– Je l'ignorais.

– Je...

Il se tut. Véovis venait de réapparaître. Il prit place entre eux deux, les regarda tour à tour. Ses yeux s'arrêtèrent ensuite sur la jeune fille.

– Puis-je être honnête avec toi, Ah-na ?

– En quel sens ?

– Nous nous ressemblons, tous les deux, prononça-t-il avec chaleur. Nous allons droit au but. Nous sommes *rudes,* pour reprendre un adjectif bien connu, ajouta-t-il en désignant Atrus. Laisse-moi donc te dire ceci. Je n'étais pas disposé à t'apprécier. Au contraire. Mais je ne dois pas cacher ce que je ressens. Je t'aime beaucoup.

Elle eut un gracieux petit mouvement de tête.

– Merci, seigneur Véovis.

– Oh, ne me remercie pas, Ah-na. Je ne me suis forcé en rien. Nous pouvons donc être amis. Mais je dois préciser deux ou trois choses. Je suis D'ni. Et je me montre jaloux de toutes les réalisations de mon peuple. Nous sommes une nation fière. Souviens-toi de cela, Ah-na. Souviens-t'en toujours.

Elle garda le silence un moment, étonnée par sa froideur soudaine. Puis, avec un sourire appuyé :

– Et moi, seigneur, je suis un être humain, et fière de l'être. Souvenez-vous toujours de cela.

Véovis se renversa dans son fauteuil, scrutant la jeune fille d'un air songeur. Enfin, il frappa son genou et conclut gaiement :

– Bien... Oublions les sujets moroses. Atrus... Comment avancent les plans de la nouvelle caverne ?

Lors du trajet de retour, Anna, tout d'abord, demeura silencieuse, perdue dans ses pensées. Assis à côté d'elle, Atrus se rendait compte à quel point ils vivaient dans deux univers différents. Après tout, que savaient-ils l'un de l'autre ?

– Ah-na ?

– Oui ?

La mélancolie de sa voix le frappa.

– Qu'aimerais-tu faire ?

– Comprendre, murmura-t-elle en fixant les eaux du lac. D'où vient la nourriture, par exemple. Tant de choses m'échappent. Comme s'il manquait quelque chose. Mais quoi ?

– Et tu voudrais que je te le dise ?

– Oui, répondit-elle, les yeux dans les siens. Je veux connaître ce secret.

– Ce soir, murmura-t-il avec un mystérieux sourire. Je t'emmènerai là-bas ce soir.

Cette porte qu'Atrus venait de déverrouiller et qui, d'ordinaire, était toujours fermée, Anna la connaissait. Elle était passée devant elle plusieurs fois sans y prêter attention, pensant qu'il s'agissait d'un grand placard ou d'une remise quelconque.

– Tu veux que je rentre là-dedans ?

Atrus lui fit signe que oui en s'effaçant devant elle. La jeune fille se retrouva dans une pièce nue, à l'exception d'une estrade de marbre qui se dressait en son centre et sur laquelle reposait un livre immense à la reliure de cuir.

– Où sommes-nous ? chuchota Anna.

– Dans la pièce du Livre.

– Il n'y en a qu'un ?

Atrus acquiesça en refermant doucement la porte derrière lui avant de déclarer avec une gravité étonnante :

– Tu ne dois révéler à personne que tu es venue ici. Pas même à mon père ou à ma mère. Tu comprends ?

– Faisons-nous quelque chose de mal ?

– Non. Mais on aurait pu nous l'interdire.

– Alors peut-être que...

– Non, Ah-na. Si tu dois vivre ici, parmi nous, il faut que tu comprennes. Tu as une vision trop sommaire de ce que nous sommes. Cela... *défigure* ta perception.

Défigurer. C'était un mot étrange.

– Tu me fais peur, Atrus.

Il sauta sur l'estrade, se pencha vers le livre avec amour. Anna le rejoignit, regarda les pages ouvertes. Celle de gauche était blanche. Mais celle de droite...

– On dirait une fenêtre !

– Oui, répondit Atrus. Maintenant, donne-moi la main.

Anna sentit un frémissement parcourir la surface de sa paume. Puis, avec un haut-le-cœur brutal, elle se sentit happée par la page qui se mit à grandir jusqu'à l'engloutir tout entière, à l'aspirer au centre de l'image qui rougeoyait faiblement. Elle eut l'impression de se fondre, de fusionner avec le papier et l'encre. Puis, avec une brutalité qui la choqua de la tête aux pieds, elle réintégra son corps.

Mais elle ne se trouvait plus dans la pièce.

L'air était frais, chargé de pollen. Une légère brise soufflait au-dessus du plateau rocheux qui s'étendait devant elle. Et au-delà...

Au-delà, il y avait le ciel, d'un bleu limpide.

Atrus se matérialisa à ses côtés, lumineux et flou, tout d'abord, puis bien réel. La stupéfaction provoqua en elle une sorte de vertige. Sans la main ferme d'Atrus posée sur son bras, elle se serait affaissée. Son étourdissement passa.

– Où sommes-nous ? murmura-t-elle d'une voix à peine audible.

– A Ko'ah, dit-il. L'Age de ma famille.

Debout au sommet de la colline, elle contemplait avec émerveillement le paysage verdoyant à ses pieds, les pâturages piqués çà et là de buissons et de halliers, la rivière sinueuse qui coulait paisiblement dans la plaine et où surnageaient de petites îles herbeuses semblables à des diamants scintillant à sa surface, sous le soleil. A sa droite, dans le lointain, s'allongeait une chaîne de montagnes que survolaient, en cercle, de grands oiseaux flottant dans le ciel bleu.

Le soleil réchauffait ses épaules et son cou. Ses rayons n'étaient pas brûlants comme dans le désert, mais doux, presque tendres.

– Eh bien ? demanda Atrus, assis derrière elle, les yeux cachés par les étranges lunettes qu'elle avait découvertes quelques jours auparavant. Que penses-tu de Ko'ah ?

Elle se retourna, l'enroba de son regard.

– Je pense que tu m'as ensorcelée. Ou alors que je suis encore dans mon lit, plongée dans un rêve.

Il cueillit une fleur toute proche, la lui offrit. Elle la prit délicatement entre ses doigts, admira le bleu subtil de ses pétales avant de la porter à ses narines, respirant son parfum.

– Tes rêves sont-ils aussi *réels* que cela ?

– Non, répondit-elle en riant. Tu m'as promis, ajouta-t-elle, redevenant sérieuse, de m'expliquer.

Il sortit de sa poche un petit volume à la reliure de

cuir, le lui tendit. Elle l'ouvrit, tomba sur des signes D'ni.

– Un autre de ces livres ?

– Oui. Mais différent de celui que nous avons utilisé pour arriver jusqu'ici. Celui-là nous relie à D'ni et assurera notre retour. On le garde ici, dans la petite grotte où nous nous sommes rendus tout à l'heure. Les mots qui y sont tracés décrivent l'endroit d'où nous venons, le bureau de ma maison familiale à D'ni. L'endroit y est *écrit*. Sans lui, nous resterions prisonniers ici.

– Je vois, dit-elle en considérant le volume avec un respect grandissant. Mais où sommes-nous, exactement ? Sommes-nous dans les pages de ce livre ou réellement *quelque part* ?

Sa vivacité d'esprit le fit sourire.

– Il existe peut-être un moyen de calculer avec précision où nous nous trouvons – grâce, de nuit, aux étoiles, par exemple – mais tout ce que l'on peut affirmer avec certitude est que nous sommes ailleurs. Selon toute probabilité, nous avons été transportés, par rapport à D'ni, de l'autre côté de l'Univers.

– Impossible.

– Tu peux toujours le nier. Mais regarde autour de toi, Anna. Ce monde est l'Age décrit dans le livre que nous avons laissé à D'ni. Il correspond en tout point aux détails contenus dans le livre. Dans un univers infini, tout est possible – dans les limites de la physique, bien sûr – et tout livre qui peut être *écrit* existe *physiquement*. Quelque part. Le livre forme un pont entre les mots et la réalité physique. Les mots et les mondes sont liés par les propriétés spécifiques du livre.

– Cela ressemble à de la magie.

– Peut-être, dit-il sans se retenir de sourire. Mais il y a longtemps que nous ne voyons plus les choses de cette façon. La composition de tels livres est un travail difficile. On ne peut pas se contenter d'écrire ce qui vient à l'esprit. Il faut respecter des règles strictes et des lignes directrices immuables. L'apprentissage de ces règles demande une patience et un temps infinis.

– Je comprends, maintenant.

– Que comprends-tu ?

– Ce que tu m'as dit à propos des scribes. Je pensais... (Elle eut un rire joyeux.) Tu sais, Atrus, jamais je n'aurais pu deviner. Pas même au bout de mille ans. Je prenais les D'ni pour des gens austères, introvertis. Mais maintenant... En fait, vous êtes de véritables visionnaires !

Il rit à son tour.

– La grande caverne de D'ni ressemble à un crâne gigantesque où bouillonnent des milliers de pensées et ces livres – comment dire ? – matérialisent les visions issues de cette intense activité mentale. Tu me sidères, Ah-na, poursuivit-il après l'avoir dévisagée un instant. Je vis à D'ni depuis plus de cinquante ans et pas une fois je n'ai exprimé une telle idée.

– D'autres yeux, dit-elle. Voilà le secret. On a parfois besoin de quelqu'un de totalement étranger pour voir enfin l'évidence.

– Peut-être bien.

– Mais dis-moi, Atrus. Tu m'as parlé des propriétés spécifiques des livres. Que voulais-tu dire par là ?

– Pardonne-moi, Ah-na, murmura-t-il en se détournant. Je t'en ai peut-être déjà trop dit. Ce sont des secrets absolus, que seules les guildes connaissent.

– Comme la guilde des fabricants d'encre ?

– Oui, et la guilde des Livres, qui prépare le papier... Sans compter, bien sûr, la guilde des scribes.

– Et l'écriture de ces livres est différente de celle que tu m'enseignes ?

– Oui.

Anna contempla le livre un moment encore. Puis elle le ferma, le rendit à Atrus. Elle pivota, admira une nouvelle fois le paysage, savourant la brise qui effleurait doucement ses bras et son cou. Elle glissa une main derrière sa nuque, souleva ses longs cheveux lustrés.

– Tu as dû beaucoup souffrir de ta captivité, murmura Atrus d'une voix singulière.

– Beaucoup.

Elle plongea son regard dans le sien. Tout d'un coup, son visage s'illumina, aussi radieux que le soleil.

– N'en parlons plus. Viens, Atrus. Descendons jusqu'à la rivière.

Ce soir-là, ils ne parlèrent ni l'un ni l'autre de leur visite à Ko'ah. La jeune fille, d'ailleurs, ne reprit ses esprits que plus tard. Dans sa chambre, assise sur le rebord de son lit, elle réalisa pleinement ce qu'elle avait vécu, la terreur qu'elle avait ressentie, suivie d'un émerveillement comme elle n'en avait jamais connu et, à présent, d'un sentiment de totale incrédulité. *Ko'ah*. Ce monde existait-il vraiment ? S'y était-elle rendue à peine quelques heures plus tôt ?

La preuve s'épanouissait tout près d'elle, dans un vase : c'était cette fleur bleue qu'Atrus lui avait offerte et dont le parfum subsistait. Ainsi, tout cela avait été bien réel. Mais comment de simples mots pouvaient-ils donner accès à d'autres mondes ?

Après leur retour, Atrus lui avait montré le Livre, l'introduisant patiemment, page après page, au sein du grand secret, lui montrant comment les Ages étaient « créés ». Elle avait tout de suite perçu la différence entre cette forme particulière d'écriture et l'alphabet D'ni ordinaire, notant sa complexité et aussi sa spécificité : cette langue était non seulement précise et descriptive, mais subtile, dotée d'un pouvoir mystérieux. Elle avait pourtant du mal à y croire. Son esprit rationnel se rebellait contre une évidence qu'elle se refusait encore à admettre.

Atrus ne s'était pas contenté de lui faire découvrir le Livre lui-même. Il lui en avait également montré les annexes, trois en tout, remplies de commentaires. Tous les livres, lui dit-il, étaient complétés par des ouvrages contenant des notes et des précisions sur les Ages. Certains Ages, parmi les plus anciens – comme Nidur Gemat – avaient ainsi plusieurs centaines de volumes d'observations.

– Nidur Gemat ?

– C'est un des six mondes appartenant à la famille de Véovis.

– Je vois. Tous les D'ni possèdent-ils des Ages ?

– Non. Seules les familles les plus anciennes ont ce privilège. Les autres – les citoyens ordinaires de D'ni – se servent des salles des Livres.

– Tu veux dire qu'il existe des mondes accessibles à tous ?

– Oui. En fait, jusqu'à ce que mon père devienne grand maître de notre guilde, nous ne possédions pas de monde à nous. Ko'ah fut écrit pour mon père il y a vingt ans.

– Et avant cela ?

– Nous visitions les Ages des guildes. Ou des Ages appartenant à des amis.

– C'est une motivation importante.

– Motivation ?

– De travailler dur pour gravir les échelons au sein d'une guilde. Les non-privilégiés n'en éprouvent-ils pas un profond ressentiment ?

– Pas que je sache, répondit-il en haussant les épaules. Les Ages communs sont ouverts à tous. Ce n'est pas comme s'ils étaient interdits à une certaine catégorie de la population.

– Non, mais...

L'attention d'Anna avait été tout d'un coup attirée, sur une des pages d'un des volumes d'observations, par un cachet apposé sous un paragraphe tracé, à l'encre verte, d'une petite écriture appliquée.

– Qu'est-ce que c'est ?

– La marque des inspecteurs de la guilde des messagers. Ils s'assurent que tous les Ages sont régis selon nos lois.

– Et si ce n'est pas le cas ?

– Alors, le Livre peut être confisqué et son propriétaire puni.

– Cela arrive souvent ?

– Non. Tout le monde connaît les peines encourues. Posséder un Age est une responsabilité écrasante. Et on ne fait pas confiance à n'importe qui.

– Pourtant, tu m'as emmenée là-bas.

Il avait hésité un instant avant de répondre :

– Oui, je l'ai fait.

Anna, cette nuit-là, dormit bien. Si elle rêva, elle n'en garda aucun souvenir. Elle s'éveilla la tête pleine encore des inimaginables merveilles qu'elle avait admirées la veille. Dans son vase, près du lit, la petite fleur bleue sentait toujours aussi bon, preuve que son aventure n'avait pas été un mirage.

Ne voyant pas Atrus au petit déjeuner, elle pensa qu'il était parti tôt pour la Maison de la guilde. Mais, alors qu'elle terminait son repas, il surgit dans la salle à manger, excité et fébrile.

– Ah-na ! Je viens d'apprendre une nouvelle extraordinaire ! Véovis va recevoir un *Korfah V'ja* !

Elle le regarda sans comprendre, ce qui le fit rire.

– Excuse-moi. Le Korfah V'ja est une cérémonie au cours de laquelle la guilde acceptera son Livre – son premier livre de maître. C'est un événement très rare, réservé à un très petit nombre de maîtres et Véovis est terriblement jeune pour recevoir un tel honneur !

– Il... Il a *écrit* ce livre ? Il a créé un Age comme celui que nous avons visité ?

– Oui. Et bien mieux. Incomparablement mieux !

Elle se remémora les traits de Véovis, sa superbe. Elle n'avait vu en lui qu'un fils de famille, l'héritier d'un riche patricien voué à une carrière politique. Il ne lui serait jamais venu à l'idée de le considérer comme un « créateur » et, qui plus est, supérieur aux autres.

– Ce sera un grand événement, non ?

– Le plus important de l'année. Toute la société de D'ni sera là. Et tu dois venir avec moi, Ah-na !

Elle baissa les paupières. Elle n'avait jamais aimé la foule, la promiscuité. Mais la perspective de rencontrer toute la société de D'ni – et de revoir le seigneur Véovis – la remplissait d'une curieuse impatience.

– Quand cela doit-il avoir lieu ?

– Dans une semaine. Le jour anniversaire du retour de Kerath.

C'était une cérémonie intime. N'y assistaient que les grands maîtres adjoints entourant le grand maître lui-même, le prince Sajka en personne, tous placés en demi-cercle sur une grande estrade, devant l'officiant, Véovis, qui avait posé son Livre, fruit de seize ans de travail, sur un pupitre.

Le jour était clair, printanier. Seuls quelques nuages flottaient dans le ciel bleu. Dans le lointain, des montagnes couronnées de neige s'étiraient vers le sud et le grand océan. A leurs pieds, une grande plaine couvrait l'horizon, jusqu'à l'ancienne colonie de Dérisa nichée entre des collines.

Il s'agissait de l'Age le plus ancien de la guilde – l'Age de Yakul, créé par son premier grand scribe, Ar'tenen. Là, traditionnellement, se déroulait la première cérémonie officielle.

Plus tard, il y en aurait une autre, plus publique, sur le monde de Véovis, Ader Jamat, au cours de laquelle on reconstituerait ce moment pour que tous puissent le vivre, mais cette célébration en petit comité était de loin la plus importante.

Les sept vénérables avaient pris connaissance de l'œuvre qui allait, ce jour-là, être acceptée. Chacun l'avait personnellement approuvée, reconnaissant qu'elle correspondait aux canons de la guilde et consacrant du même coup le talent du jeune maître. On n'avait pas procédé à un Korfah V'ja depuis 187 ans et de nombreuses années s'écouleraient avant qu'on en organise un autre. On n'avait accepté, dans toute la longue histoire de la guilde, que quatre-vingt-treize livres – y compris les cinq grands classiques de D'ni – et seuls quatre hommes plus jeunes que Véovis s'étaient vu accorder cet honneur, dont le légendaire Ri'Neref.

Une légère brise soufflait sur cet espace découvert, agitant les tuniques des participants. Le prince Sajka, grand maître de la guilde, avança d'un pas et, dans une langue différente de l'idiome vernaculaire de D'ni, prononça les paroles d'intronisation. Puis, souriant à Véovis qui s'inclinait devant lui, il ajouta en D'ni ordinaire :

– Véovis, nous sommes tous immensément fiers de toi.

Rayonnant, incapable de maîtriser sa joie, le jeune seigneur releva la tête.

– Monseigneur, maîtres... J'espère me montrer digne de votre acceptation. Faire partie de la guilde des scribes constitue un grand privilège. Je bénis le jour où j'y ai été admis.

Et ce fut tout.

L'un après l'autre, les anciens repartirent pour D'ni. Resté seul, Véovis contempla l'ancien monde de Yakul, se demandant si un jour, des milliers d'années plus tard, quelqu'un d'autre recevrait son adoubement sur l'Age qu'il venait de créer, se demandant à son tour, tout comme lui à présent, quelle sorte d'homme avait conçu ce monde.

Il se dirigea vers le livre-relais. Il était temps de rentrer, de se reposer un peu, de méditer sur le nouveau chapitre de sa vie qui s'ouvrait. Car il avait une autre tâche à accomplir. Non pas une grande œuvre, mais un travail ordinaire. La cérémonie solennelle qui allait suivre passait néanmoins avant tout. Ce jour-là était son jour. Tout à l'heure, il deviendrait un grand homme, honoré par l'ensemble de son peuple.

Il posa sa main sur la page lumineuse. Un sourire effleura ses lèvres au moment où irradia de sa silhouette un bref chatoiement avant de disparaître.

Debout à l'avant du navire, Anna essayait d'anticiper sur la cérémonie, de s'imaginer au milieu d'une foule d'inconnus.

Ses relations avec Atrus étaient confiantes et simples : leur tête-à-tête ressemblait à celui qu'elle avait connu avec son père. Mais, en présence de tous les autres, y compris les parents d'Atrus, elle se sentait mal à l'aise. Dès lors, comment se comporterait-elle face à ces gens ? De quoi leur parlerait-elle ?

Cela n'a pas d'importance, se dit-elle. *Ils n'attendent pas de toi une attitude semblable à la leur.*

Cette pensée n'empêcha pas, alors qu'on approchait de l'île et des nombreux navires massés devant le petit port, son anxiété de croître.

La nuit précédente, avant sa conversation avec Atrus, une scène singulière s'était déroulée dans le bureau de Kahlis. Sachant que son père ignorait tout de leur escapade à Ko'ah, Atrus lui avait demandé « d'expliquer » à la jeune fille la raison d'être des Livres. Quant à elle, sermonnée par Atrus sur la conduite à tenir, elle avait feint ne rien connaître au sujet.

Kahlis avait paru embarrassé : non seulement par la réaction éventuelle d'Anna, mais par la question de savoir *jusqu'où* il pouvait aller. Atrus lui avait répondu que si le prince Eneah avait eu l'intention d'interdire à la jeune fille l'accès à cette connaissance, il l'aurait fait savoir depuis longtemps. Cet argument porta, d'autant que le prince gardait de nouveau le lit à la suite d'une rechute, ce qui empêchait Kahlis, en dépit de son désir, d'aller le consulter.

Il avait donc « préparé » Anna, lui disant qu'il lui fallait s'attendre à un grand choc mais qu'elle ne devait pas avoir peur, car tout ce qui lui paraîtrait étrange n'avait rien que de très normal. Suivant toujours les instructions d'Atrus, elle avait fait mine de comprendre, même si elle avait à peine reconnu, dans les descriptions de Kahlis, vagues au point d'en être embrouillées, le processus de « relais ».

On encorda le bateau à la longue file de ceux qui le précédaient. Sur le quai se pressaient aspirants, éminents et vénérables, flanqués de leurs épouses et de leurs enfants, tous revêtus de leurs plus beaux atours. L'angoisse d'Anna atteignit tout d'un coup son paroxysme. Jamais elle n'aurait dû venir. La voix de son père résonna alors à ses oreilles.

Ne t'inquiète pas, Anna. Sois simplement toi-même.

Après avoir escaladé les marches de granit partant de la jetée, ils atteignirent l'avant-cour dallée de marbre au fond de laquelle s'ouvrait la lourde porte d'entrée entourée d'une arche de pierre. Lors de sa première visite, Anna avait trouvé K'veer étrange mais agréable. Mais ce soir-là, tout lui paraissait oppressant. Comme s'il avait deviné son trouble, Atrus, alors qu'ils atteignaient la porte, s'approcha d'elle.

– Pardonne-moi, Ah-na, mais nous devons respecter certaines règles de préséance. Lorsque nous serons à l'intérieur, tu resteras un peu à l'écart pendant que mes parents seront accueillis. Ton tour viendra ensuite.

Une fois dans le grand patio, elle se plaça donc à côté de Tasera tandis qu'Atrus et son père suivaient l'intendant principal qui les présenta officiellement, même si tous se connaissaient, à Rakeri et son fils.

Anna nota, une fois encore, cette curieuse façon qu'avaient les D'ni de se saluer à deux mains, en emmêlant leurs doigts. Cette coutume qui lui était étrangère, tout comme les propos de bienvenue, les paroles de connivence, accentua son impression de se retrouver dans un monde où, livre ou pas, elle n'aurait jamais accès.

Kahlis se retourna. Aussitôt, Tasera prit doucement le bras de sa protégée.

– A nous, Ah-na.

Véovis souriait à ses hôtes, écoutait leurs propos d'une oreille distraite tout en cherchant à reconnaître les invités suivants. Lorsque ses yeux se posèrent sur la jeune fille, son sourire s'évanouit. Il la scruta un instant avant de s'adresser à Kahlis.

– Pardonnez-moi, maître, puis-je vous dire un mot en particulier ?

– Bien sûr, Véovis.

Le jeune seigneur s'inclina devant son père.

– Excuse-nous un moment, père. Je ne serai pas long.

Tasera et Anna s'étaient immobilisées à un mètre du prince Rakeri. La jeune fille vit avec appréhension Véovis et Kahlis s'éloigner. Rakeri lui-même ne savait quelle contenance adopter.

Suivit un silence embarrassé. Rakeri adressa à Tasera un petit sourire contrit. Atrus se contentait de fixer la porte par où son père et son ami avaient disparu. Les deux hommes revinrent quelques instants plus tard. La mine sombre, Kahlis s'approcha d'Atrus, le prit à part.

– Il semble qu'il y ait eu un malentendu, lui dit-il. J'ai cru que notre invitation incluait notre hôte Ah-na. Je me suis trompé.

– Un malentendu ? répondit Atrus, essayant de garder son calme en dépit du froid regard de Véovis qu'il venait de croiser.

– Oui. Ah-na pourra rester ici, dans la maison. Véovis m'a promis que ses serviteurs ne la laisseraient manquer de rien. Mais elle n'est pas conviée à Ader Jamat.

– Pourquoi ?

– Parce qu'elle n'est pas D'ni, murmura Kahlis.

Sentant la colère monter en lui, Atrus, à son tour, baissa la voix.

– Ce n'est pas juste, père.

– Peut-être. Mais Véovis est libre d'accorder ou de refuser à qui bon lui semble l'accès à son Age. Nous ne pouvons que nous incliner.

– Je vois.

– Veux-tu aller la prévenir ?

Atrus fixa ses pieds un moment avant de déclarer :

– Je te demande pardon, père. Je te respecte et tu es cher à mon cœur. Mais cette fois, je dois te désobéir. Je ne cautionnerai pas cette injustice.

– Atrus...

Sans répondre, il tourna les talons, marcha droit vers Rakeri et Véovis.

– Prince, j'espère que vous ne me blâmerez pas. J'ai été souffrant ces dernières semaines. Je me sens à peine remis de cette indisposition, ajouta-t-il en fixant Véovis qui le toisait avec raideur, et j'ai bien peur que mes forces ne m'abandonnent. Permettez-moi de me retirer.

Rakeri, ignorant ce qui se passait, eut l'air peiné.

– Tu m'en vois navré, Atrus. J'avais des tas de choses à te dire.

Atrus s'inclina, se tourna vers Véovis.

– Que la fortune soit avec toi, Véovis. Je suis désolé de ne pouvoir être à tes côtés en cette grande occasion.

Véovis s'apprêtait à répondre. Il se ravisa, hocha sèchement la tête. Atrus resta un moment immobile, se demandant s'il y avait quelque chose à ajouter. Puis, conscient du caractère irréparable de sa défection, il tourna les talons et rejoignit Anna, qui se tenait toujours près de sa mère.

– Atrus, lui demanda Tasera avec une curiosité avide, que se passe-t-il ?

– Nous partons, Ah-na et moi.

– Mais que se passe-t-il, Atrus ? balbutia la jeune fille.

– Plus tard, dit-il.

Il la saisit par le bras et l'entraîna, entre la rangée d'invités, en direction du port.

Debout à la proue du navire, Atrus se rongeait l'ongle du pouce, regardant le grand rocher de K'veer se fondre lentement dans la pénombre, sans un bruit. Assise à côté de lui, Anna soupira.

– Je ne suis pas aveugle, Atrus. L'expression de Véovis ne m'a pas échappé.

– Il y a eu un malentendu.

Elle retint son souffle, devinant la peine qu'il ressentait. Il se tut un instant avant de poursuivre :

– Il m'a dit que tu n'étais pas invitée.

– Ah... Je vois.

– Tu n'es pas D'ni.

– Cela me semble indéniable.

Silence encore. Puis :

– Il m'a mis dans une situation impossible, Ah-na. Il m'a sommé de choisir.

– Et tu m'as choisie, moi ?

– Oui.

– Pourquoi ?

– Parce qu'il n'avait pas le droit de me demander de choisir.

Le lendemain matin, alors qu'Anna venait juste de s'habiller, on frappa violemment à la porte du rez-de-chaussée, ce qui, à cette heure, était tout à fait inhabituel. La jeune fille entrouvrit sa porte, prêta l'oreille.

Kahlis et son intendant échangèrent quelques mots à voix basse.

– Ici ? Tu es sûr ?

Le silence retomba. Puis :

– Seigneur Véovis ! Soyez le bienvenu ! Que nous vaut cette agréable surprise ?

– Je suis venu voir votre fils, maître Kahlis. Est-il chez vous ?

– Je vais m'assurer qu'il est levé. Mais asseyez-vous. Je ne serai pas long.

Anna sursauta. Une main venait d'agripper son bras. Elle se retourna, le cœur battant. Atrus était là, devant elle.

– Atrus ! Tu m'as fait peur !

– Veux-tu descendre avec moi ?

Elle eut un instant d'hésitation.

– C'est une affaire entre lui et toi.

– Non. Il s'agit de *toi*, Ah-na. Tu dois être là.

Lorsqu'ils pénétrèrent dans la pièce, Véovis se leva et s'avança vers eux, les mains tendues.

– Atrus, me pardonneras-tu ?

Atrus prit ses mains dans les siennes, mollement tout d'abord, puis les serra avec force.

– Tout dépend.

– Je comprends. Je me suis mal comporté. Je le sais et je le regrette. Quant à toi, Ah-na, je te dois des excuses.

– C'est aussi mon avis, répliqua froidement Atrus.

– Oui, reprit le jeune seigneur, acceptant la remontrance. Voilà pourquoi je lui ai apporté un cadeau. Pour obtenir son pardon.

Il se dirigea vers le fond de la pièce, revint avec une boîte qu'il tendit à Anna. C'était une petite boîte carrée, piquée de trous sur un côté. La jeune fille la contempla un moment, puis dénoua le ruban rouge qui l'enveloppait, souleva le couvercle. Et elle rit.

– C'est magnifique ! Qu'est-ce que c'est ?

Avec d'infinies précautions, elle extirpa de la boîte une créature minuscule, une véritable boule de fourrure aux longs poils soyeux et sombres. Les grands yeux rouges de l'animal enrobèrent les siens.

– C'est un reekoo, dit Véovis. Il vient d'Ader Jamat.

Atrus, qui s'était penché pour voir, ne put s'empêcher de rire à son tour.

– Merci. C'est un beau geste.

Véovis soupira, puis murmura d'une voix triste.

– J'ai regretté ton absence hier soir, Atrus.

– Moi aussi. Nous devons pourtant régler cette affaire, non ?

Anna, qui caressait la nuque plissée et rêche de la petite bête, les observa tour à tour. Ainsi, ce n'était pas fini. Véovis respira profondément.

– Ce soir, dit-il. Viens chez moi. Nous en parlerons.

Cette nuit-là, Atrus rentra très tard. Anna l'attendait, guettant ses pas dans l'escalier. Alors qu'il s'apprêtait à passer devant sa chambre, elle ouvrit la porte et se planta devant lui.

– Atrus ?

Il s'arrêta, la mine sinistre.

– Est-ce que tout est arrangé, maintenant ?

– Viens dans mon bureau, Ah-na. J'ai des choses à te dire.

Elle ne se fit pas prier. Tout cela lui paraissait de mauvais augure. Une fois dans le bureau, elle s'assit en face de lui.

– Eh bien ?

Il haussa les épaules.

– J'ai bien peur que Véovis ne soit intraitable.

– Intraitable ? Dans quel sens ? Vous êtes amis, oui ou non ?

– C'est possible. Mais il ne cédera pas sur un point important.

– C'est-à-dire ?

Il baissa la tête.

– Il affirme que puisque tu n'es pas D'ni, il n'acceptera jamais que tu te rendes dans un seul Age ni que tu apprennes quoi que ce soit à propos des livres D'ni. Selon lui, tu n'en as pas le droit.

– Tu ne lui as donc rien révélé de notre voyage à Ko'ah ?

Il acquiesça.

– Puis-je demander pourquoi ? Cette dérobade ne te ressemble pas.

– Peut-être. Mais je ne tenais pas à affronter Véovis une nouvelle fois.

– Lui as-tu promis quelque chose ?

– Non. Je lui ai simplement assuré que je réfléchirais.

– Et cela lui a suffi ?

– Pour l'instant.

Silence. Puis :

– Et toi ? Qu'as-tu décidé ?

Ils se regardèrent longuement.

– Suis-je capable de te cacher quoi que ce soit, Ahna ?

– Non. Pourtant, tu as désormais une petite expérience de la dissimulation, Atrus.

– Tu penses donc que je devrais renoncer à mes projets ? soupira-t-il.

– Tes projets ?

Pour toute réponse, il ouvrit le tiroir de droite de son bureau, en sortit un gros livre relié de cuir. C'était un *livre,* un livre D'ni ; elle s'en rendit compte au premier coup d'œil. Mais elle s'aperçut, lorsqu'il l'ouvrit, qu'il n'avait pas de titre et que ses pages étaient vierges.

– Qu'est-ce que c'est ?

– Un *Kortee'nea,* dit-il. Un livre vierge, attendant d'être écrit. Je l'ai depuis un an. Je prends des notes sur un Age qui n'existe pas encore. Le mien, celui que j'écris. Et j'ai pensé... Enfin, je me suis dit que tu aimerais m'aider. Mais à présent...

Elle comprit. Il devait faire un choix : défier Véovis et mentir sur ce qu'ils feraient ensemble, ou s'incliner et leur interdire à jamais cette collaboration dont il rêvait.

Avec une gravité qui le bouleversa, elle chuchota :

– Et toi ? Que veux-tu *réellement* ?

– Je veux tout t'apprendre, dit-il. Tout ce que je sais.

Au cours des mois qui suivirent, les relations entre Atrus et Véovis s'espacèrent, comme si chacun sentait que le malaise qui les éloignait l'un de l'autre ne pouvait être dissipé que par un coup d'éclat. Une indiscrétion commise par un membre de la guilde des Protecteurs provoqua l'esclandre tant redouté.

Atrus travaillait dans sa chambre de la Maison de la guilde des géologues lorsque Véovis entra sans s'être fait annoncer.

– Est-ce vrai ? cria-t-il.

Atrus ne put dissimuler son étonnement, ni son inquiétude devant les traits révulsés de son ami.

– De quoi parles-tu ?

– Cette fille... L'étrangère...Est-il vrai que tu lui apprends l'Ecriture ? Tu avais promis...

– Je n'ai rien promis. Je t'ai simplement dit que je réfléchirais à tes paroles.

– Ne sois pas hypocrite ! Tu m'as menti ! Et tu as trahi D'ni !

Atrus se leva, essayant de calmer Véovis qui poursuivit, ne maîtrisant plus sa fureur :

– Tu n'es qu'un traître ! Et le Conseil le saura, sois-en sûr !

Sur ces mots, il quitta la pièce. Atrus resta immobile, les bras ballants. Depuis l'inspection des Protecteurs, quinze jours plus tôt, il redoutait ce moment. A présent, tout était consommé. Il savait que Véovis ne parlait pas à la légère, qu'il mettrait sa menace à exécution.

Le reekoo endormi sur ses genoux, assise devant la fenêtre de sa chambre qui donnait sur la ville et, très loin, sur le port, Anna ne cessait de se remémorer la scène.

Le matin même, six gardes de la guilde des Protecteurs étaient entrés en force, entourant le prince R'hira en personne. Kahlis et Atrus les avaient accueillis. Maître Sijarun leur avait ordonné de s'écarter avant de s'engouffrer dans la salle du Livre et de s'emparer, non seulement du Livre de Ko'ah, mais de l'autre, le nouveau, qui n'était pas fini et n'avait pas encore de nom.

Le Conseil avait pris sa décision à l'unanimité, sans permettre à Kahlis et à Atrus de se défendre. Le père et le fils, avait-il déclaré, s'étaient rendus coupables de trahison. Désormais, aucun être non originaire de D'ni n'aurait le droit de consulter un Livre ou de visiter un Age. Véovis avait insisté : il fallait créer un précédent. On lui avait donné entière satisfaction.

Anna soupira. Tout était sa faute. Elle avait ruiné la carrière d'Atrus qui, enfermé dans son bureau, se préparait à se défaire de son siège au Conseil. Elle avait constaté l'accablement de Kahlis et de Tasera. Perdre un Livre, lui avait dit un jour Atrus, était considéré comme une faute grave. Mais se le voir retirer sur ordre du Conseil équivalait à une infamie. Tout cela à cause d'elle.

Elle ne put s'empêcher de gémir. Elle n'avait aucun moyen de se racheter. A moins que...

Emmitouflé dans sa cape, le vieil homme, les paupières mi-closes, regardait la jeune fille. Il avait l'air sincèrement désolé.

– Je ne sais que te dire. Même si nous trouvions quelque chose...

– Ils vous écouteront. Ils ne pourront pas faire autrement.

Kedri, maître de la guilde des législateurs, eut un sourire résigné.

– Entendu. Je ferai de mon mieux, Ah-na. Pour toi et pour mon cher ami Atrus.

Après son départ, il resta longtemps immobile, songeur, comme hébété. L'irruption de son assistant, Haran, le tira de sa rêverie.

– Quelque chose ne va pas, maître ?

Il sursauta, retrouva ses esprits.

– Quoi ? Oh, excuse-moi, Haran. J'étais ailleurs.

– Je venais juste vous prévenir de l'arrivée du nouveau contingent de cadets. Une douzaine de jeunes étudiants, tout juste diplômés de l'Académie. Que dois-je en faire ?

En temps normal, Kedri leur aurait tout de suite trouvé de quoi s'occuper, leur donnant à commenter une vieille loi poussiéreuse sous la direction d'un assistant bâillant d'ennui. Mais cette fois, le nouveau contingent tombait à point. S'il lui fallait absolument fouiller dans les archives, ces jeunes étudiants désireux de l'impressionner auraient quelque chose de tangible à se mettre sous la dent. Ils travailleraient pour lui, en toute discrétion. Ni le Conseil ni le jeune seigneur Véovis n'en sauraient rien. Quant à eux, ils seraient ravis de se rendre utiles. En les envoyant dans l'Age de Gadar, il ferait, comme on dit, d'une pierre deux coups.

– Introduis-les dans la salle des Livres, dit-il. Je leur parlerai. J'ai un travail pour eux.

Haran resta un instant figé sur place. Puis, en bon subalterne, il se retira.

Il était étrange que cette jeune personne, Ah-na, soit venue trouver Kedri précisément ce jour-là. La veille, il avait rêvé de cette expédition d'autrefois au cours de laquelle il avait, trente ans plus tôt, rencontré Atrus.

On avait chargé, à l'époque, le jeune homme de lui servir de guide, de ne lui cacher aucun détail, de tout lui expliquer. Depuis, leurs relations s'étaient approfondies et ils étaient devenus amis.

Quant à Ah-na, il ne l'avait rencontrée qu'une fois, le jour où Atrus l'avait amenée chez lui pour la lui présenter. Il avait tout de suite aimé son charme, son intelligence et cette curiosité inlassable qui fascinait Atrus. Et il n'avait pu s'empêcher de penser, en les voyant tous les deux que, si elle avait été D'ni, la jeune fille aurait fait pour le jeune maître une compagne parfaite.

C'était d'ailleurs Atrus qu'il s'était attendu à voir, et non Anna. Il se renversa dans son fauteuil, massant les muscles de son cou. Il se sentait tendu, inquiet. Mais il ne reviendrait pas sur sa décision, même si elle devait lui valoir de la part de ses pairs une condamnation sans appel : Atrus était son ami ; il ne l'abandonnerait pas.

La bibliothèque de droit de Gadar contenait des informations remontant à plus de six mille ans : minutes manuscrites d'innombrables réunions et auditions du Conseil, de procès, sans compter la correspondance des grands maîtres des guildes. Cela équivaudrait à chercher une aiguille dans une meule de foin.

Il avait deux semaines devant lui, et une douzaine de jeunes hommes pour venir à bout de l'impossible.

Assis à son bureau, le prince Eneah triturait distraitement la toge officielle d'Atrus. On la lui avait fait parvenir le matin même, tout comme celle de Kahlis, qu'il avait renvoyée aussitôt au grand maître de la guilde des géologues. Indépendamment des torts des uns et des autres, le père d'Atrus n'était pas en cause. On ne pouvait rien lui reprocher. On ne pouvait en dire autant du jeune maître.

La situation était simple : ou le prince acceptait la

démission d'Atrus, ce qui mettrait fin aux rumeurs et aux fausses nouvelles, ou il laissait la guilde des géologues régler le problème.

Dans les deux cas, l'affaire était entendue. Les représentants des guildes au Conseil n'avaient pas caché leur opinion. En révélant à l'étrangère la langue secrète de D'ni, en lui faisant visiter un Age, Atrus n'avait pas seulement outrepassé ses pouvoirs : il avait fait preuve de légèreté. Certains affirmaient même que l'étrangère l'avait séduit et comme ensorcelé. Eneah n'en croyait rien. Ceux qui avançaient une telle absurdité ne connaissaient pas Atrus. Mais l'essentiel demeurait. Il était coupable.

Eneah se redressa avec peine. Il n'avait pas dormi de la nuit, harcelé par les douleurs qui l'accablaient depuis plusieurs jours. Il tira vers lui une feuille de papier, prit entre deux doigts une plume d'oie plongée dans un encrier et traça à la hâte quelques lignes d'acceptation au bas desquelles il apposa sa signature. Une fois que les autres princes l'auraient paraphée à leur tour, elle irait rejoindre, cachetée, les archives publiques ; et on placarderait dans la ville une note informant l'ensemble des citoyens.

Ainsi se terminerait une carrière des plus prometteuses.

Eneah sonna un de ses secrétaires.

– Faites immédiatement parvenir ceci au prince R'hira.

Anna se tenait immobile devant eux.

– Ainsi, tu veux t'en aller ? demanda Kahlis.

– Je n'en ai nulle envie, répondit-elle. Vous vous êtes montrés bons avec moi. Mais j'ai provoqué assez de troubles dans cette maison.

– J'en suis entièrement responsable, dit Atrus. Si quelqu'un doit partir, ce sera moi.

– Tu aurais tort. Ne vous inquiétez pas : je serai très bien chez le prince Eneah.

– C'est absurde ! cria Tasera, s'exprimant pour la première fois depuis qu'Anna avait demandé à les voir. Le prince est un vieil homme ! Non ! Tu dois rester ici !

Anna la considéra avec surprise. Elle aurait cru que Tasera aurait été la première à souhaiter son départ, tant l'avait indignée la réunion du Conseil.

– L'affaire est réglée, déclara Kahlis, fier de l'attitude de sa femme. Ah-na restera ici, comme un membre de notre famille.

C'était un très vieux livre à la reliure fanée et au titre presque illisible. Devant Anna assise de l'autre côté de son bureau, Kedri le soupesa et ne put s'empêcher de sourire. Il y avait mille neuf cents ans que ce volume dormait sur son étagère, dix-neuf siècles que nul ne soupçonnait plus son existence.

– Excuse mon indiscrétion, mais comment l'as-tu déniché ?

Le jeune aspirant rougit et s'inclina avant de répondre en mangeant ses mots :

– Je suis parti de ce que vous nous avez conseillé hier soir pendant le dîner, maître Kedri, à propos de cette recherche. A savoir qu'il ne fallait pas foncer à l'aveuglette, mais se creuser les méninges d'abord.

– Continue.

– Ça m'a fait réfléchir, maître. Je me suis dit comme ça : quel genre de personnes pourraient avoir accès aux Ages ? Je veux dire des personnes non D'ni, bien entendu.

– Et ?

– Ben voilà... J'ai pensé qu'une personne de cet ordre aurait forcément l'oreille de quelqu'un d'important – de très important, dirais-je ; peut-être même un des Cinq. Vous voyez ? Alors j'ai farfouillé dans la liste des greffiers.

– Des quoi ?

– Des greffiers, maître. Les greffiers des Cinq.

– Ah... Et sur combien de noms es-tu tombé ?
Le jeune homme sourit.
– Six.
Kedri devint fébrile.
– Des noms qui n'étaient pas D'ni, je suppose.
– Tout à fait, maître. Il fut un temps où on autorisait les indigènes un peu plus doués que les autres – des natifs des Ages des guildes, en fait – à venir ici, à D'ni même.
– Voilà ce que je ne savais pas.
– Normal, maître, vu que c'était il y a belle lurette, alors que le Conseil venait juste d'être constitué dans sa forme actuelle, pas longtemps après l'époque des Rois.
– Je vois. Et ces greffiers... Les cantonnait-on à D'ni ou les autorisait-on à visiter d'autres Ages que le leur ?
D'un mouvement du menton, le jeune homme désigna le livre aux pages étalées devant Kedri.
– J'ai coché les passages, maître. Et je suis sûr qu'il y en a plein dans les autres livres.
Une petite pile de volumes s'entassait au pied de l'aspirant. Le cœur battant, Anna en prit un et l'ouvrit, saisie par l'odeur de vieux parchemin qui en émanait. Il était rédigé dans une langue archaïque mais compréhensible, en dépit de l'encre qui, par endroits, s'était diluée.
– Tout ça n'est pas trop vieux, j'espère ? demanda l'aspirant. Je me suis dit que ça n'aurait peut-être plus cours.
– Jeune homme, un précédent est un précédent, répondit Kedri en jetant un coup d'œil en direction d'Anna. Nous trouverons d'autres sources confirmant cette coutume et d'autres exemples, j'en suis sûr. Vous avez fait du bon travail, aspirant.
– Merci, maître, dit le jeune homme en effectuant avec noblesse une profonde révérence.
– Merci à toi, aspirant... ?
– Neferus, maître. Aspirant Neferus.

Ce qui avait exigé une décision unanime du Conseil fut rayé d'un trait de plume. Le prince Eneah se sentit soulagé d'un grand poids. L'initiative de Kedri lui permettait de revenir sur une mesure qu'au fond de lui-même il n'avait jamais approuvée, même si les Cinq, et en particulier le prince Rakeri, ne s'étaient inclinés que de mauvaise grâce.

Maître Kahlis retrouverait ses livres et Anna serait libre, désormais, de voyager à travers eux. Pourtant, cet épisode laisserait des séquelles : Atrus, notamment, refusait de reprendre son poste de représentant de la guilde des géologues. Il en avait assez, disait-il, de ces votes, de ces réunions. Peut-être avait-il raison. Quant à Véovis...

Il avait, le jour même, demandé audience à Eneah, résolu à dire ce qu'il avait sur le cœur. Sans se montrer agressif, sans contester la validité des découvertes de maître Kedri, il n'avait pas caché qu'il désapprouvait cette intrusion du législateur dans les affaires du Conseil et avait réitéré son opposition à la faveur faite à Anna. Il avait ensuite supplié le prince de négliger les vieux précédents et de s'en tenir à la décision initiale du Conseil. Eneah lui avait répondu que c'était impossible. Après tout, la loi était la loi. Un précédent était un précédent. Les D'ni avaient toujours respecté cette règle. Depuis mille générations.

Véovis s'était retiré sans cacher sa colère, son ressentiment. Eneah restait seul dans son bureau. « Qui sait ce qui arrivera ? se demandait-il. Comment prévoir les conséquences de la rage de Véovis ? Il y en aura, c'est certain. Mais je n'y peux rien. Aucun homme, si puissant, si glorieux soit-il, n'est plus important que D'ni. »

Il sourit. Bientôt, il le savait, il ne serait plus qu'un

nom, une statue de plus dans la galerie du Palais des guildes.

– C'est ainsi, dit-il à haute voix. Et c'est ainsi que cela doit être. Jusqu'à la fin des temps.

Il se leva, traversa la pièce et s'en alla lentement, silencieusement, comme une ombre sur la roche.

QUATRIÈME PARTIE

GEMEDET

Accroupie devant Atrus dans l'étroite galerie, Anna attendait, fixant le fond du puits. Juste en dessous, la surface circulaire du bassin était noire. Lentement, très lentement, si pure, si éclatante qu'elle en paraissait irréelle, la lumière du jour aux rayons nettement séparés descendit en rampant le long de la paroi, dans le silence et la fraîcheur, alors qu'à la surface le soleil approchait de son zénith.

– Attends, chuchota Atrus. Encore un moment, un tout petit moment.

La lumière toucha enfin la surface paisible de l'eau avant d'y plonger et d'en rejaillir brisée, reflétée par le liquide clair.

Anna en resta bouche bée. C'était magnifique. Sur le couvercle de bois du puits, Atrus avait gravé un dessin complexe. A l'instant où le soleil se trouva exactement à la verticale, sa lumière projeta l'image du dessin sur le bassin où il se mit à briller comme des flammes. *Shora :* le mot D'ni pour « paix ». Il luisait aussi dans les pupilles sombres d'Atrus.

– C'était donc cela que tu faisais, murmura Anna, émerveillée par cette beauté fugitive qui, le soleil poursuivant doucement sa course, disparaîtrait bientôt.

– Je l'ai fait pour toi, dit-il.

Je le savais, pensa-t-elle, avant de répondre simplement :

– Merci. C'est sublime.

– N'est-ce pas ?

Ils se regardèrent longuement tandis que la lumière, étincelant une dernière fois, s'évanouissait. Dans l'obscurité revenue, Anna soupira.

– A quoi penses-tu ?

– A mon père.

– Ah...

Puis, après un silence prolongé :

– Viens. Rentrons.

Courbée, elle le suivit le long de la galerie, jusqu'aux marches en colimaçon qu'il avait creusées dans la roche. Il y avait travaillé des semaines, uniquement pour lui offrir cet instant féerique.

Un léger frisson parcourut la jeune femme. Atrus la précédait. Elle admira pour la millième fois ses cheveux frisant sur sa nuque, la solidité de son dos et de ses bras, la largeur de ses épaules et cette silhouette qui, au cours des années, lui était devenue si familière.

Presque aussi familière que l'Age qu'ils avaient lentement construit ensemble.

Emergeant du puits, elle cligna des paupières sous le soleil. Forêts, prairies, plaines, jusqu'aux rivières paresseuses aux herbes couchées par le courant, tout était si vert !

Seul le ciel était bleu ; d'un bleu profond, sombre comme celui de l'eau. Dans le lointain, des nuages flottaient doucement, étendant leur ombre sur les collines et les vallées. Tout cela, au début, lui avait paru étrange, comparé aux paysages désertiques qu'elle avait connus toute sa vie ; à tel point qu'elle avait tout d'abord passé des heures à contempler les nuages, incapable de s'arracher à la fascination qu'ils exerçaient sur elle. Car elle suivait leurs évolutions les yeux ouverts, à l'inverse d'Atrus qui protégeait les siens derrière ses lunettes spéciales. Aucun D'ni ne pouvait regarder le soleil en face. Seule Anna jouissait de ce privilège.

– La prochaine fois, dit-elle, nous devrions aller vers

le nord, jusqu'aux montagnes. Je pourrais dessiner la carte de ce secteur, au-delà du lac.

– Pourquoi pas ? répondit-il en souriant. Nous pourrions aussi explorer la vallée au nord-est.

Elle n'était pas dupe. Elle savait bien pourquoi il préférait arpenter cette région-là. Ils l'avaient traversée quelques semaines plus tôt après avoir visité la péninsule et il avait repéré des traces d'une ancienne activité volcanique. Sa fébrilité, quoique à peine perceptible, ne lui avait pas échappé.

– Si tu veux.

Ils rentrèrent en devisant, comme ils le faisaient toujours. Partout où ils allaient, ils ne cessaient de commenter les particularités physiques de ce monde, s'interrogeant sur les effets inattendus provoqués par de simples changements de mots ou de phrases.

Souvent, Atrus s'arrêtait et s'accroupissait, son calepin sur les genoux, pour noter ce qu'il ou elle avait dit, conserver la trace d'un détail qu'il inclurait dans son livre d'observations entamé six mois plus tôt. Anna et lui en avaient déjà noirci la moitié ; et chaque jour apportait sa moisson d'informations, de croquis, de cartes.

Leur campement était situé juste au-dessus d'une vallée verdoyante, entre une paroi rocheuse et la berge d'une rivière qui serpentait calmement avant de former, à l'extrémité du plateau, une petite cascade. Le bruit de cette chute les berçait en permanence, sans couvrir pour autant le cri des oiseaux nichés dans les arbres couvrant la pente à laquelle ils tournaient le dos. Au nord, de hautes montagnes barraient l'horizon. Au sud, la terre rencontrait le vaste océan.

Atrus avait planté sa tente, dont le vert s'harmonisait avec la végétation ambiante, près d'une tente plus petite qui leur servait d'entrepôt. Une semaine plus tôt, Anna dormait encore dans un abri identique au sien. Elle s'était ensuite installée dans la cabane encore inachevée mais devenue presque habitable puisque, même si Atrus n'en avait toujours pas fabriqué le plancher, elle possédait des murs et un toit. Anna en occupait une partie. De l'autre côté de la cloison de bois qui la coupait en deux, ils avaient installé un laboratoire provisoire qu'ils projetaient d'utiliser jusqu'à ce qu'Atrus ait construit un édifice définitif au sommet de la pente.

Une table à tréteaux se dressait devant sa tente, sous l'auvent. Anna y avait étalé, fixée par de petits poids de cuivre et recouverte, pour la protéger de la pluie, d'une matière polymère originaire de D'ni, la carte sur laquelle elle travaillait. C'était une carte très détaillée ; une échelle de couleurs donnait la signification de ses diverses teintes qui, entre les blancs représentant les zones qu'ils n'avaient pas encore explorées, correspondaient non seulement à la topographie des lieux, mais à la relation entre les sols, leur végétation et leurs supports rocheux.

– C'est ainsi que procédait mon père, disait-elle.

Elle possédait, peut-être parce qu'elle avait toujours vécu à la surface, une connaissance innée, instinctive de la géologie. Il lui suffisait de soupeser un morceau de roche, de se fier à sa couleur et à sa texture pour l'identifier, sans avoir besoin d'en analyser un échantillon. Même après qu'elle lui eut raconté les années passées aux côtés de son père, cette intimité avec le minéral avait sidéré Atrus. Puis, au fil des semaines, cette stupéfaction s'était muée en délice : il pouvait enfin partager avec quelqu'un sa passion pour la pierre.

Anna avait assimilé avec une rapidité confondante les termes géologiques D'ni. Elle les maniait à présent sans la moindre hésitation, ce qui leur permettait d'avoir d'interminables conversations au cours desquelles Atrus essayait de la pousser dans ses retranchements, de discerner les limites de son intelligence. Mais ces limites, qu'il croyait chaque fois atteindre, reculaient de jour en jour.

Pour l'heure, assis devant la table à tréteaux, il étudiait la carte encore incomplète.

– Nous pourrions commencer par là, dit-il en en tapotant le coin gauche de l'index. Cela nous donnerait l'occasion de dessiner toute la zone située à l'ouest de la rivière, au-delà de la cascade. Combien de temps cela nous prendrait-il ? Deux jours ?

– Trois, tout au plus, répondit-elle après avoir évalué la zone encore vierge.

– Disons trois. Nous pourrions déménager le campement jusque là-bas avant de consacrer un jour ou deux à l'exploration de la vallée. Il y a un réseau de grottes. Tu l'as remarqué ?

– Oui, murmura-t-elle en souriant.

– Bien. Ensuite, nous reviendrons ici et nous noterons nos observations. Cela nous prendra deux jours supplémentaires.

– La guilde acceptera-t-elle de se passer de toi aussi longtemps ?

– S'ils ont besoin de moi en urgence, ils enverront quelqu'un. Mais j'en doute. Pour l'instant, les choses sont au point mort. Il en sera ainsi jusqu'à ce que la guilde des mineurs présente son rapport sur la prochaine excavation. Cela nous laisse du temps.

– Atrus ?

– Oui ?

– Pourrions-nous nous mettre en route un peu plus tard, demain ? Dans l'après-midi, par exemple ?

– Tu veux revoir le puits ?

Elle acquiesça.

– Bien. De toute façon, nous aurons besoin de la matinée pour empaqueter le matériel et les vivres.

Sa réponse la fit sourire. C'était tout Atrus. Il ne lui cédait pas ; mais il trouvait toujours un prétexte pour que tout se passe comme elle le souhaitait.

– Et, Atrus...

– Oui ?

– Oh, rien... Rien d'important, en tout cas.

Ce soir-là, une pluie chaude, lourde, s'abattit sur le toit de la cabane et noya la vallée. Anna sortit sous l'averse ; bras ouverts, la tête renversée, elle offrit son visage et son corps aux trombes bienfaisantes.

– Ah-na ! lui cria Atrus qui, depuis l'entrée de la tente, l'avait entendue rire, que fais-tu ? Tu vas te retrouver trempée jusqu'aux os !

Riant toujours, elle le regarda et se mit à danser, ses pieds nus foulant l'herbe mouillée.

– Ah-na !

Elle s'immobilisa un instant, tendit le bras.

– Viens, Atrus ! Viens me rejoindre !

Il hésita puis, mi-souriant, mi-renfrogné, se risqua au-delà de l'auvent. La pluie le trempa aussitôt, plaqua ses cheveux sur son crâne.

Il lui prit la main.

– Viens, dit-elle les yeux brillants. Dansons !

Elle commença à onduler autour de lui. La lumière des lanternes posées à l'entrée de la cabane se reflétait sur son corps mouillé, l'enrobait d'un halo d'argent. A son tour, Atrus éclata de rire. Il renversa lui aussi la tête, offrant son visage au ciel qui se déversait sur lui.

– N'est-ce pas merveilleux ? s'exclama Anna, criant pour couvrir le fracas de l'orage.

– Oui, merveilleux !

Il l'enlaça, la serra contre lui et la fit tournoyer de plus en plus vite jusqu'à en avoir le vertige. Tous les deux riaient. Et ils burent l'eau du ciel, savourant ce cadeau. La pluie ! Le miracle de la pluie !

Anna s'essuyait les cheveux en écoutant le murmure des gouttes sur le toit de la cabane, qui s'estompait à mesure que l'orage s'éloignait. Elle s'était changée. Elle avait revêtu une robe de laine bleue, sa couleur préférée, serrée à la taille par une simple cordelette.

Elle plia la serviette, la jeta sur le lit et resta là, au milieu de la pièce encombrée de livres, dont certains empilés à même le sol. Sur la table disposée dans un coin de la pièce, la lampe faisait reluire lc cuivre du matériel scientifique.

La jeune femme poussa un soupir d'aise. Pour la première fois depuis très longtemps, elle était heureuse. A vrai dire, elle n'avait jamais autant travaillé et ne s'était jamais sentie aussi bien. Avant qu'Atrus ne lui demande de collaborer à la création de cet Age, elle avait rongé son frein, accablée par une impression d'inutilité. Mais à présent...

A présent, elle avait un problème.

Elle s'assit sur le lit bas, fixant le sol nu. Peut-être était-ce la danse, ou le regard d'Atrus, aussi radieux que le sien. S'agissait-il d'une illusion ? De quelque chose de fugitif ? Ou bien de durable ?

Et d'un autre côté...

Un coup frappé à la porte de la cabine la fit sursauter. Atrus avait pourtant l'habitude, dans la soirée, de passer une heure à rédiger son journal du jour.

– Entre.

Il pénétra dans la pièce, ramenant en arrière ses cheveux collés sur son front.

– Je me demandais si tu allais bien.

– Bien sûr, dit-elle avec un sourire. Ce n'était que de la pluie.

Il s'immobilisa un instant, les bras ballants, sans trop savoir que dire. Puis :

– Une partie de *Gemedet* ?

– D'accord.

Le *Gemedet* était le jeu le plus populaire de D'ni. A Tadjinar, Anna en avait vu une variante pratiquée par les marchands chinois, mais celle de D'ni, au lieu d'un damier à deux dimensions, se jouait sur une grille complexe à trois dimensions, avec neuf cases par côté. C'était le jeu idéal, pensait-elle, pour un peuple qui, prisonnier de la roche, ne rêvait que d'évasion.

Atrus revint avec le jeu qu'il était allé chercher dans la tente. C'était un objet magnifique de jade sculpté de couleur lilas, d'un aspect aussi délicat qu'un gâteau de miel en dépit de sa robustesse qui lui avait permis de supporter sans une éraflure des milliers de parties.

Sa base formait un hémisphère de topaze sur lequel la grille tournait doucement. De longues tiges d'argent, les *re'dentee,* servaient à déplacer les pions. Quant aux pièces elles-mêmes, il s'agissait de simples petits œufs de tourmaline verte et d'almandin rouge foncé. On les conservait, ainsi que les *re'dentee,* dans une boîte tapissée de velours qu'Atrus ouvrit et posa sur la table, près de la grille.

Anna ne cachait pas son plaisir. Elle était tombée amoureuse de ce jeu au premier coup d'œil. Elle prit place en face d'Atrus qui, comme d'habitude, la laissa commencer. Elle plaça d'emblée sa première pièce au centre de la grille, se réservant ainsi le maximum de possibilités.

Ils jouèrent une heure sans prononcer une parole, totalement concentrés. Le bruit de la pluie sur le toit cessa pour de bon, relayé par les appels des oiseaux dans la nuit. Finalement, Anna se rendit compte qu'elle avait perdu. Atrus n'avait plus qu'à placer un pion dans le coin gauche de la grille pour mettre un terme à la partie.

– Une autre ?

Elle refusa. N'était-ce pas le moment de parler ? De lui avouer ce qui la tourmentait ?

– Que se passe-t-il ? demanda-t-il doucement.

– Je suis fatiguée, c'est tout, murmura-t-elle en baissant les yeux.

– Tu es sûre qu'il n'y a rien d'autre ?

Elle ne répondit pas. Elle avait passé une journée merveilleuse. Pourquoi la gâcher ?

– Je range le jeu, alors ?

– Non. Je le ferai demain matin. Je veux voir comment tu as réussi à me battre.

– L'expérience, rien de plus.

Ils ne cachaient pas la joie qu'ils éprouvaient à se trouver ensemble, si proches l'un de l'autre. Ils avaient l'air, en cet instant, d'avoir à peu près le même âge. Pourtant, si on se fiait à la durée de vie des humains, Atrus était vieux, presque aussi vieux que le père d'Anna. Et il avait encore deux bons siècles devant lui. Etait-ce pour cette raison, entre autres, qu'elle avait tellement peur de lui avouer ses sentiments ?

– Je te laisse, dit-il en se levant, ses beaux cheveux noirs luisant sous la lampe. Bonne nuit, Ah-na. Dors bien.

– Toi aussi.

Il lui sourit une dernière fois et s'en alla. Debout dans l'encadrement de la porte, elle le regarda s'éloigner. Dehors, les oiseaux de nuit s'interpellaient, emplissant la vallée de l'écho de leurs cris. Elle avait tant de choses à dire, tant de choses... Mais les mots étaient restés dans sa gorge.

La vallée formait dans le paysage une échancrure profonde, creusée non par une rivière, mais par un processus beaucoup plus violent. Des blocs de pierre nus parsemaient ses pentes dont les strates, longtemps exposées aux éléments, dessinaient un enchevêtrement où des couches de matière friable attaquée par l'érosion succédaient à d'épaisses plaques de roches dures. A une de ses extrémités, à l'ombre d'une longue corniche, s'ouvraient les grottes. C'était par elles qu'ils avaient commencé leur exploration. Mais Anna savait bien ce que cherchait Atrus, et qu'il ne tarda pas à trouver.

– Anna, viens voir !

Elle le trouva accroupi sous le promontoire.

– Eh bien ? dit-il avec un accent de triomphe.

Aucun doute possible. Même vieille, usée, il s'agissait bien d'une cheminée de volcan formée très longtemps auparavant par des gaz sous haute pression se frayant un chemin à travers le fin revêtement de la croûte.

Il y avait deux jours qu'ils traquaient les traces de l'activité volcanique qui avait jadis secoué la région et que prouvaient les dépôts disséminés un peu partout. Mais c'était la première cheminée qu'ils trouvaient. Si l'on en croyait son apparence, le volcan était très ancien, endormi depuis des siècles.

– Je croyais que nous avions conçu un monde stable.

– Exact, dit-il en souriant. Mais les mondes stables ont d'abord besoin d'être formés. Les volcans font partie de ce processus d'évolution. Même les meilleurs des mondes en ont !

– Et celui-là, où est-il ?

Il se redressa, désigna le nord.

– Par là-bas, je pense.

– Tu veux y aller ?

– Si tu n'y vois pas d'inconvénient.

Elle eut un rire joyeux.

– Pourquoi en verrais-je ? C'est un volcan. Notre premier volcan !

– Alors, allons-y, dit-il en riant à son tour. Il ne doit pas être loin.

Erodée par le temps, le vent et la pluie, la caldeira était encore visible. Des arbres poussaient sur ses pentes douces et remplissaient la bouche du volcan, mais çà et là, des fissures et des cheminées s'enfonçaient dans le sol, plongeant profondément dans les ténèbres.

Oui, il était vieux. Bien plus vieux qu'ils ne l'avaient imaginé. Il était né non des milliers, mais des millions d'années plus tôt.

Voilà ce qu'Anna avait du mal à saisir. En fait, les mondes auxquels les D'ni se reliaient n'avaient pas été créés par eux. Ils existaient déjà ; car la création d'un monde ne prenait pas des années, mais de longs millénaires. Pour lui rendre ce paradoxe clair, Atrus avait tenté de le résumer en deux phrases :

– Ces Ages sont des mondes qui existent réellement, ont existé ou existeront un jour. Les descriptions que nous en faisons ne sont limitées ni dans le temps ni dans l'espace. Les liens que nous établissons avec eux n'en tiennent aucun compte.

Il en était ainsi de ce monde qui leur appartenait, de leur Age qu'ils avaient appelé Gemedet, d'après le nom du jeu. Mais où il se situait dans le temps et dans l'espace, ils l'ignoraient.

A vrai dire, cela n'avait pas grande importance. Il arrivait pourtant à Anna, la nuit, de se demander où ils se trouvaient parmi les étoiles et à quelle époque – au commencement de l'Univers ou dans une période proche de sa fin.

Cette pensée la rendait humble, l'aidait à comprendre pourquoi son père croyait en un Créateur. Ayant elle-même « écrit », ayant vu la somme de travail et la méticulosité qu'exigeait l'établissement du *lien* avec ces mondes, elle ne pouvait que s'émerveiller devant l'intelligence stupéfiante qui avait conçu l'Univers.

Elle n'imaginait pas une seconde que tout ait pu se faire sans intervention extérieure, à l'aveuglette. La complexité et la variété de la vie rendaient à ses yeux cette hypothèse inconcevable. Atrus, lui, avait une approche différente, plus rationnelle, plus scientifique, comme s'il suffisait de comprendre le processus de création et ses résultats tangibles pour en appréhender la cause.

Il avait, entre les arbres et les gros blocs de pierre, dévalé la pente jusqu'à la cheminée la plus vaste. Ses lunettes D'ni sur le nez, il appuya sa poitrine contre la paroi, se pencha, regarda en bas.

– On y va ?

Anna ne se fit pas prier.

– D'accord. Mais nous devons retourner au camp chercher une corde.

– Et des lampes et...
– ... ton carnet.
Une parfaite complicité les unissait. Il était temps d'explorer le volcan.

Ils regagnèrent le campement trois jours plus tard que prévu, pour trouver sous l'auvent de la tente, sur la carte protégée par son revêtement bleu, un message venu de D'ni.

Pendant qu'Anna commençait à déballer leur matériel, Atrus brisa les sceaux. Il savait qu'il ne s'agissait pas d'une missive urgente ; dans ce cas, on lui aurait envoyé un messager. Mais c'était inhabituel. Il déplia la lettre. Elle était de son vieil ami Kedri et se rapportait à une requête qu'Atrus lui avait faite la dernière fois qu'ils avaient dîné ensemble. Il en prit rapidement connaissance, esquissa un sourire et glissa la feuille dans la poche de sa tunique.

– Quelque chose d'important ?
– Non, mais il faut que je rentre.
– Nous faisons nos bagages ?
– Non. Je ne serai absent qu'une heure ou deux. Je reviendrai cette nuit, le plus tôt possible.
– Tu devrais prendre un bain avant d'aller là-bas, dit-elle gaiement.
– Pourquoi ? répondit-il faussement offusqué. Insinuerais-tu que je pue, Ti'ana ?
– Tu empestes le soufre. Comme le vieux Belzébuth en personne !

Cette comparaison le fit sourire. Dans les grottes, sous la caldeira, elle lui avait tout appris sur la mythologie et les dieux de la surface, notamment les démons, censés, selon de nombreuses religions, vivre au centre de la terre.

– Si seulement ils connaissaient la vérité, ils n'en reviendraient pas.

C'était à ce moment-là qu'il lui avait donné son nouveau nom, *Ti'ana,* ce qui, en D'ni, signifiait « raconteuse d'histoires ». En plus, ce n'était pas si loin d'Anna.

– Veux-tu que je te prépare quelque chose à manger avant que tu partes ?

– Je préférerais que tu m'aides à trier ces échantillons.

– Entendu. Je ferai les analyses. Toi, tu consigneras les résultats.

La tente était propre, en ordre. Le carnet de notes d'Atrus, dont l'encre n'avait pas encore séché, s'étalait sur la table proche du lit. Le moment de partir était venu. Anna avait regagné la cabane. Il lui dirait bonsoir et s'en irait.

Il quitta la tente, traversa le campement, frappa discrètement. Pas de réponse. Entrebâillant la porte, il s'aperçut que la jeune femme n'était pas devant son bureau. Il chuchota :

– Ti'ana, tu es là ?

Il entendit, au-delà de la cloison, un souffle léger. Anna avait les yeux fermés, le visage détendu par le sommeil. Visiblement, la longue expédition dans la vallée l'avait épuisée. Il s'accroupit, la contempla. Il ne s'en lassait pas. Elle était si différente des autres femmes qu'il avait rencontrées au cours de sa vie – ces femmes solides mais frêles, au teint pâle et aux traits allongés.

Cela s'était passé plus de deux mois plus tôt, lorsqu'ils avaient exploré, pour la première et dernière fois, les montagnes situées au nord du camp. Sur le chemin, Anna avait cueilli des fleurs avec l'intention de les étudier par la suite. Mais, parvenue au sommet d'une pente couverte de neige – la première qu'elle ait vue, touchée et foulée – elle avait sorti les fleurs de sa poche et en avait répandu les pétales autour d'elle. Il lui avait demandé ce qu'elle faisait. Elle avait haussé les épaules et répondu :

– Il le fallait.

Puis, désignant les pétales, elle lui avait demandé, simplement, de les regarder.

Il ferma les yeux, revoyant leurs couleurs, leur forme, le contraste qu'ils formaient avec le blanc immaculé – comme la vie et la mort.

C'est à ce moment-là qu'il s'était décidé ; et chaque instant, depuis, n'avait fait que renforcer sa détermination, le sentiment qu'il avait éprouvé lorsque, se détournant des fleurs dispersées dans la neige, il avait vu son visage penché vers le sien, brillant de l'éclat du soleil.

Il ouvrit les yeux. Le visage était là, tout près de lui. Le sommeil le rendait calme, apaisant, comme le soleil derrière les nuages. Le plus beau visage qu'il eût jamais vu. Tout d'abord, il n'y avait guère prêté attention. Mais il s'était imposé à lui petit à petit, sans violence, à mesure que le temps affinait son regard. Maintenant, il la connaissait.

Ce visage, il en traça les contours dans le vide, avec une telle tendresse que sa main en trembla. Il recula, surpris par la force de ce qu'il ressentait, par cette émotion qui le submergeait et le recouvrait tout entier, comme l'eau grondante d'une cascade.

Il se releva. Il était temps pour lui de retourner à D'ni. Temps d'affronter son père, Kahlis.

– Je ne peux pas dire que je ne m'y attendais pas, déclara Kahlis. Mais j'espérais quand même que la maturité t'aurait rendu sensé.

– Je suis désolé de te perturber, père.

– Même si tes sentiments sont sincères, as-tu envisagé toutes les conséquences d'une telle union ? C'est une étrangère, une habitante de la surface. Et toi, Atrus, tu es D'ni, maître de guilde et membre du

Conseil. On n'a jamais entendu parler d'un mariage de cet ordre.

– Peut-être bien. Mais aucune loi ne s'y oppose, répondit Atrus en posant la lettre sur le bureau de son père. J'ai demandé à maître Kedri d'étudier la question. Il n'a rien trouvé.

Kahlis saisit la feuille, la parcourut en silence. Pour autant, il ne s'avoua pas vaincu.

– Et la différence d'âge ? Y as-tu songé ? Pour l'instant, Ah-na est plus jeune que toi, mais cela ne durera pas toujours. Ton espérance de vie est trois fois supérieure à la sienne. Tu seras encore dans la force de l'âge lorsqu'elle sera devenue une vieille femme. As-tu pensé à cela ?

– Oui. Et je sais que j'en souffrirai. Ne plus l'avoir à mes côtés sera pire que la mort.

– Et si je m'opposais à ce mariage ?

Kahlis se leva, contourna son bureau.

– Tu ne tiendras pas compte de mon avis, Atrus. Voilà pourquoi je te donne ma bénédiction. Cela, au moins, l'accepteras-tu ?

– Avec joie ! s'écria son fils en serrant ses deux mains. Tu seras fier d'elle, père. Je te le promets.

Le lien établi, Atrus se retrouva dans la grotte qui surplombait le campement. Rien n'avait changé. Le camp avait l'air paisible sous la lune, avec ses tentes à gauche et la cabane de l'autre côté. Tout près, la cascade au bruit toujours aussi lancinant ressemblait à une feuille d'argent.

Il se surprit, en descendant, à siffler doucement une vieille complainte D'ni que sa mère, jadis, chantait pour lui. Il s'arrêta. La cabane n'était plus loin, maintenant. Là dormait Ti'ana, son amour.

– Je ne peux pas me tromper, murmura-t-il.

Il sentit soudain une main frôler son épaule et sursauta. Ti'ana était là, près de lui, ravie, semblait-il, de lui avoir fait peur.

– Sur quoi ne peux-tu pas te tromper ?

Il hésita. Maintenant que le moment était venu, il avait peur.

– Toi et moi, dit-il enfin en lui prenant la main.

Elle regarda leurs doigts emmêlés, puis approcha son visage du sien.

– Que cherches-tu à me dire ?

– Je veux t'épouser.

Ses yeux s'agrandirent. Elle garda le silence, comme si elle n'y croyait pas.

– Eh bien, demanda-t-il lorsque l'attente lui parut trop longue. Veux-tu devenir ma femme, Ti'ana ?

– Oui, chuchota-t-elle, si doucement qu'il crut avoir imaginé sa réponse.

– Oui ?

Elle hocha la tête. L'ombre d'un sourire effleura ses lèvres.

– Oui !

Il l'attira vers lui, l'enlaça. Sa bouche était si proche de la sienne qu'il en sentait le souffle. Il en pleurait.

– Je serai un bon mari, Ti'ana. Je te le jure. Mais tu dois me faire une promesse.

– Laquelle ?

– D'être ma partenaire en toutes choses. Ma compagne, mon associée dans tout ce que j'entreprendrai.

Son sourire s'agrandit. Elle se pencha vers lui, l'embrassa doucement.

– Promis, dit-elle.

Véovis déboula dans la pièce, claqua la porte derrière lui, s'empara d'un encrier qui traînait sur la table et le fracassa contre le mur en hurlant :

– Jamais ! Pas tant qu'il me restera un souffle de vie !

Son père, Rakeri, lui avait annoncé la nouvelle une heure plus tôt. Atrus était, disait-on, sur le point de se fiancer. Celui qui l'appelait « vieux frère » avait d'abord accueilli l'événement avec indifférence. Il ne savait même pas que son ami fréquentait quelqu'un. Et puis, tout d'un coup, il avait compris. L'étrangère ! L'intruse venue de la surface !

Il s'affala dans un fauteuil, se rongea avec violence l'ongle du pouce et répéta, le mot jaillissant de sa bouche comme du venin :

– Jamais !

Son père lui avait raconté qu'on avait consulté les Cinq en leur faisant valoir que rien, légalement, n'interdisait ce mariage. C'était encore la faute de Kedri, ce traître ! Il ne restait plus à Atrus qu'à se présenter devant le Conseil au grand complet pour recevoir sa bénédiction. Simple formalité.

Véovis respira profondément, laissa son regard errer sur les débris de l'encrier.

Jamais.

Atrus faisait face aux Cinq, au centre du grand hémicycle. Tous étaient là. Le prince R'hira avait lu à haute voix la demande officielle. A présent, il appartenait au Conseil de ratifier le document.

R'hira salua Atrus avant de se tourner vers les gradins.

– Agréé ?

Suivit un chœur de « oui », certains réticents, d'autres enthousiastes. Il y avait six mille ans qu'on respectait cette procédure immuable. Le prince R'hira ne cacha pas sa satisfaction. Il demanda quand même, pour la forme :

– Des oppositions ?

– Moi !

Après avoir retourné le document, toujours selon la coutume, le prince s'apprêtait à féliciter Atrus. Ce cri l'en empêcha.

– Je vous demande pardon, maître Véovis ?

– J'ai dit « non » !

R'hira blêmit. Les autres princes se penchaient en avant, fixant avidement Véovis qui s'était levé, arborant un visage de marbre.

– Pourrais-je connaître vos raisons, maître Véovis ?

– Je n'ai aucune raison à donner. Je suis contre, c'est tout.

Il se rassit sans prononcer une parole de plus. Les jeux étaient faits. Le Conseil devait se prononcer à l'unanimité. Atrus avait baissé la tête, peut-être pour cacher sa peine. Mais tous remarquèrent sur ses traits une tension qu'ils ne lui avaient jamais connue. R'hira déclara avec embarras :

– Maître Atrus... Il semblerait que...

Atrus releva la tête. Son regard était plus sombre que l'ardoise.

– Je comprends, monseigneur. Le Conseil rejette ma requête.

R'hira admira sa dignité, le courage avec lequel il ravalait sa déception.

– Demande repoussée, en effet.

– Je ne vous importunerai plus, messeigneurs.

Atrus s'inclina devant chacun des cinq princes puis, tournant les talons, quitta l'hémicycle la tête haute, sans un regard pour Véovis.

– Allons, Atrus, ouvre !

Tasera frappait à la porte. Derrière elle, dans l'ombre du couloir, son mari l'encourageait. N'obtenant pas de réponse, elle se tourna vers lui.

– Pourquoi n'es-tu pas intervenu devant le Conseil, Kahlis ?

– Je l'ai fait. Mais cela n'a servi à rien.

– Est-ce ainsi que cela se passe ? Un seul homme refuse et le « non » l'emporte ?

Kahlis n'eut pas le temps de répondre. On venait de déverrouiller la porte, qui s'entrebâilla.

– Excuse-moi, mère, murmura Atrus depuis la pénombre de sa chambre. Je dormais.

– J'ai appris ce qui s'est passé au Conseil, lui dit-elle. Il faut que nous parlions de ce que nous pouvons faire.

– Il n'y a rien à faire, mère. Le Conseil s'est prononcé.

Pas un mot sur Véovis. Pas le moindre reproche. Comme si l'assemblée tout entière avait pris la décision.

– Foutaises ! cria Tasera en poussant la porte.

Elle traversa la pièce jusqu'à la table, alluma la lampe. Atrus avait le teint cireux. Mais il restait, pensa-t-elle, l'homme fort qu'elle avait élevé.

– Je te connais, Atrus. Tu es têtu. Je sais aussi tout ce que Ti'ana représente pour toi. Vas-tu t'incliner ou te battre ?

– Me battre ? Comment ? Et contre qui ? Puis-je forcer Véovis à changer d'avis ? Quant à le persuader...

– Alors supplie-le.

– Le supplier ?

– Si Ti'ana a autant d'importance à tes yeux, que t'importe ? Va trouver Véovis, agenouille-toi devant lui s'il le faut. Mais n'accepte pas de ruiner ta vie.

– M'agenouiller ? C'est toi, mère, qui me conseilles cela ?

– Oui. Choisis ce qui compte le plus pour toi : ton bonheur ou ta fierté.

– Tu veux que je le supplie ?

– Tu l'as dit toi-même : il ne changera pas d'avis, ne se laissera jamais fléchir. Alors, que te reste-t-il ?

– Atrus a raison.

Anna venait d'apparaître dans l'encadrement de la porte. Atrus tenta de protester. Elle le fit taire d'un geste de la main.

– Ton père vient de m'apprendre ce qui s'est passé.

– Alors tu dois m'approuver, dit Tasera. Il faut que mon fils aille trouver Véovis.

– Peut-être, répliqua la jeune femme. Tu sais à quel

point je serais fière de devenir ta femme, ajouta-t-elle en regardant Atrus avec amour, plus fière que ne le serait aucune femme de D'ni. Pourtant, je n'accepterai jamais que tu t'agenouilles devant cet homme, même si ton refus doit nous séparer pour toujours. Cela équivaudrait à te renier et je ne le supporterai pas. Mais il existe, peut-être, un autre moyen...

Atrus parut reprendre confiance. Anna n'avait pas besoin d'en dire davantage. Il l'avait devinée, comme d'habitude.

– Soit, conclut-il. J'irai le voir. Mais j'ai peu d'espoir.

Véovis accepta de recevoir Atrus dans le cabinet de son père. Le prince Rakeri assisterait à l'entretien qui, ainsi, se déroulerait selon les normes.

L'accueil fut glacial. Véovis se maintint à six pas de son ancien ami, les mains derrière le dos. Le visage fermé, les deux hommes ne se saluèrent pas. Chacun s'efforça de ne manifester aucune émotion.

– Que désires-tu donc ? demanda froidement Véovis devant son père muet dans son fauteuil.

– L'explication de ton vote de ce matin.

– Je refuse de te la donner.

– Tu ne l'aimes pas. Je me trompe ?

Véovis se contenta de hausser les épaules.

– Ainsi que je l'ai dit...

– ... tu refuses de t'expliquer.

Véovis acquiesça.

– Alors, souviens-toi du puits, il y a tant d'années.

– Quel rapport ?

– Ce jour-là, je t'ai sauvé la vie.

Véovis blêmit, prit une profonde inspiration. Puis :

– Je t'en ai été extrêmement reconnaissant. Je le suis encore. Mais c'est du passé.

– Le passé revient toujours. Tu as prêté serment. Tu t'en souviens ? Tu m'as juré que s'il était en ton pouvoir de faire quoi que ce soit pour moi, *quoi que ce soit,* as-tu précisé, tu le ferais.

Véovis ne cilla pas, mais il se raidit et se figea, semblable à une statue.

– T'en souviens-tu ?

– Je m'en souviens.

– Eh bien, je te demande aujourd'hui de tenir parole, seigneur Véovis, et de me donner la permission, devant le Conseil réuni au grand complet, d'épouser Ti'ana.

Véovis garda le silence un long moment avant de se tourner vers son père qui, plein de tristesse, hocha imperceptiblement la tête.

– Je suis un homme de parole, fils de Kahlis. J'accepte donc ta requête. Mais je souhaite, quant à moi, ne plus te voir, ne plus jamais entendre parler de toi. Rien de ce qui a pu exister entre nous ne survivra. Nous sommes quittes.

Impavide, Atrus recula d'un pas.

– Je comprends. Et je te remercie.

– Tu me *remercies* ? s'écria Véovis avec un rire amer. Disparais. Car ta vue me rend malade.

CINQUIÈME PARTIE

LE PHILOSOPHE

Le vestibule était bondé. Maîtres accompagnés de leurs assistants, princes et simples membres du Conseil, tous s'apprêtaient à gagner le grand hémicycle où devait se dérouler le débat. Comme toujours, le bruit des voix se répercutait entre les piliers de marbre tandis que, par petits groupes, les éminents, les vénérables et les autres commentaient de façon informelle le projet qui ferait tout à l'heure l'objet de la discussion.

Au centre d'un des groupes les plus importants se tenait Atrus, auteur du projet. Au cours des quinze ans qui avaient suivi son retour au Conseil, il s'était imposé, au Palais, comme la figure de proue de la faction la plus libérale de l'assemblée. Les Cinq, à ce titre, le consultaient souvent sur des questions politiques et il se montrait toujours disponible pour qui voulait l'aborder. Ce jour-là, pourtant, il se montrait distrait.

– Des nouvelles ? s'enquit son ami Oren, de la guilde des chimistes, qui venait de se joindre au groupe.

– Pas encore.

– Tout ira bien pour elle, ajouta Penjul, un autre de ses amis, maître de la guilde des législateurs, en posant une main sur son épaule.

– Je n'en doute pas, répondit Atrus, sans parvenir à dissimuler son anxiété.

– Bien. Comment les choses vont-elles se dérouler aujourd'hui ? déclara Oren en consultant la dizaine de maîtres qui constituaient le noyau de leur groupe.

Il y eut des sourires. Oren, en bon chimiste, voulait des réponses précises.

– En tout cas, ce sera serré, murmura Hamil, le plus âgé du groupe et grand maître de la guilde des messagers, sans cesser de caresser sa longue barbe blanche. Cela dépendra beaucoup de l'éloquence de notre ami.

Oren regarda Atrus.

– Alors nous sommes perdus, dit-il, un léger pli au coin de la bouche. Maître Atrus n'a qu'une chose en tête, aujourd'hui.

Atrus sourit.

– Ne te tourmente pas, maître Oren, je serai à la hauteur. Mon discours me distraira un instant de sujets de préoccupation plus graves.

Tous approuvèrent. En dépit de l'importance de la proposition, la santé de Ti'ana passait avant tout.

D'ailleurs, sans Ti'ana, il n'y aurait pas eu de proposition du tout. C'était elle qui les avait emmenés dans la ville basse pour qu'ils se rendent compte par eux-mêmes des conditions d'existence qui y régnaient ; elle qui, pour une bonne part, avait inspiré le texte.

– Le bruit court que Véovis s'exprimera au nom de nos opposants, lança Penjul en désignant, de l'autre côté du vestibule, près de la grande porte en ogive de l'hémicycle, le fils de Rakeri entouré des membres de son parti.

– Alors le débat sera long et difficile, affirma ironiquement Tekis, de la guilde des archivistes.

– Et certainement interminable, persifla Penjul, provoquant l'hilarité générale.

– Peut-être bien, dit Atrus, mais je comprends ses objections. Il craint que ce changement ne soit que le sommet de la vague, et il n'est pas le seul dans ce cas. Notre tâche consistera à dissiper ces craintes, peut-être pas celles de Véovis, mais celles de ceux qui pourraient voter dans son sens. Nous devrons les persuader que nous nous en tiendrons à notre proposition et rien de plus. Ainsi, seulement, aurons-nous une chance de l'emporter.

Tous acquiescèrent.

– Et si nous perdons ? hasarda Oren.

Atrus eut un petit rire.

– Alors, nous trouverons un autre moyen d'aider la ville basse. Comme me l'a souvent dit Ti'ana, il y a plusieurs façons d'écorcher un reekoo.

L'assemblée se tut lorsque Véovis se leva de son siège, au plus bas niveau, se retourna et laissa ses yeux errer sur l'assistance.

– Frères, messeigneurs... Comme vous ne l'ignorez pas, je me suis assigné un objectif : vous convaincre de ne pas adopter cette proposition imprudente. Je n'aurai pas besoin, pour cela, d'un long discours. Dans la mesure où le système de gouvernement de notre cité demeure inchangé depuis plus de cinq mille ans, on peut en conclure qu'il fonctionne bien.

Il fit une pause, fixant brièvement Atrus qui, assis à moins d'un mètre de lui, le regardait intensément.

– Posons-nous une autre question, fondamentale : qui gouverne D'ni ? Les mesures proposées pourront paraître inoffensives. Pourtant, elles ne manqueront pas d'encourager l'agitation au sein du peuple, car une fois qu'il aura goûté au pouvoir, même à petite dose, qui l'empêchera d'en réclamer davantage ? Se satisfera-t-il de prérogatives limitées ?

» D'un autre côté, comme nous le savons pour en assumer toutes les vicissitudes, le pouvoir a son revers : la responsabilité. On peut donner le pouvoir en une nuit, mais la responsabilité ne s'acquiert qu'après de longues années d'apprentissage. N'en demandons-nous pas trop au peuple, quelle que soit par ailleurs son honnêteté, en le forçant à endosser ce fardeau sans préparation préalable ? Pour moi, la réponse va de soi. Ne serait-il pas injuste d'exiger de lui une sagesse et une instruction identiques à la nôtre alors qu'il n'a, jusqu'à présent, connu que l'obéissance ? Là encore, je réponds oui.

Véovis s'interrompit un instant, sûr de son effet.

– Voilà pourquoi je récuse ce projet. Parce qu'il ne ferait que causer le malheur de ceux qui, pour l'instant, sont plus heureux que nous. Pourquoi leur faire supporter un poids qu'ils ne réclament pas ? Non, frères. Contentons-nous de laisser les choses en l'état. Comme moi, rejetez cette proposition et restons-en là. Frères, messeigneurs, je vous remercie.

Il se rassit, dans des murmures d'approbation. A un signal du prince R'hira, Atrus se leva.

– Frères, messeigneurs... Ainsi qu'on vous l'a peut-être annoncé, ma femme Ti'ana est sur le point d'accoucher. Je serai donc bref.

Il y eut des rires. Véovis lui-même se crut obligé de hocher la tête.

– Quoi qu'il en soit, laissez-moi vous dire quelques mots en réponse à l'éminent intervenant. Je conçois que le seigneur Véovis soit fort occupé, mais s'il avait lu mon projet jusqu'au bout, il se serait rendu compte que mes propositions sont loin d'accorder à leurs bénéficiaires les pouvoirs qu'il redoute. On ne doit jamais déléguer le pouvoir à la légère. Quant à la responsabilité, j'admets que cette lourde charge nécessite une éducation poussée. Telle est la loi de D'ni, et je n'ai pas l'intention de la modifier.

Il se tut, laissant ses yeux errer sur l'assistance, parmi les gradins circulaires de l'hémicycle, avant de reprendre.

– Laissez-moi donc expliciter de façon claire, pour le bénéfice de tous, de telle sorte qu'il n'y ait aucun malentendu, ce que je vous demande d'approuver aujourd'hui. Je partage la conviction de Véovis. Toutes les questions politiques et financières doivent rester les prérogatives de cette assemblée. Je ne le conteste en aucune façon. Loin de vouloir ôter, je veux donner. Ma proposition consiste simplement à laisser au peuple de

D'ni une certaine forme d'autonomie et la possibilité de contrôler une partie de ses affaires. Certains d'entre vous, je le vois, me désapprouvent. Qu'ils ne se détournent pas de la vérité. Quelques-uns, parmi vous, l'ont vue de leurs propres yeux. Tout comme nous, le peuple D'ni n'est pas pauvre. Il mange à sa faim, dispose de logements salubres, de services de santé et d'hygiène publique. Pourtant – et c'est le point capital –, son sort pourrait être amélioré.

Nouvelle pause. Il reprit son souffle. Puis :

– Je sais ce que, pour certains, vous pensez. Pourquoi ? Pourquoi serions-nous concernés par l'amélioration des conditions de vie du peuple ? Eh bien, laissez-moi vous donner deux raisons. En premier lieu, pensez à ceux que concerne ma proposition. Nous ne parlons pas d'êtres oisifs, incapables ou prodigues, mais d'hommes et de femmes durs à l'ouvrage. Chacun de nous, ici, connaît bon nombre de ces gens. Nous les rencontrons tous les jours, nous dépendons d'eux pour de multiples choses. Et ils dépendent de nous.

» En second lieu, nous sommes légitimement fiers de régenter dix mille Ages. Pourtant, on ne devrait pas juger une société uniquement sur l'extension de son empire mais sur la qualité de vie de *tous* ses citoyens. Nous formons un peuple riche. Nous pouvons nous permettre de nous montrer généreux. Je dirais même que c'est notre devoir, surtout vis-à-vis des nôtres. Voilà pourquoi je vous demande, frères, d'entériner ce projet. Pour D'ni et pour que nous puissions à l'avenir nous regarder sans honte dans le miroir, fiers de ce que nous aurons accompli ici aujourd'hui. Frères, messeigneurs, je vous remercie.

Atrus se rassit. Le prince R'hira fit signe aux huissiers groupés au fond de l'hémicycle. Véovis et Atrus avaient été les deux derniers intervenants. Il fallait maintenant passer au vote.

R'hira attendit que les huit huissiers aient gagné leurs places. Leur tâche consistait à compter les mains levées, à la fois pour et contre la proposition. Lorsqu'ils furent prêts, R'hira, fidèle à la coutume, salua les autres princes puis déclara :

– Que ceux qui sont en faveur de la motion lèvent la main.

Les huissiers comptèrent rapidement.

– Que ceux qui s'y opposent...

Les huissiers firent de nouveau leurs calculs.

– Merci, messieurs.

Les huissiers, en ligne, s'avancèrent. Chacun donna son chiffre, que R'hira consigna sur le grand livre du Conseil étalé devant lui. Après que les huissiers eurent tourné les talons, il compara brièvement les deux colonnes de chiffres. Selon le protocole, les Cinq ne votaient pas, sauf si le scrutin était assez serré – trois voix d'écart, en général – pour que leur opinion emporte la décision.

– Messieurs, dit-il, regardant tous les gradins l'un après l'autre, il apparaît que vous êtes divisés sur le sujet. Cent quatre-vingt-deux voix pour, cent quatre-vingts contre. En conséquence, les Cinq se prononcent pour l'acceptation.

Véovis bondit aussitôt sur ses pieds.

– C'est impossible, monseigneur ! Quelle bonne raison avez-vous de...

Il se tut, baissa la tête.

R'hira le dévisagea un long moment puis se leva, mettant fin à la séance.

– Le Conseil a parlé, maître Véovis. La proposition est adoptée.

Suahrnir ferma calmement la porte derrière lui. Assis dans un coin de la pièce éclairée par une seule lampe, Véovis méditait. Même s'il avait réussi à maîtriser son agitation, il y avait sur ses traits une expression sombre qui n'augurait rien de bon.

– Veux-tu boire quelque chose ? demanda Suahrnir en se dirigeant vers le creux du mur où il rangeait les carafes de cristal.

Véovis refusa en silence. Suahrnir haussa les épaules et se servit un grand verre. Il but une gorgée, savourant la brûlure de l'alcool dans sa gorge.

– Il doit bien y avoir quelque chose à faire, murmura Véovis, comme s'il se parlait à lui-même.

Suahrnir sourit.

– Peut-être...

Les yeux de Véovis s'allumèrent.

– Continue.

– Je connais un homme, dit Suahrnir en s'asseyant près de Véovis. On l'appelle le philosophe. Il écrit des pamphlets.

– Des pamphlets ! Vraiment, Suahrnir, je te croyais sérieux.

– Je le suis. Ce philosophe est un homme très influent dans la ville basse. Les gens lisent ses écrits. Beaucoup de gens. Et ils écoutent ce qu'il a à dire. Plus que Ti'ana et les réformateurs.

– Que dit-il, exactement ?

– Ce serait trop long à développer. Tu devrais lire un ou deux textes de lui. Tu les aimerais, Véovis.

Véovis considéra son ami d'un air sceptique, lui prit son verre des mains, y trempa ses lèvres avant de le lui rendre.

– Et quel est le nom de ce philosophe ?

– A'Gaeris.

Véovis éclata de rire.

– A'Gaeris ! L'escroc !

– Rien n'a été prouvé.

Véovis eut un geste méprisant de la main.

– Les guildes n'ont pas pour habitude d'exclure leurs membres sur de simples rumeurs, Suahrnir. J'étais là lorsqu'on lui a arraché son manteau. J'ai entendu la lecture de l'acte d'accusation.

– C'était il y a cinquante ans.

– Cinq siècles ne changeraient rien à l'affaire. On ne peut pas faire confiance à cet homme.

– Je crois que tu te trompes. Je suis sûr qu'il pourrait t'aider.

– Comment ? En écrivant un pamphlet sur le sujet ?

Suahrnir n'avait jamais vu son ami aussi amer. Sa défaite l'avait frappé de plein fouet, en partie à cause de celui qui la lui avait infligée.

– Le philosophe n'aime pas les étrangers, dit Suahrnir en regardant à travers son verre. Il affirme que le mélange des sangs n'est qu'une abomination.

Cet argument porta.

– Il a dit ça ?

– Et plus encore. Tu devrais le rencontrer.

Véovis eut un rire sans joie.

– Impossible.

– Alors tu vas rester là à broyer du noir, c'est ça ?

– Non, répondit Véovis en se levant pour décrocher son manteau. Je vais aller le faire chez moi, puisque ma compagnie semble te peser.

Son ami tenta de l'arrêter d'un geste.

– Véovis...

– Demain, dit ce dernier en écartant sa main. Je serai de meilleure humeur demain.

Suahrnir le regarda partir en soupirant. Pour l'heure, Véovis paraissait fermé à toute suggestion. Mais dans un jour ou deux, peut-être...

Il sourit puis, s'asseyant devant son bureau, se mit à rédiger une note.

Assise dans son lit, une grande pile d'oreillers derrière le dos, Anna berçait le nouveau-né. Un sourire serein, où l'épuisement se mêlait à la joie, éclairait son visage anormalement pâle.

Assise près d'elle sur une chaise, penchée en avant, les mains croisées sur un genou, Tasera, en extase, admirait son petit-fils. Il était petit, plus petit qu'Atrus à la naissance, mais robuste ; et la sage-femme avait affirmé qu'il s'agissait d'un enfant plein de santé.

Ils se trouvaient à Ko'ah. Le printemps régnait sur l'île. Un parfum de fleurs et d'arbres fruitiers flottait dans l'air ; les chants d'oiseaux perçaient le silence de ce matin ensoleillé.

– Mais que fait Atrus ?

– Il sera là bientôt, dit Anna à Tasera avec un sourire indulgent. Il ne peut pas négliger ses devoirs. C'était sa proposition, après tout.

– Et même...

Tasera se tut subitement. Ses traits s'illuminèrent.

– Atrus ! Te voilà enfin !

Il embrassa sa mère puis resta là, devant Anna, lui posant en silence la seule question qui lui importait.

– C'est un garçon, dit-elle en le dévorant des yeux.

Il s'approcha, s'agenouilla près du lit, le front au niveau du bébé endormi.

– Mais il...

– Il te ressemble, murmura Anna avec un petit rire. N'est-ce pas qu'il est beau ?

Il hocha la tête, leva les yeux vers elle.

– Merci, chuchota-t-il avant de se pencher et de l'embrasser avec douceur.

De nouveau, il contempla l'enfant, comme il avait jadis contemplé Anna dans son sommeil, la nuit qui avait précédé sa demande en mariage. Et ces deux moments uniques, en cet instant, semblaient indissociables.

– Eh bien, petit Gehn, dit-il, consentant enfin à se détendre, comment va la vie ?

Ils attendaient maître Oren depuis des heures. Il les avait prévenus de son retard, mais ils redoutaient à présent qu'il n'assiste pas à la fête. Il arriva enfin, la mine sombre. Se rendant compte que quelque chose n'allait pas, Atrus l'entraîna à part.

– Que se passe-t-il, vieux frère ?

– On nous convoque, Atrus, répondit Oren légèrement embarrassé. Tous les membres des guildes doivent regagner D'ni immédiatement. Deux aspirants de la guilde des Protecteurs ont disparu. Nous devons fouiller les Ages pour essayer de les retrouver.

Atrus blêmit.

– Mais c'est...

– Un travail de titan, oui. Voilà pourquoi les Protecteurs ont appelé les autres guildes à la rescousse. Les circonstances de ces disparitions sont... suspectes, dirons-nous. Les aspirants enquêtaient sur quelque chose d'important. Sur quoi exactement, nous n'en savons rien, mais le grand maître Jadaris pense qu'ils ont pu être kidnappés, voire assassinés.

Cette nouvelle bouleversa Atrus.

– Bien, dit-il. Va saluer ma famille. Pendant ce temps, je rassemblerai les nôtres pour les mettre au courant. Ensuite, nous partirons.

Oren prit affectueusement le bras de son ami.

– Je suis navré de gâcher ta joie. On m'a dit que tu avais un fils.

De nouveau, un bref sourire apparut sur les lèvres d'Atrus.

– Viens le voir, Oren. Il s'appelle Gehn et deviendra un jour un maître éminent.

Une heure plus tard, Atrus se présenta devant maître Jadaris en personne.

– Ah, maître Atrus ! On m'a rapporté que les félicitations étaient à l'ordre du jour. Un fils, hein ? Voilà de bonnes nouvelles. De très bonnes nouvelles !

– Merci, grand maître, répondit Atrus en s'inclinant profondément.

– On t'a appris ce qui se passe ?

– Nous devons fouiller les Ages.

– Pas tous. Uniquement ceux où les deux aspirants ont enquêté au cours des cinq dernières années. Tout le monde n'est pas censé le savoir, poursuivit Jadaris en baissant la voix, mais plusieurs guildes ont constaté la disparition de livres-relais vierges. Nous soupçonnons les aspirants de les avoir emportés avec eux pour poursuivre leurs investigations.

Il s'agissait d'un fait très grave. Atrus prit tout de suite la mesure des difficultés qui en découleraient.

– Savons-nous sur quoi ils enquêtaient, maître Jadaris ?

– Non. Nous supposons qu'ils ont découvert quelque chose sur un Age au cours d'une inspection de routine. Quelque chose de très important. Ils y sont sans doute retournés munis des livres manquants, pour trouver une preuve concluante de ce qu'ils avaient trouvé.

– Combien d'Ages sont concernés, maître ?

– Plus de soixante.

– Et vous pensez qu'un membre éminent pourrait être impliqué ?

– Peut-être bien. Voilà pourquoi nous expédions des équipes, de préférence à des individus. Nous ne voulons pas prendre le risque de perdre un seul homme de plus. Je t'ai affecté à un groupe de Protecteurs.

– Je vois. Et où souhaitez-vous que j'aille, grand maître ?

– A K'veer.

– K'veer !

Jadaris leva la main.

– Avant de protester, sache que le prince Rakeri lui-même a demandé que ce soit toi. Il te considère comme irréprochable. A ses yeux, si tu diriges l'équipe chargée d'enquêter sur les Livres de sa famille, cela la lavera de tout soupçon. Il s'agit d'une affaire très délicate ; tu dois le comprendre.

– Bien sûr. Mais...

– La décision est prise, conclut Jadaris d'un ton sans réplique.

Atrus ne put que s'incliner.

– Comme il vous plaira, maître Jadaris.

Le prince Rakeri accueillit Atrus sur les marches de la jetée. Derrière le vieil homme, le gros rocher en spirale de K'veer pesait de tout son poids. Il était tôt ; une faible lumière éclairait la grande caverne, mais, de l'autre côté du lac, D'ni luisait comme un incendie.

– Atrus, je suis heureux que tu sois venu. Et bravo. J'ai appris que tu avais un fils.

En souriant, Atrus prit ses mains entre les siennes.

– Merci, prince Rakeri. L'enfant s'appelle Gehn.

Rakeri lui rendit son sourire en accentuant la pression de ses doigts.

– C'est un beau nom. Celui qui le portait avant lui, le père du père de son père, était un grand homme. Du moins le serait-il devenu, si le destin ne l'avait pas ravi si jeune à notre affection. Mais venons-en au but de ta présence. Je conçois que ta mission te paraisse pénible. Arrangeons-nous pour qu'elle se déroule dans la dignité.

Atrus acquiesça, emboîta le pas du vieil homme, suivi par les membres de son équipe – six jeunes Protecteurs et un maître de guilde. La vaste demeure était calme, silencieuse. Elle parut à Atrus, après les éclats de rire de la fête de Ko'ah, sombre et sans joie.

La grande porte de la salle des Livres était fermée. Après avoir détaché une clé du grand trousseau pendu à sa ceinture, Rakeri la déverrouilla, poussa le battant droit.

– N'entrez-vous pas avec nous, monseigneur ? demanda Atrus, hésitant sur le seuil.

– Ce serait préférable, répliqua le vieil homme d'un air triste. Tout cela me met dans une position inconfortable. Les inspections de routine ne me perturbent pas. Mais celle-ci... Cette affaire dégage des relents nauséabonds, tu ne trouves pas ?

Atrus s'efforça de le rassurer.

– Je suis sûr que nous trouverons bientôt une explication. Nous allons procéder le plus rapidement et le plus efficacement possible. De toute façon, je vous communiquerai avant notre départ une copie de mon rapport.

Rakeri poussa un soupir de soulagement.

– C'est très aimable à toi, Atrus. Très aimable.

La salle des Livres de K'veer avait déjà impressionné Atrus le jour où il l'avait découverte, des années plus tôt. Cette fois encore, sa magnificence l'écrasa, avec ses étagères courant le long de trois des murs, pleines de livres de commentaires dont les dates et les numéros s'inscrivaient en lettres dorées sur la tranche et, trouant le quatrième mur, ses deux immenses fenêtres de pierres de différentes couleurs qui montaient jusqu'au plafond. On pouvait voir, de là, la paroi lointaine de la grande caverne et, tout en bas, le lac que la pièce surplombait d'une vingtaine de mètres.

Eblouis par une telle grandeur, les aspirants se figèrent sur place. Rakeri et sa famille possédaient six Livres – six anciens Ages. Ces volumes massifs reposaient sur des piédestaux de marbre, dont la couleur s'harmonisait avec celle de leur reliure. Chaque Livre était fixé à son socle par une chaîne dorée faite de nara, la pierre la plus dure de D'ni.

Atrus les examina tour à tour. Les cinq premiers étaient fermés, à l'inverse du sixième – le Livre de Nidur Gemat – dont la fenêtre descriptive scintillait dans la lumière ténue du matin.

Atrus s'était souvent rendu à Nidur Gemat, aux premiers temps de son amitié avec Véovis. Il ressentit soudain une profonde tristesse, mêlée de nostalgie. Véovis et lui étaient devenus des étrangers l'un pour l'autre. En cet instant, il aurait donné n'importe quoi pour effacer la querelle qui les séparait depuis quinze ans.

Il se retourna, appela le maître de guilde.

– Maître Kura, postez deux hommes à la porte. Nous commencerons par Nidur Gemat.

Le maître de guilde s'apprêtait à exécuter son ordre

lorsque la porte se rabattit avec fracas, laissant Véovis se précipiter dans la pièce.

– Je le savais ! cria-t-il en désignant Atrus. Je me doutais que tu te porterais volontaire pour t'introduire ici ! Toi, ajouta-t-il en direction de Kura qui cherchait à s'interposer, reste où tu es ! Je parle à maître Atrus ! Eh bien, dit-il en s'arrêtant à un mètre d'Atrus qui, immobile, les poings serrés contre les cuisses, le regardait droit dans les yeux. N'as-tu donc rien à dire ?

Atrus ne répondit pas. Il avait appris depuis longtemps que la seule défense, lorsqu'on est injustement accusé, consiste à se taire. Son silence exaspéra Véovis.

– Tu n'as pas pu t'empêcher de venir fourrer ton nez dans nos affaires, hein ! Dès que tu as su que...

– Véovis !

Il s'interrompit brusquement, se retourna. Son père se tenait dans l'encadrement de la porte.

– Père ?

– Laisse-nous, lui intima Rakeri, sur un ton de commandement qu'Atrus ne lui avait jamais entendu employer en s'adressant à son fils.

Véovis s'inclina, fixa une dernière fois, avec hargne, son ancien ami et s'en alla. Après son départ, Rakeri fit quelques pas vers Atrus.

– Excuse-le. Il ne se rend pas compte de la gravité de la situation. Je vais m'empresser d'aller lui parler. En attendant, je fais amende honorable pour lui. Et je suis sûr qu'il finira par le faire lui-même.

Atrus eut un imperceptible signe de tête.

– Merci, prince Rakeri, mais cela ne sera pas nécessaire. Nos relations sont déjà assez tendues. Vos excuses me suffisent.

Le prince apprécia cette attitude.

– Tu es à la fois sage et bon, Atrus. Et je regrette que mon fils ait perdu un ami tel que toi. Tu n'y es pour rien. Véovis est impulsif, comme l'était son grand-père.

Suivit un silence lourd, interminable.

– Bien, finit par déclarer le vieil homme. Je te laisse

une fois encore. Fais ce que tu dois faire. Nous n'avons rien à cacher.

Atrus le salua avec respect.

– Monseigneur...

Un mois passa sans qu'on reçût la moindre nouvelle des deux aspirants disparus. L'inspection des soixante Ages arrivait à son terme. Deux jours après le départ de K'veer d'Atrus et de son équipe, Véovis, assis sur la terrasse, au sommet de l'île, prit connaissance de la copie du rapport qu'on avait remise à son père. Il dévora le document d'un trait. Puis, tournant la dernière page, il le posa sur une table basse et resta longtemps immobile, les yeux dans le vague. Il ne remarqua même pas la présence de Suahrnir qui, debout devant son ami, l'observa un moment.

– Eh bien ? Que dit notre « ami » Atrus ?

Véovis tourna lentement la tête. Il avait l'air troublé.

– Il a fait son travail jusqu'au bout, de façon scrupuleuse et honnête. Je me demande si je ne l'ai pas mal jugé.

Suahrnir éclata de rire.

– Tu crois vraiment ? Si tu veux mon avis, il n'éprouve pour toi que de l'animosité, Véovis.

– Peut-être, mais il n'y a rien dans le rapport.

– Dans le document officiel, sans doute.

– Que veux-tu dire ?

– Ce qu'on écrit pour être lu par tous diffère souvent de ce qu'on rapporte de vive voix... En privé. Et si maître Atrus avait donné une autre version des faits aux Cinq ?

– Mon père l'aurait su. Il m'aurait averti.

– Uniquement au prince R'hira, alors...

– Non, murmura Véovis en secouant la tête.

Pourtant, sa voix manquait d'assurance.

– Et s'il avait trouvé quelque chose ?

– Que pourrait-il trouver ?

– Oh, je ne dis pas qu'il a réellement découvert quoi que ce soit. Mais il peut toujours le prétendre.

– Que fais-tu des Protecteurs ?

Suahnir eut un sourire ironique.

– On ne doit pas avoir beaucoup de mal à les embobiner. Après tout, ce ne sont que de modestes aspirants.

De plus en plus troublé, Véovis refusait encore de se laisser entraîner sur ce terrain.

– Atrus ne m'aime pas ; mais cela ne fait pas de lui un fourbe ou un calomniateur.

– Qui sait à quelles extrémités peut en arriver un homme ? Tu l'as profondément heurté en t'opposant à son mariage avec l'étrangère. Ce genre de choses ne s'oublie pas facilement. Et la vengeance est un plat qui se mange froid.

Véovis parut tout d'un coup déprimé. Il se tassa sur lui-même, le visage sombre. Puis il se ressaisit, se redressa.

– Non, dit-il, je n'y crois pas.

– Bien, chuchota Suahrnir en se penchant vers lui avec une mine de conspirateur. Tu n'y crois pas. Mais je connais un moyen d'en être sûr.

– Lequel ?

– J'ai un ami. Il a des oreilles un peu partout, même chez les domestiques. Si quelque chose de secret se trame, lui le saura.

– Cet ami... Qui est-ce ?

Suahrnir baissa encore la voix.

– Tu connais son nom.

– Ne me dis pas qu'il s'agit de ton A'Gaeris ! s'écria Véovis avec mépris. Tu voudrais que je me fie aux paroles de cet individu ?

– Tu ne seras pas obligé de croire ce qu'il te dira. Ecoute-le quand même. Tu n'as rien à perdre. Et tu pourras peut-être apprendre quelque chose d'intéressant.

– Que demande-t-il en échange ?

Suahrnir eut l'air surpris.

– Mais rien, évidemment. Rien du tout. Cet homme m'est redevable. Je suis sûr qu'il te plaira. Vous vous ressemblez. Vous êtes tous les deux forts, intelligents. J'aimerais vous voir vous mesurer : le spectacle en vaudra la peine.

Véovis hésita encore. Puis, l'air renfrogné, il haussa les épaules.

– Très bien. Arrange une rencontre. Mais sans témoins. Et personne ne doit rien savoir.

Satisfait, Suahrnir se leva, salua brièvement son ami.

– Sois tranquille. Je connais un endroit sûr.

La nuit régnait sur D'ni. Une nuit privée d'étoiles et de lune, une nuit sombre, opaque, trouée seulement par les lampes qui clignotaient faiblement le long des rues. La lumière distillée par le lac s'était évanouie au moment où ses organismes aquatiques, ayant achevé leur cycle de trente heures mis au point en des temps immémoriaux, très loin de la terre, avaient cessé de l'émettre.

Seule dans le jardin, sur le toit de la maison de Kahlis, Anna, accoudée au parapet, laissait son regard errer sur la ville et sur les eaux où se dessinait vaguement le contour des îles. Dans l'une d'elles se trouvait Atrus, du moins s'il était encore à D'ni.

La jeune femme soupira. Il lui manquait énormément. Elle se retourna en entendant les cris du bébé venus de la nursery. Elle eut un instant la tentation de laisser la nurse s'occuper de tout, se résolut enfin à s'engager, en se baissant, dans l'étroit escalier qui descendait au dernier étage, longea le couloir jusqu'à la chambre d'enfant. Les pleurs du nouveau-né s'intensifiaient, comme s'ils ne devaient jamais cesser.

Une fois dans la pièce, la jeune femme constata que la nurse était en compagnie de son collègue masculin, maître Jura, de la guilde des guérisseurs. Assis devant une table, dans un coin, le vieillard écrivait. En apercevant Anna, il fronça les sourcils, comme si tous ses soucis provenaient d'elle et non du nourrisson.

Elle l'ignora, se dirigea vers le berceau. Couché sur le dos, le visage cramoisi, Gehn hurlait, agitant bras et jambes avec frénésie. Elle eut envie de le prendre, de le serrer contre elle. Mais cela n'aurait rien changé. Son fils aurait continué à crier de plus belle.

– Bien... déclara le guérisseur en consultant ses notes. Tout cela me paraît très simple.

Il l'observa avec froideur, sans la moindre sympathie.

– Cet enfant a un problème d'estomac. Il crie parce qu'il ne reçoit pas une nourriture adaptée, et parce qu'il souffre.

Anna sentit son cœur s'emballer dans sa poitrine.

– Il souffre ?

Le guérisseur parcourut une nouvelle fois ses notes.

– S'il était D'ni, il serait facile de lui prescrire un traitement. Mais là...

– Pardonnez-moi, mais je ne vois pas le rapport.

Maître Jura eut un petit geste d'agacement. Il répondit d'une voix irritée :

– N'est-ce pas évident ? Ce nourrisson est contre nature. Un hybride. Il n'est ni D'ni, ni humain, mais un curieux mélange des deux. Là réside le problème. Je m'étonne même qu'il ait survécu !

La jeune femme sentit la colère, la rage lui monter aux joues. Comment ce vieillard osait-il parler de son fils comme d'un phénomène, d'une aberration de la nature ? Elle regarda le bébé qui pleurait, puis le guérisseur.

– L'avez-vous au moins examiné, maître Jura ?

Il eut un rire dédaigneux.

– L'examiner ? Pour quoi faire ? Comme je l'ai dit, le diagnostic est clair. On ne peut mêler le sang humain et le sang D'ni. Pour me montrer tout à fait honnête avec vous, il aurait mieux valu que cet enfant meure.

Elle se figea un instant, laissant sa fureur la submerger, puis s'exprima avec un calme qui la surprit elle-même.

– Dehors.

Le guérisseur était retourné à ses notes. Croyant d'abord que la jeune femme s'adressait à la nurse, il se contenta de lever la tête. Il croisa alors les yeux d'Anna, nota le durcissement subit de ses traits.

– Oui, vieil homme. C'est à toi que je parle. Va-t'en avant que je te chasse.

– Mais, je...

– *Dehors !* Comment oses-tu t'introduire chez moi pour me dire qu'il vaudrait mieux que mon fils soit mort ? Comment oses-tu ?

Dignement, maître Jura rassembla ses papiers, les glissa dans sa trousse et se leva.

– Je ne resterai pas une minute de plus dans une maison où on ne veut pas de moi.

– Parfait, répliqua Anna, réprimant son envie de le frapper pour son impertinence. Quant à toi, ajouta-t-elle à l'intention de la nurse, fais tes bagages et disparais. Je n'ai plus besoin de toi.

La pièce était située au rez-de-chaussée d'une maison du quartier de J'Taeri, juste devant le port : pièce modeste et de bon aloi, meublée de trois fauteuils et d'un placard de bois foncé. On avait accroché, de part et d'autre de la fenêtre, deux portraits de femmes mûres, revêches et vêtues de noir, tenue habituelle des matrones respectables de D'ni depuis plus de quatre mille ans.

Pour passer le temps, Véovis les examina en détail. La cloche de la ville sonnait la quatrième heure de l'après-midi. Tout était calme. Véovis se sentait légèrement mal à l'aise. A'Gaeris viendrait-il ? Et s'il venait, qu'aurait-il à lui dire ?

Il avait encore en mémoire la colère de l'escroc le jour de son expulsion, le regard plein de haine qu'il avait lancé au grand maître avant de jeter son manteau à terre et de quitter, déshonoré, la Maison de la guilde.

La porte grinça doucement. Véovis se retourna, se retrouva face à Suahrnir.

– Il est arrivé ?

Suahrnir acquiesça, s'écarta pour laisser entrer A'Gaeris, homme de haute taille, large d'épaules mais corpulent, aux cheveux gris rejetés en arrière et longs, à l'ancienne mode. Il portait une tunique noire, des pantalons bouffants de même couleur. Véovis fut surtout frappé par ses yeux insolents et féroces qui, sans gêne, le toisèrent un long moment.

– Seigneur...

Véovis crut discerner dans sa voix une sorte de ricanement. Il répondit sur le même ton :

– Philosophe...

A'Gaeris ne put s'empêcher de sourire.

– Je vois que je ne m'étais pas trompé.

– Sur quoi ?

– J'ai dit qu'il y avait du feu en toi. J'avais raison.

Véovis eut un rictus sardonique.

– Venant d'une autre bouche que la tienne, ce compliment m'aurait flatté.

– Et de la mienne, il t'offusque ?

– Je ne te connais que de réputation.

– Tu as donc lu mes écrits ?

– Pas une ligne.

A'Gaeris cligna des paupières.

– Alors, tu n'as pas idée de la délectation qui t'attend.

– Modeste, avec ça...

– Pourquoi le serais-je ?

Véovis se détendit, accorda ce point à son interlocuteur.

– Tu as du répondant, philosophe.

– Assez pour te clouer le bec. Que désires-tu ?

– A vrai dire, je n'en sais trop rien. On est arrivé à me convaincre que tu pourrais m'aider.

A'Gaeris rit avec dédain, marcha jusqu'à la fenêtre et regarda dehors.

– T'aider ? Mais tu es un seigneur de D'ni. Comment moi, simple mortel, pourrais-je t'aider ?

– Je l'ignore, répondit Véovis, agacé par l'éclair d'ironie qu'il perçut dans l'œil du philosophe.

– Tu ne le sais pas, murmura A'Gaeris, tout d'un coup plus aimable. Moi, je le sais peut-être.

– Continue.

– J'ai des oreilles.

– C'est ce que m'a affirmé Suahrnir. Mais cela en vaut-il la peine ?

A'Gaeris haussa les épaules.

– Que souhaiterais-tu apprendre ?

– Ce qui me servirait.

– Et nuirait à tes adversaires ?

– Mettons.

Le philosophe sourit.

– Nous avons un point important en commun, seigneur Véovis. Notre amour pour D'ni et notre attachement à la pureté de son sang.

– Ce qui signifie ?

– Je parle de ton ancien ami Atrus et de l'épouse qu'il a eu l'impudence de choisir.

La voix de Véovis se fit plus âpre.

– Que sais-tu sur eux ?

– Pas plus tard que la nuit dernière, semble-t-il, l'étrangère a mis maître Jura, de la guilde des guérisseurs, à la porte de chez elle. Elle a ensuite renvoyé la nurse.

Véovis consulta silencieusement Suahrnir. Si elle était vraie, la nouvelle était de taille.

– Connais-tu les raisons de son geste ?

– On m'a rapporté que Jura aurait suggéré que la mort de ce nourrisson hybride épargnerait bien des soucis à tout le monde.

Véovis ne cacha pas sa stupéfaction.

– Et comment maître Atrus a-t-il réagi ?

– Qu'aurait-il pu riposter ? Il n'était pas là. Mais il l'apprendra dès son retour.

– C'est ignoble.

– N'est-ce pas ? On n'aurait jamais dû autoriser une telle union.

– J'ai fait tout ce qui était en mon pouvoir pour l'empêcher.

– Je le sais, murmura le philosophe, fixant Véovis avec compréhension et sympathie.

– Je crois avoir entendu ce que je voulais savoir. Mais toi ? Que désires-tu en échange ?

– Devenir ton ami.

Véovis ricana, prenant cette réponse pour un sarcasme. Mais le philosophe était sérieux et solennel.

– La compagnie de mes pairs me manque, dit-il. Haranguer la populace ne me console en rien. Ma vie s'est arrêtée le jour où ma guilde m'a exclu.

– Elle avait de bonnes raisons.

– Pas la moindre ! s'écria A'Gaeris avec une indignation qui paraissait sincère. On m'a accusé à tort. Aucun livre ne manquait. Ou si c'était le cas, je n'y étais pour rien.

– C'est ce que tu dis, rétorqua Véovis d'une voix neutre.

– Oui, c'est ce que je dis, répéta le philosophe avec fureur, comme s'il cherchait à défier son vis-à-vis.

Il y eut un long silence. Véovis mit ensuite un terme à la rencontre.

– Donne-moi un jour ou deux de réflexion. Ensuite, peut-être nous reverrons-nous.

– Comme il te plaira.

Presque gai, tout d'un coup, Véovis gloussa.

– Tu dis qu'elle a chassé le guérisseur ?

– Il paraît qu'elle l'a même menacé.

– Bien.

L'air songeur, il marcha vers la porte.

– J'ai apprécié cette entrevue, philosophe.

– Moi de même, seigneur Véovis.

La lumière du lac s'était dissipée lorsque A'Gaeris pénétra par l'escalier de service dans le logement meublé qu'il occupait depuis quinze ans. Corlam, son assistant, qui l'attendait en scrutant la rue depuis la fenêtre, s'empressa d'allumer la lampe.

Le philosophe paraissait préoccupé. Sans même saluer Corlam, il alla directement s'asseoir à son bureau. La pièce était tellement encombrée qu'on pouvait à peine s'y déplacer. Des piles de livres entassés sur les étagères en masquaient les murs. On y trouvait principalement des ouvrages de référence, des volumes contenant les minutes et les résolutions du Conseil. Quant aux innombrables tomes de son journal, A'Gaeris les avait rangés sur une étagère spéciale, tout au fond de son étude.

Il y avait cinquante ans, depuis qu'on l'avait expulsé de sa guilde, qu'il travaillait dans ce capharnaüm. C'était là qu'il concoctait ses plans, préparant méthodiquement sa revanche, savourant à l'avance le jour où il resurgirait de l'ombre, où son nom, apparaissant en pleine lumière, serait de nouveau connu de tous, et non pas uniquement de la tourbe de la ville basse.

« Adopté » tout enfant par A'Gaeris, qui l'avait recueilli dans une ruelle d'un quartier mal famé, Corlam savait tout cela. Le philosophe ne faisait confiance qu'à lui. Il s'en servait comme d'une caisse de résonance, peaufinant sans cesse son labeur, affinant ses idées et ses théories jusqu'à ce qu'elles lui deviennent presque aussi familières qu'à lui-même.

Corlam, comme il le faisait toujours, vint se placer près de son maître, tandis qu'A'Gaeris sortait le dernier tome de son journal du tiroir de gauche de son bureau et, après l'avoir étalé devant lui, commençait à écrire.

Le philosophe venait de vivre une journée importante. Corlam avait constaté sa fébrilité plusieurs jours avant cette rencontre dont les raisons, pour l'heure, lui échappaient. Le seigneur Véovis était certes un personnage considérable, mais A'Gaeris n'avait pas encore mis son assistant dans la confidence.

– Des vrais, lui dit-il au bout d'un moment. Si seulement je pouvais mettre la main sur de *vrais* Livres.

Les volumes qui encombraient les étagères avaient été, pour la plupart, « empruntés » aux bibliothèques des guildes. Après tout, elles en possédaient tellement que quelques disparitions par-ci par-là passaient inaperçues. Mais Corlam avait compris la phrase de son maître. Il parlait de *Kortee'nea.* De Livres D'ni vierges. Ceux qu'on utilisait pour se relier aux Ages.

– Je sais, reprit le philosophe en tournant les pages de son journal. Tu ne peux m'être, sur ce sujet, d'aucune utilité. Mais le seigneur Véovis, lui, le sera peut-être. D'autant que j'ai à présent quelqu'un dans la place. Quelqu'un qui souhaite m'aider. Si j'arrive à le persuader de m'appuyer, *lui,* alors qui sait ?

Corlam se pencha pour mieux voir. Son maître, une nouvelle fois, exerçait ses talents de faussaire. Le muet examina la page, tapota l'épaule d'A'Gaeris. C'était inouï. N'importe qui jurerait reconnaître l'écriture de Véovis, dont Corlam avait découvert un échantillon quelques jours plus tôt, sur un exemplaire des délibérations du Conseil. Il y avait des années qu'il regardait le philosophe opérer. Son habileté relevait presque de la magie. Il suffisait à A'Gaeris d'étudier une écriture pendant une petite heure pour être capable de la reproduire à la perfection.

Le philosophe repoussa son journal, s'étira, se tourna vers son assistant.

– En attendant Sa Seigneurie, j'ai eu une idée, dit-il, ravi du sourire complice de Corlam. Une question me taraudait : comment faire pour me trouver dans un lieu où je ne devrais pas être – la chambre forte d'une guilde, par exemple, ou une cellule bien gardée – et m'en échapper sans qu'on s'en aperçoive ? Le plus facile, bien sûr, consisterait à écrire un Livre-relais approprié qui me transporterait dans cette pièce. Mais il m'en faudrait un second pour la quitter et je serais obligé de le laisser là. Tu me suis ?

Corlam acquiesça avec vigueur.

– Bien. Y pénétrer ne poserait donc aucun problème. Mais en sortir sans être suivi à la trace par les Protecteurs serait extrêmement difficile. A moins que...

Une expression d'intense satisfaction se peignit sur son visage.

– A moins, dis-je, de se relier à un autre Age et, ensuite, encore à un autre. En fait, je pourrais introduire dans la cellule trois Livres-relais distincts, simplement pour brouiller les pistes. Mais il me faudra surtout éviter, après le passage dans l'Age choisi, de laisser le deuxième et le troisième au même endroit. Je devrai cacher le deuxième à une bonne heure de marche du lieu du relais, ce qui forcera un éventuel suiveur à explorer une vaste étendue de terrain pour le dénicher. On pourrait donc avoir trois ou quatre Livres – dont on n'utiliserait qu'un seul. Et, après être revenu pour la seconde fois dans l'Age en question, on aurait encore une heure de marche à faire avant de tomber sur le Livre-relais suivant. Ainsi, personne ne serait en mesure de me suivre. Du moins, pas rapidement, et en risquant de me perdre. Une petite préparation, deux heures de marche et le tour serait joué. Pour cela, ajouta-t-il après un silence, nous aurions besoin d'un scribe hors pair pour créer des Ages à volonté et, disons, d'une taupe ayant accès à des endroits tels que... des cellules, par exemple.

Atrus entra dans le laboratoire où Anna étudiait les derniers échantillons du sol de Gemedet, près du berceau où Gehn dormait. Il se pencha vers l'enfant, lui sourit avant d'embrasser la jeune femme, qui leva les yeux de son microscope.

– Je ne serai pas longue, dit-elle.

– J'ai reçu une lettre.

– De qui ?

– Comment savoir ? Elle n'est pas signée et je n'en reconnais pas l'écriture.

Il lui tendit la missive. Elle la lut, la lui rendit.

– Détruis-la. Et ne te laisse pas entraîner là-dedans.

– Mais de quoi s'agit-il ?

– Quelle importance ?

– C'est le ton qui m'inquiète : « Un ami qui vous veut du bien. » Et tout ce secret... Que se passe-t-il, à ton avis ?

Elle soupira.

– Si cette lettre te préoccupe, Atrus, soumets-la aux Protecteurs. Laisse-les mettre quelqu'un sur l'affaire. Mais ne t'en mêle pas.

– Entendu. Je vais la détruire.

Il tourna le robinet du gaz, alluma, offrit à la fine flamme bleue le coin de la lettre qu'il jeta, une fois consumée, dans l'évier.

– Voilà, dit-il en se forçant à sourire.

Derrière lui, Gehn se mit à crier. Atrus le prit dans ses bras, le berça.

– Il doit avoir faim, dit Anna. J'ai fini.

– Non, continue. Je vais le nourrir.

– Ne le gave pas, insista-t-elle avec un petit rire. Il a été souffrant il n'y a pas longtemps.

– Je sais. Je dois regagner mes appartements. J'ai un rapport à terminer. Je n'en ai que pour une heure ou deux. Ensuite, je te rejoindrai. Nous souperons tard, en tête à tête.

– Excellente idée, répondit-elle avec chaleur. Et nous pourrions peut-être partir quelques jours. A Gemedet.

Il approuva.

– Je demanderai à maître Erafi de me remplacer. Il est temps qu'il prenne davantage de responsabilités.

– D'abord, occupe-toi de Gehn. Mais souviens-toi : ne lui donne rien de trop lourd pour son estomac.

Atrus avait l'intention de rejoindre directement ses appartements. Pourtant, la curiosité fut la plus forte. Sans vraiment l'avoir décidé, il se retrouva au bas des escaliers et enfin, au-delà du portail, dans le quartier de J'Taeri.

Je ne dois pas m'en mêler, répétait-il pour lui-même. Surtout, ne pas agir, ne pas se montrer. Observer, écouter et disparaître.

La rue était ordinaire, tout comme la maison, une de ces demeures respectables et solides qu'affectionnaient les marchands. Portes closes, pas de lumière aux fenêtres. L'emplacement dominait le port et l'arche de Kerath, dont le sommet était presque au niveau de l'endroit où se trouvait Atrus. Entre les façades, un petit mur, d'où on pouvait voir le lac, barrait la rue. Atrus s'y adossa, une main posée sur la pierre.

Une légère brume flottait dans la caverne ; les lampes oscillaient faiblement le long des ruelles étroites. Un cri résonna dans le lointain, suivi d'un rire. Rien d'autre. La nuit était calme. Attiré par un léger murmure, Atrus se baissa, plongea ses doigts dans le ruisseau qui, venant du haut de la ville, coulait dans un petit caniveau au milieu de la chaussée. L'eau était fraîche.

Le temps passa. Il s'apprêtait à s'en aller lorsqu'il entendit des pas. Il avisa une porte proche, se coula dans son ombre.

Les pas – le lent martèlement de bottes de cuir sur la pierre – se précisèrent avant de s'estomper. Atrus s'apprêtait à risquer un œil dans la rue lorsque d'autres pas retentirent, plus vifs, venus de la gauche. Ils cessèrent eux aussi, puis reprirent, plus lents. Il y eut des chuchotements, un bref salut.

Atrus tendit le cou. Les deux hommes s'étaient arrêtés devant la porte de la maison, sous la lampe. L'un portait un manteau et une capuche. L'autre, plus massif, n'avait rien pour protéger sa calvitie. Atrus se souvenait très vaguement de l'avoir déjà aperçu quelque part. Il se fondit dans l'obscurité, l'oreille aux aguets.

– Que désires-tu ? demanda le premier.

– J'ai quelque chose à te montrer, répondit le second. Quelque chose qui t'intéressera.

– Tu veux que je rentre là-dedans avec toi ? Moi ?

Cette voix ! *Véovis !*

– Tu n'as pas confiance en moi ?

– Seul, la nuit, dans une maison inconnue ? déclara Véovis avec un rire ironique. Me ferais-tu confiance ?

– Aveuglément.

Silence. Puis :

– D'accord. Mais méfie-toi, A'Gaeris. Je suis armé.

Ce nom fit bondir Atrus. Les membres de toutes les guildes le connaissaient. Nul patronyme n'était, plus que celui-là, chargé d'opprobre. Que faisait cet homme à J'Taeri, ce quartier si bien fréquenté ? Et qu'est-ce que Véovis avait à voir avec lui ?

Le philosophe introduisit une clé dans la serrure, déverrouilla la porte, invita son hôte à le précéder à l'intérieur.

– Après toi, dit Véovis en reculant d'un pas, la main sur le pommeau de sa dague. Et allume d'abord.

A'Gaeris sourit, haussa les épaules, se glissa dans la maison. Quelques instants plus tard, la lumière jaillit dans le vestibule. Véovis, la main toujours sur sa dague, jeta un coup d'œil à droite et à gauche, entra à son tour.

Etait-ce à cela qu'Atrus, selon son correspondant anonyme, devait assister ? Et pourquoi ?

Il s'apprêtait à partir, à regagner la Maison de la guilde lorsqu'une pièce du rez-de-chaussée, à gauche du vestibule, s'éclaira. Plaqué contre le mur, Atrus vit A'Gaeris y pénétrer, suivi peu après par Véovis qui, méfiant, s'immobilisa sur le seuil, redoutant un piège. Un bref examen le rassura. Il rejoignit à son bureau le philosophe qui farfouillait dans des papiers, sélectionnant quelques minces volumes.

A'Gaeris en tendit un à Véovis. Ce dernier hésita avant de l'ouvrir. Il l'examina un moment puis leva la tête, les yeux écarquillés.

Avec un sourire de triomphe, A'Gaeris lui indiqua un siège en face de lui.

Atrus rentra directement dans ses appartements de la Maison de la guilde. Il se sentait pourtant incapable de terminer son travail. Ce qu'il venait de voir le troublait au plus haut point. Anna avait raison : il aurait dû s'adresser tout de suite à maître Jadaris, confier l'affaire aux Protecteurs. Il ne l'avait pas fait ; et le résultat était là. Bien sûr, il aurait pu aller trouver Jadaris maintenant, mais quelles preuves aurait-il pu produire ? Ce serait la parole de Véovis contre la sienne.

Que se passait-il donc ? Pourquoi deux êtres aussi dissemblables se rencontraient-ils secrètement dans la maison d'un marchand ? Atrus avait beau retourner le problème dans tous les sens, il n'y comprenait rien.

Anna. Anna saurait. Mais il ne pouvait rien lui dire, puisqu'il lui avait promis de rester en dehors de tout cela. En plus, il avait brûlé la lettre. Alors qui ? Pourquoi ne pas affronter Véovis lui-même ? Oui, voilà ce qu'il fallait faire : agir à visage découvert. Dès le lendemain matin, il prendrait un bateau pour K'veer ; il verrait son ancien ami en tête à tête, le forcerait à s'expliquer. Car il y avait une explication.

Il rangea ses dossiers et quitta la pièce, dont il verrouilla la porte derrière lui. *Demain,* se dit-il en longeant le long couloir silencieux. *Demain, tout deviendra clair.*

Le lendemain, il se leva tôt. Au cours du souper, il n'avait rien dit à Anna, ne lui avait rien révélé de son projet. Mais, alors qu'il avalait, seul, un petit déjeuner rapide, un domestique lui apporta une seconde lettre. Il regarda longtemps l'enveloppe. L'écriture était identique à celle de la première. Il poussa un profond soupir, décacheta la missive d'un coup d'ongle. Elle se composait d'une courte note, de la même main que l'enveloppe, accompagnée d'une lettre – une lettre adressée par Véovis à l'un des deux aspirants disparus depuis trente jours.

Après l'avoir lue, Atrus prit connaissance de la date inscrite en haut de la page. Elle indiquait le jour précédant la disparition des aspirants.

– Non, dit-il posément, reposant la feuille et se saisissant de nouveau de la note. Ce n'est pas possible.

La note disait : « Passez me voir si vous souhaitez en savoir davantage. » Suivait l'heure et le lieu : la maison de marchand à J'Taeri.

Trois choix s'offraient à lui : s'en remettre à maître Jadaris ; se précipiter à K'veer, chez Véovis ; ou attendre le soir et rencontrer l'auteur de la note.

La première solution était conforme au bon sens. La seconde flattait son sens de l'honneur. Mais ce fut la troisième qu'il choisit.

Pourquoi ? Il n'aurait pu le dire. *Pardonne-moi, Anna,* pensa-t-il en glissant la lettre dans sa poche.

Debout sur le grand rocher, aux côtés d'A'Gaeris, Véovis contempla la grande plaine qui s'étendait à ses pieds et hocha la tête. Tout était subtilement faux, y compris les couleurs ; les arbres, la forme des collines, rien n'avait l'air naturel. Et pourtant, cela existait.

Il se retourna, dévisagea A'Gaeris à travers ses verres.

– Qui a fait ça ?

Les yeux du philosophe brillèrent derrière ses lunettes de protection.

– Ton vieil ami Atrus.

– Impossible. Atrus et les siens ne possèdent que deux Ages : Ko'ah et Gemedet. Tous deux sont strictement surveillés par les Protecteurs. Si quoi que ce soit de cet ordre se produisait... Eh bien, cela ne serait pas permis.

– Pourtant c'est *son* Age, répliqua joyeusement A'Gaeris en lui tendant le Livre-relais.

– Non, murmura Véovis.

Il reconnut avec horreur l'écriture manuscrite du Livre. C'était bien celle d'Atrus. Il l'avait vue trop souvent pour en douter.

– Il fait une expérience, précisa le philosophe. En secret, évidemment, car il sait que les guildes n'apprécieraient guère ses activités. Comme on dit, cherchons la femme. Sans elle, il ne se serait jamais écarté des normes de D'ni. C'est son influence pernicieuse que nous constatons autour de nous. Ces erreurs viennent d'elle.

Véovis regarda de nouveau le curieux paysage. Il parut presque convaincu.

– Pauvre Atrus.

– Tu le plains ?

– C'était un homme de valeur, autrefois. Ainsi que tu l'affirmes à juste titre, l'étrangère l'a ensorcelé. Si tout cela est vrai.

Il ferma le Livre d'un coup sec. A'Gaeris, de nouveau, désigna le monde qui les entourait.

– Tu doutes encore ?

– Non... Non, tout est clair, maintenant.

Il soupira lourdement. A'Gaeris le considéra avec sympathie.

– Souhaites-tu que je te laisse seul un instant ?

Véovis acquiesça. Avec un sourire triste, il ouvrit le Livre-relais à l'intention du philosophe. La fenêtre de la page de droite scintilla doucement, montrant l'image d'une étude, là-bas, à D'ni.

– Il y a plus encore, déclara A'Gaeris.

– Plus ?

– Oui. Cet Age-là n'est pas le seul qu'il ait créé. Tu voudrais peut-être en voir quelques-uns avant de te décider à agir.

Véovis hocha de nouveau la tête, abattu par ces révélations.

– Bien. Je te laisse, maintenant. A plus tard.

La main du philosophe toucha la fenêtre. En quelques secondes, il disparut. Véovis referma le Livre, le mit dans sa poche, détailla encore le paysage. Il y avait une étrange beauté dans ce monde. Pourtant, il était faux.

Il devait absolument arrêter Atrus. Mais comment ? S'il révélait ses informations devant les Cinq, son ancien ami serait banni du Conseil, exclu de sa guilde et sans doute envoyé dans un Age carcéral. Telle était la peine réservée aux créateurs d'Ages illicites. Cette sentence débarrasserait le fils de Rakeri d'un opposant au Conseil, mais entraînerait la destruction d'Atrus et de sa famille. Pouvait-il agir de la sorte ? La femme d'Atrus avait peut-être sur lui une mauvaise influence, il aurait peut-être mieux valu que son fils fût mort, mais Véovis éprouvait toujours à son égard une sympathie profonde. En dépit de leur brouille récente, il ne pouvait s'empêcher de se souvenir de l'affection désintéressée qu'Atrus lui avait témoignée. Il s'était toujours comporté avec fidélité et honneur, ne craignant jamais de dire ce qu'il pensait.

Véovis alla s'asseoir sur le bord de la grande corniche, les bottes pendantes. Que devait-il faire ?

Je vais attendre, décida-t-il, *et voir ce que l'ami A'Gaeris a comme autres preuves à fournir. Ensuite, je prendrai conseil auprès de mon père.*

Il se leva, sortit le Livre-relais de sa poche et l'ouvrit. Puis, comme un enfant franchissant doucement un ruisseau, il sauta dans le vide, posa sa main sur la fenêtre et s'évanouit dans les airs, laissant le Livre tomber tout en bas, dans le fouillis des rochers et des arbres.

– Attendez ici. Mon maître va vous recevoir dans un instant.

Le jeune homme quitta la pièce obscure. Atrus s'approcha de la fenêtre qu'il avait prise, un court instant, pour un miroir et qui donnait sur une étude faiblement éclairée par une simple bougie.

– Curieux, se dit-il, surpris de tomber sur une fenêtre au beau milieu d'une maison.

Il nota, au fond de l'étude, la présence d'un bureau sur lequel reposait, reconnaissable au scintillement de sa page de droite, un Livre D'ni. Il s'étonna d'en trouver un dans cet endroit. Il n'eut pas le temps de s'interroger davantage. Une silhouette se dessina tout d'un coup devant le bureau avant de se matérialiser, aussi réelle que le reste de la pièce, sur l'épais tapis rouge.

A'Gaeris !

Le philosophe se secoua, encore sous le choc du passage puis, contournant son bureau, ouvrit un des tiroirs et en extirpa un objet avant de s'asseoir. Aussitôt, apparut une seconde silhouette : Véovis.

Une certitude glacée, à cette vue, envahit Atrus. Il se passait quelque chose d'anormal.

Véovis s'adressa d'entrée à son compagnon.

– Bien. Tu ferais mieux de me les montrer.

A'Gaeris se leva. Il tenait dans sa main un Livre qu'il tendit à Véovis.

– Il y en a encore, dit-il. Celui-là est le seul que j'aie ici, mais je pourrai t'apporter les autres si tu le souhaites.

Véovis l'étudia, le rendit ensuite à son propriétaire.

– Demain, dit-il. Je reviendrai demain.

– A la même heure ?

– Sans faute, répondit Véovis avant de tourner les talons et de sortir en claquant la porte.

A'Gaeris fixa le Livre un moment, le reposa et se tourna vers le miroir sans tain, face à Atrus.

– Atrus. Il faut que nous parlions.

– Vous ne l'en pensiez pas capable, n'est-ce pas ?

Atrus jeta au philosophe un regard noir. Il y avait plus de deux heures qu'il se perdait dans un fatras de lettres et de documents, tous de la main de Véovis. Rien de directement compromettant, en fait, mais l'ensemble semblait tout de même concluant. Assez, en tout cas, pour le convaincre. Il observa A'Gaeris, dont le front se couvrait de sueur et qui, à la lueur vacillante de la bougie, paraissait bien plus âgé que ses quatre-vingt-cinq ans.

– Depuis combien de temps fait-il commerce de Livres interdits ?

– Deux ans, peut-être trois, du moins à ma connaissance. Comme je te l'ai dit, je n'en étais pas, tout d'abord, entièrement sûr. Après tout, c'est un patricien, un homme en vue. Qu'il se fourvoie de la sorte paraissait inimaginable.

– Ça le reste. Et si je ne l'avais pas vu de mes yeux... Comment t'es-tu procuré ces volumes ?

– J'ai mon réseau. J'en ai acheté à droite et à gauche, entreposant le tout jusqu'à avoir une certitude absolue.

– Et les Livres que tu lui vends ? D'où viennent-ils ? Je n'ai jamais entendu parler d'exemplaires manquants.

– Ils viennent de son ami Suahrnir.

– *Suahrnir ?* Mais...

Soudain, Atrus comprit. La guilde des Protecteurs avait pour tâche, entre autres, de détruire les Livres « défectueux », ceux qui, pour une raison ou une autre, n'avaient pas fonctionné, aboutissant à des Ages instables. On les brûlait dans des fours spéciaux. Et l'homme chargé de ce travail était... maître Suahrnir.

– Mais pourquoi ne traite-t-il pas avec Véovis directement ?

A'Gaeris sourit.

– Ils sont amis, c'est entendu, mais ne se font aucune confiance. D'un autre côté, ajouta-t-il en riant, chacun ignore l'implication de l'autre. Suahrnir ne connaît pas l'identité de l'acheteur. Quant à Véovis...

– Il ne sait donc pas qui l'approvisionne ?

Abasourdi, Atrus se renversa dans son siège. Puis :

– Bien. Pourquoi me montrez-vous tout cela *à moi* ?

A'Gaeris se pencha en avant, les yeux étincelant d'indignation.

– Parce que personne ne m'écouterait. Mais toi, Atrus, tu pourrais intervenir. Tu pourrais même t'adresser directement au prince R'hira.

– Mais pourquoi ?

– Parce que moi, qui fus jadis un honnête homme, j'ai été chassé de ma guilde pour une faute que je n'avais pas commise, alors que ce seigneur Véovis, ce fils de prince, ce rat peut faire ce qui lui plaît en toute impunité. Voilà pourquoi ! Il faut que tu comprennes, poursuivit-il, le visage rouge de colère. Véovis est venu me trouver. Et ils l'ont découvert. Ils devaient le surveiller. Voilà pourquoi il les a tués.

Le silence s'installa dans la pièce. Atrus fixa froidement le philosophe.

– Je ne te crois pas.

– Je sais bien, répliqua tristement A'Gaeris. Pourtant, c'est la vérité.

D'un geste grave, il désigna le dernier objet de la pile : le Livre-relais.

– Vois par toi-même et répète que tu ne me crois pas !

Les eaux sombres du lac clapotaient mollement contre la jetée, qu'un fanal planté sur sa hampe faisait à peine sortir de l'ombre. La grande caverne était totalement silencieuse, comme morte. On entendait seulement dans le lointain, aussi lancinant que le battement d'un cœur, le souffle monotone des grands ventilateurs.

Véovis sauta du bateau. Il s'étira, bâilla. Il se sentait fatigué. L'expérience lui avait appris à ne jamais prendre de décision sans avoir l'esprit clair. Il allait profiter d'une nuit de sommeil et, reposé, réfléchirait au problème le lendemain matin.

Il grimpa les marches de la jetée de pierre noire où son conseiller Lianis l'attendait en compagnie de deux serviteurs. L'un d'eux posa un manteau sur ses épaules, l'autre leva une lampe pour éclairer son chemin.

– Lianis, tu n'avais pas besoin de m'attendre ici.

Il marcha d'un pas vif en direction de la demeure, son conseiller près de lui.

– Vous avez des visiteurs, seigneur.

Véovis frissonna. Avait-il été suivi ? Etait-on au courant de sa rencontre avec A'Gaeris ? Dans ce cas, il aurait du mal à s'expliquer sur ses diverses allées et venues.

– Où sont-ils ?

– Dans votre cabinet, seigneur. J'ai pensé qu'il valait mieux les recevoir discrètement.

– Tu as bien fait.

Ils s'engagèrent sous l'arche, franchirent la lourde porte d'entrée, longèrent le vaste couloir haut de plafond qui menait au grand escalier, précédés par le serviteur et sa lampe. Un pied sur la première marche, Véovis se tourna vers Lianis.

– Je les verrai là où ils se trouvent. Fais apporter du vin. Je t'appellerai si j'ai besoin de toi.

– Bien, seigneur.

Lianis s'inclina et disparut. Véovis monta seul les escaliers, éclairé par en dessous par le serviteur immobile au bas des marches. Devant la porte de son cabinet, il s'arrêta pour reprendre son souffle. Les choses se présentaient mal. Il avait rencontré un ennemi juré de D'ni. Et pourquoi ? Pour discréditer un adversaire. C'était simple et il n'arriverait pas, avec toute l'éloquence du monde, à se disculper. Bien sûr, il savait, à présent, bien des choses sur Atrus. Cela suffirait-il à l'innocenter ? Il pourrait toujours prétendre qu'il connaissait les agissements de son ancien ami avant de rencontrer A'Gaeris, qu'il avait consulté le philosophe uniquement pour en avoir confirmation.

Peut-être...

Il se donna une contenance, poussa la porte.

– Messieurs...

Son sourire se figea. Devant lui, son bébé hybride dans les bras, l'étrangère, cette Ti'ana, venait de se lever d'un bond. Elle s'avança vers lui, le transperça de ses yeux sombres.

– Où est-il, Véovis ? Où est mon mari ?

Assis à son bureau, Atrus avait ouvert le Livre-relais. Si A'Gaeris avait dit vrai, il trouverait le corps des deux aspirants de l'autre côté. Mais pouvait-il accorder le moindre crédit aux allégations du philosophe ?

Vers quelle sorte d'Age se relierait-on grâce à ce Livre ? Un monde mort, sans doute, à l'atmosphère empoisonnée. C'était pourtant le seul moyen de confondre Véovis – si, toutefois, A'Gaeris n'avait pas menti.

Atrus ferma le volume. Le lien présentait trop de risques. S'il avait eu sous la main un masque respiratoire et un autre livre-relais pour regagner D'ni, il aurait pu tenter le voyage. Mais il devait penser, d'un autre côté, à Anna et à Gehn.

Il saisit une feuille de vélin, prit sa plume et rédigea une note à l'intention du grand maître Jadaris, de la guilde des Protecteurs. Il lui enverrait le livre-relais et le laisserait décider de la suite. Quant à lui, il emmènerait Anna et Gehn à Gemedet, loin de toutes ces eaux troubles.

Il signa son message et se leva. Il n'avait pas sommeil. Pourtant, il ressentait le besoin de voir sa femme et son fils. Il marcha vers la chambre et s'arrêta devant la porte, guettant leur souffle dans le noir.

Rien. Il n'entendit rien. Il se faufila dans la chambre sur la pointe des pieds, s'accroupit près du lit, la main tendue. Le lit était vide.

Il se redressa, alluma la lampe. Le lit n'était pas défait. Et il n'y avait pas le moindre signe de leur présence dans la pièce.

Il resta d'abord figé, hébété, incapable de penser. Il ne savait qu'une chose : lorsqu'il les avait quittés, deux heures plus tôt, ils étaient là, endormis.

Il sortit, frappa à la porte du fond, réveilla son intendant.

– As-tu eu de la visite pendant mon absence ?

– Un membre de la guilde des messagers est venu. Il apportait un message de votre père, à votre intention. La maîtresse – Ti'ana – est descendue et me l'a pris des mains. Elle a parlé avec l'homme.

– As-tu entendu ce qu'elle disait ?

– Non.

Atrus le remercia, regagna son cabinet. Il ne trouva pas trace du message, mais quelle qu'en fût la teneur, il savait comment Anna avait réagi. Il lui avait dit qu'il se rendait au Palais. On aurait donc dû lui remettre le courrier là-bas.

Donc, avait-elle pensé, il n'y était pas. Elle s'était sans doute souvenue de la lettre anonyme et était partie à sa recherche.

Peut-être. Mais pourquoi avoir emmené Gehn avec elle ? Etait-elle plutôt allée à Gemedet ? En plein milieu de la nuit et sans attendre son retour ? Cela ne tenait pas debout.

Non, seule la peur avait dû la pousser. Mais pourquoi aurait-elle eu peur ? A moins qu'elle n'eût deviné que Véovis était derrière tout cela.

K'veer !

Pourquoi n'y avait-il pas pensé plus tôt ? K'veer ! Elle était partie pour K'veer !

Il se précipita hors de la pièce et traversa le couloir en courant, sans se soucier de réveiller toute la maison, dévala les escaliers, ouvrit la porte d'entrée et se figea. Devant lui, des hommes munis de lampes entouraient un palanquin sombre soutenu par huit porteurs.

Atrus aperçut Véovis qui, penché vers l'intérieur du

palanquin, s'adressait à quelqu'un. Une fureur soudaine le poussa dans l'allée. Il cria :

– Que fais-tu ici ?

Véovis le toisa avec hauteur.

– Réponds ! Qu'est-ce que tu veux ?

– Ce que je veux ? répliqua durement Véovis. Rien de toi, Atrus. Je ne fréquente que des hommes d'honneur.

– Tu oses mettre mon honneur en doute ?

– Disons simplement que je sais faire la différence entre les amis de D'ni et ses ennemis.

Une bouffée de haine submergea Atrus. Il eut envie de saisir Véovis au collet, de le briser comme une assiette projetée contre un mur.

– Tu ferais mieux de tenir ta langue, *seigneur* Véovis, si tu ne veux pas que je te l'arrache.

– Ce serait plutôt à toi de modérer ton langage. A moins que tu ne souhaites une leçon de bonnes manières.

Atrus serra les poings, puis s'efforça de se calmer. La violence n'aurait servi à rien.

– Je connais ceux à qui j'accorde ma loyauté. J'aimerais qu'on en dise autant de toi, murmura-t-il.

– J'offre la mienne à ceux qui la méritent, rétorqua Véovis. Je ne la galvaude pas.

Atrus fronça les sourcils. Si elle s'adressait à lui, le sens de l'allusion lui échappait. Changeant de tactique, il posa la question par laquelle il aurait dû commencer.

– Où est ma femme ? Où est Ti'ana ?

Véovis ricana.

– Tu l'as perdue, maître Atrus ? N'est-ce pas le devoir de tout homme de savoir où se trouve son épouse ?

Atrus s'avança d'un pas, son visage touchant presque celui de Véovis. Son ton, bien que calme, se fit menaçant.

– Où la retiens-tu ?

Véovis ne réagit pas. Il se contenta de poser sur Atrus un regard inexpressif. Puis il se retourna, écarta le rideau du palanquin, allongea le bras, saisit rudement Anna par la main et la tira hors de la chaise. La jeune femme lui jeta un coup d'œil assassin. Elle dégagea sa main, pivota, se pencha dans l'ombre du palanquin et réapparut aussitôt, serrant contre elle l'enfant endormi.

– Vous formez un drôle de couple, dit Véovis d'une voix sarcastique. Vous jouez à cache-cache, ou quoi ?

Atrus consulta silencieusement Anna. Elle se contenta de secouer la tête, comme pour répondre à une question informulée. Berçant l'enfant, elle rejoignit son mari.

– Merci, dit-elle à Véovis. Je suis navrée de vous avoir importuné.

– Ce fut un plaisir, répondit-il, sans détourner d'Atrus ses pupilles glacées. Un plaisir sans mélange.

– Maître Atrus, Leurs Seigneuries vont vous recevoir.

Atrus se leva du banc sur lequel il attendait, suivit l'huissier le long du couloir jusqu'à une grande double porte encadrée par deux gardes.

Pendant une semaine, il s'était débattu avec sa conscience, sans savoir comment agir. Le rôle joué par A'Gaeris dans cette affaire le troublait plus que tout le reste. Cet homme haïssait D'ni. Provoquer la chute d'un des fils favoris de la Cité ne pouvait qu'assouvir sa soif de vengeance. Très bien. Mais Atrus avait vu le Livre et avait encore le livre-relais en sa possession. Il était bien de la main de Véovis. Aucun doute là-dessus. Et l'indignation d'A'Gaeris, ce sentiment d'injustice qu'il avait perçu dans la voix du philosophe lui avait paru sincère.

Anna l'avait supplié d'aller trouver directement maître Jadaris, de laisser les Protecteurs se charger de l'affaire. Mais cela aurait équivalu à agir dans le dos du prince Rakeri. Il n'en était pas question.

Il avait donc demandé audience au père de Véovis

dans ses locaux de la guilde des mineurs. Le vieil homme l'avait accueilli avec chaleur. Là, devant une coupe de vin, Atrus lui avait révélé les agissements de son fils.

Le vieil homme avait aussitôt changé d'attitude. Alors qu'il avait toujours considéré Atrus comme un second fils, même après sa rupture avec Véovis, il était devenu froid, distant. Il avait simplement déclaré, désignant le livre-relais.

– Laissez-le-moi, maître Atrus. Je vous garantis que l'enquête suivra son cours.

Rien de plus. Pétrifié par ce silence, Atrus s'était retiré. Un mois avait passé. L'heure de la sentence était venue.

Les battants de la grande porte s'écartèrent. Atrus resta sur le seuil, attendant le bon vouloir des Cinq. Ils étaient tous là, derrière une grande table. Mais ils n'étaient pas seuls. Six hommes avaient pris place derrière d'autres tables, de chaque côté de la salle. A sa gauche, Atrus, reconnut trois scribes et, à sa droite, deux membres éminents de la guilde des Protecteurs, plus, légèrement en retrait, leur grand maître, le vieux Jadaris.

Nulle trace de Véovis.

Cela le soulagea. Il redoutait fortement cette entrevue. La présence de son ancien ami lui aurait rendu l'entretien plus pénible encore.

– Prenez un siège, maître Atrus, dit le prince R'hira.

Tout en s'asseyant, Atrus observa rapidement Rakeri. Distrait, semblait-il, le vieil homme, les yeux baissés, pianotait d'une main sur la couverture de cuir d'un dossier. Il s'était tassé, ces derniers temps, comme accablé par le poids de cette enquête.

R'hira s'adressa directement à Atrus.

– A l'issue de vos révélations, nous avons envoyé une unité de la Garde perquisitionner la maison du quartier de J'Taeri. Elle n'a malheureusement découvert aucun des papiers que vous mentionniez. Cela ne signifie en rien qu'ils n'existent pas quelque part, mais, sans eux, nous ne pouvons nous fier qu'à votre parole. Non que nous la mettions en doute ; mais, selon les lois de D'ni, elle ne constitue pas une preuve.

Il fit une pause. Puis :

– Cela nous ramène à notre point de départ. Après une longue délibération, nous avons décidé de ne pas prendre le risque d'utiliser le livre-relais. Mettre en jeu une vie supplémentaire ne nous a pas paru à la hauteur de l'enjeu. Ainsi, sans la preuve de ce que vous avancez – c'est-à-dire les corps des deux aspirants – il ne nous reste que votre parole contre celle de Véovis.

Atrus blêmit.

– Pardonnez-moi, prince R'hira, mais je trouve cette situation intolérable. Ou je suis un menteur, ou Véovis en est un. Si vous refusez d'envoyer quelqu'un là-bas, je suis prêt à y aller.

Silence. R'hira déclara enfin :

– Comme il vous plaira.

Atrus se leva, s'avança, prit le Livre des mains du prince R'hira, saisit ensuite le livre-relais pour le retour, ouvrit le premier, plaça sa main sur la fenêtre.

Le silence s'abattit dans la salle. Quelques instants plus tard, Atrus réapparut, pâle comme un mort.

– C'est vrai, dit-il. Il y a des corps là-bas.

Cette nuit-là, on lança un mandat d'amener contre Véovis. Et K'veer s'éclaira de mille feux. Pas une seule pièce ne fut laissée dans l'ombre. Des soldats de la Garde et des hommes de la guilde des Protecteurs envahirent la demeure, fouillèrent chaque pièce, chaque couloir, passèrent l'ensemble de l'île au peigne fin.

Tout en grimpant le grand escalier creusé à même la pierre, Atrus prit conscience de ce qu'il avait déclenché. Des Protecteurs avaient investi la Salle du Livre, prêts à se relier aux Ages de la famille, ce qui signifiait qu'on n'avait pas encore arrêté Véovis.

Il est donc coupable, pensa Atrus avec regret ; il n'avait cessé, au fond de lui, d'espérer, de se dire qu'il s'agissait d'un malentendu, qu'on finirait par trouver une explication à cet imbroglio. Mais non. La fuite de l'accusé parlait d'elle-même.

Assis derrière le grand bureau, maîtrc Jadaris l'attendait dans le cabinet du prince Rakeri, petite pièce située au sommet de la maison, sorte de cellule sans fenêtre et aux murs couverts d'étagères surchargées de livres.

– Ah, Atrus, dit-il, posant les mains sur le Livre-relais ouvert devant lui et dont la fenêtre luisait faiblement dans la demi-pénombre. Nous avons fouillé partout, sans trouver, à D'ni, la moindre trace de Véovis. J'ai donc donné l'ordre d'explorer les Ages de la famille. C'est ce qui va se produire maintenant. Mais il reste un problème à régler.

Il désigna le Livre-relais.

– Un aspirant s'y est aventuré il y a quatre heures. Il a trouvé, au pied d'une falaise, un autre Livre qui conduisait ici même, dans cette pièce.

Atrus garda le silence. Maître Jadaris se leva et lui dit :

– Eh bien, Atrus, veux-tu aller là-bas avec moi ?

Ils se retrouvèrent dans une grotte, sur le versant est d'une grande île montagneuse entourée d'îlots reliés les uns aux autres par des ponts de bois suspendus. Ce fut sur un de ces îlots qu'ils finirent par découvrir les deux aspirants, couchés côte à côte dans une hutte au sommet d'une falaise, pieds et poings liés, la gorge tranchée d'une oreille à l'autre. Le sang séché sur leur manteau indiquait qu'ils étaient morts depuis longtemps. A deux pas de là, Atrus et Jadaris butèrent contre l'arme du crime, une dague posée près de son fourreau comme si on l'avait abandonnée à la hâte.

Ils reconnurent, pour l'avoir vue plusieurs fois à son côté, l'arme de Véovis.

Les mâchoires serrées, Jadaris ne pouvait s'en détourner. Pour lui, l'affaire était entendue. Car c'étaient ses hommes qui gisaient à ses pieds, ses « garçons », comme il les appelait. Leur assassinat constituait pour lui le pire des forfaits.

Qu'exiger de plus ? Laissant les Protecteurs organiser le rapatriement des cadavres, Atrus et maître Jadaris regagnèrent K'veer. On leur apprit que Véovis venait d'être capturé à Nidur Gemat et transféré dans la Salle du Livre, juste en dessous.

Ils descendirent, Atrus s'effaçant devant Jadaris. Ils trouvèrent Véovis gardé par deux Protecteurs, les mains liées derrière le dos. Cette posture ne lui avait pas ôté sa fierté. Il les toisa avec l'arrogance d'un homme qui, n'ayant rien à se reprocher, dénie à quiconque le droit de le juger.

Jadaris lui mit sous le nez la dague dans son fourreau.

– Est-ce que ceci vous appartient, maître Véovis ?

– Effectivement. Et après ?

– Vous ne le niez donc pas ?

Véovis parut ne pas avoir entendu. Il fit un pas vers Jadaris.

– Quelle horreur justifie pareil traitement, maître ? Suis-je un criminel de droit commun pour qu'on me ficelle tel un animal dangereux ?

– Nous avons découvert les corps, dit Jadaris.

Toujours comme s'il n'avait pas entendu, Véovis rétorqua à l'intention, non seulement de Jadaris, mais des gardes :

– Vous connaissez ma patience. Pourtant, je vous préviens, frères. Détachez-moi tout de suite ou vous en répondrez devant mon père.

Jadaris se raidit.

– L'ordre vient de lui.

La phrase porta. Mais Véovis se reprit vite.

– Impossible, dit-il. Jamais il n'aurait ordonné une telle infamie.

– Vraiment ? Vous réfutez donc les accusations portées contre vous ?

– Quelles accusations ?

Il eut un rire froid, hostile, retrouva sa superbe.

– Je ne vous comprends pas, maître Jadaris. De quoi suis-je accusé ?

– De commerce illicite de Livres. Et de meurtre.

Véovis accusa le coup. Il se tassa, comme si on l'avait frappé. Puis il secoua la tête.

– C'est ridicule ! Je n'ai rien fait.

– Nous avons des preuves, répliqua froidement Jadaris. Néanmoins, il ne m'appartient pas de vous juger. Pas seul, en tout cas. J'ai quand même le pouvoir de vous arrêter. Maître Véovis, j'ordonne votre transfert à la forteresse d'Irrat, où vous serez enfermé sous bonne garde en attendant votre procès.

– Mon *procès* ? s'écria Véovis avec une incrédulité qui, en d'autres circonstances, aurait ébranlé n'importe qui et accentua la tristesse de Jadaris.

– Nous vivons un triste jour, seigneur Véovis. Vous nous avez couverts de honte, nous et votre père.

– Mais je n'ai rien fait !

– Taisez-vous, ou je vous fais bâillonner !

Il se redressa, cherchant d'instinct à se libérer de ses liens. Il ouvrit la bouche, comme s'il voulait parler, puis renonça.

– Bien, conclut sèchement Jadaris. Emmenez-le. Avant que je ne sois tenté de lui faire subir le sort qu'il a réservé à ces malheureux.

Atrus rentra chez lui pour trouver sa maison plongée dans la pénombre et investie par des médecins courant en tous sens. Sa mère l'accueillit les yeux hagards, le visage défait. Gehn venait de faire une rechute. On craignait pour sa vie. Elle s'était résolue, en dernier recours, à faire appel aux guérisseurs.

Craignant le pire, Atrus se précipita dans la chambre de l'enfant. Il trouva Anna assise près du berceau, épuisée, penchée sur le nourrisson tremblant de fièvre. Non loin d'elle, un guérisseur donnait fébrilement ses instructions à un de ses collègues. Il s'avança vers Atrus et lui dit d'un air navré :

– Il nous reste peu d'espoir. Nous avons tenté plusieurs traitements, mais votre fils semble incapable d'avaler quoi que ce soit. J'ai bien peur qu'il ne nous reste plus qu'à prier.

Atrus le remercia avant de s'agenouiller à côté d'Anna, posant une main sur sa hanche.

– Ti'ana... Ti'ana ? C'est moi, Atrus.

Elle se tourna lentement vers lui.

– Il est en train de mourir, Atrus. Notre fils meurt.

Jamais il n'avait vu une telle désolation sur son visage.

– Non, chuchota-t-il. Il va s'en tirer.

Cela ne la consola en rien.

– Tu ne l'as pas entendu, Atrus. Tu n'as pas entendu ce bruit horrible. Ni les spasmes. Deux fois, j'ai cru le perdre.

– Il n'est pas mort, dit-il en lui prenant les mains. Vas-tu renoncer, Anna ? Ne vas-tu pas aider notre fils à survivre ?

Elle ferma les yeux, désespérée.

– J'ai essayé, Atrus. Dieu sait que j'ai essayé. Mais je suis si lasse, si fatiguée...

– Alors va te reposer, mon amour. C'est mon tour, à présent.

Il prit l'enfant dans ses bras, le serra contre lui. Le bébé gémit puis se calma. Il avait l'air si léger, si faible... Le moindre souffle aurait raison de lui. Atrus se sentit envahi par une tendresse infinie. Il murmura, tout en quittant la pièce, le nourrisson niché contre sa poitrine :

– Voyons si un rayon de soleil ne te rendra pas la vie.

Après avoir lu le résumé de l'acte d'accusation, Véovis soupira. Ce n'était qu'un tissu de mensonges. Pourtant, se dit-il, Atrus avait réussi à le transformer en un document irréfutable. Si les Cinq y adhéraient – et il n'y avait aucune raison pour qu'ils ne le fassent pas – il serait reconnu coupable à coup sûr.

Seul Suahrnir aurait pu le sauver. Mais il demeurait introuvable.

Véovis avait rédigé six pages pour sa défense. Il ne se faisait aucune illusion. Soit on lui reprocherait la naïveté de son argumentation, soit on n'y verrait que ruse, fourberie, stratagème. Car les preuves étaient là, aveuglantes : le courrier, les livres, les documents, tous de sa main, du moins en apparence. Des faux, bien sûr. Jamais il n'avait vu de contrefaçon aussi parfaite. Il n'avait rien écrit de tout cela ; rien. Mais comment se disculper, confondre le faussaire ?

Atrus était un maître. Honnête, sincère, blanc comme neige. Un serpent. Mais cela, seul Véovis le savait.

La porte de la cellule s'ouvrit. Un garde entra, posa sur le lit une pile de linge propre. Une autre sentinelle bloquait la porte. Ce luxe de précaution le fit rire. Ils redoutaient donc une évasion ? Ne savaient-ils pas qu'un patricien de D'ni ne se dérobait jamais devant l'adversité ?

Il froissa l'acte d'accusation. Le contredire ne servirait à rien. Autant tenter d'arracher le drap d'un fantôme. Il avait eu tout le loisir de réfléchir, depuis son incarcération. Atrus avait pris son temps. Il ne lui avait jamais pardonné son opposition à son mariage. A présent, il tenait sa revanche. Mais avait-il pour seul but la chute de son ennemi ? Fomentait-il d'autres projets ? Y avait-il derrière tout cela un plan plus vaste qui lui échappait ?

Véovis alla s'asseoir sur le lit, près de la pile de linge. Il n'avait pas sommeil. Trop de pensées tourbillonnaient dans sa tête. Pour pouvoir quand même s'allonger, il écarta le linge, sentit une résistance. La pile était lourde, trop lourde. Il l'éparpilla, tâta le linge. Là ! Ses doigts venaient de rencontrer quelque chose de dur. Un livre ! Un livre à la reliure de cuir !

Un Livre-relais. Sur la page de droite, la petite fenêtre scintillait doucement.

C'était un piège. Ou une épreuve. On cherchait à le tromper, à l'inciter à fuir pour le confondre définitivement.

Il repoussa le Livre.

Et si ce n'était pas un piège ? Si son père avait décidé de l'aider ? Il se leva, ferma les yeux. Ne tenait-il pas là l'occasion de prouver son honnêteté ? Il lui suffisait de poser la main sur le Livre...

Il grogna, se rassit. Qu'avait-il à perdre ? De toute façon, ils étaient convaincus de sa culpabilité. Toutes les preuves l'accusaient. Dès lors, quel destin l'attendait ? Deux siècles sur une île lugubre, au fin fond d'un Age carcéral, gardé jour et nuit, sans relâche.

Cette pensée lui fut intolérable. Il ouvrit de nouveau le Livre, posa sa main sur la fenêtre... et disparut.

Le prince R'hira pénétra dans la cellule vide, aperçut le Livre-relais sur le lit, hocha la tête. Quelques secondes plus tard lui parvint, depuis le couloir, une exclamation suivie d'un juron.

Maintenant, tu sais, pensa-t-il. *Et que ressens-tu, Véovis ?*

Le Livre menait à une pièce fermée située sur un autre Age. Dans cette pièce, une table. Sur cette table, un second Livre-relais et une cuve d'acide. Le moyen classique pour s'échapper. Naturellement, Véovis l'avait utilisé.

Or, ce second Livre aboutissait directement à D'ni, dans la cellule des interrogatoires, au bout du couloir, où attendaient maître Jadaris et ses gardes.

R'hira soupira. Véovis s'était-il rendu compte qu'il s'agissait d'une épreuve ? Avait-il feint de tomber dans le piège par pure arrogance ? Il se retourna. Rakeri venait d'apparaître sur le seuil.

– Je suis navré, lui dit R'hira.

Le vieil homme eut un sourire désespéré.

– Faites votre devoir. Je me lave les mains de ce qu'il adviendra de lui.

Atrus s'éveilla en sursaut sans savoir où il se trouvait, aveuglé par la lumière.

Gemedet, se dit-il. *Je dois être à Gemedet.*

Clignant des paupières, il chercha ses lunettes à tâtons, les chaussa, ouvrit lentement les yeux. Il pouvait à présent affronter la lumière.

Etait-ce le matin ? L'après-midi ? Combien de temps avait-il dormi ?

Tout d'un coup, la mémoire lui revint.

Gehn !

Il se redressa, poussa un soupir de soulagement. L'enfant était là, à trois pas de lui, emmitouflé dans la couverture dans laquelle il l'avait enroulé la nuit précédente. Il reposait paisiblement, protégé par ses lunettes minuscules de la lumière qui filtrait par la fenêtre, juste au-dessus d'eux.

Atrus le prit dans ses bras, posa sa main sur son front. La fièvre avait disparu. L'enfant le regardait paisiblement, avec curiosité. Le regard D'ni, avaient dit les médecins.

– Tu es guéri, murmura son père en souriant avec fierté. Tu as gagné. Gagné !

Un bruit, dehors, le fit sursauter. Il crut d'abord à la présence d'un animal rôdant autour du camp. Puis il se détendit, reconnaissant la voix d'Anna, qui chantonnait. L'enfant dans ses bras, il sortit de la cabane, marcha vers elle. Elle lui tournait le dos, contemplait la vallée et la brume formée par la cascade. Il s'immobilisa un moment, jouissant du crépuscule qui enrobait ses cheveux dénoués.

– Ti'ana ?

Elle se retourna, lui sourit.

– Je me demandais quand vous alliez vous réveiller.

– Il est tard, dit-il, notant que le soleil s'enfonçait vers l'ouest. Combien de temps ai-je dormi ?

– Plus d'un jour entier. Visiblement, cela t'a fait du bien.

– Oui.

En lui tendant Gehn, il se mit à rire, comme si un souvenir lui revenait tout d'un coup.

– J'ai fait un rêve.

– Agréable, j'espère.

– Oh, oui ! J'ai rêvé que nous empruntions le tunnel jusqu'à la surface. Toi, moi et Gehn. Tu nous montrais tous les endroits dont tu m'as si souvent parlé, y compris Tadjinar.

– Et la faille ?

– La faille aussi. Nous nous y installions. Je m'asseyais avec toi près de la fenêtre, admirant le désert. La pleine lune brillait au-dessus de nous, au milieu du ciel constellé d'étoiles. Gehn dormait dans la chambre.

– Ce sera peut-être vrai un jour.

– Tu crois ?

Elle se tut un instant. Puis :

– J'ai appris ce qui était arrivé... Avec Véovis.

– Ah... Je ne sais trop quoi penser, Ti'ana. Le Véovis que j'ai connu n'aurait jamais agi de la sorte.

– Les gens changent.

– Vraiment ? Je n'en suis pas sûr, mon amour. Un homme reste ce qu'il est. Même si Véovis n'est plus mon ami, je lui ferais davantage confiance qu'à bien des gens qui ne jurent que par leur amitié pour moi. N'oublie pas que, l'autre jour, il t'a ramenée chez nous.

– Pure courtoisie de sa part.

– Mettons. Mais c'est quand même cet homme qu'on accuse de deux meurtres. L'en crois-tu vraiment capable ?

Troublée, elle baissa les yeux.

– Bien sûr... Tu n'es pas au courant ?

– De quoi ?

– Les cinq princes l'ont mis à l'épreuve. Ils lui ont

secrètement fait parvenir un Livre-relais dans sa cellule. Il s'en est servi pour tenter de fuir. Aucun innocent n'en aurait profité, tu ne crois pas ?

Silence. Atrus ne put que se rendre à l'évidence.

– Alors, ce doit être vrai.

– Sans aucun doute.

– Et le prince Rakeri ? Comment prend-il la chose ?

– Mal, dit Anna en berçant doucement son enfant. On prétend qu'il a dû s'aliter. Selon certains, il agonise.

– Alors c'est un triste jour pour D'ni. Un bien triste jour.

Lentement, les deux bœufs tirant la voiture qui transportait Véovis se frayaient un chemin au milieu de la foule massée dans les rues étroites qui menaient au Palais.

Après vingt jours de délibérations, le Conseil allait rendre son verdict. Jamais on n'avait traîné en justice une personnalité aussi éminente pour un forfait aussi odieux. Le commerce de Livres illicites était déjà un crime en soi. Mais l'assassinat de deux membres d'une guilde dépassait l'entendement. D'où la curiosité presque morbide de la foule qui se pressait entre les maisons spacieuses de la ville haute, chacun cherchant à apercevoir le coupable, Véovis.

Certains fustigeaient sa cupidité, ne voyaient en lui qu'un homme riche, mais si avide de profits que sa fortune ne lui suffisait pas. D'autres insistaient sur son hypocrisie et mettaient la véhémence de ses protestations d'innocence, alors que les faits parlaient d'eux-mêmes, sur le compte d'un déséquilibre mental.

Les commentaires ne cessèrent pas lorsque Véovis mit pied à terre devant l'escalier de marbre du Palais et, après avoir traversé la cour extérieure, se dirigea vers la grande salle où il allait entendre le verdict de ses pairs.

On avait construit au bout de l'amphithéâtre, pour

l'occasion, une tribune spéciale où avaient pris place les témoins convoqués par le Conseil, notamment les familles des deux victimes, A'Gaeris et la femme d'Atrus, Ti'ana.

Anna était à présent citoyenne de D'ni. Elle avait reçu légalement, une semaine plus tôt, au cours d'une cérémonie privée, ce qui lui avait été jusque-là refusé par le sang et le mariage. Précédent inouï, que le Conseil avait approuvé.

Au moment où Véovis fit son entrée dans le grand amphithéâtre, tous les regards se braquèrent sur lui. Il avait les cheveux coupés ras et portait une tunique de tissu grossier. Reliées par une courte chaîne, des menottes enserraient ses poignets et ses chevilles. Une autre chaîne aboutissait entre les mains du Protecteur qui l'escortait, un colosse capable de retenir à lui seul un attelage de chevaux emballés.

Il s'arrêta un instant, considéra la multitude serrée sur les gradins. Sa tenue humiliante, ses menottes n'entamaient en rien son arrogance, sa fierté. Il descendit lentement les marches, passa entre les piliers et devant les cinq trônes des princes, au centre de l'amphithéâtre. Ce jour-là, seuls quatre d'entre eux étaient présents. Ils le regardèrent, impassibles, comme des statues de la Justice. Il y eut un moment de silence, intense, solennel. Enfin, le prince R'hira prit la parole.

– Frères, avez-vous décidé ?

Un « oui » tonitruant lui répondit.

– Et votre verdict ?

– Coupable ! crièrent trois cent soixante voix

Les dés étaient jetés. Véovis tremblait. Pourtant, toujours aussi altier, il garda la tête haute et ses yeux n'exprimèrent aucun regret. Le prince R'hira lui jeta un regard glacial, dénué de toute compassion.

– Avant que je ne prononce la sentence, avez-vous une déclaration à faire, maître Véovis ?

Il soutint le regard du vieillard, secoua la tête.

– Très bien. La décision de cette assemblée est donc

la suivante : vous serez déchu de votre rang, exclu de votre guilde. D'ici quinze jours, à la dix-septième heure, vous serez transféré dans un Age carcéral où vous passerez le restant de votre existence.

Tous guettaient sa réaction. Impressionnée par sa dignité, Anna eut un instant de doute. Pourtant, il *était* coupable. Ce qu'elle avait vu et entendu ces vingt derniers jours suffisait. Elle remarqua la façon qu'avait A'Gaeris de se pencher en avant, comme pour mieux jouir du spectacle. Qu'exprimait cette lueur dans ses yeux ? La satisfaction que justice soit faite ou, tout simplement, une joie mauvaise ?

Elle se détourna du philosophe, submergée par un dégoût soudain. Véovis s'apprêtait à grimper de nouveau les escaliers pour quitter la salle. Avant de poser son pied nu sur la dernière marche, il s'arrêta en face d'Atrus, assis au premier rang. Il lui dit quelque chose puis se remit en mouvement, suivi par son mentor.

Anna se leva au moment où les princes annonçaient la fin de la session et se précipita vers Atrus, qu'entourait un petit groupe d'amis. Le vacarme, dans l'antichambre, était assourdissant. Les membres du Conseil parlaient tous à la fois, commentaient ce qui venait d'arriver. Lorsque Anna s'approcha de leur cercle, les compagnons de son mari s'inclinèrent respectueusement.

– Qu'a-t-il dit ? demanda-t-elle à Atrus d'une voix anxieuse.

Sachant que les autres écoutaient, il hésita.

– Pas ici, Ti'ana.

– Est-ce qu'il t'a menacé ?

Il secoua la tête, gratifia ses amis d'un petit salut d'excuse, entraîna Anna à part.

– Alors, demanda-t-elle de nouveau dès qu'ils se retrouvèrent loin des oreilles indiscrètes. Que t'a-t-il dit ?

Il se détourna, comme s'il ne pouvait pas l'affronter. Il était pâle, défait.

– Il rejette tout sur moi. Il m'accuse d'avoir sciemment provoqué sa chute.

– Mais tu n'as rien à te reprocher !

Il se tourna enfin vers elle.

– J'aimerais bien pouvoir le croire. Et sais-tu ce que j'ai pensé à ce moment-là ? J'ai pensé qu'il était innocent. Pourtant, j'ai crié « oui », comme les autres. Et je l'ai envoyé sur son rocher.

– Y a-t-il quelque chose que tu pourrais faire ? Parler aux Cinq ?

Il eut un rire amer.

– Que pourrais-je dire ? Non, Ti'ana, je dois vivre avec l'idée que je me suis peut-être trompé. Vivre en sachant que c'est moi qui ai mis la machine en mouvement : cette machine implacable de D'ni qui broie un homme aussi facilement que nos grandes masses réduisent la pierre en poussière.

Ils restèrent un instant immobiles, les yeux dans les yeux. Anna lui prit ensuite le bras et l'entraîna dehors. Au moment où ils franchissaient la grande arche à l'entrée du Palais, la cloche d'Ae'Gura se mit à sonner de façon lugubre, son tocsin emplissant la caverne.

Le prince Rakeri était mort.

SIXIÈME PARTIE

L'ÎLE

On fêtait le quatrième anniversaire de Gehn. La cérémonie se déroulait dans la maison de famille, à D'ni. Jusqu'à présent, on avait considéré le garçon comme un enfant libre de jouer à sa guise. Mais, dès ce jour, son initiation commençait, premier pas vers l'accession au statut d'aspirant.

Anna souffrait pour lui. Perdu au milieu des éminents et des vénérables, il avait l'air terrifié. On lui avait coupé les cheveux avant de lui faire revêtir une tunique identique à celle que portaient, près de lui, son père et son grand-père. En face d'eux, derrière une table à tréteaux installée spécialement pour l'occasion se tenait Yteru, grand maître de la guilde des Livres. C'était dans cette guilde que Gehn allait recevoir son enseignement, dans ses locaux qu'il vivrait désormais.

Deux jours plus tôt, sachant à quel point son fils redoutait cet événement, Anna était allée trouver Atrus dans son cabinet pour lui demander si Gehn devait vraiment intégrer la guilde aussi tôt. Son foyer, elle en était sûre, allait terriblement lui manquer. Mais Atrus était resté inflexible. C'était la coutume D'ni et Gehn, s'il voulait être considéré comme un fils de cette nation D'ni et y briller un jour, devait s'y conformer.

Ainsi était-elle obligée de l'abandonner, à un âge où tout enfant a encore besoin de sa mère. Cela lui briserait le cœur, tout comme à elle, mais Atrus avait sans doute raison. A long terme, ce serait peut-être mieux pour lui. Pourtant, elle n'en était pas sûre.

Le maître appela l'enfant. Anna pria pour qu'en dépit de son émotion Gehn se souvienne des paroles qu'elle lui avait apprises – les mots du serment de sa guilde.

Lentement, épelant chaque syllabe, l'enfant les prononça. Quand il eut fini, maître Yteru lui sourit avec bienveillance puis, d'une voix sonore, déclama à son tour la formule d'intronisation.

Anna ne put s'empêcher de se sentir fière de son fils. Elle le lui dit en le serrant contre elle, cherchant à calmer la frayeur qu'elle lisait dans ses yeux.

Atrus venait de raccompagner les officiants et les témoins. Il s'immobilisa dans l'encadrement de la porte, regarda sa femme et son fils.

– Es-tu en colère contre moi ?

Elle hocha la tête. Il soupira, exaspéré.

– Je suis navré, Ti'ana. Mais tu connais notre loi. Nous ne pouvons nous y soustraire. Tu le savais lorsque tu es toi-même devenue D'ni.

– Je sais, répondit-elle, s'en voulant autant qu'elle lui en voulait. Simplement, je ne pensais pas que ce serait si dur.

– C'est dur, en effet. Mais nous pouvons adoucir les choses avant le départ de Gehn.

– Tu veux aller à Gemedet ?

Il secoua la tête.

– Je t'ai fait une promesse, jadis. Tu t'en souviens ?

Tout d'abord, elle ne comprit pas. Puis elle écarquilla les yeux.

– Oui, Ti'ana, dit-il. Il est temps que ton fils connaisse les lieux où sa mère est née.

Le voyage le long des tunnels dura deux jours. Le troisième matin, ils atteignirent la caverne où se dressaient les deux grandes excavatrices.

– Nous y sommes presque, dit Atrus en souriant, tandis qu'Anna et Gehn se groupaient près de lui. La surface doit être juste au-dessus.

La jeune femme acquiesça.

– C'est par là que je suis venue. Je m'en souviens très bien. Ces machines...

Elle le dévisagea avec tendresse et sourit.

– Sais-tu ce que j'ai pensé, Atrus ?

– Non, dis-moi.

– J'ai cru que j'avais découvert le tombeau d'un grand roi. Et que ces machines étaient les vestiges d'une vieille civilisation, une race de géants éteinte depuis longtemps... J'en savais bien peu, conclut-elle avec un petit rire.

Il lui jeta un regard ému.

– Je suis heureux que tu aies décidé d'aller voir plus loin, Ti'ana. Sans ta curiosité, nous ne nous serions jamais rencontrés.

– Oh, je suis sûre qu'une gentille jeune fille D'ni aurait mis la main sur toi.

Il rit à son tour.

– Peut-être bien. Mais dépêchons-nous, maintenant. Je suis impatient de voir à quoi ressemble la surface.

Gehn, qui avait jusque-là gardé le silence, prit la parole.

– Papa ? Pourquoi est-ce que nous ne nous *relions* pas à la surface ?

Son père s'accroupit devant lui.

– S'il s'agissait d'un Age différent du nôtre, nous pourrions le faire, expliqua-t-il. Mais la surface appartient au même Age que D'ni. Il est impossible de relier deux endroits situés sur un même Age.

– *Jamais ?* demanda l'enfant en ouvrant grands ses yeux.

– Jamais, dit Atrus avec un sourire patient.

– Mais alors, comment retrouverons-nous notre chemin jusqu'à D'ni ?

Atrus sortit son carnet de sa poche et l'ouvrit. Il contenait, entre ses rabats de cuir, des pages pleines de croquis et de cartes. Atrus les tourna rapidement avant de s'arrêter sur l'une d'elles et de la montrer à son fils.

– Regarde, Gehn. Voilà un dessin des tunnels. J'ai pris des notes tout le long du trajet. Nous n'aurons qu'à nous y conformer pour rentrer.

Cette réponse parut satisfaire l'enfant. L'air heureux, il rejoignit sa mère, debout sous une des machines. Elle passa un bras autour de son épaule, s'adressa à son mari :

– Lorsque je les ai vues pour la première fois, j'étais convaincue que les êtres qui les avaient fabriquées avaient disparu depuis longtemps. Quel peuple construirait de telles merveilles pour les abandonner ensuite dans une grotte ?

Atrus lui sourit, marcha vers elle.

– Est-ce celle-ci que tu as escaladée ?

Elle acquiesça.

– Tu as grimpé dessus, maman ? demanda Gehn, éperdu d'admiration.

– Oui. Ensuite, je suis descendue vers D'ni, sans savoir où j'allais. Je ne l'ai su que bien plus tard, d'ailleurs.

Ils passèrent à travers la brèche. Anna menait la marche, suivie de près par Gehn. Une fois qu'ils eurent atteint la poche, Atrus alluma de nouveau la lanterne. Il savait ce qui se trouvait au-dessus – Anna le lui avait assez répété – mais il ressentait, si près du but, une étrange exaltation. Combien de temps avait-il attendu ce moment ?

Cinquante ans, au moins.

La jeune femme descendit la première. Une fois au fond, elle se retourna pour prendre dans ses bras Gehn que lui tendait Atrus. Ensuite, ils se retrouvèrent dans la grotte où tout avait commencé pour elle, bien des années plus tôt.

– Rien n'a changé, dit-elle.

Ils reprirent leur progression le long du souterrain,

jusqu'à l'éboulis. Atrus y plaça l'explosif, alla se mettre à distance. Il y eut un grand « bang ». Le tunnel s'effondra. Après que la fumée se fut dissipée, Anna prit Gehn par la main et, suivant Atrus, sortit à l'air libre, enjambant les décombres.

Il faisait nuit. La pleine lune brillait comme un disque d'argent dans le ciel bleu sombre, entourée de millions d'étoiles. Atrus resta un instant immobile à la contempler. Anna attira Gehn contre elle, lui montra le firmament.

– Regarde, Gehn, c'est la lune.

– La lu-ne, dit-il, épuisé, en réprimant un bâillement.

Atrus prit doucement la main de son épouse.

– Allons-y, dit-il. Allons voir la faille.

Ils s'étaient assis sur le rebord de la fenêtre ouverte, face au pont de pierre et, au-delà, à l'étendue du désert. Gehn dormait dans la chambre.

Anna écouta un moment sa respiration, puis sourit. Le menton sur sa tête, Atrus l'entourait de ses bras. Elle avait toujours rêvé en secret de l'emmener ici et de s'asseoir près de lui, comme maintenant. Tout cela, quoique bien réel, ressemblait à un songe, à un instant magique, hors du temps. Elle se pressa contre son mari, sentit ses bras se resserrer autour d'elle.

– Il te manque toujours ? demanda-t-il doucement.

– Parfois. De temps en temps, il me parle. Dans ma tête.

Elle se rendit compte qu'il ne la croyait qu'à moitié. Sans doute pensait-il qu'elle avait l'illusion d'entendre la voix de son père lorsqu'elle se souvenait de lui, de ses paroles. Non. Il lui parlait vraiment.

Atrus soupira, heureux de se trouver là, près d'elle, sous la lune.

– Ti'ana ?

– Mmm ?

– Je sais à quel point tu l'aimais et tout ce que tu lui dois. Mais... Et ta mère ? Tu n'en parles jamais.

– Non.

Même à présent, le seul fait de l'évoquer ravivait sa douleur.

– Ti'ana ?

– Tout va bien.

Elle commença à lui raconter ce qui s'était passé, lentement, laissant les mots sortir sans hâte de sa bouche.

– Ce fut un accident. Nous faisions de l'escalade dans les montagnes du Sud. Mon père avait attaqué la falaise en premier. Je l'avais suivi. Ma mère venait en dernier, attachée à la corde qui nous reliait tous les trois. Une fois en haut, mon père et moi nous sommes aventurés sur le sommet, pour inspecter de plus près la falaise. C'était ce que nous faisions sans arrêt, tu comprends. Nous explorions sans cesse. Nous étions là pour ça.

Elle reprit son souffle. Elle revoyait la scène en détail, comme si elle l'avait vécue non trente-cinq ans plus tôt, mais la veille. Les images s'imposaient à elle : les yeux de sa mère écarquillés par la surprise, sa bouche grande ouverte.

– La portion difficile de la falaise était derrière elle. Elle ne se trouvait plus qu'à un mètre du sommet. J'aurais presque pu lui tendre la main, la hisser jusqu'à moi. Elle souriait. Et puis son pied a glissé. Cela n'aurait pas dû être grave. La corde aurait dû la retenir. Mais je l'ai sentie se tendre et puis elle a lâché, comme un sarment pourri. La seconde d'après, ma mère tombait. Sans un cri. Elle s'est contentée de me regarder, les yeux dilatés par la stupeur, la bouche béante... Mon père, bien sûr, ne se l'est pas pardonné. « J'aurais dû arrimer la corde », marmonnait-il. Il l'a répété pendant des jours, sans doute pour masquer son chagrin.

Atrus respecta le silence qui suivit. Puis :

– Je suis désolé, Ti'ana. Je ne savais pas. Je n'aurais rien dû te demander.

Elle se tourna vers lui. Des larmes coulaient sur ses joues, mais elle lui souriait avec tendresse. Très doucement, elle prit son visage entre ses paumes.

– Non, Atrus. Si quelqu'un devait savoir, c'était toi. Nous ne devrions pas avoir de secrets l'un pour l'autre.

Elle l'embrassa. Il lui rendit son baiser, émerveillé par l'éclat de ses prunelles où se reflétait la lueur de la lune.

Gehn le réveilla en le secouant. Le soleil qui inondait la pièce rendait douloureuses les pupilles de l'enfant et l'obligea à cligner des yeux jusqu'à ce qu'il eût trouvé ses lunettes. Atrus chaussa les siennes, se redressa sur sa couche et prit dans ses bras le garçon craintif.

– Maman est partie ! disait Gehn. Elle est partie !

– Non, Gehn. Elle va revenir. Je te le promets.

L'enfant n'en cessa pas moins de sangloter, persuadé d'avoir perdu sa mère. Atrus le berça jusqu'à ce que ses larmes se tarissent, puis l'emmena dehors, sur le seuil d'où on dominait la vallée.

La chaleur le surprit. Le jour n'était levé que depuis une heure. Pourtant, l'air était déjà plus brûlant qu'au cours des pires journées de canicule de Gemedet ou de Ko'ah. Il se souvint de ce qu'Anna lui avait dit à ce sujet. La chaleur, ici, était source de vie. Jamais il n'aurait écrit cela en créant un Age. Mais le grand maître qui avait conçu celui de la Terre y avait pensé, prévoyant à la surface de la planète des contrastes violents entre le chaud et le froid.

Gehn s'accrochait toujours au cou de son père, comme si son existence en dépendait.

– Tu veux boire, Gehn ?

– Oui. J'ai soif.

Atrus le ramena à l'intérieur, l'assit délicatement sur le rebord de la fenêtre avant de lui servir un gobelet de l'eau pure et claire provenant de la jarre qu'Anna avait remplie la veille. Gehn but avidement, puis demanda :

– Où sommes-nous ?

– Dans la maison où ta mère a passé sa jeunesse. C'est là qu'elle a grandi, avec son père.

– Ici ? Mais où sont les Livres ?

Cette question fit rire Atrus.

– Ces gens sont des humains, différents des D'ni. Ils n'ont ni Livres ni Ages. Cette terre est tout ce qu'ils possèdent.

– Mais comment peuvent-ils vivre avec aussi peu ?

Atrus hésita avant de répondre. Pour être honnête, il s'était lui aussi posé la question. Maintenant qu'il connaissait la faille, il se demandait comment Anna avait pu subsister dans de telles conditions.

– Ils ont de la ressource, finit-il par dire.

La voix d'Anna, dans le lointain, le tira d'embarras. Elle chantait une chanson qu'il n'avait jamais entendue auparavant, dans une langue qu'il ne comprenait pas. Il rejoignit Gehn à la fenêtre, à temps pour voir apparaître la jeune femme au sommet de la pente, poussant un petit chariot. Elle portait un manteau noir bordé de rouge dont la capuche protégeait sa tête. En les apercevant, elle agita la main et pressa le pas, chantant toujours.

Atrus alla jusqu'au pont, suivi par Gehn. La chaleur était de plus en plus forte, mais encore supportable. La jeune femme s'engagea sur le pont, tendit un objet à son fils. Il courut vers elle et se saisit de la curieuse boîte, retourna à l'ombre. Anna baissa sa capuche.

– Tu devrais porter quelque chose sur la tête, dit-elle en touchant le front de son mari. Dix minutes encore et tu vas attraper une insolation.

– Une quoi ?

– Insolation. La chaleur attaquera ton cerveau. Tu t'évanouiras et tu tomberas malade.

– Tu blagues.

– Pas du tout. Il est très dangereux pour toi et Gehn de rester tête nue dehors. Vous devez vous couvrir le plus possible. Le soleil du désert est impitoyable.

Il accepta l'injonction. Puis :

– Où étais-tu ? Et ce chariot...

Elle l'examina fièrement, comme si elle venait d'exhumer un trésor.

– Je suis allée le chercher. Il contient tous mes livres et mes journaux intimes. D'autres choses encore. Il est intact, comme si je l'avais abandonné hier.

– Et cette chanson ?

– Tu l'aimes ? Ma mère me l'a apprise. Jusqu'à hier soir, je me sentais incapable de la chanter. Mais à présent...

Elle sourit en lui prenant le bras, l'entraîna dans la fraîcheur de la faille. Lorsqu'ils pénétrèrent dans la pièce principale, Gehn, les yeux brillants, les interpella.

– Quel est ce jeu ? questionna-t-il en désignant l'échiquier, les pièces blanches et noires éparpillées tout autour.

– Un jeu d'échecs, répondit-elle en s'agenouillant près de lui. Mon père m'a appris à jouer. Je t'apprendrai à mon tour.

– Alors, clama-t-il, ravi, je n'irai pas à la Maison de la guilde ?

– Si, Gehn, il faut que tu y ailles. Mais pas tout de suite. Nous allons rester ici quelques jours. D'accord ? Juste ton père, toi et moi.

L'enfant détourna les yeux un moment, dominant sa déception. Il se retourna enfin vers Anna, saisit la reine blanche.

– Alors, c'est quoi, cette pièce ? Et qu'est-ce qu'elle fait ?

– Poule mouillée...

– Pleurnichard... Fils à maman.

– Simplet.

Les commentaires fusaient dans l'obscurité du dortoir. Ils revenaient chaque nuit, chuchotés dans le noir, accompagnés de ricanements, d'autres sarcasmes. Gehn ne pouvait pas ne pas les entendre. Il savait qu'ils s'adressaient à lui, que ces garçons moqueurs et méchants l'avaient pris en grippe et se délectaient de le savoir si seul, si malheureux sur son matelas trop mince, sous la couverture rêche qui irritait sa peau.

C'était horrible, plus encore qu'il ne l'avait imaginé. La première nuit, ils l'avaient entendu pleurer. Depuis, ils s'acharnaient sur lui dès l'extinction des feux. Il se mordait le poing pour ne pas sangloter davantage, ne pas leur offrir ce plaisir. Il fermait les yeux et se souvenait de son lit, là-bas, chez lui, si chaud, si rassurant, de sa chambre où l'on laissait en permanence une lumière allumée pour lui éviter cauchemars et frayeurs. Sa mère était là, toute proche ; elle accourait au moindre de ses cris pour le bercer, le consoler. Mais ici, il n'y avait que le noir, le froid et ces murmures qui ne cessaient que très tard, remplacés par des ronflements sonores.

Qu'avait-il fait pour qu'on l'envoie dans ce dortoir sans âme ? Ses parents ne l'aimaient-ils plus ? Ce que lui avait dit son père le jour de son départ, avec une dureté qui ne lui ressemblait pas, lui revint en mémoire.

– Sois courageux, Gehn. Ainsi sont élevés les citoyens de D'ni. Cela te paraîtra dur au début, mais tu t'y habitueras, je te le promets.

Une promesse d'un côté, l'arrachement de l'autre. La séparation d'avec sa mère avait été pire que tout. Il avait crié et s'était débattu, refusant de suivre ceux qui l'emmenaient, à tel point qu'on avait dû l'entraîner de force vers la voiture qui attendait dehors.

Deux semaines venaient de s'écouler : quinze jours de cafard, de tristesse et d'humiliation. S'efforçant d'ignorer les sarcasmes qui s'amplifiaient, Gehn se remémora la leçon qu'il avait suivie le matin même.

C'est ce matin-là qu'il avait commencé à comprendre. Auparavant, ce qu'on lui enseignait lui paraissait opaque, trop compliqué pour lui. Il avait fini par se demander si ses camarades n'avaient pas raison, s'il n'était pas, comme ils le disaient, stupide, « simplet », s'il n'avait pas, ainsi qu'ils l'insinuaient, le cerveau racorni. Mais ce jour-là, il avait enfin saisi pourquoi il était là. Ce jour-là, pour la première fois, il avait entendu maître Uren.

On l'avait intégré dans une classe de huit élèves dont le plus âgé n'avait pas sept ans et dont il était, lui, le plus jeune. Ce qu'on lui avait appris en premier lieu lui était familier et lui avait paru élémentaire. Sa mère, à la maison, lui en avait inculqué davantage. Mais le cours qui avait suivi et qui concernait l'encre, l'écriture, lui avait ouvert de nouveaux horizons.

Maître Uren, professeur délégué par la guilde des maîtres de l'encre, était un personnage disgracieux, maigre, grand, avec un profil d'oiseau et d'épais sourcils en travers du visage. Il ne parlait que les yeux au plafond, comme en extase. Mais il abandonnait soudain cet état de transe et dardait son regard sur ses élèves au moment où ils s'y attendaient le moins, ce qui les terrifiait. Gehn le revoyait, comme possédé par ce qu'il disait, frappant sa paume de son poing serré tout en martelant sa litanie.

– Quel est l'élément qui relie l'Univers à l'Univers ? L'encre !

» Quel est l'élément qui brûle les ponts reliant les Ages ? L'encre !

» Quel est l'élément qui rend vivace l'obscurité séparant deux sources de lumière ? L'encre !

Alors, à leur grande stupéfaction, il avait brandi un grand tube d'encre – laissant un peu de poudre sombre tomber au creux de sa main.

– Sa confection est un secret, tout comme la fabrication du papier. Ce secret, vous le connaîtrez un jour. Mais vous devrez d'abord vous montrer dignes d'un tel privilège. Car il procure à ceux qui en jouissent un pouvoir immense – le pouvoir de créer des mondes !

Le vieux maître s'était lancé dans un discours à la fois flamboyant et austère qui avait ahuri ses élèves, fascinés par la force des mots. Le père de Gehn lui avait déjà parlé de la sorte. Et, en un éclair, l'enfant avait enfin compris.

Il se retourna dans son lit, posa sa main sur sa poitrine. Les murmures avaient cessé. Ses camarades dormaient. Mais lui rêvait dans le noir, méditant les phrases qui résonnaient encore à ses oreilles. Voilà pourquoi il était là, grelottant sous sa couverture. Pour connaître ces secrets, et les transmettre. Cela prendrait peut-être vingt ans mais, un jour, ces mystères feraient partie de lui. Un jour, peut-être, il les évoquerait avec la même fougue, la même religiosité que maître Uren. Il frissonna, posa sa main, doigts écartés, sur son visage, chuchotant ces mots désormais sacrés :

C'est la loi de D'ni.

Les ateliers d'encre brûlaient. Des flammes immenses se tordaient dans l'obscurité, éclairaient le sommet de la caverne, tournoyant à plus d'un kilomètre audessus de la ville. Appuyé contre la fenêtre, Gehn contemplait le spectacle. Ses camarades se pressaient pour voir. Mais, penché sur la barre de la fenêtre, il en occupait – petite revanche – tout l'encadrement.

Ils avaient entendu l'explosion vingt minutes plus tôt, sans comprendre ce qui se passait. A présent, ils savaient. Quelqu'un avait placé une bombe au milieu des ateliers. Il y avait des morts, des disparus.

Depuis huit semaines, les incidents se multipliaient. Des membres éminents de diverses guildes avaient été mystérieusement attaqués. Des bureaux avaient été mis à sac. A la faveur d'un des incidents les plus graves, on avait volé trois Kortee'nea – des Livres vierges – sans compter tout un stock de Livres-relais. On avait mis les Protecteurs en état d'alerte permanente. Mais nul ne savait qui se cachait derrière ces attentats.

Et cela recommençait.

Les élèves se retournèrent, alertés par des cris dans le couloir. Le maître d'internat courait vers eux en frappant violemment dans ses mains.

– Les enfants, retirez-vous tout de suite de cette fenêtre !

Ils obéirent. Le maître, alors, prit leur place, horrifié lui aussi par l'incendie dont la lueur orange se reflétait dans ses pupilles pâles dilatées par la terreur.

Sans attendre qu'on le convoque, Atrus se précipita au Palais. Deux ou trois membres de la cellule d'urgence du Conseil se trouvaient déjà là. Les autres arrivèrent peu après. Au moment où le prince R'hira ouvrait la séance, un maître de la guilde des Protecteurs entra à la hâte et s'inclina, lui tendant les derniers rapports sur le déroulement des événements.

On dénombrait déjà quinze morts, huit disparus. Même si on ne pouvait encore l'affirmer avec certitude, on avait subtilisé une grande quantité d'encre.

– Comment est-ce possible ? demanda maître Jadaris.

– Un individu court d'une partie à l'autre de la ville, répondit maître Jerahl. Ce criminel connaît comme sa poche l'emplacement et le fonctionnement des guildes.

– Un seul ? interrogea R'hira. N'y aurait-il pas plusieurs malfaiteurs ? Etudiez la carte des attentats. Six guildes, pour le moment, ont été attaquées. Qui sait où les agresseurs frapperont la prochaine fois ? Ils ont une parfaite maîtrise du terrain. Ils connaissent nos points faibles. Ils savent où et quand assener leurs coups.

– Véovis ?

Tous les yeux convergèrent vers Atrus qui, le premier, avait osé prononcer ce nom.

– Impossible, répliqua Jadaris. Il ne peut pas s'échapper de l'endroit où nous l'avons enfermé.

– Vraiment ? déclara le prince R'hira en se penchant vers le grand maître. Quand l'avez-vous vu pour la dernière fois ?

– Il y a deux semaines. Après le premier incident.

– Mais pas depuis ?

– Non. Veut-on que je me rende là-bas ?

– Faites, maître Jadaris. Et communiquez-nous ce que vous aurez découvert.

Jadaris s'inclina et sortit. R'hira reprit la parole.

– Quels que soient les coupables – et nous ne devons aboutir à aucune conclusion hâtive sans disposer de preuves tangibles – ils cherchent, par des actes de violence aveugle, à créer un climat de terreur.

– Croyez-vous vraiment que ce soit leur but ? demanda maître Jerahl.

– Je n'en doute pas une seconde. D'autant que je dois porter à votre connaissance un secret qui, jusque-là, n'a été connu que des Cinq. Le dernier attentat nous pousse à vous le révéler. Un des cinq Grands Livres a été modifié. Il s'agit de celui de maître Talashar. Le texte a été tellement contrefait que l'Age, devenu instable, pourrait très bien s'autodétruire sous peu.

Un cri d'horreur retentit autour de la table. Aucune catastrophe, aux yeux des D'ni, n'était plus effroyable que la modification et l'anéantissement d'un Age. Or, voilà ce qui risquait de se produire. Sans compter qu'il ne s'agissait pas d'un Age ordinaire, mais d'un des cinq « classiques », un de ces Ages immémoriaux et sublimes créés par les plus grands scribes de D'ni.

– Qui pourrait faire une chose pareille ? demanda Hajihr, des tailleurs de pierre, le visage défait.

– Je n'en sais trop rien, rétorqua R'hira. Mais je commence à avoir des soupçons. S'il s'agit vraiment de Véovis, il est certain qu'il n'a pas agi seul. Il y a autre chose : les nouvelles données distillées dans le livre étaient de la même main que celle de maître Talashar.

– Mais il est mort depuis plus de six mille ans ! s'écria Jerahl.

– Pourtant, l'encre du faussaire n'avait pas plus de trois semaines.

Suivit un silence consterné, que brisa Atrus.

– Nous devrions mettre la main sur A'Gaeris et le retenir jusqu'à ce que toute ambiguïté concernant son rôle dans cette affaire soit levée.

– Vous le pensez coupable ? demanda Hajihr.

Atrus haussa les épaules.

– En tout cas, je ne crois pas à son innocence. Je commence à partager les doutes du prince R'hira.

– Et à propos de Véovis ? s'enquit Jerahl.

– Il était peut-être innocent, après tout.

Maître Jadaris s'arrêta devant la barrière extérieure, attendant que le maître des clés ait déverrouillé cette vieille porte qui s'ouvrait sur l'abîme.

Aucun endroit de D'ni ne s'enfonçait plus profondément vers le centre de la terre, aucun lieu n'était plus sûr que cet antre lové plus de vingt mètres en contrebas, sous un souterrain qui serpentait au cœur même de la roche. Là, dans une caverne creusée plus de trois mille ans plus tôt s'alignaient les quinze cellules réservées aux traîtres.

Une seule d'entre elles était occupée. Car il fallait, pour s'y retrouver incarcéré, avoir commis le pire des crimes, avoir bafoué un ordre social que le peuple D'ni considérait avec un respect quasi religieux.

– Il ne peut pas être ailleurs, murmura Jadaris devant la porte de pierre de la cellule de Véovis, que le maître des clés s'empressa d'ouvrir.

Il retint son souffle. Les propos du prince R'hira l'avaient bouleversé. Le prince, en effet, ne soupçonnait jamais personne à la légère. La porte se rabattit contre le mur nu de la cellule, niche glaciale meublée d'une chaise et d'une table. Jadaris se précipita, écartant rudement le maître des clés. Le Livre qui permettait de surveiller l'Age carcéral était ouvert sur la table, sa fenêtre scintillant de façon bien visible. Jadaris se pencha sur la page. La fenêtre n'indiquait aucune présence de Véovis là-bas, dans son bureau de l'Age carcéral.

Jadaris se tourna vers les gardes qui l'accompagnaient.

– Allons-y, dit-il.

Il se retrouva dans une pièce faite entièrement de métal, au plancher noir et aux murs bleu sombre, sans ornements ni fenêtres, avec un plafond qui, distillant une faible lumière, donnait l'impression qu'on se trouvait sous l'eau. Un grand panneau couvrait le mur du fond. Au centre de la pièce, sur un pupitre hexagonal, reposait le Livre-relais, intact.

Les gardes de la guilde des Protecteurs apparurent l'un après l'autre, le visage protégé par des masques de protection, des réservoirs d'air accrochés dans le dos pour parer à toute éventualité. Ils s'alignèrent le long des murs. Obéissant à un geste de Jadaris, l'un d'eux incrusta dans une fente du panneau le petit objet carré qu'il tenait dans la main. Le panneau coulissa avec un chuintement prolongé, s'enfonça dans la roche. Un air froid envahit la pièce.

Au-delà de la porte, un sentier de métal menait jusqu'à l'île. Jadaris respira l'atmosphère extérieure avec une moue de dégoût. Le ciel était sombre et nuageux, comme prisonnier d'un perpétuel hiver. Emergeant d'une mer huileuse, l'île se dressait à quelques encablures de là, masse sinistre de roche volcanique surmontée d'une tour sans fenêtres. Jadaris frissonna. C'était là que ses pairs avaient condamné Véovis à croupir jusqu'à la fin de ses jours. Il s'engagea sur le sentier de métal qui, posé à quelques dizaines de centimètres de la surface, joignait la salle-relais aux marches de pierre qui menaient à la grande porte de la tour. Pétrifié par le vent glacé ridant les flots, il serra contre lui les pans de son manteau.

– Suivez-moi, dit-il à ses hommes.

La grande porte était verrouillée. Le maître des clés s'avança, débloqua la serrure. « Impossible », se disait Jadaris. « Nul ne réussira jamais à s'évader de là. » Pourtant, sa certitude retomba à mesure qu'il explorait les pièces de la tour. Les gardes et lui montèrent jusqu'à la dernière cellule. Elle était vide, comme les autres. Sur la table, un repas achevait de pourrir, abandonné depuis des semaines. A côté de l'écuelle traînaient trois Livres-relais.

Jadaris examina le premier d'entre eux. Qui l'avait fabriqué, écrit ? Il n'en savait rien. Mais Véovis s'était enfui par là ; il en était sûr. Il ouvrit le volume, en déchiffra quelques lignes.

Elles menaient, semblait-il, tout droit à D'ni. Il aurait pu le vérifier en y expédiant un de ses hommes, mais on ne procédait jamais de cette façon. On n'envoyait jamais un homme sur un Age sans lui confier un Livre-relais pour le retour.

Il s'assit un instant, la tête vide, fixant les mots sans les voir. Tout d'un coup, il se leva. Envoyant promener l'écuelle, il étala devant lui la page où luisait la fenêtre descriptive. Puis, jetant un coup d'œil triomphant en direction des gardes, il posa fermement sa main sur le panneau.

S'efforçant de ne pas respirer l'âcre odeur de l'incendie, emmitouflé dans son manteau, la tête dissimulée par sa capuche, Véovis longea la ruelle jusqu'à la porte. En dépit de l'heure tardive, la foule se pressait dans les rues de la ville basse, admirant le courage des hommes qui luttaient contre le sinistre dont la lueur violente obligeait Véovis à cligner des yeux. Il passa, modeste, et nul ne le remarqua. Tous avaient entendu l'explosion. Venue de la ville haute, la rumeur faisait état de nombreux morts, une centaine, prétendaient certains.

Véovis se faufila sous la porte, réprimant le tic qui secouait sa joue. Distrait par le feu qui ravageait les ateliers des fabricants d'encre, le garde lui jeta à peine un regard. Il se coula telle une ombre au milieu des badauds, se dirigea d'un pas paisible vers la porte de la ville haute.

Anna enfila ses bottes, se leva, alla prendre dans l'armoire un des manteaux de Gehn. Puis, craignant de changer d'avis, elle quitta la pièce à la hâte, dévala les escaliers jusqu'à l'entrée.

L'incendie l'éblouissait. Sous elle, sur sa gauche, tout flambait. Ce que cela signifiait pour D'ni, elle s'en moquait. Elle ne savait qu'une chose : elle allait ramener Gehn à la maison, que cela plût ou non à Atrus. Cela durait depuis trop longtemps.

Au milieu de la ruelle débouchant sur la Maison de la guilde, elle se heurta, tout comme les gens du peuple auxquels elle s'était mêlée, à des gardes qui en barraient l'accès. Elle les supplia de la laisser passer. Devant leur refus, elle s'en alla, en quête d'une autre entrée. Plus bas, se dit-elle. Il lui suffisait de redescendre la rue, de se faufiler à travers une autre ruelle aboutissant à la porte. Alors qu'elle se mettait en route, un homme la heurta. Capuche rabattue, il marchait la tête basse, comme perdu dans ses pensées. Cette attitude lui parut bizarre. Elle se retourna. D'instinct, l'homme lui rendit son regard.

Véovis ! C'était Véovis !

Non, ce n'était pas possible. Elle revint sur ses pas, interpella l'individu.

– Seigneur ?

Il ne s'arrêta pas. Il accéléra l'allure, se coula dans une rue adjacente.

Elle hésita un instant, puis se lança à sa poursuite.

Elle crut tout d'abord l'avoir perdu. Elle aperçut enfin une silhouette au bout de la rue. L'homme se fondit dans l'embrasure d'une porte. Lentement, Anna s'en approcha. La lueur orange et noir de l'incendie dansait sur la façade. La porte était ouverte. La jeune femme la poussa doucement, se retrouva dans une petite cour cernée de murs. Au bout, elle trouva une autre porte, elle aussi entrebâillée. Elle s'arrêta un instant sur le seuil, prêtant l'oreille. Rien. Elle s'avança encore, pénétra dans ce qui semblait être une cuisine. La maison était sombre, abandonnée. Le reflet des flammes rampait dans la pièce, dansait de façon irréelle le long des murs.

Effrayée par le bruit de ses propres pas, Anna s'aventura dans la demeure. Une porte donnait sur le vestibule, d'où partait un escalier conduisant à l'étage. Des portraits quasiment invisibles tapissaient les murs. Seul l'un d'eux, éclairé par la lueur de l'incendie entrant par la fenêtre, laissait entrevoir une tête et des épaules. Il aurait pu s'agir de n'importe qui.

La jeune femme explora les pièces ouvrant sur le vestibule. Elles aussi étaient vides. Elle allait renoncer et s'en aller lorsque lui parvint, de l'étage, un bruit de métal et de bois. Elle se figea, le cœur battant. Elle n'aurait jamais dû se trouver là. Pas seule, en tout cas. Si elle avait vraiment croisé Véovis, cela voulait dire qu'il s'était échappé. Et s'il s'était échappé...

Elle était en danger. Elle le savait. Mais elle se sentait incapable de se retenir. Sa curiosité l'emportait sur la peur. Il fallait qu'elle sache s'il s'agissait vraiment de lui et, si c'était le cas, ce qu'il faisait là.

Elle grimpa l'escalier. Avait-elle aperçu une lumière à l'étage ou n'était-ce qu'un effet de son imagination ? Elle poursuivit sa progression, prête à tout instant à redescendre en trombe et à quitter cette maison. Le bruit s'amplifiait, comme si quelqu'un se saisissait de différents objets et les laissait retomber – dans un sac, peut-être ? Parvenue au sommet des escaliers, elle se retourna. Son regard rencontra le portrait du vestibule. Elle s'apprêtait à continuer lorsqu'elle s'immobilisa, les yeux rivés sur la toile. Et elle comprit.

Le tableau représentait A'Gaeris, ou un de ses ancêtres qui lui ressemblait. La jeune femme reconnut l'épaisseur des sourcils, le crâne dégarni, les cheveux rabattus en arrière, les yeux hargneux, agressifs.

Cette maison, jadis, t'appartenait donc, philosophe. Avant ta déchéance.

Elle sut dès lors que Véovis se trouvait réellement au premier étage et qu'A'Gaeris, d'une façon ou d'une autre, l'avait aidé à s'échapper. Comment, elle l'ignorait ; mais elle finirait bien par le découvrir.

Elle franchit les dernières marches puis s'immobilisa, la main sur la rampe, écoutant avec attention. Le bruit venait d'une pièce située au bout du palier, à sa gauche, lui sembla-t-il. Toutes les portes placées à sa droite étant fermées, ce n'était pas le reflet de l'incendie qu'elle avait aperçu, mais bien de la lumière dans la chambre du fond.

Elle reprit calmement son souffle, fit un pas avant de s'arrêter net. Véovis venait de surgir, posant un sac sur le plancher. Elle retint sa respiration, certaine qu'il l'avait vue. Mais, sans même jeter un regard dans sa direction, il retourna dans la pièce.

Elle s'approcha sur la pointe des pieds, l'entendit siffler doucement. Ensuite, plus rien.

La pièce – un bureau – était encombrée de volumes. Au fond, une porte close. Au centre, sur une table éclairée par une petite lampe dont le verre rose protégeait une bille incandescente, la jeune femme distingua les contours d'un Livre-relais dont la fenêtre scintillait. Elle hésita un instant. Enfin, s'avançant jusqu'à la table, elle posa sa main sur le panneau.

Véovis s'accroupit, noua l'extrémité du sac. Il jeta ensuite l'autre sac – un sac à dos – sur son épaule et regagna le cabinet. Rien n'avait changé depuis tout à l'heure. Il fit glisser le fermoir de la lampe, dont la lueur baissa lentement. A mesure que la pièce s'obscurcissait, l'éclat de la fenêtre du Livre-relais parut s'intensifier. Véovis y étala sa main. Un court instant, le bureau se retrouva plongé dans l'obscurité. Puis, lentement, le carré lumineux réapparut, tronqué par ses doigts.

Dans la pièce désormais vide s'installa un silence irréel.

Debout devant la fenêtre, Anna contemplait le paysage le plus étrange qu'il lui eût été donné de voir. Sous un ciel presque mauve, une mer vert sombre remuait lourdement, animée d'un mouvement visqueux, comme de l'huile dans un bol. Et il y avait surtout cette odeur de moisi, répugnante, qui imprégnait tout.

La salle dans laquelle elle s'était transportée avait été creusée dans la base de l'île, formant sous elle une sorte de cave. Sachant que Véovis apparaîtrait probablement juste après elle, elle l'avait quittée très vite, empruntant des escaliers de métal en colimaçon jusqu'à une galerie donnant, à travers d'épais panneaux de verre, sur un univers sous-marin peuplé de curieuses créatures languissantes, à la peau noire, aux pâles yeux roses et aux nageoires atrophiées.

Au centre de cette galerie, en face des fenêtres, s'ouvrait une écoutille circulaire dont on actionnait le mécanisme par une roue, comme sur un navire. Anna y jeta un coup d'œil avant de poursuivre son chemin.

Un second escalier reliait la galerie à une vaste enfilade de pièces au centre de laquelle se trouvait une salle à six côtés – un cabinet, sans aucun doute. Des étagères couvertes de livres couvraient deux de ses murs du sol au plafond. D'autres vieux volumes à la couverture de cuir s'éparpillaient çà et là sur le parquet, comme si on les avait jetés sans le moindre soin. Contre un mur nu, près d'une des trois portes, s'entassaient une douzaine de caisses sans étiquette. On avait réuni, au centre de la pièce, deux grands bureaux encombrés de différents papiers, dont plusieurs cartes et croquis détaillés de D'ni, incluant des plans de rues, le tracé des égouts et des canalisations d'eau courante. A l'autre bout de la pièce, soutenue par une grosse chaîne, une cage en or pendait du plafond. Derrière ses barreaux, un oiseau de proie aux plumes lustrées et sombres battit des ailes, comme s'il s'apprêtait à attaquer la jeune femme, et la fixa avec intensité en clignant des yeux.

La salle suivante, située dans un des coins de l'île, communiquait avec les autres grâce à un long couloir obscur. Salle étrange, aux murs et au plafond entièrement de verre, tout comme le plafond à travers lequel Anna distingua, en levant la tête, une succession d'autres pièces et de balcons grimpant le long des parois de l'île, étage après étage.

Comme à K'veer, pensa-t-elle, se demandant si Véovis avait pris part à leur conception.

Tout au sommet de l'île, elle aperçut le faîte d'une tour, jaillissant du centre du rocher.

Elle se détourna de la fenêtre. La première des trois portes donnait sur une succession de couloirs. La seconde protégeait un tout petit cagibi. La troisième menait directement dans la roche – peut-être en direction de la tour elle-même.

Un sinueux escalier de pierre escaladait la paroi. La jeune femme allait s'y aventurer lorsqu'elle entendit du bruit venu des pièces situées à sa droite. On posait par terre quelque chose de lourd. Anna reconnut ensuite le sifflement si caractéristique de Véovis. Elle referma doucement la porte, se dirigea vers celle du milieu. Elle explorerait la cage d'escalier plus tard. Pour l'heure, une seule chose comptait : que Véovis ne la découvre pas.

Elle se glissa dans le cagibi et tira la porte derrière elle, au moment même où Véovis, parvenu au bout du couloir, pénétrait dans la pièce voisine de celle où elle venait de se cacher.

Atrus enleva son manteau, se tourna vers sa mère.

– Que se passe-t-il ? demanda-t-il.

– C'est Ti'ana. Je ne sais pas où elle est, Atrus. Un des domestiques l'a vue s'en aller il y a une heure.

– Elle est sortie ? Avec tout ce qui se passe en ville ?

Tasera acquiesça.

– Si j'avais su où elle allait, j'aurais envoyé un homme à sa poursuite. Mais elle n'a laissé aucun message.

Atrus fronça les sourcils.

– Attends ici. Je crois savoir où elle est allée.

– Tu le sais ?

– Je n'en suis pas sûr. Mais elle semblait malheureuse, ces derniers mois. Gehn lui manquait atrocement.

– Il a manqué à nous tous.

– Oui, mais à elle plus qu'aux autres. La semaine dernière, elle m'a même demandé s'il pouvait rentrer à la maison. Il est possible qu'elle soit partie le chercher.

– On ne la laissera pas entrer.

– Crois-tu que cela l'arrêtera ?

Tasera hocha la tête.

– Bien, j'y vais. Reste ici, mère. Si je ne la trouve pas à la Maison de la guilde, je reviendrai directement ici. Mais ne t'inquiète pas. Je suis certain qu'il ne lui est rien arrivé.

Un des gardes se souvenait d'elle.

– Elle a beaucoup insisté, mais nous avions des ordres stricts. Nous ne devions laisser passer personne, pas même les membres des guildes, sans autorisation spéciale. Elle est partie, oh, il y a un peu plus d'une heure.

– Avez-vous noté le chemin qu'elle prenait ?

Le jeune soldat désigna la ruelle.

– Elle s'en est allée par où elle était venue puis a tourné à gauche, sous l'arche, comme pour se diriger vers le secteur ouest.

Atrus le remercia et tourna les talons. Si Anna avait eu l'intention de rentrer chez eux, elle aurait continué tout droit et coupé un peu plus loin. A moins, bien sûr, qu'elle n'ait essayé de pénétrer dans la Maison de la guilde par une autre entrée.

« D'abord chez nous », se dit-il. Il y retournerait d'abord, au cas où elle serait rentrée elle aussi. Puis, s'il ne la trouvait pas, il irait à la Maison de la guilde et se lancerait à sa recherche.

Anna se tassa contre le mur, retenant son souffle. Véovis était juste derrière la porte. Elle l'avait entendu s'arrêter et renifler l'air.

– Curieux, l'entendit-elle dire. Très curieux.

Elle ferma les yeux. Il pouvait à tout moment pousser la porte, tomber sur elle. Et alors...

Ses pas s'éloignèrent. La porte du couloir grinça, se referma derrière lui. Les pas, peu à peu, s'évanouirent.

Anna respira longuement avant d'entrebâiller la porte du cagibi. La pièce était vide, à présent, baignant dans l'étrange lumière mauve distillée par le ciel. La jeune femme allait sortir lorsqu'elle aperçut, à sa droite, deux étagères profondément creusées dans le mur et qu'elle n'avait pas remarquées tout d'abord.

Des Livres ! Des Livres-relais ! Des dizaines de volumes. Elle en prit un, l'examina. Il reliait vers D'ni ! Rapidement, elle en étudia un second ; lui aussi aboutissait à D'ni. Elle consulta les autres. Chaque Livre posé sur l'étagère supérieure avait comme destination un endroit bien précis : une Maison de guilde, une résidence particulière, chaque fois en un lieu déterminé ; entrepôt, quartier des domestiques. L'un d'eux conduisait même directement au Palais, dans la grande salle du Conseil.

C'était ainsi qu'ils procédaient ! Véovis était à l'origine de la série d'incidents des semaines passées.

Véovis, oui... Et A'Gaeris.

Les Livres de l'étagère du bas étaient vierges, attendant d'être utilisés. Elle en compta quarante-huit. Comment avaient-ils réussi à mettre la main sur autant de Livres vierges ? Etait-ce Suahrnir qui les leur avait procurés ? Il avait disparu cinq ans plus tôt et on le tenait pour mort. Se trouvait-il là, lui aussi ?

Lorsqu'elle avait effectué le passage, elle ne savait pas trop ce qu'elle comptait faire. Jeter un œil et repartir ? Mais maintenant qu'elle avait vu ces Livres...

Il faut que j'arrête cela, pensa-t-elle. *Quinze morts. C'est ce qu'ont affirmé les gardes. Si je n'interviens pas, d'autres mourront. Je dois agir tout de suite.*

Mais comment ?

Elle contempla une dernière fois les livres. Un plan commençait à germer dans sa tête.

Debout à l'extrémité de la jetée de pierre, Véovis regardait, sur la mer d'un vert huileux, un rocher d'un blanc immaculé qui, entouré d'une plate-forme circulaire bleu-gris, surgissait comme une dent de la surface. Il baissa les yeux vers le compte-minutes fixé à son poignet, fit tourner le remontoir entre ses doigts, d'abord dans le sens des aiguilles, ensuite dans le sens opposé, et de nouveau dans le même sens. Il attendit un instant, écoutant les grands rouages s'ébranler sous ses pieds, puis poussa le remontoir.

Lentement, une passerelle de métal émergea de la roche, enjamba l'étroit chenal pour aller s'amarrer à la plate-forme avec un bruit sourd. Véovis, tendu, résista à la tentation de consulter une nouvelle fois son compte-minutes. Tout d'un coup, une silhouette lumineuse apparut sur la plate-forme avant de se matérialiser. C'était A'Gaeris.

Il cligna des yeux et leva la tête vers le ciel, comme désorienté. Reconnaissant Véovis, il lui sourit, brandissant le Livre-relais que Véovis et Anna avaient utilisé avant lui, celui qui, à peine cinq minutes plus tôt, reposait, à D'ni, dans le bureau de la maison d'où ils étaient partis.

Les deux hommes se rejoignirent au milieu de la passerelle et se donnèrent l'accolade. Alors apparut, sur la plate-forme, une troisième silhouette. C'était Suahrnir.

Bien au-dessus d'eux, depuis la fenêtre nord de la tour, Anna vit les trois hommes s'accueillir avant de marcher jusqu'à la jetée, Véovis et A'Gaeris côte à côte, Suahrnir un pas en arrière.

Elle n'avait cessé de penser au Livre reliant l'île à D'ni, de se demander pourquoi ils laissaient ainsi ouvert l'accès à cet Age. A présent, elle comprenait. A'Gaeris était venu derrière Véovis et avait ramassé le Livre, puis il avait utilisé un second Livre-relais caché sans aucun doute quelque part pour se retrouver sur le rocher.

La passerelle avait été retirée. Quiconque entreprenant le voyage vers ce monde se retrouverait prisonnier du rocher, incapable d'aborder dans l'île.

Anna s'éloigna de la fenêtre. La grande pièce circulaire ressemblait à un laboratoire. Trois bancs formaient en son centre un H où l'on avait posé des ustensiles de cuivre. Les étagères qui couraient le long des murs regorgeaient de bouteilles, de carafons bouchés remplis de poudres et de produits chimiques. Sur une étagère isolée, la jeune femme remarqua des Livres. Des Livres des guildes, volés dans leurs bibliothèques.

Elle examina les divers ustensiles. Puis, marchant vers la fenêtre sud, elle regarda dehors. Sur la mer, la houle avait cessé ; sa couleur virait au noir contre le mauve pâle du ciel. Juste au-dessous de la tour, le rocher plongeait directement dans la mer, sauf en un endroit qu'on avait légèrement surélevé de telle sorte qu'un contrefort de roche noire s'élançait au-dessus de l'eau, prolongé par une sorte de tunnel au bout duquel pendait une cage ; une grande cage de la taille d'un homme, à demi immergée.

Anna se retourna, poursuivit son inspection de la pièce. On ne pouvait en sortir que par une seule porte, débouchant sur un escalier qui descendait. La porte, de bois massif, n'avait qu'un seul verrou qu'on pouvait tirer de l'intérieur.

– Parfait, se dit-elle en souriant. Tout cela est absolument parfait.

De retour dans l'étude, Véovis ferma la porte avant de rejoindre A'Gaeris et Suahrnir qui, en grande conversation devant les cartes, choisissaient leurs prochaines cibles. Il saisit un des deux sacs qu'il avait amenés de D'ni, le tendit au philosophe.

– Tiens. Cette fois, je t'ai apporté quelques affaires.

Après avoir regardé à l'intérieur du sac, A'Gaeris éclata de rire. Il extirpa le manteau orné du liseré rouge sombre de la guilde des scribes, s'en couvrit les épaules.

– Dire que je lui accordais jadis plus de prix qu'à la prunelle de mes yeux !

Il l'ajusta avec une moue de dégoût, prit une pose outrageusement pompeuse.

– Alors, comment réagit-on à D'ni ?

Véovis sourit.

– Tu avais raison, philosophe. La destruction des ateliers d'encre les a affolés. Jusque-là, ils avaient réussi à cacher la vérité. A présent, la ville entière est au courant du problème.

– Il y en a un autre, rectifia Suahrnir. Tout le monde sait aussi que tu ne te trouves plus dans l'Age carcéral.

– Ils le savent ? Et comment ?

– J'ai surpris une conversation entre deux gardes. On raconte que maître Jadaris lui-même a dirigé une expédition chargée d'aller s'assurer de ta présence là-bas. Après la découverte de ta fuite, ils en ont logiquement conclu que quelqu'un t'avait aidé à t'échapper. Et ils n'ont pas eu à chercher bien loin, hein, conclut-il d'un air hilare en se tournant vers A'Gaeris.

Le philosophe n'apprécia pas cette goguenardise.

– Cela prouve que nous devons intensifier notre campagne, dit-il à Véovis. Nous avons bénéficié jusque-là de l'effet de surprise. A présent, cet avantage ne joue plus. Nous devons frapper au cœur.

– Le prince R'hira, suggéra Suahrnir.

– Certes, approuva Véovis. Mais pas tout de suite. Réservons la primeur à mon vieil ami, qui ne cesse de se mêler de ce qui ne le regarde pas.

– Quel ami ? hoqueta A'Gaeris.

– Un ex-ami, disons. Ce bon maître Atrus.

– Pourquoi lui en premier ? s'étonna Suahrnir. Nous pourrions très bien régler son sort plus tard.

– Non, intervint A'Gaeris. Véovis tient des propos sensés. Il suffit de trancher une tête pour rendre un corps inoffensif. Et qui sont les « têtes » de D'ni ? Les membres de la cellule d'urgence : Atrus, Jadaris, Yf'Jerrej, R'hira. Ces quatre-là doivent constituer nos premières cibles. Jusqu'à présent, nous avons inquiété les guildes. Nous devons maintenant les déstabiliser.

– Je suis d'accord, conclut Véovis. Mais laissez-moi Atrus.

A'Gaeris sourit.

– Si tu y tiens, mon ami, il est à toi. Mais ne commets pas d'erreur. Et montre-toi sans pitié. Souviens-toi qu'il n'en a eu aucune à ton égard.

– Je ne l'ai pas oublié. Bon. Mettons nos plans au point.

A pas de loup, Anna s'engagea dans le couloir puis s'arrêta. Le murmure de leurs voix lui parvenait à travers la porte. Il y eut quelques éclats de rire. Ensuite, la conversation reprit.

Bien. Tant qu'ils étaient occupés, elle pouvait déplacer les Livres.

Elle regagna la salle, rassembla tout ce qu'elle put transporter et se précipita dans les escaliers menant à la tour. En trois voyages, elle transvasa les Livres jusqu'au sommet. Elle les empila sur un banc, n'en laissant qu'un à portée de sa main. Elle s'en saisit et revint vers la porte. La façon d'agir la plus simple et la plus rapide consistait à les brûler – à y mettre le feu et à se relier aussitôt à D'ni – mais ce n'était pas la meilleure. Si elle voulait être sûre de contrecarrer définitivement le plan des trois hommes, elle devait faire en sorte qu'il ne reste plus un seul Livre-relais sur l'île.

Elle se pencha vers l'escalier puis, n'entendant aucun bruit, s'y engagea. Jusqu'à présent, elle avait agi par surprise. Maintenant, il lui faudrait, pour réussir, compter sur la chance.

Les dieux étaient avec elle. Les trois hommes n'avaient pas quitté le cabinet. Elle entendit leurs voix derrière la porte.

– Très bien, disait méchamment Suahrnir. Mais pourquoi ne pas le tuer, nous en débarrasser une bonne fois pour toutes ?

Anna recula. La porte pouvait s'ouvrir à tout moment. Pourtant, elle resta là, l'oreille aux aguets.

– J'y vais tout de suite, annonça Véovis. Pas d'objection ?

– Non, répondit A'Gaeris. Mais reviens vite. Nous avons beaucoup à faire avant le matin.

– Ne t'inquiète pas, répliqua Véovis avec un rire sardonique. Je sais comment appâter notre ami. Cela ne prendra pas plus de temps qu'il n'en faut pour ferrer un poisson.

Désespéré, la tête entre les mains, Atrus appuyait ses coudes sur son bureau, dans ses appartements de la Maison de la guilde. On n'avait découvert aucune trace d'Anna. Les recherches dans la ville haute étaient demeurées vaines, les enquêtes menées ailleurs n'avaient donné aucun résultat. Jadaris avait proposé de les poursuivre. Mais Atrus savait qu'on ne la trouverait pas. Pas à D'ni, en tout cas.

Véovis était derrière tout cela. C'était logique. S'il tenait Anna, il tenait sa revanche.

Qu'avait-il fait d'elle ? Et si c'était lui, quel but poursuivait-il ? Que voulait-il ? La justice ? Non. Il était trop tard. Mais pas pour la vengeance ; du moins cette vengeance aveugle, irraisonnée, qui est la marque des fous. Etait-ce vrai ? Véovis, enfermé sur son rocher, avait-il perdu la raison ?

Non. Il était trop fort pour cela. Lui, peut-être, mais que dire d'A'Gaeris ? Quel rôle jouait-il ? Comment avait-il persuadé Véovis de s'allier avec lui contre les guildes ?

Trahison. Tel était le mot que le philosophe avait chuchoté à son oreille. Les guildes l'avaient trahi, comme elles avaient trahi A'Gaeris. A présent, elles devaient payer.

Payer... ou périr ?

Atrus se leva. La solution venait de s'imposer à lui. Il fallait fouiller D'ni, explorer les moindres recoins de la ville et trouver les Livres-relais.

– Si seulement nous pouvions découvrir l'Age où il se terre...

Il tressaillit. Des pas résonnaient dans le vestibule. Il se précipita.

– Ti'ana ? Ti'ana, c'est toi ?

Il se figea, plus pâle qu'un mort.

– Véovis ?

Véovis, effectivement, se tenait devant lui, souriant, un Livre-relais ouvert dans la main.

– Eh oui, mon cher Atrus. J'ai ta femme. Si tu veux la revoir, tu ferais bien de me suivre. Et pas d'entourloupe, ou elle mourra.

– Non ! Attends !

Atrus courut vers lui. Véovis plaça son autre main sur le Livre, touchant la fenêtre scintillante.

– *Véovis !*

Le Livre tomba sur le sol.

Ainsi donc, c'était vrai. Ses sombres pressentiments ne l'avaient pas trompé. Atrus se baissa, ramassa le Livre.

De l'aide. Voilà ce dont il avait besoin. C'était le bon sens même.

Mais que pèse le bon sens face à l'amour ?

– Je n'ai pas le choix, se dit-il.

Persuadé, en son for intérieur, de courir à la catastrophe, il plaça sa main sur la fenêtre et disparut.

En bas des marches, la porte s'ouvrit avec fracas. Des pas se répercutèrent sur la pierre. Un moment plus tard, A'Gaeris apparut au sommet des escaliers. Il sourit à la vue du Livre-relais, s'avança vers lui, le prit entre ses paumes, le fourra dans sa poche. Son sourire s'accentua.

Il était temps de retourner sur l'île.

Anna se faufila doucement dans la salle faiblement éclairée. Le cabinet se trouvait à sa droite. Elle entendait, à travers ses fins murs de bois, le murmure étouffé de deux voix : celles d'A'Gaeris et de Suahrnir.

Un lit étroit se pressait contre un coin de la pièce. A côté, contre la paroi sombre, un petit bureau et une chaise. Une couverture de soie usée recouvrait le lit. Sur la table, Anna aperçut de petits volumes sans couverture ressemblant à des cahiers d'enfant. Elle en ouvrit un ; il s'agissait d'un des pamphlets d'A'Gaeris, une de ces interminables diatribes contre les guildes qui l'avaient rendu célèbre, notamment dans la ville basse.

Elle le reposa, examina ce qu'il y avait d'autre sur la table, tomba sur un carnet scellé par un fermoir d'argent. En lettres D'ni, les initiales d'A'Gaeris étaient gravées dans le cuir de la couverture. Elle mit le calepin dans sa poche avant de trouver un petit portrait enfermé dans un cadre doré. Il représentait une jeune femme de son âge, aux cheveux noirs et au visage d'une beauté étonnante. Elle le glissa également dans sa poche.

Après s'être assurée que rien ne lui avait échappé – panneau dissimulé ou cachette dans le plancher – elle traversa la pièce avec l'intention de retourner vers la tour.

Elle avait perdu trop de temps. Chaque instant qui passait augmentait le risque d'être découverte. Elle devait se hâter de faire ce qui lui tenait à cœur : regagner le faîte de la tour et brûler les Livres-relais qu'elle avait en sa possession.

Ce ne serait qu'un début. Mais un début utile : elle connaissait leurs plans. Si elle arrivait à les révéler à maître Jadaris...

Elle entendit alors, derrière elle, des voix dans la pièce centrale, dont celle de Véovis. Il était revenu et donnait sèchement ses ordres. Elle discerna ensuite une plainte et le bruit d'une chute sur le plancher.

D'autres sons encore, ceux d'une lutte, peut-être, puis, de nouveau la voix de Véovis :

– Descendez-le à la cave. Nous l'enfermerons dans la cage. Nous l'utiliserons comme appât pour un brochet bien plus appétissant.

Il y eut des rires. On traîna ensuite un corps à travers la pièce.

Ils avaient donc capturé quelqu'un d'autre.

Le couloir qui menait à la cave se trouvait de l'autre côté, ce qui mettait Anna en danger d'être découverte. Mais le temps pressait. L'heure était venue pour elle de tendre son propre piège.

De retour au sommet de la tour, elle fouilla les étagères. Elle cherchait quelque chose de bien précis : du nitrate de potassium, du soufre, du carbone, de la vaseline liquide, une mèche, un briquet à silex.

Les toutes petites bouteilles portaient chacune une étiquette ornée de signes D'ni. Mais Anna ne se fia qu'à leur contenu, qu'elle identifia sans peine. Elle les descendit une à une, les aligna sur le plan de travail avant de s'emparer d'une cuillère et d'une cuvette de mélange.

Dans un tiroir, elle trouva des mèches et un briquet.

– Quoi d'autre ? se demanda-t-elle, le cœur battant.

Une des bouteilles, qu'elle avait déjà remarquée, ne comportait pas d'étiquette et contenait une substance bleu clair. Elle la déboucha, la porta à ses narines.

Elle recula d'un bond en replaçant le bouchon, les yeux remplis de larmes. Il ne pouvait s'agir que d'un puissant soporifique. Une seule inspiration avait provoqué chez elle une suffocation suivie d'un étourdissement subit.

Reprenant ses esprits, elle rangea la bouteille dans sa poche, en se disant qu'elle pourrait toujours servir. Elle glissa aussi dans sa ceinture une lourde lime de fer abandonnée à côté d'elle, sur un plateau. Elle l'utiliserait, en cas de besoin, comme arme défensive.

Elle revint vers le bureau, prit un des flacons sans le déboucher. Elle entendit alors, venus d'en dessous, un cri et le bruit d'un plongeon. Elle se précipita vers la fenêtre sud. Là-bas, au bout de l'éperon rocheux, la cage était occupée. Un homme à demi immergé se débattait, frappait l'eau de ses mains. Il se calma et regarda autour de lui, comme s'il venait de prendre brusquement conscience de ce qui lui arrivait.

Anna se mordit la main pour ne pas pousser un cri d'horreur.

C'était Atrus.

Véovis sourit à A'Gaeris.

– Est-ce que tu as caché le Livre ?

Le philosophe sortit le Livre-relais de sa poche.

– Tu parles de celui-là ?

Ils avaient laissé Suahrnir sur la plate-forme, d'où il surveillait la cage, et regagnaient la tour.

– Es-tu sûr qu'elle viendra ? demanda A'Gaeris.

– Certain.

Ils parvinrent devant les marches menant à la galerie.

– Puis-je te demander quelque chose, Véovis ?

– Parle.

– Pourquoi la veux-tu ? Elle ne t'aimera jamais. Que tu aies fait son mari prisonnier va décupler sa haine. Et si tu le tues...

– La vengeance.

– Pourquoi ne pas tout simplement les exécuter tous les deux ?

– Parce que je veux qu'ils souffrent comme j'ai souffert moi-même, rétorqua Véovis avec une dureté qu'A'Gaeris ne lui avait jamais connue. Nuit après nuit, dans l'Age carcéral, j'en ai rêvé. Je veux qu'ils se tourmentent comme je me suis tourmenté, qu'ils se sentent trahis comme je me suis senti trahi.

Ils avaient pénétré dans la galerie. Derrière l'épais panneau de verre, les étranges créatures aux yeux pâles et fixes nageaient doucement, l'air menaçant.

– Je comprends, murmura A'Gaeris.

– Vraiment ?

– Oui, mon ami. Je n'ai pas seulement perdu mon honneur, jadis. J'étais fiancé. A la plus belle jeune femme qu'on puisse voir.

– Ah... Que veux-tu, A'Gaeris ? Je veux dire : que veux-tu *vraiment* ?

Le philosophe n'hésita pas une seconde.

– Les anéantir tous. Tel est mon rêve.

– Alors, les guildes... ?

– Ne sont qu'un début. Ce que je veux, c'est détruire D'ni comme D'ni m'a détruit.

Sa voix tremblait d'indignation.

– Cela te fait peur, Véovis ?

– Non. Je comprends ce que tu ressens.

– Vraiment ?

– Oui. Viens. J'ai quelque chose à te montrer.

A'Gaeris avait cru tout d'abord pénétrer dans une sorte d'entrepôt. Mais il poussa une exclamation en découvrant, derrière la porte du fond, une longue pièce haute de plafond. Contre les murs, plusieurs rangées de râteliers supportaient des centaines d'épées et de fusils. Assez pour mener une guerre en règle.

– Tu as écrit autrefois, dit Véovis, qu'il était sage d'interdire au peuple de posséder des armes. Car s'il en avait, D'ni tomberait en une nuit. Le penses-tu toujours ?

A'Gaeris prit une des épées et l'examina. Il hocha la tête, impressionné, sourit à Véovis.

– Oui, répondit-il, je le pense toujours.

– Est-ce que cet arsenal fera l'affaire ?

Le sourire d'A'Gaeris devint radieux.

– Je t'avais vraiment sous-estimé, seigneur Véovis.

Anna s'arrêta devant la porte, tendit l'oreille avant de l'ouvrir et de pénétrer dans la pièce adjacente. Elle entendit des voix au bout du couloir. Y avait-il là-bas une autre salle, qu'elle n'avait pas remarquée ?

Il semblait bien. Nichée dans le mur, une porte était restée entrebâillée. A'Gaeris et Véovis étaient juste derrière. Anna les entendait parler. Se rendant compte qu'elle n'aurait peut-être pas de seconde chance, elle passa très vite devant la porte et se retrouva dans la galerie. Elle constata, à sa grande surprise, que l'écoutille était ouverte et donnait sur un escalier. Elle s'y engagea. Une fois dehors, elle marcha vers la cage. Tout d'un coup, elle s'immobilisa. Assis sur une plate-forme, au bout du tunnel, lui tournant le dos, Suahrnir surveillait la cage en contrebas. Anna prit un mouchoir dans sa poche, le noua autour de sa bouche, extirpa le flacon de somnifère, serra la lime de fer qu'elle avait gardée dans la main droite. Et, très doucement, elle s'avança.

Elle était tout près de lui lorsque, sentant sa présence, Suahrnir se retourna. Elle le frappa à la tête avec la lime. Il s'écroula sans un cri. La jeune femme remonta le mouchoir sur son nez, déboucha le flacon et en répandit le contenu sur le visage de l'homme évanoui.

Une épaisse fumée blanche envahit la plate-forme. Les yeux douloureux, Anna le traversa à la hâte et, sans reprendre sa respiration, s'agrippa au sommet de la cage. Elle en fit à moitié le tour en s'accrochant aux barreaux, cherchant à s'éloigner le plus possible du nuage de fumée. La cage se balança sous son poids, puis s'immobilisa. Anna releva son bâillon, respira une grande goulée d'air.

– Ti'ana ? C'est toi ?

Atrus était juste au-dessous d'elle, à moitié inconscient, la tête et les épaules émergeant seules de l'eau sombre et nauséabonde. Elle nota qu'il avait une vilaine plaie près de la tempe. Ils avaient suspendu ses mains liées au sommet de la cage pour l'empêcher de couler complètement. C'était cruel mais cela lui avait sans doute sauvé la vie.

– Tout va bien, mon amour, dit-elle doucement. Je vais te sortir de là. Mais tu dois rester calme. Il ne faut pas que nous donnions l'alerte aux autres.

– Je me suis comporté comme un idiot, répondit-il les yeux mi-clos, d'une voix à peine audible. Véovis m'a dit qu'il te gardait prisonnière. J'aurais dû comprendre que c'était un piège. J'aurais dû amener du renfort.

– Non, dit Anna en prenant la lime qu'elle avait passée à sa ceinture et en essayant de forcer la serrure de la cage. Tu as fait ce que tu pensais devoir faire.

Atrus toussa. Un peu de fumée soporifique s'était faufilée jusqu'à eux. Anna pesa de tout son poids sur la lime pour faire levier, sans succès. Il lui faudrait, pour briser la serrure, un morceau de fer beaucoup plus gros.

Un coup de vent soudain, venu de la mer, dispersa la fumée. Anna passa un bras à travers les barreaux, essaya d'atteindre le front d'Atrus. Mais ses doigts ne rencontrèrent que le vide.

– Atrus... Je ne serai pas longue, je te le jure. Je vais revenir. Tiens bon.

Il ne l'entendit pas. Ses yeux s'étaient fermés. A cause des émanations toxiques, de la douleur ou de l'épuisement, il avait perdu conscience.

Le temps. Le temps jouait contre Anna, à présent.

Elle respira un grand coup avant de replacer le mouchoir contre sa bouche, refit le tour de la cage et se glissa dans le tunnel, fermant violemment les yeux en traversant de nouveau le nuage de fumée.

Assis devant une table au fond de l'armurerie, Véovis fabriquait des engins incendiaires. Cinq bombes formées de longs tubes rouges au bouchon d'argent et remplis d'explosifs s'alignaient déjà devant lui. A'Gaeris, quant à lui, explorait les râteliers, cherchant pour lui-même l'arme idéale.

– Nous n'utiliserons les fusils qu'en dernier recours, lui dit Véovis. Pour notre projet, rien ne remplacera un dard empoisonné.

– Et les bombes ? demanda A'Gaeris en examinant un des fusils.

– Elles ne nous serviront pas d'armes, mon cher ami, mais permettront de détruire les Livres-relais une fois que nous les aurons utilisés.

A'Gaeris le dévisagea.

– Et ceux que j'ai cachés ? Ceux que nous avons déjà dans la place ? Ai-je pris tous ces risques pour rien, Véovis ?

– Non. Mais il semble difficile de les utiliser, maintenant que les guildes sont sur leurs gardes. De toute façon, nous possédons toute une pile de Livres dont nous pouvons nous servir. Si nous avions davantage de temps devant nous, je serais moins dissipateur, mais les choses étant ce qu'elles sont...

– Tu as raison. Et cela nous permettra au moins d'apparaître et de disparaître à volonté. Penses-y, Véovis ! Ils ne sauront même pas qui les frappe !

Véovis sourit, plaça la sixième bombe à côté des autres, prit un autre tube vide dans le râtelier posé à ses pieds.

– Nous serons des fantômes, dit-il.

Il regarda A'Gaeris et ajouta :

– Va chercher la carte dans le cabinet. Nous discuterons des opérations en travaillant.

A'Gaeris entra dans le cabinet. Et il la vit. Ti'ana. La femme d'Atrus. Elle se tenait au milieu de la pièce, près d'une table au-dessus de laquelle elle se penchait, lui tournant le dos ; calme, concentrée, comme si elle lisait ou étudiait quelque chose.

La carte de D'ni...

En souriant, A'Gaeris dégaina sa dague et s'approcha d'elle.

– Pas un geste, Ti'ana, dit-il d'une voix au calme menaçant. J'ai un poignard et je n'hésiterai pas à m'en servir.

Elle tressaillit. Les muscles de ses épaules se tendirent.

– Retourne-toi très lentement, dit-il. Très lentement. Sans mouvements brusques.

Elle obéit ; lentement ; très lentement. Tout d'un coup, ses bras se dressèrent et s'écartèrent. Quelque chose de sombre, de lourd s'abattit sur le visage d'A'Gaeris et le lacéra, tandis que des serres s'enfonçaient profondément dans sa chair.

Véovis se dressa d'un bond. Le premier cri lui avait fait lâcher sa bombe. Le second le propulsa dehors, le long du couloir, puis dans le cabinet. Les cris s'amplifiaient, se mêlaient à ceux, aigus, de l'oiseau.

Au fond de la pièce, A'Gaeris tentait de repousser les assauts féroces de la bête. Du sang dégoulinait sur son visage et le haut de ses bras. La cage dorée gisait à ses pieds, la chaîne arrachée, la porte forcée.

Des intrus...

– Aide-moi ! gémit A'Gaeris en tendant une main vers lui. Au nom du Créateur, aide-moi !

Véovis le considéra un instant puis, tirant l'arme au long canon qu'il portait à la ceinture, traversa rapidement la pièce, ignorant A'Gaeris et disparaissant par la porte du fond en direction de la dernière salle et, au-delà, du couloir.

Anna claqua la porte derrière elle et poussa le verrou. Se précipitant vers le banc, elle déboucha bouteilles et flacons et commença à remplir divers récipients. Les cris d'A'Gaeris lui parvenaient en dépit de l'épaisseur de la pierre et du bois ; et elle savait que Véovis s'était lancé à ses trousses.

Elle prit la potion qu'elle venait de fabriquer, en arrosa le bois de la porte, puis le sol, en un filet allant jusqu'au fond de la pièce où elle avait empilé les Livres-relais. Elle posa ensuite le bol et revint vers la porte, qu'elle déverrouilla et entrouvrit.

Elle entendit des pas précipités dans l'escalier en colimaçon.

Elle retraversa la pièce, saisit le Livre-relais qu'elle utiliserait pour regagner D'ni, le posa sur la table, ouvert sur sa fenêtre. Elle alluma ensuite la mèche avec un briquet, soufflant sur son extrémité jusqu'à ce qu'elle devienne rouge.

Les pas s'arrêtèrent au sommet des escaliers. Il y eut un instant d'hésitation, puis la porte, à l'autre bout de la pièce, s'ouvrit d'un coup de pied. Véovis surgit, l'arme pointée. En apercevant la jeune femme, il eut un rire de surprise.

– Ti'ana ! Tu es la dernière personne que je m'attendais à voir !

Elle lui lança un regard de défi, la main droite au-dessus de la fenêtre scintillante du Livre, la droite serrant la mèche qui se consumait.

Remarquant les volumes empilés, il blêmit, prenant tout d'un coup conscience de la situation.

– Que fais-tu ?

– Je mets un terme à tout cela. Avant que les choses ne deviennent incontrôlables.

Le visage de Véovis se durcit.

– Donne-moi le Livre, Ti'ana. Donne-le-moi et je t'épargnerai. Toi et ton fils. Tous les autres mourront. Il le faut. Mais toi et Gehn, vous vivrez... si tu me donnes le Livre.

Elle sourit et jeta la mèche sur la pile, au moment même où elle posait son autre main sur la fenêtre.

Les volumes s'embrasèrent avec un rugissement. Véovis hurla et appuya sur la détente. La détonation résonna dans la pièce tandis que la balle fonçait vers la silhouette presque floue de la jeune femme. Au même moment, le liquide qu'elle avait répandu s'enflamma à son tour. Comme une coulée de lave, les flammes coururent vers la porte qui s'embrasa et explosa. Le souffle projeta Véovis en arrière, les vêtements et les cheveux en feu. Mais cela, Anna ne le vit pas. Elle était déjà partie.

La grande salle était presque sombre. Accrochée à un pilier, une seule lampe brillait en son centre, près des cinq grands trônes où avaient pris place, le visage grave, les princes de D'ni.

– Nous devons fouiller la ville de fond en comble, déclara R'hira, en écho à ce que Jadaris lui avait dit une heure plus tôt. Chaque pièce, chaque tiroir. Nous devons trouver ces Livres-relais et les détruire. Sinon, personne ne sera en sécurité.

– Est-ce possible ? demanda un des princes. Disposons-nous du temps et des effectifs nécessaires ?

– Non, admit R'hira, mais nous devons quand même essayer. Si nous ne le faisons pas...

Il se figea, ébahi par la surprise. Une silhouette venait de se matérialiser devant les princes.

– Par le Créateur ! Qu'est-ce qu...

– Ti'ana ! s'écria R'hira en descendant de son trône.

Elle leva les yeux vers lui, pâle, puis s'effondra à ses pieds. Du sang coulait de sa blessure à l'épaule.

– Allez chercher de l'aide, cria R'hira aux gardes postés dans l'ombre qui le cernait. Vite ! Ti'ana est sérieusement blessée !

Alors qu'il se penchait vers elle, une seconde silhouette émergea à côté de lui. L'homme avait le visage noirci, les cheveux brûlés. De la fumée rampait en tournoyant le long de ses vêtements. Il était hébété, à bout de souffle. Mais R'hira le reconnut tout de suite.

– Véovis !

SEPTIÈME PARTIE

LES DERNIERS JOURS

Tout était fini. Après avoir examiné les éléments de l'accusation, le Conseil avait rendu un verdict unanime : coupable. Il ne restait plus aux cinq princes qu'à prononcer la sentence.

Devant un hémicycle bondé, le prince R'hira se leva, descendit les marches de son trône et se planta devant le criminel agenouillé.

Véovis avait des chaînes aux mains et aux pieds. On lui avait rasé la tête. Il portait une simple tunique de prisonnier d'un rouge rugueux qui laissait à nu ses mollets et ses bras. Assis juste derrière lui, Atrus et sa femme Ti'ana qui, partie prenante, avait reçu l'autorisation d'assister à cette ultime cérémonie, suivaient attentivement la scène.

Deux semaines s'étaient écoulées depuis que la jeune femme, aussitôt suivie de Véovis, était apparue dans cette même salle devant les princes stupéfaits. Atrus et elle s'étaient remis de leurs blessures. Atrus avait toujours la tête bandée. Quant à Ti'ana, un pansement enserrait encore son épaule.

Un silence pesant s'abattit sur l'hémicycle au moment où R'hira, prenant les assistants à témoin, déclara d'une voix forte :

– Véovis, tu as trahi la confiance du Conseil, détruit ou volé nos biens. Et surtout, tu as assassiné deux des nôtres. Jamais, au cours de notre longue et glorieuse histoire, nous n'avons eu à juger pareille infamie. La sentence que nous allons prononcer sera à la mesure de ton crime. J'ordonne donc que, toi, Véovis, fils de Rakeri, prince de D'ni, tu sois traîné hors de cette assemblée jusqu'aux marches de la bibliothèque où, à la dix-septième heure, devant témoins, tu auras la tête tranchée.

Il y eut des exclamations, des murmures. La tête tranchée ! Aucune peine de cet ordre n'avait jamais été prononcée. Mais R'hira poursuivit, impitoyable :

– Telle est la décision des cinq princes. Quelqu'un désire-t-il faire une déclaration favorable à l'accusé ?

Une telle requête faisait partie de la tradition. Il ne s'agissait, ce jour-là, dans l'esprit de R'hira, que d'une simple formalité. Nul ne s'attendait à la moindre demande de clémence.

Or, Anna se leva.

– Pardonnez-moi, prince. Je sais que je ne suis que l'hôte du Conseil et que je n'ai pas le droit, en tant que telle, d'exprimer une opinion. Pourtant, j'aimerais, si on m'en donne le loisir, défendre le prévenu.

R'hira pivota, consulta ses pairs du regard. Lorsqu'ils eurent répondu à sa sollicitation muette, il fit de nouveau face à l'assemblée.

– Si quelqu'un mérite de donner son sentiment, Ti'ana, c'est bien toi. Même si ton désir de manifester de la miséricorde à ce criminel dépasse mon entendement, je ne m'y oppose pas. Approche.

Alors, Véovis hurla :

– Cette créature barbare veut prendre ma défense ! Jamais ! Je ne le permettrai pas.

– Silence !

Mais Véovis ne se démonta pas.

– La trahison vient d'elle ! Elle a souillé la pureté de notre sang ! Ne le comprenez-vous pas ?

– Gardes, emmenez-le ! Sur-le-champ !

Ils s'exécutèrent, évacuèrent l'accusé éructant et se débattant. La grande salle retrouva son calme.

Anna s'avança, salua tour à tour les cinq princes avant de se tourner vers l'assistance.

– Messeigneurs, citoyens de Dn'i... Il n'est pas dans mon intention de minimiser la gravité des agissements du seigneur Véovis. J'ai également toutes les raisons de haïr l'homme qui a tenté de tuer mon mari et qui, sans sa maladresse, m'aurait supprimée moi aussi. Pourtant, permettez à une étrangère, à une nouvelle venue parmi vous de faire une observation.

» Cette immense caverne est un îlot de sagesse, de raison et de probité. Des milliers d'années d'expérience vous ont permis de développer non seulement un code de l'honneur, mais des lois modérées et justes, adaptées à toutes les situations. La plus importante de ces lois concerne ceux qui, précisément, bafouent vos lois. Jusqu'à présent, les D'ni ont toujours hésité à répondre à la mort par la mort. Vous avez préféré choisir, pour châtier vos criminels, l'éloignement, la ségrégation, comme on se protège d'un virus dangereux. Vous avez toujours opté pour l'équité, loin de tout désir de vengeance. Or, aujourd'hui...

Elle se tut un instant, comme si elle discernait sur le visage des assistants une détermination sans faille.

– Je sais ce que vous pensez. Il s'est déjà évadé une fois. Ne va-t-il pas recommencer ? Quant au soi-disant philosophe A'Gaeris, il court toujours. De tels éléments, je vous l'accorde, pourraient justifier de votre part une sévérité accrue. Mais il existe un autre facteur dont personne n'a encore tenu compte : les raisons qui ont poussé Véovis à agir comme il l'a fait.

Nouvelle pause. La jeune femme extirpa une feuille de papier de sa poche.

– J'ai là un journal – le journal personnel d'A'Gaeris – dont je me suis emparée dans son étude, sur l'Age d'où les conjurés lançaient leurs attaques contre D'ni. Sans ma faiblesse de ces derniers quinze jours, je l'aurais lu plus tôt et j'aurais produit devant vous cette pièce à la décharge du seigneur Véovis. Elle contient en effet des éléments singulièrement révélateurs. Je vous la soumets aujourd'hui, comme un appel à la clémence.

Le prince R'hira, qui ne l'avait pas interrompue, prit la parole.

– Pardonne-moi, Ti'ana, mais qu'est-ce que cet individu aurait à dire qui excuserait la conduite de l'accusé ?

– Tout est là, monseigneur, de la main même d'A'Gaeris. Comment il a tout programmé. Comment il a falsifié des documents. Comment il s'est servi de Suahrnir pour entraîner Véovis dans son projet démentiel. Comment, même, il a manipulé mon époux, le poussant à révéler à maître Jadaris ce qu'il « savait ».»

» Quoi que Véovis ait fait par la suite, on ne peut ignorer cette injustice initiale : il était innocent. Imaginez l'amertume qu'il a dû ressentir en se voyant dépossédé de tous ses titres et relégué dans sa prison de pierre. Loin de moi l'idée de vouloir excuser ses agissements ultérieurs. Simplement, ils peuvent s'expliquer.

Le prince R'hira prit le journal des mains d'Anna, en lut quelques pages en blêmissant.

– Nous devons prendre le temps d'étudier tout cela, Ti'ana.

– Bien sûr, répondit-elle, s'inclinant avec grâce. Mais en en prenant connaissance, monseigneur, faites la part du bien et du mal qui cohabitent en tout homme.

R'hira s'inclina à son tour, sourit à la jeune femme, puis se retourna, interrogeant ses pairs du regard. Tous hochèrent la tête.

– Bien, dit-il. La sentence du Conseil est suspendue jusqu'à ce que nous ayons en main l'ensemble des éléments. En attendant, le prisonnier sera gardé en permanence.

Les assistants se levèrent, quittèrent leurs gradins. R'hira s'approcha d'Anna.

– Je te suis reconnaissant de ton intervention,

Ti'ana. Pourtant, une chose me préoccupe. Tu as peut-être raison. Il est possible que nous ayons jadis condamné Véovis à tort. Mais c'est du passé. Si nous renonçons à lui ôter la vie, il ne nous reste qu'à l'incarcérer jusqu'à la fin de ses jours. Or, nous avons déjà essayé... Et nous avons échoué. Que se passera-t-il en cas de nouvel échec ?

– Mettez donc, cette fois, toutes les chances de votre côté, monseigneur. Créez un Age spécial à son intention puis, lorsqu'il y sera enfermé, brûlez le Livre qui lui permettrait de s'enfuir. Cette mesure seule vous préservera de sa vengeance.

Il la dévisagea, impressionné.

– Bien parlé, Ti'ana. Une dernière chose, ajouta-t-il alors qu'elle faisait une légère révérence. Quoi que nous décidions, Véovis ne sera *jamais* libéré.

Assis à sa table, A'Gaeris étudiait le carnet. La porte de la hutte était close, les stores tirés pour arrêter le soleil. Du dehors lui parvenaient des bruits de marteaux et de scie.

Il ferma le carnet, se leva, bâilla et s'étira. Il portait une simple tunique rouille serrée à la taille et, au-dessus de son crâne fraîchement rasé, une paire de lunettes D'ni. Il les ajusta sur les yeux en atteignant la porte et sortit.

Juste en contrebas du monticule où se dressait la hutte, dans une clairière entourée d'arbres, ses esclaves travaillaient avec acharnement. Ils avaient déjà édifié les fondations et les murs de la salle. Ils s'attaquaient à présent aux sièges, aux étagères et au podium qui trônerait en son centre.

Il gagna le rebord de la clairière, consulta de nouveau le carnet, compara les croquis dessinés par Suahrnir à la salle qu'ils édifiaient au milieu de la clairière. Aucun doute : Suahrnir avait l'œil. Pas un détail ne lui avait échappé. Tout ce dont A'Gaeris avait besoin était là, sans la moindre erreur de mesure.

Le philosophe éclata de rire. Secouant son épaisse carcasse, son hilarité fit tressaillir les indigènes, qui le regardèrent avec effroi avant de reprendre leur labeur.

– Nous changerons tout cela ! s'exclama-t-il. Plus de lois. Plus de guildes. Uniquement mon bon plaisir.

Son rire s'accentua, devint énorme.

– Mon plaisir. Uniquement mon bon plaisir.

Rien ne fut laissé au hasard.

On chargea quatre des meilleurs scribes de D'ni de concevoir le nouvel Age. Chacun d'eux reçut un aspect du monde à créer. Travaillant sous la surveillance du prince R'hira, sur des livres « de brouillon » incapables du moindre relais, ils se consacrèrent patiemment à leur travail, le remirent au fur et à mesure au grand maître de leur guilde, Ja'ir, lequel, en collaboration avec Jadaris, grand maître de la guilde des Protecteurs, comparait leurs textes et procédait à de subtiles modifications pour s'assurer de la cohérence et de la stabilité de l'Age.

Cette tâche demanda trois longs mois. Mais on en vint à bout et, avec l'approbation du prince R'hira, on installa un Livre vierge – un Kortee'nea – extrait de la bibliothèque de la guilde sur un bureau, dans une cellule isolée au sous-sol de la Maison de la guilde des Protecteurs. On le fit garder nuit et jour, ses pages ne restant à aucun moment hors de vue. Et, l'un après l'autre, les quatre scribes y recopièrent leur travail.

Ainsi préserva-t-on le secret. Car chaque scribe ignorait le contenu du texte des autres. Seul Jadaris, Ja'ir et R'hira, trois des hommes les plus intègres de l'empire, eurent accès à l'ensemble de l'ouvrage.

Pendant ce temps, pieds et poings liés, Véovis croupissait dans une cellule investie en permanence par deux soldats de la Garde liés au prisonnier par des chaînes de nara dont ils ne le libéraient jamais, pas même dans son sommeil.

Ainsi passèrent les jours, jusqu'à l'achèvement du Livre.

A la dix-septième heure, le soir du jugement, la grande cloche de bronze perchée au sommet de la tour de la Maison de la guilde des Protecteurs sonna de façon lugubre. Sous les fondations du bâtiment, tout au bout d'un interminable dédale de couloirs et d'escaliers, dans l'ombre épaisse de la Chambre du Châtiment, les princes et les grands maîtres s'étaient réunis. Sous leurs yeux, Véovis, tête nue, libéré de ses liens, monta sur le podium et se plaça devant le Livre ouvert.

La cloche sonnait toujours. Véovis regarda ses juges sans sourciller, ses yeux pâles empreints, en cet ultime instant, d'une grande dignité. Puis, tandis que le dernier coup retentissait, il posa sa main sur la fenêtre scintillante et disparut.

Les témoins poussèrent un soupir de soulagement. Toutes les têtes se tournèrent vers le prince R'hira.

– Les dés sont jetés, dit-il calmement. Maître Jadaris, emmenez le Livre et brûlez-le.

Il sentit devant le Livre, tout en parlant, l'air frémir de façon presque imperceptible. Et, un bref instant, il crut discerner une silhouette au crâne dégarni, enveloppée dans une tunique rouge de prisonnier.

Surpris, il regarda les autres témoins. Avait-il été le seul à apercevoir cette ombre ? S'agissait-il d'un effet du Livre lui-même ? Après tout, on n'avait pas l'habitude de faire rédiger un Livre par plusieurs scribes. Une erreur mineure avait très bien pu se glisser dans le texte.

Il haussa les épaules, chassa la vision de son esprit.

Une seule chose comptait : que l'on brûle le Livre. Alors, D'ni serait définitivement sauvée.

Maître Jadaris gagna le podium, referma le volume, le prit cérémonieusement dans ses mains et quitta la pièce.

Tous le suivirent jusque dans la salle du four. C'était là, depuis des temps immémoriaux, qu'on livrait aux flammes les Livres défectueux, détruisant ainsi des expériences ratées, des erreurs et des mondes inviva-bles.

Cette fois, c'était différent. Le monde en question fonctionnait à merveille.

Ainsi, nous transgressons nos propres lois, pensa R'hira. Même s'ils agissaient pour la bonne cause, il ne put s'empêcher de ressentir un sentiment de forfaiture.

Ce n'est pas la coutume de D'ni. Nous n'avons jamais détruit un monde sain.

Néanmoins, Ti'ana avait raison. C'était cela ou exé-cuter Véovis. Et aucun doute ne subsistait : Véovis était innocent du crime dont on l'avait jadis accusé.

La porte du four s'ouvrit, engloutissant le Livre. Tous virent, à travers le panneau transparent, sa couverture gris-bleu s'enflammer, se tordre et se consumer. Sans un mot, R'hira s'inclina, fasciné par cette œuvre de mort.

Au fil des mois, la situation redevint normale. Pour le jeune Gehn, ce furent des mois étrangement heu-reux. « Etrangement », car il n'aurait jamais imaginé ne plus souffrir d'être séparé de sa mère.

Il venait d'avoir huit ans lorsque, à l'issue de son premier trimestre au collège de la guilde, ses parents lui rendirent visite. C'était un jour de clôture, ouvert à tous, et la plupart des parents d'élèves devaient assister à la cérémonie au cours de laquelle Gehn, choisi par l'ensemble du collège, lirait un extrait de la glorieuse histoire de sa confrérie, un texte exaltant la longue tradition de la guilde des Livres.

Les nuits de tristesse, de cafard, de brimades, tout cela était loin. Gehn était devenu un enfant solide, d'une taille au-dessus de la moyenne et sûr de lui sans forfanterie. Pourtant, il se montrait bizarrement distant vis-à-vis de sa mère, comme si une part de lui-même ne lui avait jamais pardonné son abandon. En cette grande occasion, il l'accueillit donc avec une révérence qu'Anna aurait pu escompter de la part d'un élève anonyme saluant la grande Ti'ana, mais certes pas de celle de son propre fils.

– Mère, lui dit-il en s'inclinant de façon solennelle, je suis heureux de te voir.

Elle sourit et le serra brièvement contre elle. Elle sentit elle aussi que leurs relations avaient changé. Elle recula d'un pas, laissant son époux étreindre son rejeton.

– Bravo, mon fils ! s'écria Atrus d'une voix radieuse. Les maîtres de ta guilde ne m'ont dit que du bien de toi ! Je suis fier de toi, mon garçon. Nous le sommes tous les deux !

Gehn s'aperçut que sa mère, effectivement, partageait cette fierté. Curieusement, elle lui importait moins que celle de son père. Car son père, lui, était D'ni, héritier d'une longue lignée et, en plus, membre du Conseil. Qu'il se montrât heureux de ses progrès, cela représentait quelque chose. Mais l'enfant garda ses déductions pour lui.

– J'ai essayé de faire de mon mieux, se contenta-t-il de répondre en baissant modestement la tête, geste de respect qu'on exigeait de tous les collégiens.

– Maître Rijahna nous a assuré que tu avais un avenir prometteur, lui dit Anna, avec un sourire peut-être plus réservé que celui d'Atrus. Il a même parlé à ton père de cours particuliers.

C'était la première fois que Gehn entendait évoquer, en ce qui le concernait, la possibilité d'un traitement de faveur. Il écarquilla les yeux, se tourna vers son père.

– C'est vrai ?

Atrus acquiesça.

– Si tu le souhaites.

– Bien sûr ! s'exclama l'enfant au comble du bonheur. Qui refuserait ? Oh, j'ai tellement envie de leur ressembler, père ! D'être comme les maîtres ! De posséder leur savoir !

Sa fougue fit rire Atrus.

– Je comprends ton enthousiasme, Gehn ; mais tu dois, toi aussi, être patient.

– Bien sûr, murmura l'enfant.

Puis, de nouveau cérémonieux :

– Merci, merci à vous deux. Je me montrerai digne de votre confiance.

Anna tendit la main, caressa ses cheveux.

– Nous te l'accordons déjà. Bien au-delà de ce que tu imagines.

Lorsque Gehn eut terminé son allocution, Anna sentit son anxiété se dissiper, remplacée par cet orgueil propre à toutes les mères. Dire qu'il avait failli mourir, non pas une, mais plusieurs fois ! Et il était là, sûr de lui, face à ses pairs et à ses maîtres, s'exprimant avec une aisance confondante devant tout ce parterre de parents d'élèves, exaltant la grande tradition dans laquelle il avait été élevé et dont il deviendrait un jour un des dépositaires !

Elle nota, sur le visage d'Atrus, la même joie. Alors, elle sourit.

Mon fils.

Oh, ce n'était pas tous les jours facile. Gehn pouvait se montrer froid, réticent, mais elle mettait cette réserve sur le compte de l'âge, sans compter d'autres facteurs. Se savoir de sang mêlé lui avait sans doute posé bien des problèmes. Mais il les avait résolus, en avait triomphé.

Maître Rijahna monta sur le podium et salua discrètement l'enfant avec, sur les lèvres, l'ombre d'un sourire qui se dissipa lorsqu'il se tourna vers l'assistance.

– A présent, je vous invite, frères et femmes de D'ni, à gagner le réfectoire.

Il eut à peine le temps de terminer sa phrase. Tout d'un coup, l'édifice trembla sur ses bases. Il leva les yeux, comme s'il avait imaginé cette secousse. Les murmures de l'assistance lui prouvèrent qu'elle était bien réelle. Hommes et mères, tous s'étaient levés. Dehors, la grande cloche de D'ni retentissait.

Elle ne sonnait qu'en deux occasions : pour annoncer la mort d'un des princes ou prévenir qu'un danger menaçait la cité.

Dominant son appréhension, Rijahna se pencha sur son pupitre.

– Je vous en prie, restez calmes.

Les autres maîtres et les élèves se consultaient en silence, sans dissimuler leur effroi.

– Tout va bien se passer, ajouta-t-il avec une confiance qu'il ne ressentait pas. Gardez votre sang-froid et suivez-moi à l'extérieur. Il ne vous arrivera rien, je vous le promets.

En quittant la Maison de la guilde, à l'extrémité de la grande caverne, Anna se rendit compte tout de suite de ce qui se passait : une longue faille venait de s'ouvrir dans la paroi, distillant un épais nuage de gaz.

Elle interrogea Atrus du regard, comme s'il avait pu lui donner une explication. Mais il paraissait aussi dérouté qu'elle.

Elle essaya de ne pas céder à la panique des gens qui l'entouraient. A la vue du sombre nuage, des femmes s'étaient mises à crier, à gémir.

– Qu'est-ce que c'est ? demanda-t-elle.

– Je n'en sais rien, répondit Atrus, incapable de se détourner du nuage. Mais il vaut mieux s'en aller d'ici avant d'en apprendre davantage.

– On va avoir besoin de toi, Atrus !

– Je ne parle pas de moi, mais de toi et de Gehn. Ramène-le à la maison puis va-t'en à Gemedet. Tout de suite. Il y a des provisions là-bas.

– Et toi ?

Conscient de l'angoisse qui la bouleversait, il l'embrassa avec tendresse.

– Je vous rejoindrai dès que possible. Toi, emmène Gehn immédiatement. Prends soin de lui.

– Entendu. Sois prudent, mon amour. Et viens vite.

– Sans faute, dit-il, disparaissant déjà en direction de la Maison de sa guilde.

Elle le regarda s'éloigner et jouer des coudes dans la foule, envahie par une appréhension presque insupportable. Puis, reprenant ses esprits et décidée à lui obéir, elle escalada les marches, à la recherche de son fils.

Lentement, le nuage sombre se répandit à l'autre bout de la caverne, l'obscurcissant comme un gigantesque rideau. Il atteignit ensuite les bords du lac, commença à ramper en direction de D'ni. Partout où il frôlait la surface, la lueur venue du fond de l'eau s'éteignait. Les algues dispensatrices de lumière dépérissaient à son contact, étouffées par ses vapeurs toxiques.

S'il atteignait la ville elle-même, tous mourraient. De la cité, en bas, montaient des clameurs, des cris d'angoisse. Les gens se pressaient devant les bibliothèques publiques, où la population accourait d'instinct pour pouvoir se relier aux Ages ouverts à tous.

Anna resta un instant pétrifiée, contemplant la caverne. Puis, la main dans celle de Gehn, qu'elle entraîna derrière elle, elle se mit à courir. Il ne lui restait plus qu'une faible distance à parcourir jusqu'à sa maison. Tout en se hâtant, elle réfléchissait à ce qu'il lui faudrait emporter – carnets de notes, livres, etc. – lorsque la troisième secousse ébranla la caverne.

C'était de loin la plus puissante. Anna et Gehn se retrouvèrent plaqués au sol, sous une pluie de poussière et de débris.

Les murs s'abattaient, des édifices s'effondraient sur eux-mêmes. A quelques mètres d'eux, la demeure d'un de leurs voisins s'affaissa au beau milieu de la rue, projetant alentour un grand nuage de poussière.

La secousse se calma. Anna se redressa sur les mains et les genoux, regarda avec anxiété derrière elle. Gehn était sain et sauf. Il n'avait qu'une légère entaille au front.

– Viens, dit-elle, à nouveau debout et lui reprenant la main. Dépêchons, avant que la prochaine ne nous écrase.

Ils avaient à peine fait dix pas lorsque la caverne s'emplit d'un vacarme semblable à celui d'un gong gigantesque. Ils continuèrent à courir, serrés l'un contre l'autre, s'attendant à ce que la voûte s'effondre sur eux ou que la terre s'ouvre sous leurs pieds, mais en dépit du fracas des murs éventrés et des blocs de pierre, ils réussirent à parvenir jusque chez eux.

Tasera les attendait, morte d'inquiétude.

– Grâce au Créateur, vous êtes là, dit-elle, soulagée de revoir au moins deux des membres de sa famille. Mais où est Atrus ?

– Au Palais, répondit Anna avec un calme qui la surprit elle-même. Il nous rejoindra le plus vite possible.

Tasera parut résignée.

– Kahlis s'y est lui aussi précipité dès la première secousse. Ils rentreront certainement ensemble.

– Je dois aller chercher deux ou trois choses dans le cabinet. Prenez Gehn avec vous et reliez-vous tout de suite. Je vous suivrai dès que j'aurai terminé. Atrus m'a dit que nous devions aller à Gemedet.

– Gemedet ? Ko'ah ne serait-il pas plus sûr ?

– Il a dit : Gemedet.

Pour une fois, Tasera accepta d'obéir à sa belle-fille.

– Alors, fais vite, Ti'ana. Je te verrai là-bas.

Anna jeta le sac sur son dos et sortit dans le couloir. Le temps pressait. Pourtant, elle ne pouvait pas s'en aller avant de jeter un dernier regard sur ce qui se passait. Elle grimpa les escaliers menant à la terrasse, courut vers la balustrade.

A ses pieds s'étendait la ville, avec ses maisons et ses vieilles marches de pierre descendant en étage jusqu'au port dominé par l'immense arche de Kerath. Le nuage empoisonné s'étirait de plus en plus, soufflant la lumière du lac et plongeant la cité, en plein jour, dans une étrange pénombre. Des lampes brûlaient dans la plupart des maisons.

Le nuage avait envahi près de la moitié de la caverne. Sa masse d'un brun menaçant se répandait comme un liquide visqueux, avec une lenteur de cauchemar. Elle enrobait à présent l'arche de Kerath et, sans hâte, encerclait le port. Chaque fois qu'elle progressait sur l'eau, la lumière s'éteignait comme des braises froides.

Horrifiée et fascinée, Anna avait du mal à se détourner de ce spectacle. *Où es-tu, Atrus ?* se demanda-t-elle en regardant sur sa gauche où le Palais écrasait encore de sa magnificence les Maisons des guildes qui l'entouraient. *Es-tu sain et sauf, mon amour ?*

Elle entendit tout d'un coup, comme un écho de son angoisse, des hurlements venus de la ville basse. Nombre d'habitants avaient réussi à fuir, mais des centaines d'entre eux n'avaient pas encore pu se frayer un chemin jusqu'aux bibliothèques publiques et, de là, jusqu'à la sécurité des Ages. Ils criaient, affolés par le nuage qui s'approchait, engloutissant le port et les ruelles environnantes.

Que le Créateur les protège.

Cette prière venait de monter spontanément à ses lèvres lorsque Anna aperçut un homme qui descendait à la hâte la rue principale en direction du portail. Les pans de son manteau battaient derrière lui. Il portait dans le dos une sorte de cylindre. Elle le reconnut tout de suite.

– Atrus ! cria-t-elle en agitant frénétiquement la main vers lui.

Il ralentit, leva la tête, lui rendit son salut puis accéléra de nouveau l'allure, disparaissant brièvement derrière une rangée de maisons. Loin derrière lui, comme le souffle du malheur, le gaz grimpait méticuleusement à l'assaut de la ville, détruisant toute vie sur son passage.

Il pleuvait sur Gemedet : une pluie fraîche et pure qui, après le cauchemar de la caverne, les lavait de toutes les souillures alors qu'ils dévalaient la pente menant au campement.

Gehn les vit apparaître entre les arbres. Il se dressa d'un bond, courut vers eux, se jeta contre son père. Il avait les cheveux dans les yeux, les vêtements trempés, mais ne semblait pas s'en soucier.

Atrus le souleva dans ses bras, le porta jusqu'au campement et, de là, à l'abri dans la cabane. Tasera accueillit Atrus avec un large sourire, qui se figea lorsque Anna entra derrière son mari, seule.

– Où est ton père, Atrus ?

– A D'ni, répondit-il d'une voix sombre, en se débarrassant du cylindre – un caisson d'aération – avant de le laisser tomber dans un coin.

– Il est resté ?

– De son propre chef, tout comme les Cinq et l'ensemble des grands maîtres. Ils comptent se rendre sur l'un des mondes réservés aux vénérables pour réfléchir à la conduite à tenir.

– Alors il est vivant, murmura-t-elle avec un soupir de soulagement.

– Pour l'instant, lâcha Atrus en extirpant son masque de sa poche et en le posant sur le caisson d'aération.

– Que veux-tu dire ?

Il haussa les épaules.

– Je veux dire que personne ne sait encore ce qui s'est réellement passé et d'où provient le gaz. Quant aux secousses, rien ne les laissait prévoir : nul n'avait découvert, dans la roche, de signes avant-coureurs du séisme ni trouvé trace, dans notre histoire, de phénomènes locaux de cet ordre.

– Alors qu'allons-nous faire ? Rester ici ?

– Pour un temps, en tout cas. Jusqu'à ce que les choses se clarifient. On m'a ordonné de demeurer ici dix jours. Ensuite, je devrai regagner D'ni, muni de mon masque et de mon caisson d'aération. D'autres effectueront le passage en même temps que moi. Si tout va bien, nous ramènerons tout le monde à D'ni.

– Et si tout se passe mal ? balbutia Tasera.

– Alors nous resterons ici... Plus longtemps. Jusqu'à ce que nous ayons réussi à maîtriser vraiment la situation.

L'atmosphère étouffante, jaune sombre, stagnait sur la ville. Semblable à un brouillard glacial, elle se coulait dans les rues et les ruelles, imposant partout un silence lourd et une pénombre que trouait uniquement, çà et là, aux carrefours ou au fronton de certaines maisons, l'éclat de billes éclairantes de la taille du poing qui diffusaient, comme à travers une eau trouble, une faible lumière colorée de rouge, de bleu ou de vert par le verre teinté des lampes.

On percevait parfois, dans ce silence, le grincement d'une charrette à bras, le halètement de deux hommes cheminant lentement dans cet univers désolé. Les lampes sous lesquelles ils passaient faisaient, un bref instant, en y projetant leurs couleurs, sortir de l'ombre leur masque relié à un réservoir d'air fixé dans le dos. Ils portaient de longues bottes de cuir et des gants épais remontant jusqu'au coude.

Leur charrette, qu'ils avaient du mal à maintenir à l'horizontale, était pleine à craquer ; de ses rebords pendaient des bras livides, des pieds nus qui gigotaient au rythme de leurs pas. Penchés en avant, ils la poussaient devant eux, sans une plainte.

Ils s'arrêtèrent sous une grosse lampe éclairant des marches de pierre, laissèrent, avec précaution, retomber les bras de la charrette. Puis, saisissant chaque cadavre par les poignets et les chevilles, ils les transportèrent l'un après l'autre dans le vestibule. Ils avaient, là aussi, installé des lampes qui leur permettaient vaguement de voir le long du couloir menant à la grande Salle du Livre.

Ce n'était pas leur première fournée. Et ce ne serait pas la dernière. Il y avait une semaine qu'ils se livraient patiemment à ce labeur sans fin, récoltant la moisson de ce qu'ils avaient semé.

Il y avait tant de corps. Tant de malades, puis de morts. Il était difficile de les mettre tous sur le compte du gaz ou du tremblement de terre.

Tandis qu'un des deux compères tirait un cadavre jusqu'au podium, l'autre plaçait sa main sur la fenêtre scintillante du Livre, retirait vivement la sienne au moment où s'effectuait le lien.

Cela semblait durer depuis des siècles. Combien en avaient-ils expédiés ? Mille, peut-être plus ; par l'intermédiaire de ces mains mortes mais constituées encore de cellules vivantes, tout comme ces corps en putréfaction qui, dans les Ages où ils aboutissaient, répandraient leurs miasmes, leurs microbes et cette mort triomphante déjà maîtresse de la ville dévastée.

A travers leurs masques, les deux hommes échangèrent un grand sourire.

– Un autre, philosophe ?

– Oh oui, mon cher seigneur. Et un autre encore.

Ils éclatèrent de rire : rire sombre, haineux. Ils retournèrent vers la charrette chercher un nouveau corps. Pour disperser des germes vivaces à travers les Ages, pour, un à un, détruire ces sanctuaires. Pour parachever leur œuvre.

C'était le soir du neuvième jour, veille du départ d'Atrus pour D'ni. A la tombée de la nuit, Anna et lui s'assirent sur une corniche, juste au-dessus de la cascade. Ils étaient seuls, tous les deux, contemplant le petit monde qu'ils avaient créé.

Derrière eux, les ultimes rayons du soleil projetaient leur ombre sur la verdure luxuriante en contrebas. Ils restèrent longtemps silencieux. Enfin, Anna prit la parole.

– Que penses-tu trouver là-bas ?

Atrus arracha un brin d'herbe, le porta à sa bouche. L'éclat du jour s'étant affaibli, il avait repoussé ses lunettes sur son front. Autour de ses yeux, à la place des montures, de fines lignes rouges striaient la blancheur de sa peau.

– Comment savoir ? Je crains le pire. J'espérais un message. Ou bien que mon père...

Elle tendit la main, lui caressa doucement la nuque. Il s'inquiétait davantage pour son père que pour lui-même. Ainsi était-il. Le sort des autres passait toujours avant le sien. C'était pour cela qu'elle l'aimait : pour son absence totale d'égoïsme.

– Combien de temps seras-tu parti ?

Il se tourna lentement vers elle.

– Aussi longtemps qu'il le faudra.

– Et si tu ne reviens pas ?

– Alors, tu resteras ici.

Elle secoua la tête, mais il insista.

– Non, Ti'ana. Tu dois le faire pour moi. Pour moi et Gehn.

L'allusion à son fils eut raison des objections de la jeune femme. Atrus avait raison. Gehn n'avait que huit ans. La perte d'un de ses parents lui causerait une douleur affreuse ; mais, en dépit de la présence de Tasera, qui prendrait soin de lui, jamais il ne se remettrait de la disparition des deux à la fois.

Anna acquiesça donc en silence.

– Bien, dit son mari. Regagnons le campement. J'ai des tas de choses à préparer avant de partir.

Quelques heures plus tard, les adieux faits, devant Anna et son fils blotti contre elle, il installa dans son dos le caisson d'aération, s'assura de sa bonne marche, enfila son masque.

Anna avait du mal à réprimer son angoisse. Après un dernier signe dans sa direction, Atrus posa sa main sur le Livre-relais ouvert. L'air frémit autour de son corps, comme si sa substance se modifiait. Puis sa silhouette s'évanouit. Il n'était plus là.

Anna tremblait, envahie par de sombres pressentiments. Pendant un instant, elle fut incapable de parler. Elle se ressaisit, se pencha sur Gehn.

– Sois courageux, mon chéri. Ton père va revenir. Je te le jure.

Atrus se retrouva dans son bureau. Son souffle résonnait bruyamment à l'intérieur de son masque. Il glissa une bille éclairante dans la lampe qu'il avait emmenée avec lui, l'alluma.

Autour de lui, rien n'avait été dérangé. Pourtant, tout paraissait transformé. Tout en s'étant dissipé, le gaz avait laissé sa marque, déposant sur toutes choses une fine couche de matière marron. Atrus en eut la nausée.

En était-il ainsi partout dans D'ni ? Est-ce que rien n'avait été laissé intact ?

La matière brune souillait également le couloir, comme si une horde de démons avaient plaqué sur ses parois une ombre venue de l'enfer. Atrus s'y engagea en chancelant, laissant derrière lui, à chaque pas, l'empreinte de ses bottes. Il se sentait mal. Même pur, même sain, l'air qu'il respirait semblait contaminé par ce qu'il voyait.

Il descendit l'escalier jusqu'au rez-de-chaussée. Un peu de gaz planait encore dans les pièces, se faufilant par les portes ouvertes. Atrus l'observa un moment. Il avait l'air presque vivant ; comme une entité hideuse, sournoise, diabolique.

Atrus sursauta. Cette pensée qui venait de s'imposer à lui correspondait à la réalité. Il ne s'agissait pas uniquement d'un mélange chimique. La façon dont le gaz avait anéanti les algues du lac aurait dû le mettre tout de suite sur la voie : cette substance avait une structure biologique. Elle *était* vivante.

Atrus traversa le vestibule jusqu'à la porte d'entrée. Par précaution, il éteignit sa lampe et sortit. Dehors, il ne faisait pas aussi sombre qu'à l'intérieur. Quelques lumières marquaient les ténèbres de la caverne, en dessous de lui et sur sa gauche, non loin, estima-t-il, du quartier où s'élevaient autrefois les orgueilleuses Maisons des guildes.

Autrefois. C'était le mot approprié. Car tout était détruit. Entre lui et les lumières, les rues ne formaient plus qu'un amas de colonnes effondrées et de murs abattus, comme si un géant insouciant avait traversé la ville sans se préoccuper de ce qu'il piétinait.

On n'avait pas installé les lumières par hasard. Là-bas, Atrus en était sûr, il trouverait ses pairs, les membres des guildes avec qui il avait rendez-vous. Son père lui-même, Kahlis, serait peut-être avec eux. Tous lui donneraient des nouvelles, lui feraient part de leurs projets, des décisions qu'ils avaient prises pour mettre fin à ce mauvais rêve.

Cette perspective le revigora. Il était D'ni, après tout ! Rien n'était perdu. Il alluma de nouveau sa lampe, la leva devant lui et, à travers les débris et les ruines, se mit en marche en direction du Palais.

Le Palais était vide. Jadis hautainement gardées, ses portes ouvertes laissaient passer le brouillard mortel. Cet ensemble que ses concepteurs, architectes géniaux, avaient, croyait-on, rendu indestructible, offrait un spectacle de désolation qui bouleversa Atrus. Tous les bâtiments étaient endommagés. Et partout, l'écœurante matière brune collait à la pierre.

Atrus gagna la grande salle du Conseil, brandit sa lampe vers les cinq trônes vides. C'était là qu'il avait, dix jours plus tôt, laissé son père, là que Kahlis lui avait promis de revenir cette nuit même. Où se trouvaient-ils, tous ? Fidèles au rendez-vous, étaient-ils déjà repartis ? Où n'étaient-ils jamais arrivés ?

Il n'y avait qu'un moyen de le savoir. Atrus gagna une des petites pièces attenantes à la grande salle et où s'étalait sur une table un Livre-relais. Le dépôt brun qui le recouvrait ne masquait pas tout à fait la lueur de la fenêtre, où l'on distinguait la trace de cinq doigts écartés.

Quelqu'un donc avait utilisé le Livre *après* le déploiement du gaz.

Avec un pan de son manteau, Atrus essuya la page de droite, qui s'éclaircit aussitôt. Si les cinq princes et son père étaient partis quelque part, c'était là-bas, sur cet Age.

Il souffla sa lampe, la déposa à ses pieds. Puis il plaqua sa main contre la fenêtre. Et il disparut.

Il se retrouva dans une petite grotte dont les rayons du soleil, juste au-dessus de lui, indiquaient la sortie. Au-delà, des chants d'oiseau et le bruit de la mer formaient comme un appel d'air. Soulagé, Atrus enleva son masque et respira à pleins poumons. Puis il interrompit le fonctionnement de son caisson d'aération. Il en aurait besoin une fois revenu à D'ni.

Il gravit rapidement les escaliers creusés dans la paroi, ne s'arrêtant que pour ajuster sur ses yeux les lunettes qu'il avait emportées avec lui. Enfin, il sortit à l'air libre, sous le ciel.

Les bâtiments prolongeaient, en contrebas, une pente herbeuse. Le soleil accentuait leur blancheur ; leurs dômes et leurs arches aux lignes parfaites se fondaient dans le vert des bois environnants et le bleu profond de la mer qui bordait le rivage de l'île.

Ils ne pouvaient être que là, dans la grande bibliothèque, discutant des mesures à prendre. Voilà pourquoi ils n'étaient pas venus au rendez-vous. Atrus trouva quand même étrange qu'ils n'aient placé aucun garde devant le Livre-relais.

Il se figea sur place, pétrifié par cette constatation.

Il aurait dû y avoir une sentinelle. Il y en avait toujours une. Jamais il ne s'était rendu dans cette grotte sans tomber sur un homme en faction.

Il se passait quelque chose d'anormal.

Il dégaina son poignard et poursuivit sa route, l'oreille aux aguets. Parvenu devant la bibliothèque, il ralentit, mis en alerte par le silence étrange, irréel. Béante, la porte de bois semblait l'inviter à s'enfoncer dans la pénombre menaçante du vestibule et de la salle de réunion.

Tous les anciens de D'ni étaient là, dans leurs fauteuils : trente, quarante, il ne compta pas. Paisibles, reposés. Pourtant, ils ne dormaient pas.

Remettant sa dague au fourreau, Atrus décrocha sa lampe de sa ceinture et l'alluma. Alors, il les vit mieux.

Le visage renversé, le menton levé comme après une ultime expiration, ils étaient morts.

– Père, chuchota Atrus, père...

Un rayon de soleil caressait le dos de Kahlis, assis près de la porte. Ses mains aux doigts légèrement recroquevillés reposaient calmement sur les bras de bois de son fauteuil. Son visage ne trahissait aucune émotion, aucune terreur, comme si la mort l'avait frappé par surprise, avec douceur, sans le faire souffrir.

En gémissant, Atrus s'agenouilla devant lui, posa sa tête sur les genoux du vieil homme. Il resta ainsi longtemps.

Une voix, tout d'un coup, le tira de son hébétude.

– Par le Créateur ! Que se passe-t-il ici ?

Le visage dissimulé par son masque, debout sur le seuil, sa silhouette se découpant dans la lumière du jour, le nouveau venu portait le manteau pourpre de la guilde des fabricants d'encre. Atrus, tout d'abord, ne le reconnut pas. Enfin, se redressant lentement, il murmura :

– Ce doit être un virus.

Voyant que l'homme s'apprêtait à ôter son masque, il cria :

– Non ! Ne fais pas ça !

L'homme laissa retomber sa main. Puis :

– Ils sont morts ? Tous ?

– Oui. Tous.

Ils avaient fini par trouver le garde, mort lui aussi, les mains crispées sur sa lance. Ils l'avaient allongé comme les autres devant la série de tombes qu'Atrus creusait avec une sorte d'acharnement. Un trou pour chacun : princes, vénérables, sentinelles, domestiques, indigènes, tous unis, tous semblables, cadavres déjà raides qu'à coups de pelle il ensevelit l'un après l'autre, assisté par son pair Jiladis. Pas un n'avait survécu à la peste ; s'il s'agissait bien de la peste.

Et lui ? Etait-il contaminé ?

Le dernier livre de commentaires avait livré la clé de l'énigme. Ils l'avaient trouvé ouvert sur une table, dans un des bâtiments accolés à la bibliothèque, son scribe, un ancien âgé de plus de deux siècles, affalé sur lui. Le corps avait effectué le passage une semaine plus tôt, deux jours seulement après l'évacuation de D'ni. Bien sûr, ils l'avaient brûlé. Mais le mal était fait.

– Qu'allons-nous faire ? demanda Jiladis, la voix étouffée par le masque qu'il n'avait pas enlevé.

– Nous allons rentrer. A D'ni, en tout cas.

Là était le nœud du problème. Si Atrus était réellement contaminé, il ne pourrait pas regagner Gemedet, où il risquait d'infecter Anna, Gehn et Tasera. D'un autre côté, avait-il le droit de ne pas leur apprendre ce qui venait de se passer ici ?

De toute façon, il lui fallait revenir à D'ni, aller jusque chez lui pour s'emparer du Livre-relais. Ainsi, Gemedet, au moins, serait protégé.

A moins qu'il ne fût déjà trop tard.

– Je viens avec toi, répondit Jiladis. Ici, il n'y a plus rien.

Atrus acquiesça, leva les yeux et regarda le ciel, le soleil brûlant.

La surface. Il pourrait toujours s'y réfugier.

Oui. Mais les autres survivants ? Arriverait-il à les convaincre, comme Jiladis, par exemple, de le suivre ? Il s'agenouilla devant les tombes, murmura, à l'intention de tous les défunts, les prières D'ni. Ensuite, debout de nouveau, il s'adressa silencieusement à Kahlis.

– Adieu, père. Puisses-tu trouver la paix dans l'Age ultime. Et que Yavo, le Créateur, reçoive ton âme.

Il ferma les yeux, assailli par les souvenirs, les moments heureux. Puis il se détourna et s'éloigna vers la grotte, suivi par Jiladis.

La porte de la salle du Livre de sa famille avait été ouverte avec fracas. On avait renversé les étagères, trituré les pages du Livre de Ko'ah en les maculant de marques de doigts, notamment sur la fenêtre.

Les profanateurs avaient laissé partout des traces de leur passage avant de gagner les étages où Atrus se précipita. Il nota, dans le couloir menant à son étude, les mêmes empreintes. Elles souillaient aussi la moitié de la pièce avant de repartir en sens inverse.

Bondissant jusqu'au Livre de Gemedet, il le trouva à sa place, sur la table, intact, encore recouvert de la couche de matière qui imprégnait tout. Aucune paume ne s'y était appuyée.

Sans chercher à comprendre, il prit un chiffon propre dans un tiroir, nettoya le volume avec soin, le mit ensuite dans son sac à dos avec les autres objets qu'il avait rassemblés pour le voyage, notamment les caissons d'air supplémentaires découverts par lui dans la Maison de la guilde des mineurs et les vivres dénichés dans celle des restaurateurs. Il en possédait assez pour une expédition de huit jours. Mais avait-il encore huit jours devant lui ?

Et Anna ? Tiendrait-elle parole ? Resterait-elle à Gemedet sans tenter de le rejoindre ? Il ne pouvait que l'espérer. Car si elle se reliait jusqu'ici, son passage lui ôterait toute possibilité de retour ; pas vers Gemedet, en tout cas, puisqu'il emportait le Livre avec lui vers la surface.

Il sortit enfin. La caverne était toujours aussi sombre. La veille, jour de son retour, il les avait vus. Et reconnus : Véovis et A'Gaeris ; deux silhouettes fantomatiques poussant cette charrette remplie de cadavres. Il avait su, alors, que nul n'était plus en sûreté : ni à D'ni, ni dans aucun des Ages.

S'il leur restait, à lui, Anna, l'enfant et Tasera une chance de survivre, ce serait sur terre, à la surface. Le tunnel était-il encore ouvert ? Ou les grandes secousses qui avaient anéanti D'ni l'avaient-elles détruit en même temps que la cité ?

Il fallait qu'il aille se rendre compte par lui-même. S'il vivait assez longtemps pour cela. Si la maladie ne le terrassait pas en cours de route.

Le seizième jour s'achevait. Assise au chevet de Gehn endormi dans l'ombre de la chambre, Anna, un livre de légendes D'ni à ses pieds, l'écoutait respirer paisiblement. Elle lui avait lu le début d'un des contes. Mais, épuisé par une journée d'escapade dans les bois, il avait tout de suite fermé les yeux. Elle ne s'en était nullement formalisée. Tout ce qui pouvait faire oublier à l'enfant l'absence prolongée de son père était bienvenu.

Elle se pencha, posa un baiser sur son front. Puis elle sortit sous les étoiles, s'étira. Elle n'avait pas dormi depuis des jours, guettant sans cesse le retour d'Atrus et se sentant, plus le temps passait, submergée par une frayeur à laquelle elle ne s'habituait pas.

Elle savait Tasera rongée par la même inquiétude, peut-être même de façon plus profonde. Car elle s'angoissait non pour un seul homme, mais pour deux : son fils et son mari. Pourtant, Anna avait l'impression que sa belle-mère maîtrisait mieux son anxiété. Elle avait ce qu'Anna ne possédait pas : le stoïcisme de pierre propre au peuple D'ni. Elle aurait pu attendre ainsi mille ans, patiente jusqu'au bout.

Suis-je donc si impatiente ? se demanda la jeune femme en marchant jusqu'à la corniche qui dominait la vallée.

Elle ne put s'empêcher de sourire, imaginant ce qu'Atrus lui aurait répondu. Ils n'envisageaient pas la vie de la même façon, lui avait-il toujours affirmé. Elle, Anna, butait sur le court terme, s'enflammait vite. Tandis que lui...

Reviens, implora-t-elle en silence, les yeux levés vers le ciel. *Où que tu sois – quel que soit le temps où tu t'es projeté – reviens-moi, Atrus.*

Si le sort les condamnait à passer le reste de leur existence à Gemedet, peu lui importait, pourvu qu'il ne la quitte plus jamais.

Et si ce n'était pas ton destin ?

Elle reconnut la voix de son père. Il y avait très longtemps qu'elle ne l'avait plus entendue, des années qu'elle n'avait pas eu besoin de son réconfort.

Il a été un bon mari pour toi, Anna.

– Oui. Un compagnon de rêve.

Mais tu dois maintenant apprendre la solitude.

Elle blêmit. Il y avait une telle assurance dans cette voix, une telle certitude...

– Non, murmura-t-elle. Il m'a promis de revenir. Et il tient toujours ses promesses.

La voix ne répondit pas.

– Ti'ana ?

Elle se retourna. Tasera se tenait à quelques mètres d'elle, légèrement en contrebas. Elle était sans doute allée se promener le long de la cascade. Elle fit quelques pas supplémentaires, arriva à sa hauteur.

– A qui parlais-tu ?

La jeune femme hésita un instant avant de se décider à avouer la vérité.

– Je parlais à mon père.

– Ah... Et que disait-il ?

– Que je devais apprendre à être seule.

Tasera garda le silence. Puis :

– Moi aussi, j'ai peur de devoir m'y résigner.

– Mais je pensais...

– Kahlis n'est plus là. Je ne le sens plus. Jadis, quel que fût l'endroit où il se trouvait, dans n'importe quelle dimension, n'importe quel temps, il était toujours là, avec moi. Ainsi vit-on lorsqu'on partage la vie d'un homme depuis plus d'un siècle. Et puis, soudain, survient l'abîme. L'absence. Il n'est plus là. Il lui est arrivé quelque chose.

– Je ne savais pas. Je pensais...

Anna s'interrompit. Qu'avait-elle pensé ? Qu'elle seule ressentait ce genre de choses ? Que seuls elle et lui étaient unis par des liens si forts, si irrationnels, si immatériels ? Non. Pourquoi auraient-ils joui plus que les autres d'un tel privilège, d'une telle grâce ? Et pourtant... Elle avait parfois l'impression qu'ils ne formaient pas deux êtres, mais deux livres, que chacun était le livre de l'autre et que rien, jamais, ne pourrait les séparer. Mais que se passerait-il si l'un des livres disparaissait ? Le lien allait-il périr ? Ne resterait-il plus qu'un abîme, un gouffre sans fond vide de toute espérance ?

Cette pensée la terrifia. Cette solitude éternelle, sans espoir...

– Je suis navrée, dit-elle enfin. Je souhaite de tout cœur que vous vous trompiez.

– Et moi donc, chuchota Tasera en lui prenant la main. Et moi donc...

Atrus revint à lui, environné par une obscurité totale. La tête vide, comme si ces ténèbres mêmes avaient pénétré tout au fond de lui, il tremblait de froid. Tout était humide, glacial. Pourtant, l'air qu'il respirait avec peine était plus frais que dans son souvenir.

Il porta la main à son visage. Le masque...

Dès lors, tout lui revint. Sa provision d'air s'était épuisée. Il avait dû arracher son masque pour ne pas étouffer, juste avant de se relier, de revenir à Gemedet.

Il resta allongé un moment, laissant ses yeux s'habituer à l'ombre de la grotte. Dehors, il faisait sans doute nuit : aucun rayon de soleil ne se faufilait dans l'entrée, au-dessus de lui. Il prêta l'oreille, surpris par les bruits infimes qui lui parvenaient. Pendant huit jours, il avait vécu dans un silence de cimetière, ce silence hostile, oppressant, amplifié par la roche.

Depuis toujours, il le comprenait à présent, les bruits avaient fait partie de sa vie : le murmure ténu des grandes souffleries qui amenaient l'air dans les cavernes de D'ni, le fracas lancinant des excavations dans les profondeurs, l'agitation sonore de la ville elle-même, le glissement des bateaux sur le lac, les cloches sonnant à chaque heure du jour, les va-et-vient paisibles dans sa maison. Il s'était tellement habitué à tout cela qu'il avait fini par ne plus y prêter attention. Jusqu'à maintenant.

A présent, la mort avait fondu non seulement sur la cité mais aux quatre coins de son vaste empire. Même dans les tunnels, il avait buté contre des cadavres, mineurs surpris en plein travail, Protecteurs en patrouille chargés de surveiller les extrêmes limites de D'ni.

Et il avait découvert la source du fléau, la grande machine prouvant que la catastrophe avait été délibérément provoquée. Il était tombé sur cette machine aux immenses réservoirs vides dans une des cavernes basses. Il la connaissait. La guilde des géologues s'en était souvent servie comme instrument d'aération lors d'excavations difficiles, avant qu'on puisse pomper de l'air directement depuis D'ni. Véovis, lui, l'avait utilisée pour pousser le gaz aux bactéries fatales dans les systèmes d'aération de la cité qui, eux-mêmes, l'avaient répandu dans les moindres recoins de la caverne.

Arrêter les grands ventilateurs – ce que quelqu'un finit par faire – aurait remplacé une mort par une autre, l'empoisonnement par l'asphyxie.

Atrus avait vu la machine. A présent, il savait. Et il savait aussi qu'Anna avait eu tort de plaider la cause de Véovis.

Ce n'est pas sa faute, ne cessait-il de se dire. *Elle ne pouvait pas savoir.* Mais la réalité s'imposait avec force, terrible, aveuglante. Ces morts, ces souffrances, ces ruines, tout cela était l'œuvre d'un seul homme : Véovis. A'Gaeris n'avait joué qu'un rôle de comparse. La source du fléau jaillissait de Véovis lui-même, de sa rancœur, de sa colère, de son désir de vengeance. Que se serait-il passé si on l'avait exécuté ?

Mon père vivrait encore. Tout comme le prince R'hira. Et maître Jadaris. Et Jerahl.

Atrus se redressa, secoua la tête, sans parvenir à dissiper ses ténèbres intérieures. *La coupable, c'est Ti'ana. Ti'ana, mon épouse adorée.*

– Non !

Il entendit, dehors, un oiseau voler d'arbre en arbre. Il cria, cria encore. Atrus se redressa, respira une grande goulée d'air, cet air chargé de senteurs si différentes de l'odeur de métal et des relents de caoutchouc de son masque.

Il grimpa avec peine, en titubant, jusqu'à l'ouverture de la grotte, aperçut à travers les arbres, tout en bas, les contours du campement. Il paraissait vide, déserté. Il était tard.

Il faut que je me lave, pensa-t-il. *Que je brûle ces vêtements, ou que je les enterre. Par précaution...*

En vérité, il n'aurait pas dû venir. En fait, il ne serait jamais venu sans ce manque d'air qui avait obscurci son cerveau. Mais à présent qu'il était là, il ne devait rien négliger.

Le Livre-relais, au moins, était en sûreté. Quoique... Pouvait-on deviner le chemin que suivrait Véovis ? S'il choisissait de fouiller les tunnels, il pouvait très bien trouver le Livre, se relier jusqu'ici. Dès lors, même Gemedet serait menacé.

Cette pensée le glaça jusqu'aux os. Il réprima la toux qui montait dans sa gorge, leva les yeux vers la corniche. Si sa mémoire était bonne, il existait un sentier qui serpentait jusqu'au sommet de la cascade. Là, il dénicherait un endroit où ensevelir ses vêtements. Ensuite, il se laverait.

Puis il s'avancerait vers le campement, nu, messager du malheur, pour affronter sa femme et sa mère.

Elles le trouvèrent près du bassin où se jetait la cascade, le corps couvert de sueur, les yeux vitreux. Deux serviteurs le portèrent jusqu'au campement et l'allongèrent sur le lit. Pendant trois jours, Tasera et Anna se relayèrent à son chevet, humectant son front, agrippant sa main tandis que la fièvre le dévorait.

Le matin du quatrième jour, il reprit conscience. Gehn secoua brutalement sa mère qui dormait dans la tente toute proche.

– Maman, maman ! Papa s'est réveillé !

Se précipitant dans sa cabane, elle trouva Atrus lucide, les yeux clairs et vifs. Assise à son côté, Tasera caressait sa main en souriant. Il avait l'air affaibli, mais il était vivant. A la vue d'Anna, il esquissa un pâle sourire.

– Ti'ana... dit-il dans un souffle, d'une voix à peine audible.

– Ne parle pas.

Elle s'agenouilla au bord du lit, prit son autre main entre les siennes.

– Il le faut, chuchota-t-il.

– Non. Tu dois te reposer, retrouver tes forces.

Il secoua la tête avec toute la vigueur dont il était capable.

– Je meurs, Ti'ana. Je le sais. Mais on m'a accordé ce sursis et je dois en profiter.

Il toussa, reprit son souffle.

– Ils sont morts. Tous... Morts. Mon père... Je l'ai enterré moi-même. Et D'ni... Là-bas, tout est fini. Mais on peut s'en échapper. Par les tunnels. J'ai tout dessiné. Mon carnet...

– Oui, oui, dit Anna avec impatience. Mais tu dois te reposer d'abord. *Je t'en prie,* Atrus.

Ses yeux se fermèrent. Il les rouvrit avec effort, jeta à la jeune femme un regard suppliant.

– Tu dois y aller, Ti'ana. Promets-le-moi. Ici, vous êtes en danger.

– Pourquoi ? Pourquoi sommes-nous en danger ?

Atrus ne répondit pas. Sa tête s'affaissa, sa respiration faiblit.

– Laissons-le dormir, dit Tasera, comme si seul importait, dans l'Univers entier, le souci qu'elle se faisait pour son fils.

Anna avait pourtant noté à quel point les nouvelles apportées par Atrus l'avaient choquée. En fait, elles les avaient bouleversées toutes les deux. Tout d'un coup, elle tressaillit. Gehn ! Vivement, elle se retourna. L'enfant se tenait sur le pas de la porte, hagard.

– Ce n'est pas vrai, gémit-il. Dis-moi que ce n'est pas vrai !

Elle se sentait incapable de lui mentir. Il le vit sur son visage, dans le regard navré qu'elle lui jeta. Il tourna les talons et s'enfuit.

– Gehn, cria-t-elle en bondissant vers la porte. Gehn ! Reviens !

Il avait déjà atteint la lisière du bois. Sourd à son appel, il disparut entre les arbres.

Anna revint vers Tasera. Mais Tasera n'était pas là. Voûtée, les yeux vides, elle semblait contempler le néant, comme si les mots d'Atrus venaient soudain de la briser. Une larme, doucement, coulait sur sa joue.

Fini. Tout est fini. Comment est-ce possible ? N'y a-t-il pas le moindre survivant ?

Anna s'agenouilla de nouveau-devant Atrus. Que ne lui avait-il pas dit ? Pourquoi cet Age n'était-il pas sûr ? Pourquoi ?

– Dis-le-moi, Atrus, murmura-t-elle doucement. Je t'en prie, dis-le-moi.

Mais Atrus resta silencieux.

Cette nuit-là, les serviteurs s'enfuirent. Tandis que Gehn dormait, Anna veilla sur Tasera, humectant son visage et lui tenant la main. A l'aube, la mère d'Atrus fut prise de convulsions et mourut.

Anna resta longtemps immobile à son chevet, sans bouger. Gehn ne s'était pas réveillé. Quant à Atrus, couché non loin de là, il respirait faiblement. Ainsi, cette cabane renfermait tout l'univers d'Anna, tout ce qui comptait pour elle. Et qui, lentement, s'en allait.

Comme autrefois, pensa-t-elle, en proie, pour la première fois au véritable désespoir.

Elle se leva brusquement et alla ramasser, au fond de la pièce, le sac qu'Atrus avait ramené de D'ni. Tout ce qu'elle avait vécu jusqu'à présent le lui avait fait oublier. Dans le silence, devant la morte, son mari peut-être agonisant et l'enfant endormi, elle l'ouvrit.

Elle y trouva le journal dont Atrus ne se séparait jamais. Elle le feuilleta à la lueur d'une lampe qu'elle venait d'allumer, tomba sur une série de croquis et de cartes dessinés par Atrus. Les premiers représentaient les tunnels menant à la caverne où se trouvaient les machines et, au-delà, à la surface, à la faille. Atrus avait barré d'une croix un grand nombre d'entre eux. Ce signe ne pouvait avoir qu'une signification : les tunnels étaient obstrués. Et ils l'étaient tous : impossible de parvenir à la surface par cette voie-là. Sur la page suivante, Atrus avait tracé un autre plan, qui n'aboutissait qu'à des culs-de-sac ou à des espaces vierges.

La jeune femme comprit tout de suite. Son mari avait passé une semaine entière à errer le long des tunnels, cherchant un accès pour leur permettre de s'échapper. Il avait consacré ses dernières forces, sa précieuse énergie à découvrir une issue vers la surface.

Il était en train de mourir. De cela, elle ne doutait plus. Mais, jusqu'au bout, il était resté fidèle à lui-même. Il avait fait passer leur sort, à Gehn et à elle, avant le sien.

Elle poursuivit son étude du journal. La carte suivante, beaucoup plus complexe que les autres, remplissait plusieurs pages. Anna sourit, appréciant ce travail à sa juste valeur. Niveaux, types de roche, particularités physiques, Atrus n'avait rien oublié. Il avait couché sur le papier un véritable labyrinthe qu'il s'était efforcé, notant chaque repli, chaque angle, de rendre le plus simple possible. Du doigt, elle suivit l'itinéraire sur plusieurs feuilles, puis rit doucement.

Le volcan ! Le tracé aboutissait au vieux volcan dormant où son père et elle avaient coutume de s'arrêter sur le chemin de Tadjinar.

– Bravo, mon amour. Tu as réussi.

– Vraiment ?

Sa voix, si inattendue, la fit sursauter. Elle se retourna. Tout en la regardant, il tentait de s'asseoir dans son lit.

– Atrus ?

– Il faut que nous partions.

Elle blêmit. *Tu es à l'agonie,* pensa-t-elle. *Tu n'iras nulle part.* Mais il insista.

– Tu dois faire les bagages, Ti'ana. Tout de suite, pendant qu'il est encore temps.

– Temps de quoi ?

– Je viens avec vous, dit-il en toussant. Jusqu'à D'ni. Je vous aiderai à trouver le chemin.

– Mais tu es malade, Atrus.

Pour toute réponse, il rejeta le drap et, prenant d'une main appui contre la cloison, se mit lentement debout. Il la fixa d'un air implorant.

– Je dois le faire, Ti'ana. Le comprends-tu ?

Elle le fixa à son tour, bouleversée par un mélange d'amour et d'effroi.

– Oui, répondit-elle enfin. Je comprends.

Après avoir empaqueté les dernières affaires, la jeune femme jeta le sac sur son dos et sortit sous le soleil. Non loin de là, devant la tombe de Tasera, Gehn soutenait son père. Son masque pendant à son cou, il portait le costume qu'elle avait confectionné pour lui et, dans le dos, son propre sac.

– Vous êtes prêts ?

Gehn et Atrus hochèrent la tête. Soudain, l'enfant s'écarta, dévala la pente et, à plat ventre, se pencha au-dessus de la corniche. Avant même que sa mère n'ait eu le temps de réagir, il revint, lui tendit un minuscule bouquet de fleurs blanches. Il en avait deux autres dans la main gauche.

Sans un mot, Anna prit les fleurs, les dispersa sur la tombe avant de reculer d'un pas pour permettre à son mari et à son fils de déposer les leurs.

– Adieu, mère chérie, murmura Atrus en s'imprégnant une dernière fois de la beauté de la vallée. Tu seras toujours avec moi.

Gehn resta un long moment silencieux. Il s'inclina enfin, répandit ses fleurs et prononça sa propre formule d'adieu.

– Au revoir, grand-mère. Nous nous reverrons peut-être dans l'Age ultime.

Sa gravité surprit Anna. Il semblait avoir mûri si vite, ces dernières semaines...

– Viens, Gehn, dit-elle en posant sa main sur son épaule. Il faut y aller.

Il hésita un instant puis, après un coup d'œil en direction de son père, glissa sa main dans celle de sa mère. Anna la serra brièvement. Elle se détourna de la tombe et prit le chemin de la grotte, suivie par Atrus.

C'était le vingt-deuxième jour après la catastrophe.

Depuis le balcon de leur maison, Anna, Atrus et Gehn, serré contre sa mère, contemplaient les ruines de D'ni. Ils avaient tout d'abord été frappés par la pureté de l'air, ce qui leur avait permis, après plusieurs essais dans le laboratoire, d'ôter leur masque. On ne respirait plus le moindre relent de gaz, même si ses traces demeuraient, comme une croûte séchée posée sur toutes choses. Quelqu'un avait remis en marche les grands ventilateurs qui assuraient l'aération de la caverne. Quant aux algues du lac, elles avaient retrouvé assez de vie pour diffuser une faible lumière, une lueur proche de celle de l'aube grâce à laquelle ils purent constater l'ampleur du désastre.

Partout régnait la désolation. Cette cité jadis glorieuse et puissante n'était plus que le tombeau de son ancienne splendeur. Gehn trembla contre sa mère, qui le devina au bord des larmes. Tous ses rêves, ses espoirs gisaient là, à ses pieds, brisés pour toujours. Même le grand rocher qui jaillissait au milieu du lac s'était fendu, comme du bois sous la cognée.

– Allons, dit-elle doucement. Partons d'ici.

Ils descendirent des rues mortes. Chaque pas leur apportait son lot de désolation : murs effondrés, portails décapités, bâtisses affaissées. Parfois, un éboulis barrait la rue, les forçait à rebrousser chemin, à faire un détour.

Ils finirent quand même par déboucher sur le port. Les grandes statues qui veillaient jadis sur lui étaient elles aussi fendues ou à terre. Quant aux navires qui y étaient amarrés, ils avaient sombré. On apercevait, sous les eaux du lac, par dix mètres de fond, leur grande ombre immobile.

Ils avaient besoin d'un bateau pour effectuer la traversée. Ils n'en virent aucun.

– Il y a un hangar à l'est de la jetée, dit Atrus. Nous y trouverons des barques.

Mais les hangars avaient brûlé. Quant aux barques, on les avait fracassées. Quelqu'un avait tout fait pour les empêcher de traverser. Découragé, Atrus s'assit sur une pierre, sentant ses dernières forces l'abandonner.

– Je vais aller voir, déclara Anna en faisant signe à Gehn de rester près de son père et de veiller sur lui. Il doit bien y avoir quelque chose.

Elle revint quelques instants plus tard, les yeux brillants.

– Il y en a une. Une barque. Toute petite, mais assez large pour nous trois.

Atrus lui jeta un regard soupçonneux.

– Elle est attachée ?

– Oui, pourquoi ?

– Rien. Allons-y tout de suite.

Gehn aida son père à se lever. Ils se mirent en marche vers l'endroit où était amarrée la barque. Ils n'avaient pas couvert la moitié du chemin lorsqu'un cri horrible résonna dans la ville basse, derrière eux.

Ils se retournèrent tous les trois en même temps, effarés par ce hurlement soudain.

Le cri s'éleva à nouveau.

– Cours jusqu'au bateau, ordonna Atrus à sa femme. Prends Gehn avec toi et attends-moi. Ce pourrait être Jiladis.

– Mais, Atrus...

– Va jusqu'au bateau. Je vous rejoins tout de suite.

Elle hésita. Puis elle comprit que, cette fois encore, il restait fidèle à son devoir qui consistait, en l'occurrence, à secourir ses frères. Elle entraîna Gehn mais ne cessa, tout en marchant, de tourner la tête, de regarder son mari traverser lentement le port puis disparaître dans une des ruelles.

– Vite, Gehn, dit-elle. Allons nous occuper du bateau en attendant le retour de ton père.

Prenant appui contre le mur, Atrus se courba pour reprendre sa respiration, assailli par la douleur qui tétanisait ses muscles, transperçait son estomac et le laissait au bord de l'épuisement. En plus, il était perdu. Du moins n'avait-il plus la moindre idée de l'endroit d'où lui étaient parvenus les cris. A l'oreille, il s'était dirigé jusqu'ici. Mais, dans ce secteur qu'il avait eu toutes les peines du monde à atteindre, les rues étaient silencieuses.

Il remarqua une taverne dont l'enseigne lui rappelait quelque chose. Pas de lettres, aucun mot. Tout juste un dessin, que le résidu du gaz ne masquait pas tout à fait : un ver de terre blanc s'enfonçant goulûment dans la roche. « Le ver aveugle ». Où avait-il entendu ces deux mots ?

Il se redressa. A l'étage, les fenêtres étaient ouvertes, les rideaux tirés. Il y eut une plainte. Ainsi, il ne s'était pas trompé. Les cris étaient venus de là, du premier étage de cette auberge. Il traversa la rue, poussa doucement la porte. La plainte reprit. Une fois dans le vestibule, Atrus, sans bruit, obliqua sur sa droite, vers un escalier où il discerna de nombreuses traces de pas, comme si on l'avait monté et descendu souvent.

Il était presque parvenu au sommet des marches lorsque quelqu'un gémit de nouveau. Sans bruit, Atrus se coula vers la pièce d'où sortait cette plainte.

Le spectacle qui s'offrit à ses yeux le figea sur le seuil. Longue, basse de plafond, la pièce donnait sur le port. En son centre gisaient trois chaises et une table renversées. A partir de là, un filet de sang courait jusqu'à la fenêtre contre laquelle, prêt à se jeter dans le vide, se penchait Véovis, un couteau entre les omoplates.

Atrus cria son nom. Mais Véovis, concentré tout entier sur le geste qu'il s'apprêtait à accomplir, ne parut pas se rendre compte de sa présence. Atrus se précipita vers lui, le retint au moment même où il s'affaissait, l'allongea sur le sol et s'agenouilla près de lui.

– Véovis... Véovis... C'est Atrus. Que se passe-t-il ici ?

Véovis ouvrit vaguement les yeux. Son visage parut s'animer tandis qu'il tentait de reconnaître l'homme penché au-dessus de lui.

– Que s'est-il passé ? répéta Atrus.

Véovis rit, puis toussa. Du sang apparut entre ses lèvres. D'une voix rauque, douloureuse, il balbutia :

– Mon compère et moi... avons eu... un léger différend.

– A'Gaeris ?

Il ferma les yeux.

– Vous vous êtes battus ?

– Ce ne fut pas un combat.

Il avala douloureusement sa salive avant d'ajouter :

– Il m'a poignardé... Dans le dos.

Il respirait de plus en plus mal. Atrus comprit qu'il allait mourir là, entre ses bras. Mais Véovis retrouva une ultime énergie, fixa celui qui avait été son ami et lui dit :

– Jamais je ne l'aurais fait.

– Quoi ? Que n'aurais-tu jamais fait ?

– Cet Age dont il rêvait. Jamais je ne l'aurais écrit.

Un spasme le secoua. Atrus le saisit par les épaules.

– Dis-moi. Il faut que je sache.

– Et il faut que je te le dise, répondit Véovis avec un pauvre sourire.

Nouveau silence. Puis :

– Il rêvait d'un endroit neuf... Un endroit où nous aurions été des dieux.

– Des dieux ?

Véovis acquiesça.

C'était l'hérésie ultime, le crime à ne jamais commettre, le détournement interdit du grand art : se servir des pouvoirs de l'écriture, non pour se relier à des mondes préexistants, mais pour en créer un de toutes pièces. Véovis avait refusé de franchir ce pas. Voilà ce qu'il avouait en silence à son ancien ami.

Atrus devint livide. En un instant, l'image de son bureau s'imposa à son esprit : les traces de pas qui couvraient la moitié de la pièce puis, délaissant le Livre, se détournaient.

– Etait-ce toi ? demanda-t-il à voix basse. Toi, dans mon bureau ?

Véovis respira profondément, hocha la tête.

– Mais pourquoi ? Après tout ce que tu avais fait, pourquoi nous laisser vivre ?

– Parce qu'elle est intervenue en ma faveur. Parce que... Elle a affirmé qu'il y avait quelque chose de bon en moi... Et elle avait raison... Même à la fin...

La douleur lui coupa la parole. Il ferma les yeux, chercha un nouveau souffle, luttant à présent pour achever sa confession avant de se taire pour toujours.

– J'avais un nuage noir devant les yeux. Comme si... Comme s'il ne restait plus que la haine. Pour tous les hommes, pour le monde entier.

Dehors, quelqu'un cria. Atrus déposa doucement la tête de Véovis sur le sol, se leva, alla jusqu'à la fenêtre.

– Qu'est-ce que c'est ? demanda Véovis.

Solitaire, un bateau voguait sur le lac en direction des îles. Ramant à sa poupe se dressait, bien visible, la silhouette d'A'Gaeris. A ses pieds, chevilles et poings liés, Atrus reconnut Anna et Gehn.

– C'est A'Gaeris. Il a capturé Anna et mon fils.

– Il faut que tu les sauves, Atrus.

– Comment ? Il est parti sur la dernière barque, et je suis trop faible pour nager.

– Alors *relie-toi* là-bas.

Atrus se retourna, se pencha vers l'agonisant.

– Où ? Où les emmène-t-il ?

Véovis ne souffrait plus. Il retrouva pour la dernière fois sa vivacité, sa clairvoyance.

– A K'veer. C'est là que nous avons établi nos quartiers, que nous avons entreposé les Livres. Il y en a des centaines. Certains se trouvent dans la Salle du Livre, mais nous en avons transporté le plus grand nombre dans l'Age que j'ai conçu pour A'Gaeris. Tu trouveras le Livre de cet Age dans mon bureau.

Atrus s'agenouilla de nouveau-devant lui.

– Je comprends. Mais en quoi cela peut-il m'aider ? Tu parles de K'veer. Comment me rendre là-bas ?

Véovis posa sa main sur son cœur, que recouvrait

une grande poche bosselée par un objet. Atrus y plongea la main, en extirpa un mince volume.

– Il ne savait pas que je l'avais, dit Véovis avec un sourire presque enfantin. Ce livre te reliera à Nidur Gemat. Là-bas, tu en trouveras un autre qui t'amènera directement à K'veer, dans mon bureau. Tu pourras ainsi te retrouver sur l'île avant lui.

Ils se regardèrent.

– Tu n'as pas confiance en moi, Atrus ? Alors écoute. Le Livre dont je t'ai parlé a une couverture verte. C'est là-bas qu'A'Gaeris a l'intention d'aller. C'est là que tu le piégeras. Tu comprends ?

Atrus hésita un moment. Puis :

– Je te crois. Parce que je n'ai pas le choix. Et parce qu'il y a peut-être, en fin de compte, quelque chose de bon en toi, vieux frère.

La ville s'estompait. Dans moins d'une heure, A'Gaeris aborderait à K'veer. Il contempla, à ses pieds, ses deux prisonniers couchés dans le fond de la barque.

Normalement, il aurait dû les tuer tout de suite, sur le port. Un souci de moins. Mais la femme lui avait révélé, par sa seule présence, la présence de son mari dans les parages. Il les utiliserait donc comme appât. Et une fois Atrus piégé, il les éliminerait tous les trois. Car lui ne s'embarrassait pas de sensiblerie, comme cet imbécile de Véovis.

– Il ne partira pas à notre recherche, dit-elle.

A'Gaeris la toisa avec dédain.

– Bien sûr qu'il le fera. Ton mari est un sentimental invétéré. Il s'est déjà porté à ton secours, non ?

– Cette fois, il s'abstiendra. Il t'attendra à D'ni.

Le philosophe eut un rire méprisant.

– En sachant que je vous retiens prisonniers ? Il ne le supportera pas. N'es-tu pas de mon avis ?

Pour son plus grand plaisir, elle se tut. Oui, s'il les enfermait dans une cellule, à K'veer, il n'aurait plus qu'à se croiser les doigts. Atrus finirait par se montrer. Et il s'en débarrasserait pour de bon.

Il ne restait qu'un seul bateau. Et c'était lui, A'Gaeris, qui l'avait.

– Non, dit-il. Il me guettera jusqu'à ce que je ramène le bateau au port. Alors, je l'aurai. Oh oui, Ti'ana. Ne te fais aucune illusion.

Le premier Livre avait transporté Atrus jusqu'à Nidur Gemat, au centre de la grande demeure où Véovis avait entreposé tout ce à quoi il tenait. Après une brève recherche, il avait trouvé le second Livre qui l'avait relié jusqu'ici, dans une pièce de K'veer qu'il connaissait bien.

Sa tête lui faisait horriblement mal. Il avait l'impression de sentir ses propres os. Il s'appuya un instant contre la table. Puis, sachant qu'il disposait de moins d'une heure pour agir, il se redressa.

Il reconnut le volume à la couverture vert émeraude, posé à côté d'une pile d'autres livres beaucoup plus anciens. Il n'arrivait pas à dominer sa tristesse. Tant de choses s'étaient passées ici, dans cette pièce... Pour aboutir au mal absolu. Et pourquoi ? Par jalousie ? Désir de vengeance ? Ou pour rien, par pure perversité ?

A'Gaeris était-il fou ?

Atrus poussa une plainte, pensant à la fin de Véovis. Puis, résolu à ne pas s'effondrer avant d'avoir mis un point final à cette tragédie, il s'assit devant le bureau, ouvrit le Livre.

Il ne put s'empêcher, au fil de sa lecture, d'éprouver une admiration sans bornes. Véovis était vraiment devenu un maître parmi les maîtres, un scribe aussi génial, peut-être, que le légendaire Ri'Neref.

Une quinte de toux le plia en deux. Il porta ses doigts à sa bouche, sentit la fadeur gluante du sang qui humectait ses lèvres. Lui aussi était en train de mourir.

Il essuya ce sang avec un mouchoir qu'il sortit de sa poche, saisit, devant lui, la plume plongée dans l'encrier et modifia les passages essentiels du Livre, transformant du même coup cet Age sans défaut, le plus parfait qu'il eût vu, le *préparant* sans cesser de penser à Anna et Gehn, priant silencieusement pour leur salut.

Poussant Anna et Gehn devant lui en les menaçant de la pointe de son poignard, A'Gaeris escalada les marches de la jetée de K'veer. Une fois en haut, il s'arrêta, noua autour de son poignet l'extrémité des deux cordes qui enserraient les leurs. Puis, passant devant eux, il se remit en marche, les tirant derrière lui comme deux chiens en laisse.

Même s'il ne l'avait pas épargnée, le séisme n'avait pas détruit K'veer. Nombre de ses orgueilleux bâtiments s'étaient craquelés ou effondrés dans les eaux du lac. Anna, néanmoins, reconnut la demeure. Elle sut, dès lors, où le philosophe les entraînait et se laissa tirer, tout d'un coup résignée : si Véovis se trouvait là et les attendait, Atrus ne pourrait rien faire.

Gehn la suivait, impassible, le visage fermé. Lui non plus ne se faisait aucune illusion. Pourtant, il restait brave et la jeune femme se sentit fière de lui.

Elle respira tout d'un coup une odeur de brûlé. A'Gaeris, qui l'avait perçue lui aussi, s'arrêta. Il renifla l'air ambiant puis, déterminé, escalada les marches du perron, tirant ses otages derrière lui.

Ils pénétrèrent dans la maison, se dirigèrent vers la Salle du Livre. L'odeur de brûlé devint de plus en plus âpre. Ils aperçurent enfin, au-delà de l'escalier, une lueur rougeoyante. Le feu.

– Mes Livres ! hurla A'Gaeris.

Il tira violemment sur la corde. Anna s'effondra sur les genoux, se redressa. Gehn tomba lui aussi. Elle l'entendit crier, vit A'Gaeris lâcher la corde qui le retenait. Mais elle n'eut pas le temps de se porter à son secours. Elle se retrouva, tirée par A'Gaeris, sur le seuil de la Salle du Livre. Une vive lumière se reflétait contre les murs, de la fumée s'élevait au-dessus des volumes qui brûlaient. Et, près de cette pile en flammes, un Livre dans la main, une torche embrasée dans l'autre, se tenait Atrus.

A'Gaeris claqua la porte derrière eux et s'avança vers Atrus qui, aussitôt, brandit sa torche en criant :

– Un pas de plus, et je brûle le reste des Livres, A'Gaeris. Je sais où ils sont. Je les ai *vus* ! Dans la cabane, sur l'île du Sud. Je me suis relié jusque là-bas. Et je peux y retourner. A moins...

Anna sentit la main d'A'Gaeris l'attirer violemment vers lui, son bras broyer son cou, la pointe de sa dague piquer sa gorge.

– Je tiens ta femme, Atrus. Approche-toi de ces Livres et je la tue.

– Tue-la et je détruis tes Livres. En une seconde, je me retrouve là-bas et je jette ma torche sur eux. Alors, que te restera-t-il, philosophe ? Rien, puisque tu as tué Véovis.

Anna perçut, tout contre elle, le frisson de colère du philosophe. Un faux mouvement et il l'égorgeait.

– Donne-moi ces Livres, ordonna-t-il d'une voix rauque. Donne-les-moi ou Ti'ana mourra.

Atrus souriait. Lentement, il brandit celui qu'il tenait dans la main.

– C'est un chef-d'œuvre. Je sais que Véovis en était fier.

A'Gaeris le toisa avec un orgueil incongru.

– Moi aussi, je le sais. Il s'appelle Ederat.

– Non, répliqua Atrus, dont les yeux croisèrent ceux d'Anna. Véovis lui a donné un nouveau nom. Il l'a appelé Bé-el-zé-buth.

Le souffle coupé, Anna le regarda. En cet instant, elle l'aimait comme elle ne l'avait jamais aimé.

Je t'aime.

Seules ses lèvres s'étaient exprimées. Mais Atrus comprit et lui répondit, sans un mot.

– Bien, A'Gaeris. Que dis-tu de ce marché ? Le Livre – et tous les Livres là-bas – en échange de ma femme.

Le philosophe se contenta de rire.

Atrus abaissa son bras. Puis, après une dernière déclaration muette à Anna, il posa la main qui tenait la torche sur la fenêtre scintillante.

A'Gaeris hurla. Il repoussa Anna, bondit à travers la pièce.

– Atrus ! cria la jeune femme tandis que la silhouette de celui qu'elle aimait s'évanouissait. Atrus !

Mais il était parti. Avec un bruit sourd, le grand Livre tomba par terre, à côté de la pile qui brûlait. A'Gaeris le ramassa, arracha presque la couverture en l'ouvrant. Anna n'avait pas eu le temps de bouger. A'Gaeris la considéra avec un rictus, posa la main sur le panneau et disparut à son tour.

La douleur, lorsqu'il émergea dans la grotte, le cloua sur place. Il respira un air suffocant, insupportable, chargé de soufre. Les poumons en feu, il tendit le bras, cherchant désespérément le Livre-relais qui le ramènerait à D'ni. Tout d'un coup, le sol de la grotte se fendit. La chaleur s'intensifia. Des flammes jaillirent de la faille. La roche sur laquelle A'Gaeris se trouvait bascula en avant, l'entraînant vers la matrice originelle, la lave en fusion qui bouillonnait tout en bas.

Silence, enfin. Le grand silence des origines, le néant d'avant la création.

Accroupie au-dessus de la fenêtre du Livre, assistant, les yeux écarquillés, à ce qui se passait là-bas, Anna pleurait.

Elle fit un instant tentée de partir elle aussi, d'aller rejoindre Atrus dans ce monde incandescent, de mourir avec lui. Des coups frappés à la porte de la Salle du Livre la ramenèrent à elle-même. *Gehn.*

Elle pivota, prit doucement le Livre à la couverture verte, le posa sur la pile fumante de ce qui avait jadis constitué la grande culture D'ni. Des étincelles se mirent à tournoyer. Le feu reprit, projetant de la fumée jusqu'au plafond. La couverture se rida, se tordit, rétrécit, noircit et, enfin, se consuma.

A mesure que le Livre se réduisait en cendres, Anna sentait au fond d'elle-même se creuser cet abîme dont lui avait parlé Tasera, s'installer cette absence qui, désormais, ne la quitterait plus. Elle se releva et, sans se retourner, alors que les coups frappés à la porte se faisaient plus pressants, traversa la pièce.

ÉPILOGUE

Le soleil se levait au-dessus des montagnes, loin vers l'est, lorsqu'une silhouette de femme émergea de la lèvre du volcan, portant un enfant dans ses bras. L'ombre recouvrait encore le désert, comme une mer calme bordant le cercle lumineux de la caldeira à la bouche sombre et profonde. La femme s'arrêta, contempla le désert. Ensuite, elle se mit en marche, descendit la pente rocheuse avant de se diriger vers la faille. Son ombre s'allongea derrière elle. Le vent léger qui se levait amena jusqu'à elle un nuage de sable, ébouriffa ses cheveux.

L'enfant qu'elle portait n'avait plus que la peau sur les os. Quant à elle, elle ressemblait à un spectre. Pourtant, ses yeux brillaient, remplis de ce feu qui, sans trêve, brûle au centre de la terre.

Arrivée près de la faille, elle s'agenouilla, allongea doucement l'enfant sur une saillie, déposa près de lui les deux sacs à dos. Puis elle se faufila entre les parois et rampa, sur les mains et les genoux, jusqu'en bas, jusqu'au bassin.

Pas une ride ne troublait la surface où se reflétaient les dernières étoiles. La jeune femme y trempa une main, porta sa paume à ses lèvres et but le liquide frais, sans souillure. Il faisait bon. Et il y avait de l'eau.

Anna se redressa, essuya sa main contre son corsage.

– Ici, dit-elle. C'est ici que nous recommencerons.

Science-Fiction

Depuis 1970, J'ai lu explore les vastes territoires de la Science-Fiction pour mettre à la portée d'un très vaste public des chefs-d'œuvre méconnus. De la hard science à l'heroic fantasy, des auteurs classiques à l'avant-garde cyberpunk, des maîtres américains à la nouvelle génération des auteurs français, tous les genres sont représentés sous la désormais célèbre couverture argent et violet.

ISAAC ASIMOV

Auteur majeur de la S-F américaine, Isaac Asimov est né en Russie. Naturalisé américain, il fait des études de chimie et de biologie, tout en écrivant des romans et des nouvelles qui deviendront des best-sellers. Avec les robots, il trouve son principal thème d'inspiration.

Les cavernes d'acier
404/4
Les cavernes d'acier sont les villes souterraines du futur, peuplées d'humains qui n'ont jamais vu le soleil. Dans cet univers infernal, un homme et un robot s'affrontent.

Les robots
453/3

Face aux feux du soleil
468/3

Tyrann
484/3

Un défilé de robots
542/3

Cailloux dans le ciel
552/3

Les robots de l'aube
1602/3 & 1603/3

Le voyage fantastique
1635/3

Les robots et l'empire
1996/4 & 1997/4

Espace vital
2055/3

Asimov parallèle
2277/4 Inédit

Le robot qui rêvait
2388/7

Robots et extraterrestres

- Le renégat
3094/6 Inédit
Une nouvelle grande série sous la direction du créateur de l'univers des robots. Naufragé dans un monde sauvage peuplé de créatures-loups, Derec affronte un robot rebelle.

- L'intrus
3185/6 Inédit
Deuxième volet d'une série passionnante, par deux jeunes talents de la S-F parrainés par Asimov.

- Humanité
3290/6 Inédit

La cité des robots

- La cité des robots
2573/6 Inédit

- Cyborg
2875/6

- Refuge
2975/6

La trilogie de Caliban

- Le robot Caliban
3503/6

- Inferno
3799/5 Inédit

- Utopia
4304/6 Inédit

Robots temporels

- L'âge des dinosaures
3473/6 Inédit (Par F. WU)

- Le guerrier
- Le dictateur
4048/7 Inédit (Par F. WU)

- L'empereur
- L'envahisseur
4177/7 Inédit (Par F. WU)

- I, robot
4403/5 Inédit

ANDERSON Poul

La reine de l'Air et des Ténèbres
1268/3

La patrouille du temps
1409/3

ATWOOD Margaret

La servante écarlate
2781/5

AYERDHAL

L'histrion
3526/6 Inédit

Balade choreïale
3731/5 Inédit

Sexomorphoses
3821/6 Inédit

Genèses
4279/5

Parleur
4317/10 Inédit
Le premier ouvrage de Fantasy de l'auteur. Parleur, le héros, découvrant la misère qui règne dans une petite ville médiévale, incite les habitants à s'enclaver pour échapper à la dictature royale.

BALLARD J.G.

Le monde englouti
2667/3

BELLETTO René

Le temps mort
4095/4

BISSON

Johnny Mnemonic
4079/4

Science-Fiction

BLAYLOCK James
Reliques de la nuit
4049/8 Inédit FANTASY

BLISH James
Semailles humaines
752/3

BRIN David
Marée stellaire
1981/6 Inédit
Le facteur
2261/5 Inédit
Elévation
2552/5 & 2553/5 Inédit Prix Hugo
Rédemption
4457/6 & 4458/6 Inédit

BROOKS Terry
Le glaive de Shannara
3331/8 Inédit FANTASY
Après la dernière guerre des races, les habitants des Quatre Terres sont parvenus à reconstruire une civilisation. Mais les forces du Mal veillent et, pour empêcher un nouveau désastre, Shea doit s'emparer du glaive de Shannara.
Les pierres des elfes de Shannara
3547/7 Inédit FANTASY
L'enchantement de Shannara
3732/8 Inédit FANTASY
Royaume magique à vendre !
- Royaume magique à vendre !
3667/6 FANTASY
- La licorne noire
4096/5 Inédit FANTASY
- Le Spectre et le Sort
4277/5 Inédit FANTASY

BUTLER Octavia E.
La parabole du semeur
3948/6 Inédit

CADIGAN Pat
Mise en abyme
4134/5 Inédit

CANAL Richard
Swap-Swap
2836/3 Inédit
Ombres blanches
3455/4 Inédit
Aube noire
3669/5 Inédit
Le cimetière des papillons
3908/4 Inédit
La malédiction de l'éphémère
4156/4
Les paradis piégés
4483/5 Inédit

CARD Orson Scott
Abyss
2657/4
La stratégie Ender
3781/5 Prix Hugo
La voix des morts
3848/6 Prix Hugo
Xénocide
4024/8
Troisième volume des aventures d'Ender le Stratège, surnommé la Voix des Morts. Un virus mortel menace les humains qui ont colonisé la planète Lusitania. Mais le détruire revient à anéantir les indigènes, pour la reproduction desquels ce virus est indispensable. Ender parviendra-t-il à éviter un nouveau xénocide ?

CARROLL Jonathan
Le pays du fou rire
2450/4

CHERRYH C.J.
Hestia
1183/3
Chasseurs de mondes
1280/4
Les adieux du soleil
1354/3
Les seigneurs de l'Hydre
1420/4 Inédit
Chanur
1475/4 Inédit
L'opéra de l'espace
1563/3 Inédit
La pierre de rêve
1738/3
L'épopée de Chanur
2104/4 Inédit
La vengeance de Chanur
2289/4 Inédit
L'œuf du coucou
2307/3
Le retour de Chanur
2609/7 Inédit
Cyteen
2935/6 & 2936/6 Inédit Prix Hugo
Politicienne habile, Ariane Emory vise l'immortalité, l'apanage des dieux, pour mener à bien ses projets.
Volte-face
3144/5 Inédit
Forteresse des étoiles
3330/7 Prix Hugo
Temps fort
3417/7 Inédit
Les portes d'Ivrel
3631/4 FANTASY
L'héritage de Chanur
3468/8 Inédit
Le puits de Shiuan
3688/5 Inédit FANTASY
Les feux d'Azeroth
3800/4 Inédit FANTASY
La porte de l'exil
3871/8 Inédit
Les chants du néant
4155/7 Inédit
La citadelle noire
4404/6 Inédit
Lois & Clark
4456/5 Inédit

4455

Photocomposition Assistance 44-Bouguenais
Achevé d'imprimer en Europe (Angleterre)
par Cox and Wyman à Reading
le 12 septembre 1997.
Dépôt légal septembre 1997. ISBN 2-290-04455-5

Éditions J'ai lu
84, rue de Grenelle, 75007 Paris
Diffusion France et étranger : Flammarion